Riccardo Timpanaro

KASPAR's
sagenhafte
ABENTEUER

»Räuber Lippold«

Ich widme dieses Buch:

- ❖ SAM
- ❖ Hans- Henning
- ❖ Tobi

&

bedanke mich bei:

- ❖ Frau D. Hoffmann

Impressum

© Mai 2017 by **Riccardo Timpanaro**

Originalausgabe

Autor: Riccardo Timpanaro, 31061 Alfeld Leine
Umschlaggestaltung / Satz: Riccardo Timpanaro ART & IT- Service, 31061 Alfeld Leine
Lektorat / Korrektorat: D. Hoffmann / H.-H. Reuter
Herstellung und Verlag: BoD – Books on Demand, Norderstedt.

ISBN: 9783734733772

Bibliografische Information der Deutschen Nationalbibliothek:
Die Deutsche Nationalbibliothek verzeichnet diese Publikation in der Deutschen Nationalbibliografie; detaillierte bibliografische Daten sind im Internet über http://dnb.d-nb.de abrufbar.

www.Kaspars-sagenhafte-Abenteuer.de
www.Räuber-Lippold.de

Printed in Germany

»Mag das Böse sich noch so sehr vervielfachen,
niemals vermag es das Gute ganz aufzuzehren!«

Thomas von Aquin (1224 – 1274)

Inhalt:

Kapitel 1

Die entgangene Mahlzeit

Ein übelfauliger Geruch, der Gestank von Verwesung und Tod, kroch ihm in die Nase, und es ekelte ihn.

Die sich ihm langsam nähernde Kreatur war in der Dunkelheit nun immer deutlicher zu erkennen, und ihm wurde schmerzlich bewusst, dass er nicht mehr träumte. Nein, dies war kein Traum mehr! Dies war der wahr gewordene Albtraum!..

Knorrige, bleichlichgrüne Hände kamen aus dem Nichts hervorgekrochen, und unnatürlich lange Finger legten sich um die Stäbe des großen Eisenkäfigs, in dem der Junge wie ein hilfloses Vögelchen gefangen gehalten wurde. Die spitzen Fingernägel kratzten begierig am rostigen Metall.

»Ist es wach?«, krächzte die unheimliche Gestalt.

Der Junge zuckte ängstlich zusammen.

»Hast lang genug geruht, Bürschchen!«

Im Hintergrund loderte ein kleines Feuerchen unter einem großen, vor sich hindampfenden Kessel.

»Es ist Zeit… Zeit zu fressen. Dich!!! Mit Haut und Haar!«, kicherte die alte Hexe.

Ein wohliger Schauer der Vorfreude überkam sie, und ein ekelerregend langer Speichelfaden hing ihr spitzes Kinn hinab. Aus den eingefallenen Mundwinkeln stachen ihre fauligen Zähne hervor. Die bleichen Augen prüften neugierig ihre Beute. Sie belauerte den Jungen, wie die Spinne die Fliege, bis die Gier schließlich doch die Oberhand gewann und sie es nicht mehr aushielt.

Mit einem Handgriff, hatte die Bucklige rasch das kleine Türchen des Käfigs geöffnet, packte das hilflose Kind an seinem Hälschen und zerrte es heraus, wie der Fuchs das Mäuschen. Die Alte hielt den Jungen so mühelos in der Luft, dass seine nackten Füßchen dabei knapp über dem Boden zappelten. Er versuchte sich zu wehren,

1

doch half es nichts, sie war um einiges stärker als er, und je mehr Widerstand er ihr leistete, umso fester wurde ihr Griff und er bekam kaum noch Luft.

»Es zappelt gar so wild, das kleine Brätelein!«, krächzte sie belustigt und lockerte ihren Griff erst, als kaum noch etwas von ihm zu spüren war.

Der Junge schnappte hastig nach Luft, bekam aber keine Zeit sich zu erholen.

»Geschlachtet wirst du, dann ist Ruh!!!«, schrie sie und lachte dann so böse, dass es ihm durchs Mark fuhr.

Er wurde durch die Luft geworfen und landete sehr unsanft mitten auf dem großen Holztisch. Es klirrte und schepperte. Von Zauberhand geleitet wanden sich nun kräftige Seile wie Würgeschlangen um seine zarten Arme und Beine, und er schrie auf, als sie ihm die Glieder einschnürten. Tränen der Pein flossen, als er, auf seinem Rücken liegend, an den Tisch gefesselt wurde.

Dieser Anblick schien der Alten zu gefallen. Sie fuhr ihm beinahe liebevoll mit ihren langen Fingern übers Gesicht und sammelte dabei sorgsam eine der frischen Tränen von der rosigen Wange auf. Genüsslich leckte sie den Tropfen von ihrer Fingerspitze und genoss dabei den leicht salzigen Geschmack, dies steigerte ihre Erregung. Lange, viel zu lange, hatte sie schon darben müssen, hatte sich niemand mehr auch nur in die Nähe ihrer Hütte gewagt. Doch nun war es wieder einmal soweit, und sie wollte es genießen, mit allem, was dazugehörte: Vorspeise und Hauptgang!

»Magst du Tiere, Bürschchen?«, kicherte sie.

»Bitte!«, flehte er sie an.

Die Hexe kümmerte dies nicht.

»Ruhig, ruhig!«, versuchte sie ihn mit gespielter Fürsorge zu beruhigen und strich ihm über seinen Mund.

»Als wir in deinem Alter waren, habe wir damit gespielt, ja Bürschchen, das haben wir… Mit Hündchen, Kätzchen, Häschen, Vögelchen…«

»Lass mich doch gehen! Ich will zu meinen Eltern, bitte!«, flehte er sie verzweifelt an.

»Ja, das war stets ein Genuss!«, fuhr sie unbeeindruckt fort. »Doch nichts im Vergleich zu einem Menschenkind!«

Er wimmerte.

Ein grausiges Stöhnen der Vorfreude kam ihr aus dem Maul gekrochen, denn sie wusste, ihre rissigen Lippen würden bald seine zarte Haut liebkosen und ihre schleimige Zunge seine köstlichen Tränen, den süßen Angstschweiß und sein kostbares Blut genießen. Erst danach würde sie ihr scharfes Messer, welches sie nun auch in die Hand nahm, nehmen oder ihr großes, schweres Beil, um den Körper dann sorgfältig zu zerteilen. Mit ihren schwarzfauligen Zahnstümpfen würde sie an seinem Fleisch nagen. Roh und frisch wollte sie es genießen, ja! Die köstlichen Stücke später, gebraten, gepökelt oder vielleicht auch geräuchert, nach und nach ganz verzehren. Der Gedanke daran den Jungen auszuschlachten, sich mit seinen noch warmen Innereien zu vergnügen, sein frisches Blut zu trinken, steigerte ihre grausige Erregung ins Unermessliche. Wie neugeboren würde sie sich fühlen und wieder mächtig sein, so wie in den alten Tagen. Nicht mehr der klägliche Schatten ihrer selbst sein.

»Bitte, bitte!«, flehte der Junge, doch sie lächelte ihn nur böse an.

Etwas fuhr über seinen nackten Oberkörper. Etwas kaltes, und er bekam es mit der Angst zu tun. Panisch versuchte er den Kopf zu heben, doch die Alte drückte ihn hinunter und ihre spitzen Nägel bohrten sich dabei schmerzhaft in die weiche Haut.

»Schtt, Schttt… Bübelein! Bist so fein, bist mein Liebster ganz allein! Oh weh, oh weh… oh jehmineh!«, hauchte sie ihm mit ihrem fauligen Atem leise ins Ohr.

Das scharfe Messer strich seinen Oberkörper hinab, bis zu seinem Bauchnabel. Langsam schnitt sich die Klinge in die weiche Haut. Als der Junge laut aufschrie, kicherte und gluckste die Hexe vor Wonne. Dies war ihr wahrlich ein Vergnügen. Immer und immer wieder ritzte sie ihn mit der scharfen Klinge. Je lauter er schrie, desto tiefer schnitt sie. Dies grausame Schauspiel schien Ewigkeiten anzudauern, und der Oberkörper des Jungen war schließlich gänzlich überseht mit feinen roten Linien, die sich kreuzten und zusammen ein grausiges Muster auf der hellen Haut bildeten. Ihr Werk aufs Genaueste begutachtend, fuhr sie mit ihren spitzen Fingern über die frischen Wunden, dann stach sie in eine hinein und bohrte. Als das frische Blut nun begann stärker herauszuquellen, beugte die Buckelige sich hinab, und ihre lange, schleimig feuchte Zunge grub sich tief in die warme Wunde. Voller Gier sog sie den roten Lebenssaft in sich auf und spürte, wie ihre eigene Kraft dabei wuchs, während der Junge allmählich immer schwächer wurde.

»Blut ist Leben! Ach, wie wahr dies doch ist.«, dachte sie sich und labte sich, konnte einfach nicht mehr genug bekommen.

Wie im Rausch raubte sie dem jungen Körper dessen kostbare Lebenskraft. Der Junge wurde immer blasser, und sie musste sich zügeln, sich davor hüten, allzu hastig weiterzutrinken, denn sie wollten ihn noch nicht töten. Nach einiger Zeit hatte sie fürs erste genug und hob zufrieden ihren Kopf. Die dünnen, strähnig schwarzen, Haare hingen ihr schauriges Gesicht hinab, ihre Augen glühten. Mit blutverschmiertem schiefen Mund grinste die alte Hexe den Jungen an.

Er konnte kaum noch einen klaren Gedanken fassen und war nahe der Ohnmacht. Leise murmelte er alle Gebete vor sich hin, an die er sich noch erinnern konnte, und insgeheim rief er Gott an und erflehte inständig dessen Hilfe, doch bekam er keine Antwort, kein Zeichen, nichts passierte. Da waren nur er und diese Ausgeburt der Hölle, in der einsamen Hütte inmitten des Waldes. Diese blutrünstige Hexe, die ihn so sehr quälte. Enttäuscht schloss er seine Augen. Es war still, und als er genauer lauschte, war nichts zu hören, deshalb wagte er es seinen Kopf etwas anzuheben und dieses Mal wurde er daran nicht gehindert. Als er sich umsah, sah er nichts. Wo war sie nur? Verschwunden? Er atmete auf. Ein kurzer Moment der Erleichterung war ihm vergönnt, doch dann kamen die Schmerzen wieder und dies schlimmer denn je. Sein Oberkörper schien förmlich zu brennen, und die Fesseln waren immer noch allzu fest. Er versuchte sich zu befreien, doch war es hoffnungslos, also gab er den Versuch auch schnell wieder auf. Er wusste, dass die Hexe bald wiederkehren würde, denn dies war noch nicht das Ende, nein! Sie würde ihr schauriges Werk vollenden wollen, dies war ihm bewusst, da brauchte er sich nichts vormachen. Aus dieser misslichen Lage gab es kein Entrinnen mehr…

Sein Vater hatte ihm schon so einiges an Prügeln verpasst, doch war dies hiermit nicht zu vergleichen. Nie zuvor hatte er solche Schmerzen erleiden müssen. Die schlimmste Pein von allen aber war die Gewissheit, seine Schwester verloren zu haben, denn nun wurde es ihm schlagartig wieder bewusst, ja! Langsam kam ihm die Erinnerung wieder. Bevor er durch die Wirkung des Zaubertrankes in einen tiefen, unnatürlichen Schlaf gefallen war, hatte die Abscheuliche seine Schwester getötet. Er war dabei gewesen, musste hilflos dabei zusehen, wie die Schreckliche das arme Mädchen aufs Grausamste gequält hatte und konnte ihr nicht helfen. Nun kamen die Schreckensbilder wieder hervorgekrochen. Alles hatte er klar vor Augen. Das Fleisch, das Blut, den großen Kessel über dem Feuer… Und auf seiner Zunge war er wieder, dieser widerliche Geschmack, denn die Hexe hatte ihn gezwungen… Hatte ihn gezwungen zu probieren. Nicht von irgendetwas, nein! Von seiner eigenen Schwester!!!

Er verfluchte den Tag, an dem sie sich beide in diesem dichten Wald verlaufen hatten und auf Hilfe hoffend schließlich, unachtsam und äußerst dumm, diese einsame Hütte betreten hatten. Schwarze Magie hatte sie geblendet und angelockt, bis es schließlich zu spät war, um sie geschehen. Ihr Schicksal besiegelt.

Das Gesicht seiner Schwester hatte er vor Augen. Ihre strahlend blauen Augen, so blau wie das Wasser des klaren Flusses, welcher sich durch ihr heimatliches Tal schlängelte. Ihre rosafarbenen Lippen. Ihr wallendes Haar, welches, zu goldenen Zöpfchen geflochten, im Sonnenlicht heller noch als die Garben der Felder strahlte. Ihr hübsches Leinenkleidchen und die kleinen Schühchen…

Tränen flossen dem Jungen die Wangen hinab, und er weinte bitterlich. Die Trauer übermannte ihn, und er ließ seinen Kopf langsam wieder sinken.

Die klebrig feuchte Zunge glitt über seine Haut. Er erschrak und wand sich angewidert hin und her, um dem irgendwie zu entgehen, doch die Alte packte ihm am Kinn und hielt es so fest, dass sie in aller Ruhe die Tränen der Trauer und der Verzweiflung auflesen konnte. Denn nicht nur aus Menschenfleisch und Blut erlangten die Hexen neue Kraft, nein, auch Tränen gaben ihren Teil dazu bei, wobei echte Schmerzenstränen weitaus kostbarer waren, als Freudentränen. Dies war jeder Schwarzkünstlerin, seit Anbeginn ihres unrühmlichen Tuns, so gelehrt worden und es nahte Walpurgis, die Nacht der großen Versammlung. Die Reise zum Brocken war stets beschwerlich und dafür brauchte es viel Kraft, so viel, wie nur möglich. Schwach und verletzbar zu sein, gar dies öffentlich zu zeigen, war gegenüber Hexen und anderen bösen Wesen nie ratsam. Diese Kinder kamen ihr nun wie ein Geschenk vor, und sie konnte es kaum mehr erwarten, wieder mächtig zu sein. Sie hatte genug mit ihm gespielt, es war an der Zeit es zu beenden.

»Fahr zur Hölle, für das, was du mir und meiner Schwester angetan hast!«, fluchte der Junge.

Sie schnipste unbeeindruckt mit ihren langen Fingern, und ein großes, schweres Beil kam durch die Luft geflogen und direkt in ihre knorrige Hand geschwebt. Langsam umschlossen die grünlichen Finger den hölzernen Ahornstiel.

»Die Posse ist nun vorbei, Bube! Er wird uns schmecken.«

Sie zielte auf seinen Kopf.

»Ja, so saftig frisch! So jung!«

Eine unsagbar schwere und bleierne Müdigkeit überkam ihn. Hatte sie ihn verhext? Regungslos lag er da und konnte nicht anders als abzuwarten. Eine merkwürdige Ruhe breitete sich in ihm aus. Dies war nun das Ende, und er war auch ein wenig erleichtert darüber, denn dies würde gleichwohl auch keine Schmerzen mehr bedeuten. Er schloss die Augen.

»Gretel, ich komme zu dir…«, war sein letzter Gedanke, dann fiel er in einen tiefen Schlaf.

Den kurzen Luftzug, der über ihn hinwegstrich, nahm er nicht mehr wahr.

Kaspars Augen versuchten sich an das schummerige Licht zu gewöhnen. Viel konnte er jedoch noch nicht erkennen, denn bis auf das lodernde Feuer war es nahezu nachtschwarz in der Hütte.

Seltsam anmutende Kräuter, die er zumeist alle nicht kannte, hingen zum Trocknen gebunden die Wände hinab. Alte, teilweise schon stark verwitterte Bücher, ganze Rollen, aber auch nur einzelne Blätter pergamentener Schriftstücke lagen sorgsam gestapelt aber auch wild verstreut umher. Ihrem Zustand nach zu urteilen, mussten einige davon bereits uralt sein. Seltsam geformte Gefäße, deren Inhalt er kaum erahnen konnte, standen verteilt in einem großen Regal. Verschiedenste Werkzeuge, gefertigt aus Hölzern und Metallen jeglicher Art, mit nie zuvor gesehenen Schriftzeichen versehen, waren ebenfalls dort untergebracht worden. Ein paar spitze Stöcke lehnten in einem der vielen dunklen Winkel, und ein dunkler Schwarzdornzweig lag mitten auf dem Boden. Eine hölzerne Schüssel, gefüllt mit einem widerlich dicken Brei, ein besudeltes Leinentuch, und ein blutiges, wohl sehr scharfes Messer lagen auf einem großen Tisch, der inmitten des Raumes stand.

Dort lag aber noch etwas anderes, das sofort seine Neugier weckte. Er sah eine dunklen Schatten krumm über dieses etwas gebeugt. Böses war hier im Gange, etwas Grauenvolles, dies spürte er. Er versuchte sich zu konzentrieren, seine Sinne zu schärfen, und dann erkannte er ihn, den Jungen, blutüberströmt dort liegen. Wilde Gedanken schossen ihm durch den Kopf, denn Kaspar wusste nur zu gut, wo er hier war und mit wem er es zu tun bekommen würde.

Die Hexe schrie auf, als sich der Pfeil in ihren Arm bohrte und sie durch die Wucht zur Seite gestoßen wurde. Sie torkelte, und das Beil fiel klirrend auf den Boden. Blitzschnell hatte Kaspar den Bogen erneut gespannt und ließ, so rasch er konnte, einen weiteren auf sie ab, in der unguten Gewissheit, den Überraschungsmoment nun nicht mehr auf seiner Seite zu haben. Der Pfeil blieb im Balken stecken.

»Verdammt!!!«, schimpfte er und warf den Bogen verärgert von sich, um dann blitzschnell seinen Yatagan aus der Scheide zu ziehen.

»Dann halt auf die harte Art und Weise!«

Kaum hatte er den orientalischen Säbel gezogen, da spürte er auch schon einen heftigen Schmerz in seiner Schulter, denn spitze Krallen bohrten sich durch seine Kleidung und in sein Fleisch hinein. Er drehte sich so rasch er konnte und hieb mit der Klinge um sich. So überraschend die Angreiferin gekommen war, so schnell war sie auch wieder in der Dunkelheit verschwunden. Er versuchte sich zu konzentrieren, besser sehen zu können, doch war es hier immer noch stockduster. Er spürte etwas im Rücken. Dieses Mal war es ein spitzes Messer, das nach ihm stach, dem er aber gerade noch rechtzeitig ausweichen konnte. Erneut hieb er um sich, und als die Kreatur in der Finsternis vor Schmerz aufschrie, wusste er, dass er dieses Mal getroffen hatte.

»Wer ist es, der uns wehtut?«, klagte sie laut und spuckte Blut, denn er hatte ihre abscheuliche Fratze getroffen.

Wo kam die Stimme her? Er versuchte sie ausfindig zu machen.

»Komm heraus aus der Dunkelheit, die dich beschützt, dann sage ich es dir gern!«, rief Kaspar ihr zu.

»Das hätte es gerne, das clevere Bürschchen, der garstige Unhold. Abstechen will er uns, der Mordbube, doch zerquetscht wirst du!«, zischelte sie böse.

»Ich bin nicht gekommen, um mit dir zu kämpfen, Weib!«

Kaspar senkte beschwichtigend seinen Säbel.

»Ich möchte einen Handel! Nur darum bin ich hier. Dieser kann für uns beide lohnend sein.«, fügte er hinzu.

Für einen Augenblick herrschte Stille in der kleinen Hütte.

»So, so…einen Handel will es?«

In der Dunkelheit blitzten zwei helle Punkte auf.

»Ja, darum bin ich zu dir gekommen! Zu der großen Zauberkünstlerin.«, antworte er, zufrieden ihr Interesse geweckt zu haben.

»Und warum verletzt es uns dann? Häh? Will unsere Hilfe, gar einen Handel und überfällt uns im eigenen Heim? Greift uns hinterhältig an, der Spitzbube!«, krächzte die Hexe, und das Blut lief ihr spitzes Kinn hinab und tropfte auf den Boden.

»Du hättest mich nicht lang genug am Leben gelassen, um mein Anliegen vortragen zu können. Nur so war es möglich, mich dir bemerkbar zu machen, mit dir reden zu können. Ohne diese kleine Hakelei hättest du mich sofort in tausend Stücke gerissen! Ist dem nicht so, oh mächtige Walburga? Was sind da schon ein paar kleine Hiebe und Stiche, winzige Piekser von einer Pfeilspitze? Nur lästig, für so eine mächtige Hexe, wie dich. Ich weiß von euren enormen Heilungskräften, oh mächtiges Hexenweib!«

Er verbeugte sich, in der Hoffnung, so überzeugender zu wirken.

»So, so!.. Und warum sollten wir dir glauben, gar überhaupt mit dir weiter schwätzen? Dich am kläglichen Leben lassen? Reine Zeitverschwendung! Du bist lästig und uns im Weg. Kalt wirst du gleich sein...«, drohte sie ihm unbeeindruckt, und er konnte spüren, wie sie sich anschickte, sich auf ihn zu stürzen, um ihn zu zerreißen.

Rasch nahm Kaspar sein kleines Säcklein vom Rücken, öffnete so schnell es nur ging dessen Verschnürung, und zog dann ein prachtvolles, goldenes Säckchen hervor, welches er nun hoch in die Luft hielt.

»Darum!«

»Luzifer und alle bösen Mächte! Was ist es? Ist es das, was wir glauben? Kann nicht sein...«, murmelte die kratzige Stimme ungläubig vor sich hin.

»Was sagt dir dein Gefühl?«, hakte er nach.

Walburga schloss, verborgen in der Dunkelheit, ihre bleichen Augen. Wie ein Raubtier, welches die Witterung seines Opfers im Winde aufnahm, erkundete sie nun mit Hilfe ihrer magischen Kräfte, was sich in diesem Säcklein verbarg. Schließlich grinste sie zufrieden mit ihrem schiefen Mund.

»Ahhhhh, nun können wir es spüren! Fürwahr eine Kostbarkeit, die es da bei sich trägt.«, sagte sie, und ihre Stimme wurde dabei immer leiser.

Kaspar war mehr als überrascht, als plötzlich aus dem Nichts, eine geisterhaft schimmernde jungen Frau vor ihm erschien. Diese war in ein weißes, leicht durchscheinendes Gewand gehüllt, und mit ihren langen, wehenden Haaren nun auf ihn zuschwebend, sah sie furchteinflößend, jedoch gleichwohl auch wunderschön und sehr verführerisch aus. Er blieb wie angewurzelt stehen, staunte, und ließ es zu, dass die feinen Hände der jungen Hexe das prunkvolle Säcklein berührten. Ihre zarte Hand streifte dabei die seine, und ihre Augen strahlten ihn an.

»Ein Hexenstein! Würdig, ein ganzes Königreich dafür einzutauschen«, hauchte sie sanft.

Kaspar nickte zustimmend.

»Du spürst seine Zauberkraft bereits, oder?«, lächelte er sie an.

»Ja das tue ich, wie du wohl mit deinen eigenen Augen sehen kannst. Ich wandle schon seit Jahrhunderten hier auf dieser Welt umher, und nie habe ich auch nur einen von ihnen mit meinen eigenen Augen sehen dürfen. Es gab Geschichten, Legenden, ja, die gibt es immer, doch wie kommt ein gewöhnlicher Mann, so wie du, in den Besitz eines solchen Schatzes?«, wollte sie wissen.

Er sah sie ernst an.

»Das ist eine lange Geschichte, doch ersparen wir sie uns beide fürs erste. Es war alles andere als leicht, dies kann ich dir versichern, doch zählt schließlich, dass ich ihn habe. Mit seiner Hilfe kannst du mächtig sein und noch viele weitere Jahrhunderte leben.«

»Willst du ihn mir geben? Hier und jetzt?«, hauchte sie.

Ihr schlanker Körper schmieg sich an den seinen, und er spürte dabei ihren pochenden, warmen Busen. Sie strich mit ihren zarten Fingern über seine Lippen, doch als sie dann nach dem Säcklein griff, steckte er es rasch in seine Tasche.

»Natürlich nicht ohne eine Gegenleistung.«, antwortete er.

Kaspar versuchte wieder Herr seiner Sinne zu werden. Dies hatte die Hexe bemerkt, und es belustigte sie nun ungemein.

»Oh ich kann dir alles geben, was du willst, Fremder! Alles…«, hauchte sie.

Sie umarmte ihn zärtlich, und sie küssten sich leidenschaftlich, doch dann blitzten ihre Augen plötzlich böse auf, und er spürte, wie ihr Griff immer fester wurde.

»Warum soll ich dich aber nicht gleich hier auf der Stelle zerquetschen und den Stein einfach so an mich nehmen?«, drohte sie ihm.

»Wenn du das könntest, dazu im Stande wärst, wäre ich schon lange tot. Du weißt so gut wie ich, dass Hexensteine nur durch einen ehrlichen Handel übergeben werden können, sonst verlieren sie ihre Macht. Ein Handel, erinnerst du dich?«, keuchte er.

Ihr Griff lockerte sich wieder. Erleichtert und auch mit etwas Genugtuung stieß er sie von sich. Die Hexe leckte sich genüsslich über ihre Lippen und grinste.

»Schlaues Bürschchen! Nun denn, Schöner, lass sehen, welche Gelüste dich plagen und wie ich dir diese zu deiner vollsten Zufriedenheit befriedigen kann...«

Kaspar nickte kurz, dann sagte er:

»Der Stein gegen drei Gefallen! Stimmst du dem zu, Hexe?«

Walburga dachte nach.

»Gut!«, antworte sie ihm dann, und ihr war bewusst, dass solch ein wichtiges Geschäft niemals gebrochen werden durfte.

»Dreierlei muss ich dir erfüllen, nach alter Regel. Nicht mehr, nicht weniger, im Tausch gegen deinen Hexenstein. Jedoch darf ich weder töten noch verletzen, so will es das uralte Gesetz. Achte dies! Nun, Schöner, so soll es denn sein... Ein Handel wurde geschlossen, bei allen Teufeln und Dämonen!!!«

Ihre Stimme hallte durch die Dunkelheit, und Kaspar schien, als würde plötzlich ein Windhauch durch die Hütte wehen und das Feuer anstacheln noch höher zu steigen. Kleine Funken flogen umher, und einen kurzen Augenblick lang schien alles hell erleuchtet.

»So sage mir, was du begehrst!«, forderte sie.

»Mein erster Wunsch lautet, der Junge soll leben! Kein Haar wirst du ihm mehr krümmen. Heile seinen Leib, sofort!«, forderte er sie auf und deutete dabei auf den blutbesudelten Tisch und das Bündel Elend, welches dort lag.

Die Hexe zuckte und ihre Augen verengten sich, denn sie sträubte sich sichtlich dagegen ihre Beute herauszugeben. Doch nickte sie schließlich, stimmte dem zu, in der Gewissheit, etwas weitaus Lohnenderes dafür im Tausch zu erhalten.

So hob sie ihre Hand, und ihre Finger kreisten beschwörend in der Luft umher. Kaspar glaubte erkennen zu können, wie sie dabei wohl etwas an Kraft zu verlieren schien, denn ihre Gestalt wurde immer schwächer. Er beobachtete das seltsame Geschehen, doch nichts passierte. Der Körper des armen Jungen lag immer noch regungslos da, doch dann, nach einer Weile, schien er sich langsam zu regen und seine Glieder begannen zu zucken. Zuckten immer stärker. Die Augenlieder öffneten sich, ebenso tat es der Mund. Er hustete und prustete, rang sichtlich nach Luft, dann konnte Kaspar erleichtert auch die Bewegung des sich auf und ab bewegenden Brustkorbs erkennen. Der Bub war am Leben. Die Welt hatte ihn wieder und Kaspar sah zufrieden zu, wie sich die Wunden langsam schlossen, bis sie gänzlich wieder verheilt waren. Auch das Blut löste sich in Luft auf, und so war nichts, rein gar nichts mehr, von dem Grauen übrig geblieben.

»Er muss jetzt noch etwas ruhen, dann ist er wieder wie neu.«, sagte die Hexe erschöpft, und der Junge schlief ein.

»Alles kannst du haben, und du Dummkopf wählst das Leben eines armseligen Jungen? Ich werde euch Menschen nie verstehen.«, fügte sie spöttisch hinzu.

»Nun, was ist dein weiteres Begehr? Gold, Silber, Edelsteine, Macht?«

»Ich möchte einen Namen!«, antworte Kaspar, dann zog jener ein uraltes Schriftstück hervor, auf dem mit einer dunkelroten Flüssigkeit etwas in Menschenhaut eingeritzt worden war.

Die Hexe schrie entsetzt auf.

»Luzifer, Satan, alle Teufel und alle Dämonen der Hölle!!! Nein, nicht! Verlang dies nicht von mir! Unmöglich!«

»Du bist an unseren Handel gebunden, Hexe!«, rief Kaspar ihr unbeeindruckt hinterher, während sich Walburga vor seinen Augen langsam in Luft auflöste.

»Nein, nimmer!!!«, schrie sie, und er meinte dabei Furcht aus ihrer Stimme heraushören zu können.

War dies bei solch einer mächtigen Hexe überhaupt möglich, Furcht?

»Du musst ihn mir sagen!!!«, beharrte er, doch bekam er keine Antwort mehr und so wartete er ab.

»Gut, dann werde ich den Handel für nichtig erklären, und der Stein verliert seine Macht für dich. Töte mich dann ruhig, es bedeutet mir nichts.«

Stille, nur der Wind blies leise um die einsame Hütte.

»Bist du dir sicher, dass du das auch wirklich willst? Weißt du, was du da von mir verlangst, mit wem du dich da anlegst?«

Ihre Stimme war leise und gespenstisch.

»Lass dies meine Sorge sein, sag mir nur den Namen!«, beharrte Kaspar.

Der Wind schien stetig heftiger zu werden.

»Satan hilf!!!«, hallte es plötzlich durch die Dunkelheit, und begleitet von einem mächtigen Donnerschlag fuhr ein gewaltiger Blitz hernieder und spaltete eine der hohen Fichten, die vor der Hütte standen.

Die Tür schlug weit auf, fiel dann wieder kräftig zurück in ihr Schloss, und das Feuer unter dem Kessel verfärbte sich und wurde giftig gelb. Nebel stieg auf, und eine gespenstische Hand kam aus jenem hervor. Lange Fingernägeln kratzten Buchstaben in das harte Holz, und das Geräusch schmerzte in Kaspars Ohren. Kaum war der letzte Buchstabe eingeritzt, fing die Tür auch schon Feuer, und die Flammen verzehrte das Holz an der Stelle, an der zuvor noch der Name gestanden hatte. Die gesamte vordere Hütte schien nun allmählich Feuer zu fangen, und Kaspar spürte die glühende Hitze unangenehm auf seiner Haut.

»Du weißt nicht, was du tust!«, hörte er die Stimme klagen.

»Verflucht seiest du, dass du dies von mir verlangtest!«

Kaspar war es egal, denn er wusste nun endlich das, was er schon so lange hatte wissen wollen. Nur dies war für ihn von Bedeutung.

»Einen letzten Wunsch habe ich noch frei!«, forderte er sie auf.

»Ich möchte, dass niemand mehr durch dich zu Tode kommt!«

»Das geht nicht, das darfst du nicht wünschen.«, antwortete sie ihm empört.

»Schwöre es!«, befahl Kaspar unnachgiebig.

Er wartete auf Antwort und nach einiger Zeit bekam er sie.

»Ich schwöre, dass ich niemanden mehr töten werde…«, begann die Hexe, und ein kräftiger Donnerschlag ließ die Hütte ein letztes Mal erzittern.

»…in meiner Hütte!«, fügte sie leise hinzu, noch bevor dieser ganz verhallt war.

Der Wind beruhigte sich, der Nebel löste sich wieder auf, und das Feuer unter dem großen Kessel verlor seine unnatürliche Farbe.

»Damit habe ich meinen Teil erfüllt, nun gib mir, was ich begehre!«, forderte sie ihn auf.

»Du bist gleichwohl an unser Geschäft gebunden.«

Kaspar legte das goldene Säcklein behutsam vor sich auf den Boden. Er beobachtete, wie die geisterhafte Hand, die zuvor schon die Buchstaben eingeritzt hatte, nun vorsichtig das kleine Säcklein an sich nahm. Kaum hatten die blassen Finger es umschlossen, leuchtete dieses plötzlich auf, und aus den Flammen kam die nun noch strahlender wirkende junge Hexe hervor.

Niemals zuvor hatte Kaspar derart Wunderbares gesehen. Wie ein Engel sah sie nun aus. Schön und rein wirkte sie auf ihn, und er musste einen kurzen Augenblick lang seine Augen schließen, so strahlend hell war ihre anmutige Erscheinung. Geblendet sank er in Gedanken vor ihr auf die Knie. Etwas schien mit ihm zu passieren, er konnte sich nicht dagegen wehren.

Vor lauter Verzückung stöhnte die Hexe laut auf. Ihre Augen strahlten. Mit einem kurzen, beinahe beiläufigen Wink ihrer Hand entfachte sie rings um sie beide herum kleine, magische Lichter, die nun die Hütte in den buntesten Farben erstrahlen ließen. Die sengenden Flammen erloschen und wohlige Wärme durchfuhr Kaspars Körper. Er hatte das Bedürfnis sich ausruhen zu müssen.

»Ich mag dich, Fremder! Ich mag dich sehr. Bleib doch noch bei mir, nur diese eine Nacht. Morgen können du und der Junge gehen. Es ist schon spät, die Nacht ist dunkel, der Weg hinaus aus dem Wald lang und beschwerlich. Lass uns unseren Handel gebührend feiern… Oder hast du etwa Angst? Vor mir?«, hauchte sie.

Kaspar spürte ihren warmen Körper.

»Bin ich nicht schön und begehrlich für dich? Nach all den Strapazen, nach all dem Leid und Schmerz? Davon werden du und ich noch genug haben, doch sei dir gewiss, nicht hier und jetzt! Dieser Moment gehört nur uns.«, hauchte sie, und ihr zartes Kleid fiel wie von selbst herab.

Ihr nackter, wohlgeformter Körper war makellos. Kaspar begehrte sie, je mehr er auch versuchte sich dagegen zu wehren. Ein Zauberbann hielt ihn gefangen, vernebelte ihm die Sinne. Wie berauscht bemerkte er, wie sich nun auch seine Kleider wie von selbst öffneten. Er spürte die warmen Hände auf seiner Haut, die ihn nun zärtlich liebkosten. Spürte die zarten, feuchten Lippen auf seinem Gesicht, seinem Hals, seiner Brust. Den angenehm warmen und sehr verlockenden Atem.

»Lange habe ich keinen Mann mehr gehabt, so unendlich lange schon. Lass uns lieben, bis in den Tag hinein, Liebster!«, hauchte sie wollüstig, während sie sich beide engumschlungen zusammen auf ein weiches Fell begaben.

Er stöhnte auf vor Verlangen, als sie sich langsam auf seinen Schoß setzte.

»Heh!!!«, hörte er eine weibliche Kinderstimme rufen, die ihn recht unsanft aus seinen allzu süßen Träumen rüttelte.

»Aufwachen!«

Es dauerte, doch dann erkannte er sie wieder.

»Gretel!«, stotterte er überrascht.

»Wie, was, wo?«

»Ihr habt versprochen, noch bevor die Sonne aufgeht, kommt ihr mit Hänsel zurück, holt mich aus meinem Versteck und wir kehren heim. Wo ist mein Bruder? Was ist passiert?«, wollte sie wissen und sah ihn besorgt an.

»Hänsel geht es gut, du brauchst dich nicht sorgen.«, versicherte er ihr.

Sie seufzte erleichtert auf.

»Tapferes Mädchen! Ich war ein Narr, sie hat mich verhext… Geht es dir gut?«, wollte er wissen und versuchte ihr Gesicht zu berühren, doch es ging nicht, er war gefesselt.

»Verdammt!«, fluchte Kaspar.

»Weißt du wo sie ist? Wie konntest du hier eigentlich unbemerkt hineinkommen?«

»Nun, ich sah, wie die Hexe den Schornstein hinausflog. Ich konnte sie kaum erkennen in der Dunkelheit. Sie schien auf der Suche nach etwas zu sein.«, erklärte Gretel.

»Ja, nach dir, nachdem sie dich nicht mehr eingesperrt im Stall vorgefunden hat! Gut, dass wir ein Versteck für dich gefunden haben. Das Habichtskraut hat offenbar deinen Geruch gut überdeckt, so hat sie dich nicht wittern können. Bin ich froh, dass du jetzt nicht alleine draußen umherirrst. Sie würde dich finden, Gretel! Nun aber schnell, wir müssen uns beeilen, Mädel! Such meinen Yatagan!«, forderte er sie auf.

Sie sah ihn jedoch nur mit großen, fragenden Augen an.

»Meinen Säbel.«, fügte er hinzu.

Gretel suchte daraufhin die gesamte Hütte ab. Jede Ecke, jeden Winkel, jede Ritze, bis sie schließlich, gänzlich verborgen im Schatten, eine riesige, von Außen verschlossene, hölzerne Kiste fand. Als sie diese vorsichtig öffnete und dann hineinsah, war die Überraschung groß.

»Hänsel! Oh mein Hänsel!«, rief sie voller Freude und drückte ihren Bruder so fest an sich, dass dieser beinahe keine Luft mehr bekam.

»Doch wie kann das sein?«, fragte er überrascht und sah sie ungläubig an.

»Ich dachte, du bist tot, Gretel! Ich habe selber mit ansehen müssen, wie die Hexe dich... Mich hat sie ebenfalls gequält, doch wo sind die Wunden? Was geht hier nur vor sich?«, stammelte er.

Er konnte es sich beim besten Willen nicht erklären.

»Hexenwerk, dunkle Zauberkunst, Täuschung, Lug und Trug. Dies ist ihr Handwerk, Kinder!«, hörten sie Kaspars Stimme aus dem Hintergrund.

»Ich möchte euer beider Wiedersehensfreude nicht weiter stören, doch wir haben jetzt keine Zeit dafür. Für Freude ist noch genug Zeit, wenn wir dies hier heile überstehen, wozu ich aber dringend meinen Yatagan benötige! Also, wärt ihr so freundlich?«

Er lächelte ungeduldig.

»Seinen was?«, fragte Hänsel, stieg dabei aus der großen Holzkiste und streckte seine müden Glieder.

»Seinen Säbel!«, antworte ihm seine Schwester und zuckte kurz mit der Schulter.

Sie suchten beide, solange, bis sie endlich den kostbar verzierten Griff des orientalischen Säbels unter einem verdreckten Tuch fanden. Die Waffe war leicht, leichter als jedes normale Schwert.

»Schneide die Fesseln durch, Gretel, aber vorsichtig.«, bat Kaspar.

»Die Klinge ist scharf.«

Tatsächlich brauchte es nur wenig, bis die erste durchschnitten war, dann kam die andere dran, wobei sich Gretel auch äußerst geschickt anstellte.

»Gutes Mädchen!«, lobte er sie zufrieden und strich ihr über den Kopf.

»Hätte nicht auch ein normales Messer dafür ausgereicht?«, wollte Hänsel wissen.

»Böser Stahl.«, bemerkte Kaspar und nahm den Säbel wieder an sich.

»Böser Stahl? Nie gehört!?«, stellte der Junge achselzuckend fest.

»Er gehorcht nur dem, in diesem Fall wohl derjenigen, der er gehört. Traue niemals einer Klinge aus dem Besitz einer Hexe oder eines Hexers. Ein weiterer Grund, warum mir diese Teufelsbuhlinnen so auf den Geist gehen. Oh, verzeiht Kinder!«, fügte er entschuldigend hinzu, während sie ihn beide grinsend ansahen, denn dieses Wort hatten sie auch schon gehört.

»Wer seid Ihr eigentlich, Herr?«, wollte Hänsel wissen.

»Kamt Ihr uns zu retten, schicken unsere Eltern Euch?«

»Mein Name ist Kaspar! Ich komme von weit her. Eure Eltern kenne ich nicht. Ich suche die Hexe schon seit geraumer Zeit und fand schließlich diese einsame Hütte hier, somit auch euch.«

»Ihr wolltet dieses Monster freiwillig aufsuchen? Warum? Seid ihr lebensmüde?«

Hänsel sah ihn verwirrt an und Kaspar lächelte.

»Ich musste etwas Wichtiges in Erfahrung bringen…«, antwortete er dann.

»Und habt Ihr das?«, wollte Hänsel wissen.

Sein Gegenüber nickte.

»Ja, das habe ich!«

»Ohne Euch, Herr, wären wir tot.«, bemerkte Gretel.

»Genauso mausetot, wie all die anderen armen Kinder hier.«

Sie zeigte mit ihrem zittrigen Finger auf die sorgfältig aneinandergereihten und gestapelten Kinderschädel, die wie Jagdtrophäen präsentiert wurden.

»Die armen Kinder! Sie hat sie alle gefressen!«, fing sie zu weinen an.

Kaspar nahm sie tröstend in den Arm.

»Ja, dass hat sie, doch Euch nicht! Und das wird sie auch nicht, nicht solange ich es verhindern kann. Vertraut Ihr mir, Kinder?«

Sie nickten beide.

»Gut, dann kommt! Wir müssen hier nun schleunigst fort, so schnell wie nur möglich. Die Hexe hat geschworen, niemanden mehr zu töten, doch habe ich daran so meine Zweifel. Los jetzt!!!«

Kaspar nahm einen Stock, der an der Wand gelehnt hatte, und wickelte ein lumpiges Tuch um dessen Spitze. Dann tränkte er das Bündel sorgsam mit einer Flüssigkeit aus dem Regal und als er es ins Feuer hielt, fing die Fackel sofort an hell aufzubrennen. Es dauerte nicht lange, da hatte er einen großen Brand gelegt, und die Hütte ging langsam immer mehr in Feuer auf.

Als sie diese schon fast verlassen hatten, bemerkte Kaspar noch ein recht eigenartiges Buch oberhalb auf einem hohen Stapel liegen, welches seine Aufmerksamkeit weckte. Er nahm es an sich, außerdem noch ein Säckchen voller Juwelen und Goldstücke, dann verstaute er schließlich alles sicher in seinem Säckchen.

Von Draußen sahen die drei noch eine Weile lang zu, wie die Hütte allmählich in Rauch aufging. Ein Licht in der Dunkelheit war dies, und Kaspar wusste, dass es die Hexe ebenfalls sehen würde.

»Sie wird eine Weile damit beschäftigt sein, das Feuer zu löschen und ihre Habseligkeiten zu retten, dass verschafft uns etwas Zeit. Kommt jetzt, Hänsel und Gretel! Lasst uns diesen gastlichen Ort für immer verlassen.«, sagte er, und sie machten sich zusammen auf den Heimweg.

Mühsam schlugen sie sich durch das dichte Unterholz der hohen Fichten und sahen dabei die Hand vor Augen nicht, denn der Mond leuchtete ihnen nur spärlich den Weg. In der Ferne war das einsame Rufen eines Käuzchens zu vernehmen. Nach einer Weile tauchten inmitten des Waldes bizarre Felsformationen vor ihnen auf, hohe Gesteinsblöcke, die im Laufe der Zeit immer weiter verwitterten und nun wie sorgfältig übereinander gestapelte Wollsäcke aus Stein aussahen.

»Diesen Ort kenne ich!«, rief Gretel erfreut.

»Ja, ich auch!«, bestätigte ihr Bruder.

Kaspar nickte zufrieden.

»Dann sind wir wohl auf dem richtigen Weg.«, sagte er dann.

Sie gingen weiter und kamen an eine lichte Stelle, aus der klares Wasser aus dem Stein sprudelte: eine Quelle. Sie löschten ihren Durst und folgten dem Lauf des Wassers hinab, bis sie nach einiger Zeit zum Rand einer steilen Felsenklippe gelangten.

»Seid vorsichtig, dass ihr nicht hinabstürzt!«, mahnte Kaspar.

Dort, wo nun ein kleiner Wasserfall in die Tiefe stürzte, machten sie am Fuße eines knorrigen Baumes halt, der sich mit seinen krummen Wurzeln am harten Gestein festzukrallen schien, um nicht hinabzufallen.

Kaspar nahm sein Säckchen vom Rücken. Unten in der tiefen Schlucht tobte das wilde Wasser, und es schäumte dort so wild, dass es so aussah, als würde es förmlich kochen. Kleinste Wassertröpfchen reflektierten schon die ersten Strahlen der Sonne, und es wirkte, als würden tausende Edelsteine dort aufblitzen. Als der Morgen nun langsam dämmerte, konnte sie von hier oben schon die Dächer des Dorfes in der Ferne sehen. Freude und Erleichterung machten sich breit.

»Wir kommen nach Hause, Hänsel!«, rief seine Schwester freudig.

»Ja, Gretel, heim zu Mutter und Vater! Die werden Augen machen.«, antwortete ihr Bruder überglücklich, und sie fassten sich an den Händen und tanzten vor lauter Freude wild im Kreis umher.

> *»Ringel- ringel- reihen,*
> *wir sind der Kinder zweien,*
> *sitzen unterm Hollerbusch,*
> *Vater sagt uns husch- husch- husch!«*

Kaspar wärmte es das Herz, denn dies ausgelassene Treiben erinnerte ihn an vergangene Tage. An die unbeschwerte und fröhliche Zeit, lange vor alledem hier. Er schaute dem Ringelreigen freudig zu und klatschte dabei lustig in die Hände. Die beiden Kinder drehten sich noch mehrmals im Kreis, blieben dann aber plötzlich mitten im

Tanze stehen. Irgendetwas stimmt nicht, er konnte es ihren starren Gesichtern ansehen.

»Was ist? Was habt ihr?«, wollte er von ihnen wissen, doch noch bevor sie ihm antworten konnten, packte ihn etwas von hinten und zog ihn hinauf in die Luft.

Die Kinder schrien, und ihre Stimmen wurden immer leiser.

»Lauft! Flieht!«, rief er ihnen zu.

Als er hinab sah, war unter seinen Füßen nur der tiefe Abgrund. Dann spürte Kaspar einen kräftigen Schlag, und er verlor das Bewusstsein.

»Dieser Ort wird Hexentanzplatz genannt.«, hörte er eine ihm wohlbekannte Stimme.

Es war die Walburgas, der jungen Hexe. Vollkommen nackt saß diese auf einem großen runden Stein, der zusammen mit etlichen anderen einen mystischen Ring bildete. An einer goldenen Kette um ihren Hals baumelte der Hexenstein, eingebettet zwischen ihren wohlgeformten Brüsten und leuchtete.

»Die Hexen des Mittelgebirges versammeln sich hier oben, um dann weiter zum Brocken zu ziehen. So auch in der Walpurgisnacht… Wusstest du, dass die Menschen dies weithin glauben? Sie fürchten sich vor diesem Ort, meiden ihn, denn er ist ihnen nicht geheuer.«

Sie stieg langsam herab, geschmeidig und elegant, wie eine Katze. Wunderschön sah sie aus, doch ihre Augen glühten dämonisch.

»Davon habe ich schon gehört, Hexe!«, bekam sie ruppig als Antwort, und Kaspar schüttelte den Kopf.

»Und dafür hast du mich am Leben gelassen, um mir diesen Steinhaufen zu zeigen? Erspar mir dein Gerede und mach endlich ein Ende!«

»So, so! Ein Steinhaufen…«, lächelte sie.

»Hab noch etwas Geduld, du stirbst schon früh genug, Hübscher! Ich werde dir vorher sogar noch ein kleines Geheimnis verraten, ganz ohne Gegenleistung. Denn ich bin in Geberlaune, auch wenn du mein Heim niedergebrannt hast, was mich schon ein wenig verärgert hat. Möchtest du erfahren, was es mit diesem Ort wirklich auf sich hat?«

Kaspars Neugier war geweckt, doch ließ er es sich nicht anmerken.

»Lass mich raten, hier treibt ihr es mit euren gehörnten und bocksfüßigen Freunden aus der Hölle? Wenn du wieder einmal ein Bedürfnis hast, Weib, findet sich sicher ein einfacherer Weg.«

Er lachte spöttisch.

Eine unsichtbare Kraft packte ihn und ließ ihn auf die Hexe zuschweben. Sie griff sich sein Kinn und hielt es fest.

»So wie in der Nacht, als du mein warst? Du hast es genossen, oder?«, wollte sie wissen und strich ihm zärtlich über die Wange, doch Kaspar versuchte keine Miene zu verziehen.

»Oh ja, du hast es mit einer Teufelshure getrieben und es genossen.«

Sie leckte ihm genüsslich über die Lippen, dann lachte sie.

»Aber gut! Leugne es ruhig, wenn du dich dadurch besser fühlst. Es ist eh nicht von Bedeutung. Wir hatten unseren Spaß, nun ist es damit vorbei. Dieser Platz ist eine Pforte, Hübscher! Ja, eine Pforte direkt zur Hölle.«

»Lass dich durch mich nur nicht aufhalten.«, antwortete er ihr unbeeindruckt.

»Und durch dein kostbares Mitbringsel habe ich nun endlich die Macht, diese öffnen zu können, doch leider benötige noch etwas anderes…«

Sie sah ihn so durchdringend an, dass Kaspar dabei ein ungutes Gefühl bekam.

»Was? Mein Herz, mein Blut, mein Leben?«, wollte er wissen.

Sie nickte, dann streckte sie ihre Hand aus und stieß einen magischen Feuerball in die Mitte des Steinringes. Mit einem großen Knall entzündete sich eine violette Flamme.

»Ja, sehr bedauerlich, wirklich! Ich mag dich nämlich.«, bemerkte sie und streichelte ihm zärtlich übers Gesicht.

»Was ist mit deinem Schwur, Hexe?«, wollte Kaspar wissen.

»Tja, ja! So ist das mit den Wünschen, man bekommt nicht immer das, was man eigentlich haben wollte. Oder anders gesagt, nicht ganz…«, antwortete sie ihm.

Kaspar sah sie verwundert an, dann dämmerte es ihm allmählich.

»Der Donnerschlag?«

Sie grinste.

»Ein wenig geschummelt, zugegeben! Doch was erwartest du? Glaubst du, ich gebe mich gänzlich auf? Ich war bereits ein Schatten meiner selbst, dazu verdammt in dieser kargen Hütte den Rest meines kümmerlichen Daseins zu fristen. Eine widerliche Kreatur… doch dann kamst du, ein Geschenk der Hölle.«

Walburga küsste ihn zärtlich.

»Und zum Dank dafür muss ich nun sterben?«, spöttelte Kaspar.

»Bedauerlicherweise benötigt das Ritual ein Menschenopfer.«, bemerkte sie, dann stieß sie ihn grob von sich, denn dies kleine Spielchen zwischen ihnen beiden war nun vorbei.

»Außerdem kann ich dich mit dem Wissen, welches ich dir gegeben habe, nicht fortlassen. Es würde zu viel Unruhe zwischen die Dinge bringen. Der, den du suchst, würde mich finden und bestrafen, wenn nicht gar vernichten.«, erklärte sie.

Kaspar wusste, dass sie damit wohl Recht hatte.

»Was mich aber noch interessieren würde… Du wusstest, dass ich durch den Stein mächtig sein würde. Hat dir dies keine Sorgen bereitet? War dir der Name wirklich so wichtig? Was hattest du vor? Dich nach unserem Handel einfach umzudrehen und wieder wegzugehen? So dumm bist du nicht.«

Sie wollte es wirklich wissen.

»Du meinst, was ich gemacht hätte, wenn du mich nicht verhext hättest?«, hakte Kaspar nach.

»Ja!«

»Ich hätte dir den Kopf vom Rumpf geschlagen, und ihn dann in eine der tiefen Felsspalten geworfen!«

Er sah sie eiskalt an und das Funkeln in ihren Augen erlosch.

»Ja, das hättest du vielleicht sogar geschafft! Ich kann es in deinen Augen sehen, irgendetwas an dir ist besonders, anders, als bei den gewöhnlichen Menschen. Ich habe dies gleich gespürt… Doch frage ich mich, was?«

Sie schloss ihre Augen und versuchte es mit Hilfe ihrer Zauberkraft herauszufinden, doch gelang dies nicht, denn etwas schien das Geheimnis zu schützen. Etwas mächtiges, etwas sehr mächtiges und uraltes. Ein Schauer durchfuhr sie.

»Warum?«, wollte Kaspar wissen.

»Warum, was?«, fragte sie, ganz aus ihren Gedanken gerissen, zurück.

»Warum willst du freiwillig in die Hölle, in der du nur eine weitere kleine Hure unter all den großen Dämonen und Teufeln bist, wenn du hier auf Erden doch so mächtig sein kannst?«

Sie sah ihn belustigt an.

»Wer hat denn gesagt, dass ich hinein will?«

Kaspars erstaunter Gesichtsausdruck erfreute sie.

»Du öffnest die Pforte nicht um hineinzuwollen, nein! Du möchtest etwas herausholen.«, wurde ihm klar.

»Ich möchte jemanden herausholen, ja!«

Sie lächelte.

»Wollen wir nun beginnen?«

Kaspar wurde erneut von der unsichtbaren Kraft gepackt und schwebte, ohne sich dagegen wehren zu können, dicht an das große violette Feuer in der Mitte des Steinringes heran. Er konnte die sengende Hitze auf seiner Haut spüren. Die Hexe flog durch die Luft und ließ sich langsam auf einen der großen runden Steine hinab gleiten. Mit gespreizten Beinen, die Arme und Hände dabei weit in den Himmel gerichtet, rief sie ihre magischen Zaubersprüche in den nun immer dunkler werdenden Abendhimmel. Sie stand da, vollkommen nackt, und der Edelstein auf ihrer Brust leuchtete heller denn je. Kaspar wurde, als er in den Himmel sah, erst jetzt bewusst, dass der gesamte Tag verstrichen sein musste. Er war sich daher ziemlich sicher, dass die Hexe ihn in einen magischen Schlaf versetzt hatte, um ihr schauriges Ritual pünktlich zum Anbruch der Nacht beginnen zu können.

Der Vollmond leuchtete hell, und es wurde wahrlich ein gespenstisches Treiben um ihn herum. Den magischen Worten der Hexe folgend, stieg gespenstisch dichter Nebel aus der klaffenden Tiefe, und die wabernden Schwaden umschlossen Kaspar, sodass dieser nichts mehr sehen konnte. Hilflos schaute er den unheimlichen Schatten dabei zu, wie sie in diesem unnatürlichen Dunst wild umhertanzen. Starre Augen belauerten ihn und scharfe Zähnen blitzten auf. Unheimliches Schmatzen, lautes Kreischen und gequältes Stöhnen war zu hören. Der Lärm verstummte, und plötzlich biss und griff etwas nach ihm. Er versuchte sich zu regen, sich zu wehren, doch war dies, wie auch alles andere um ihn herum, nur Spuk und fiel schließlich in sich zusammen, löste sich so schnell wieder in Nichts auf, wie es gekommen war. Das Feuer wechselte die Farbe, nun war es leuchtend grün und kleine Blitze kamen heraus. Diese wurden dann von den Felsen wieder zurückgeworfen. Kleine giftiggrüne Feuerbälle formten sich aus der lodernden Glut und sprangen wie wild umher, bis sie mit lautem Knall plötzlich wieder verschwanden. Im Hintergrund zog ein Sturm auf. Es wehte, und die Flamme fing an zu wirbeln und dies immer schneller.

Walburga ließ sich erfreut in die Luft aufsteigen. Sie schwebte über dem höchsten der runden Steine und gebieterisch ertönte ihre Stimme. Der wilde Flammenwirbel stieg an zu einer mächtigen Feuersäule, die nun hoch in den Himmel ragte. Sie beschwor die dunklen Mächte und schien nichts Menschliches mehr an sich zu haben.

»So höret mich!!!«, rief sie, und ihre Haare wehten im Sturm.

Dann kam sie zu Kaspar hinabgeschwebt, packte ihn grob an seiner Schulter, und ihre Krallen bohrten sich dabei in seine Haut. Er stöhnte auf vor Schmerz, und sie zog ihn mit sich hinauf in die Höhe.

»Nehmt dies Opfer!!!«, rief sie.

Die gigantische Feuersäule teilte sich, und Kaspar meinte undeutlich Umrisse erkennen zu können. Etwas entstieg dem Feuer, etwas dunkles, etwas großes und recht furchteinflößendes. Ein Mischwesen: halb Schlange, halb Mensch! Den Köper einer Schlange, doch hatte es Kopf, Arme und Beine…

»Komm zu mir, Geliebter!«, sagte die Hexe und blickte zufrieden hinab.

Kaspar ahnte, dass es nun bald sterben würde. Er wartete und seine Verzweiflung stieg. Während Walburga triumphierend lachte, zerbrach er sich den Kopf, wie er ihr entkommen konnte.

»Komm zu mir, ja!«, lockte sie mit tiefer Stimme.

Er spürte, wie der Druck in seiner Schulter nachließ. Die Hexe hatte einen kurzen Moment der Schwäche, ließ sich unvorsichtigerweise von ihren Gefühlen leiten. Er war sich nicht sicher… Würde dies ausreichen? Noch bevor sie ihre Unachtsamkeit bereuen konnte, hatte Kaspar ihr die Kette vom Hals gerissen. Er hielt das Schmuckstück fest in seiner Faust, während er hart auf den Boden knallte und sich duckte. Ihre spitzen Fingernägel verfehlten nur knapp seinen Kopf, und sie schrie, schrie laut auf vor Zorn und Hass.

Die Erde erzitterte, brach auf, und der diabolische Feuerspuk stürzte mitsamt der unheimlichen Kreatur hinab in die Tiefe. Kaum war dies geschehen, verschloss sich der riesige Schlund auch schon wieder, ganz wie von selbst, und bis auf ein kleines Feuerchen war nichts mehr von alledem übrig geblieben.

»Du Wurm, was hast du getan!!!«, schrie sie ihn hasserfüllt an.

Kaspar versuchte aufzustehen, doch im Bruchteil einer Sekunde war sie schon über ihm. Ihre Augen glühten ihn wütend an.

»Ich werde dich dafür leiden lassen! Oh ja!«

Er sah, wie sich ihr Gesicht veränderte. Der kraftspendenden Macht des Hexensteins beraubt, wurde sie wieder zur fürchterlichen Kreatur, dem alten scheußlichen Weib.

»Nein, nimmer! Nimmermehr!!! Gib es uns den Stein zurück!«, krächzte sie mit ihrer alten, heiseren Stimme.

Krumm über ihn gebeugt, grabschten ihre knorrigen Hände gierig nach der goldenen Kette, dann packte sie zu. Kaspar hielt so gut es ging dagegen. Während er mit ganzer Kraft zog, spürte er, dass er der Alten nicht mehr lange Widerstand leisten konnte, denn die Hexe war auch ohne die Macht des Hexensteins kräftiger, als jeder normale Mensch. Ihre langen spitzen Fingernägel bohrten sich unerbittlich in seine Haut, und das Blut lief hinab.

»Gib es mir!!! Garstig ist es! So garstig!«, geiferte sie.

Er roch ihren fauligen Atem, und der Sabber spritze ihm ins Gesicht. Die wütende Kreatur zerrte wie wild. Was konnte er nur tun?

»Hier hast du ihn!«, rief Kaspar und ließ die Kette überraschend los.

Die überrumpelte Alte fiel nach hinten und prallte mit ihrem Rücken mit voller Wucht gegen einen der großen, harten Steine. Sie stöhnte auf und schüttelte sich kurz, dann hatte sie sich aber schnell wieder gefangen. Sie lachte und kicherte triumphierend, endlich wieder im Besitz ihres Schatzes zu sein. Ja, Walburga konnte sie spüren, die Macht. Sie durchfuhr erneut ihre alten Glieder, gab ihr neue Kraft. Begierig schloss sie die bleichen Augen, verwandelte sich mit Hilfe des Steins zurück, und als sie ihre strahlend schönen, jungen Augen öffnete, sah sie Kaspar mitten in dessen Gesicht, direkt in seine entschlossenen, blauen Augen und erschrak.

Mit nur einem Hieb hatte er ihre den Kopf vom Hals getrennt, und Ihr Körper fiel in sich zusammen und auf den Boden. Er zuckte noch, als Kaspar triumphierend ihr Haupt an den Haaren in den Abendhimmel hielt.

»Sei verflucht auf ewiggggg!«, gurgelte sie mit blutigem Mund.

»Ddddu und dddeine ggganze Sippe!«

»Das bin ich bereits, Hexe«, antwortete er ihr unbeeindruckt.

»Für all die Kinder wirst du nun bezahlen.«, drohte er.

»Ggggnade…«, winselte sie.

Dann ging er zum Rand der Felsenklippe und schaute hinab in den tiefen Abgrund.

»Nein! Hab dddoch Ggggnade, Fremder«, winselte sie, doch er schüttelte den Kopf.

»Gnade? Dieselbe, die du den Kindern zukommen lassen hast?«

Noch bevor sie ihm antworten konnte, warf Kaspar den Kopf der Hexe hinab. Im Sturz drehte sich dieser mehrmals um sich selbst, und ihre langen Haare wirbelten umher. Er sah, wie ihr Haupt schließlich in einer der tiefen Spalten verschwand. Das Dunkel verschluckte die Ausgeburt der Hölle. Hoffentlich, so wünschte er es sich, für sehr lange Zeit! Er wischte das Blut an seinem Beinkleid ab und steckte den Säbel dann wieder zurück in die kostbare Scheide. Vom ehemals gewaltigen Feuersturm war nur noch ein kleines Feuerchen übrig geblieben, doch dies war ausreichend. Während der Rest der Hexe Walburga langsam in Asche aufging, schrie ihr abgetrennter Kopf in der Tiefe laut auf vor Schmerz und Pein.

Auf dem Rückweg kam Kaspar an einem tiefen Bergsee vorbei. Dessen Wasser war dunkelblau und in der Mitte nahezu schwarz. Er hatte am eigenen Leib erfahren müssen, und dies recht schmerzhaft und beinahe sogar tödlich, wie mächtig der Edelsteins war, den alle gemeinhin nur als Hexenstein bezeichneten. Tief in sich spürte er, dass es falsch gewesen wäre, diesen weiterhin bei sich zu tragen. Sollte doch das Schicksal darüber entscheiden, wer dessen neuer Besitzer sein würde. So griff er in die Tasche, zog die goldene Kette hervor und nahm den Edelstein sorgfältig ab. Die Kette steckte er wieder zurück. Dann holte er weit aus, warf, und der Stein plumpste ins dunkle Nass. Er sank schnell hinab, bis er schließlich ganz in der Tiefe verschwunden war. Keiner würde ihn so ohne weiteres finden können. Erleichtert setzte er seinen Weg fort. Er wollte unbedingt noch in Erfahrung bringen, was mit den Kindern geschehen war, bevor er sich wieder auf seinen Heimweg machen konnte.

Als er schließlich nach einiger Zeit und etwas Mühe das Haus der Besenbinderfamilie erreicht hatte und ihn die beiden Kinder überglücklich begrüßten, war er froh und erleichtert zugleich. Er drückte sie, und als den verdutzten Eltern nun langsam dämmerte, wer dort eigentlich vor ihrer Türe stand, fingen sie an sich bei ihm zu bedanken. Kaspar musste ihnen alles berichten und dies tat er auch. Natürlich nur das, was er ihnen auch erzählen wollte und konnte. Und die Kinder erzählten ihm, wie sie ganz alleine den restlichen Weg zurückgelegt und außerdem dabei auch sein Säcklein mitgebracht hatten. An jenes hatte Kaspar gar nicht mehr gedacht. So wurde der fremde Mann ein Freund der Familie, und er verbrachte noch einige erholsame Tage im Haus der armen, aber sehr gastfreundlichen Besenbinderfamilie. Sie waren einfache Leute, und zum Dank für ihre Gastfreundschaft und weil er selber ja genug besaß, jedenfalls mehr als er eigentlich benötigte, überließ er ihnen all die Juwelen und Goldstücke, die er in der Hexenhütte eingesammelt hatte. Die Besenbinderfamilie brauchte fortan nie mehr Hunger leiden. Jedoch mussten sie ihm im Gegenzug versprechen, dass niemand davon erfahren durfte, dass eigentlich er es gewesen war, der die Hexe zur Strecke gebracht hatte. Dies versprachen sie ihm, und so ersannen sie gemeinsam ihre ganz eigene Version des Geschehenen. Diese erfuhren dann auch die neugierigen Leute, die alles genau wissen wollten, denn das ganze Dorf freute sich darüber, dass die Knusperhexe nun für ewig besiegt war.

So wurde die Mär über Generationen hinweg weitererzählt. Und so wie es bei solchen Dingen meist geschieht, dabei ein wenig verändert, noch etwas hinzugefügt oder gar ganz weggelassen. Die beiden Kinder, die Hütte und auch die Hexe wurden schließlich zur Legende, zum Märchen, doch Kaspar kam darin nicht mehr vor, und darüber war er sehr froh.

Die goldene Kette des Hexensteins tauschte er schließlich gegen ein sehr gutes Pferd, mehr als genug Proviant und einiges an Kleidung ein und machte sich dann alsbald daran den Rückweg anzutreten. Die beiden Kinder und ihre Eltern winkten ihm zum Abschied, während er seinem Pferd die Sporen gab.

Kaspar hatte sie vor dem sicheren Tod bewahrt und den Namen des Dämons erfahren, somit konnte er eigentlich recht zufrieden mit sich sein. Eng war es gewesen, ja, aber dies war es ja meist! Und auch nur eine weitere, kleine Etappe auf dem noch weiten Weg hin zum großen Finale. Hier war die Welt jedoch von einem Übel befreit worden, und er seinem großen Ziel einen weiteren, sehr wichtigen Schritt näher gekommen. Dies munterte ihn dann doch noch ein wenig auf, während er allmählich den Harz hinter sich ließ und weiter gen Süden ritt.

Doch war das Übel in diesem sagenumwobenen Teil des Mittelgebirges nicht gänzlich vernichtet, nein! Es sollte weiterleben, bis in die heutige Zeit hinein. Und so ist manchmal, meist in kalten und dunklen Abendstunden und nur wenn man sehr still lauscht, leise noch ein unheimliches Fluchen aus der Tiefe zu hören, jedoch so undeutlich, dass es auch nur als Plätschern des Wassers gedeutet werden könnte.

Kapitel 2

Ein Buch aus Haut

»Ketzerei! Teufelswerk! Nichts anderes als dies.«, stellte Kaspar fest und schlug das dicke, alte Buch so heftig zu, dass der Staub in der Luft umherwirbelte.

»Lest ruhig weiter, mein Freund! Traut Euch! Niemand kann uns hier belauschen... Die Mauern sind dick, die Tür gut versperrt. Niemand außer uns beiden ist hier unten. Ich habe es so gewollt.«, ermutigte ihn sein Gegenüber und lächelte dabei milde.

»Ich schäme mich beinahe dafür, es mitgebracht zu haben. Allein schon der Besitz könnte für Euch und mich den grausamen Flammentod bedeuten...«

Kaspar war beunruhigt.

»Ja, für gewöhnlich schon! Doch hat es neben den vielen Nachteilen und Unannehmlichkeiten auch Vorteile Vorsteher eines Klosters zu sein. Unter anderem jenen, Herrscher über ein ausgeklügeltes System versteckter Räume und Gänge zu sein. Überaus nützlich für die sichere Lagerung, aber auch zum heimlichen Studium jener Schriften, die nicht jedem zugänglich sein sollten.«

Johannes von Sponheim, der Abt, grinste.

»Ist es das, was ich glaube, was es ist?«, wollte Kaspar wissen und strich über den Rücken des uralten Buches.

Sein Gegenüber nickte.

»Ja, die Haut eines Menschen! Ich nehme an, bei diesem besonderen Exemplar, sogar die eines Säuglings. In jenen dunklen Kreisen ein eindeutiges Merkmal besonders mächtiger Zauberbücher. Wahrhaft meisterlich und kunstvoll gearbeitet.«, erklärte ihm der Abt.

Kaspar lief ein Schauer über den Rücken, und er schüttelte angewidert den Kopf.

»Der Inhalt... reine Blasphemie!«

»Könnt Ihr dies mit Gewissheit sagen? Ich jedenfalls nicht, denn es gibt nur eine allwissende Macht, unseren Herrgott! *Er* alleine weiß, was wahr und unwahr ist! *Nur er*, nicht die Kirche!«

Der Abt war sich dem Gewicht seiner Aussage vollends bewusst. Kaspar bewunderte Ihn dafür, seine Ansicht so unverhohlen zu äußern, denn dies war in den dunklen und blutigen Zeiten der Inquisition gefährlich und nicht selten auch tödlich.

»Bitte, versteht mich nicht falsch, Herr Abt! Ich sorge mich nicht um Eure geistige Haltung, sondern um Euer Leben. Es ist in diesen Zeiten gefährlich, seine eigene Sicht der Dinge zu haben und diese offen nach Außen zu vertreten, doch ich achte und bewundere Euren Verstand schon lange, und mich interessiert die Meinung der Kirche wenig. Wir, mein Freund, kennen und verstehen uns schon zu lange, als dass ich Eure Freigeistigkeit nicht schätzen würde. Was ich eigentlich sagen möchte ist, wir wissen noch nicht wirklich, was wir hier in Händen halten, denn dies Buch befand sich im Besitz einer sehr mächtigen Hexe und könnte somit für uns alle überaus gefährlich sein! Ebenso können wir uns über den Inhalt noch keine rechte Meinung bilden. Darum würde ich vorschlagen, solange wir es noch nicht ganz verstehen und richtig deuten können, sollten wir dies Werk voller Argwohn und mit größter Vorsicht betrachten.«, erklärte sich Kaspar und sah sein Gegenüber ernst an.

»Ich verstehe, was Ihr meint und gebe Euch damit vollends Recht. Solch ein komplexes Machwerk ist mir bisher auch noch nicht in die Finger geraten. Ich bin aber durchaus gewillt und fest entschlossen, dies mysteriöse Buch solange zu studieren und zu untersuchen, bis es vielleicht eines Tages gänzlich enträtselt werden kann. Jedoch alles mit der gebührenden Vorsicht.«, versicherte ihm Johannes.

»Das beruhigt mich, mein Freund! Niemand außer Euch darf es sehen, nicht auszudenken, wenn…«, antwortete Kaspar.

»Natürlich! Es ist hier unten, ganz im Verborgenen, gut aufgehoben. Keine Menschenseele wird es zu Gesicht bekommen, außer mir. Ich gebe Euch mein Wort! Und wenn es dadurch einfacher für Euch wird, so kann ich Euch beruhigen und gleichfalls versichern, dass es ja vornehmlich als ein Mann Gottes auch zu meiner heiligen

Pflicht gehört, solch ein, dem Anschein nach, ketzerisches Grimoire in Verwahrung zu nehmen, um so die schwachen und leicht verführbaren Menschen vor großem Schaden zu bewahren. Doch sagt, was ist eigentlich mit ihr geschehen?«, wollte der Abt wissen.

»Ihr meint die Hexe? Was mit ihr geschah? Nun, sie hat bekommen, was ihr zusteht.«, antwortete Kaspar kurz und knapp.

»Ich verstehe… Nun, allesamt sind sie verdammte Seelen! Gott wird sie richten und bestrafen für ihren Sünden…«

Johannes bekreuzigte sich.

»Ich werde Euch lieber nicht weiter dazu befragen.«

Kaspar nickte und zeigte dann auf einen der vielen hohen Stapel.

»Ihr wart fleißig mit Eurer Sammlung bisher, mein Freund!«

»Ihr könnt Euch ja gar nicht vorstellen, wieviel Mühe es mir bereitet hat, den Toten- oder Dämonenbeschwörern, Hexen, Magiern, ihre Zauberbücher rechtzeitig abzunehmen, um diese vor dem verzehrenden Feuer der Inquisition zu bewahren. Es lag leider nicht in meiner Macht, sie alle zu retten, doch konnte ich so wenigstens einige für die Nachwelt erhalten, worüber ich sehr froh bin. Nebenbei kann ich Euch versichern, dass dieses von Euch mitgebrachte Werk hier, wie auch all die anderen selbiger Machart, natürlich in keiner meiner öffentlichen Listen auftauchen wird. Bei meinem Eintritt in dies Kloster gab es lediglich 48 Bücher, nun sind daraus einige Tausend geworden, diese besonderen Schriften hier unten natürlich nicht mit eingerechnet.«, erklärte ihm Johannes, doch auch ein wenig stolz.

Kaspar ahnte, dass dies wohl wahrlich keine Übertreibung war, denn ausgehend von dieser einzelnen geheimen Kammer hier, in der schon mehr zu finden war, als in so manch anderer Bibliothek, musste das Kloster derzeit wahrhaft über eine der größten Schriftensammlungen weit und breit verfügen.

»Und deren Besitzer? Was wurde aus ihnen? Waren sie alle schuldig?«, hakte Kaspar nach.

»Darüber zu urteilen, lag bedauerlicherweise nicht in meiner bescheidenen Macht.«, bemerkte sein Gegenüber und wurde ernst.

»Ihr wisst, es ist Krieg, und die Apokalypse naht! Wir müssen ihn gewinnen, egal wie und mit welchen Mitteln! Lasst Euch im Vertrauen sagen, es sind, bis auf einige wenige Ausnahmen, nicht die Bücher an sich, die Böses wirken, sondern diejenigen, die sie dafür nutzen. Die Hand führt die Klinge, sie entscheidet, nicht umgekehrt. Um unseren Feind bekämpfen und endlich auch besiegen zu können, müssen wir ihn zuallererst aufs Genaueste studieren, ihn kennen und verstehen lernen. Diese Bücher können uns dabei helfen. Wer sich den Mächten der Hölle entgegenstellen und siegreich aus der Schlacht heimkehren möchte, der muss vor allem des Feindes Schwächen kennen. Ich frage Euch, Freund Kaspar, kann es Unrecht, gar Sünde sein, wenn gottesgläubige Männer sich zum Kampfe gegen das Böse rüsten?«

Der Abt sah Kaspar überzeugt an, dann nahm er ihm das Buch behutsam aus den Händen und legte es beiseite. Er nahm ein anders von einem der hohen Stapel herunter und schlug es auf.

»Doch sind es wohl nur diabolische Lügen, die in diesen Büchern stehen. Lug und Trug, Lästerei! Wie soll uns dies schon weiterhelfen?«

Kaspar fühlte sich immer noch unwohl.

»Wie gesagt, wer kann dies wissen? Ihr? Die Kirche? Ich? Letztlich nur Gott! Ich verstehe Euer Zögern, Euren inneren Kampf, doch in diesem Fall müsst Ihr mir vertrauen. Ich weiß, was Ihr gerade durchmacht. Weiß um den inneren Konflikt und kenne die Zweifel, doch kann ich Euch nur dazu ermuntern, Euren Geist weit zu öffnen. Verschließt Euch nicht! Wenn ich der Meinung wäre, dass Ihr dazu nicht bereit seit, wärt Ihr nicht hier. Lest, mein Freund! Hier!«

Der Abt zeigte mit seinem Finger auf eine kurze Textpassage. Kaspar begann, immer noch ein flaues Gefühl im Magen, die blutrote, krakelige Handschrift zu lesen. Die anfängliche Scheu wich dabei immer mehr seiner Neugier:

…und es gab einen großen Aufstand im Himmel, denn einige Engel lehnten sich gegen ihren allmächtigen Vater auf. Bewusst wanden sie sich ab, und jene, die sich gegen Gott und seine getreuen Engel

richteten, wurden schließlich besiegt, aus dem Himmelreich verbannt und fielen hinab in die tiefste Verdammnis. Aus den leuchtenden Engeln wurden dunkle Dämonen.

Ihr Reich wurde:

civitas diaboli

Und er,
der später Satan und Teufel genannte,
war Ihr Herrscher,
denn sein Zorn war der größte von allen.

»Was wolltet Ihr mir damit sagen, Freund?«, wollte Kaspar wissen.

»…Ich sah den Satan vom Himmel fallen wie einen Blitz!«, zitierte der Abt mit düsterer Stimme.

»*Lukas 10, 18*, wenn ich mich nicht irre?«

Johannes von Sponheim nickte zufrieden.

»Doch ist hier von mehreren gefallenen Engeln die Rede!«

Kaspar musste schlucken.

»Damit will ich sagen, dass wir in Eurer Angelegenheit womöglich die berühmte Nadel im Heuhaufen suchen. Es müssen unsagbar viele Engel gefallen und zu Dämonen geworden sein, wenn das, was hier steht wahr ist.«

Kaspar seufzte und schlug das Buch wieder zu.

»Mehr als einen Namen habe ich eh nicht, doch müsste dies doch schon mal zu etwas nütze sein, oder?«

Die Mine des Abts verfinsterte sich.

»Ich habe mir schon einige Gedanken darüber gemacht, und ich befürchte, es wird Euch nicht gefallen, was ich Euch als Antwort darauf geben kann, mein Freund! Es gibt meiner Meinung nach nur eine Möglichkeit…«, bemerkte Johannes.

Kaspar sah sein Gegenüber erwartungsvoll an.

»Wir versuchen gemeinsam, die Magie eines meiner Grimoires zu nutzen, um ihn heraufzubeschwören.«

»Das kann wahrlich nicht Euer Ernst sein, Johannes!«, entgegnete ihm Kaspar harsch.

»Es ist mein voller Ernst! Wir müssen uns zuvor aber noch rüsten.«

»Wir würden Kräfte heraufbeschwören, die wir mit großer Sicherheit nicht beherrschen können. Der Zweck heiligt nicht alle Mittel! Ich weiß, dass Ihr es gut mit mir meint, dafür danke ich Euch, doch muss es noch eine andere Möglichkeit geben. Lasst Euch sagen, mein Freund, Ihr müsst vorsichtiger sein. Ansonsten, so befürchte ich, könnte es doch noch dazu kommen, dass Ihr eines Tages mitsamt Eurer Bücher in Flammen aufgeht. Oder gar gleich in die Hölle hinabfahrt, was ich sehr bedauerlich finden würde.«

Der Abt legte ihm beschwichtigend die Hand auf die Schulter.

»Ich weiß um die Gefährlichkeit, mein Freund! Euch gegenüber brauche ich mich nicht zu verstellen, dessen war und bin ich mir sicher. Nehmt meine Hilfe an, und wir finden ihn, gemeinsam!«

Kaspar grübelte, doch noch bevor er ihm eine Antwort geben konnte, pochte jemand überraschend von außen an die schwere Tür.

»Wer da?«, wollte der Abt wissen.

»Wir sollten nicht gestört werden, hatte ich nicht darum gebeten?«

»Entschuldigt, Herr!«, hörten sie die zittrige Stimme eines Mönches.

»Ich bitte vielmals um Verzeihung, doch ist jüngst ein Bote erschienen.«

»Ein Bote?«, hakte der Abt nach.

»Ja! Mit einer wichtigen Botschaft vom ehrwürdigen Bischof zu Hildesheim an den jungen Herrn. Er musst uns wohl wieder verlassen, denn es handelt sich dabei um eine dringliche Angelegenheit.«

»Habt, dank! Ich komme sofort.«, antwortete ihm Kaspar und legte das Buch zur Seite.

»Nun denn, so muss es wohl sein! Eure außergewöhnlichen Kenntnisse und Fähigkeiten sind wieder einmal gefragt, mein Freund! Ich werde in der Zwischenzeit versuchen, mehr in Erfahrung zu bringen, vielleicht findet sich eine bessere Lösung.«

»Tut dies, mein Freund! Ich komme so schnell ich kann wieder.«, antwortete ihm Kaspar.

Der Abt öffnete mit seinem großen und schweren Schlüssel die massige Holztür. Als sie hinaustraten, waren sie allein.

»Ich danke Euch, mein Freund, für Eure Gastfreundschaft und Eure Hilfe. Diese Unterhaltung führen wir fort, wenn ich wieder zurück bin. In der Zwischenzeit passt auf Euren Kopf und auch den Rest auf!«, bat Kaspar.

»Das werde ich und Ihr auf den Euren! Gott sei mit Euch, junger Kaspar!«, antwortete Johannes und umarmte den Freund zum Abschied, bevor dieser dann die steinernen Stufen nach oben hinauf hastete.

Sorgsam verschloss der Abt die schwere Tür hinter sich. Ein Unwohlsein hatte sich in ihm breitgemacht, welches sich auch erst wieder legte, als er die unterirdischen Gewölbe verlassen hatte, das helle Tageslicht und die frische Luft sein Gemüt wieder freundlicher stimmten. Nun war er sich sicher! Es hatte nach Schwefel gerochen dort unten in seiner finsteren Geheimbibliothek. Ein grausiger Schauer überkam ihn, und der fromme Mann bekreuzigte sich mehrmals.

Im dunklen Wald,

da hausen die Räuber!

Und in einem schmalen Tale,

nahe dem Orte Brunkensen,

da hauste einer,

dessen grausames Treiben

ihn zur schaurigen Legende werden ließ!

Kapitel 3

Ein Fest am Fuße des Weinbergs

Es herrschte ein ausgelassenes Treiben vor den Toren der Stadt Alfeld an der Leine.

Die Sonne schien, es war wohlig warm und der blaue Nachmittagshimmel nahezu wolkenlos. Inmitten des satten Grüns blühten zu dieser bunten Jahreszeit die prächtigsten Blumen. Von ihrer Farbe und dem betörenden Duft angelockt, schwirrten und summten fleißige Bienchen, anmutige Schmetterlinge und viele andere geschäftige Insekten umher. Im Hintergrund ragte der Weinberg aus der ansonsten recht flachen Ebene empor.

Es war eine wahre Freude, dem Festzug zuzusehen, der, so wie es die Tradition verlangte, von der St. Nicolai Kirche inmitten der Stadt aufgebrochen war, um das frisch vermählte Paar zum Hofe des Bräutigams zu begleiten und nun einen Halt machte, um das festliche Hochzeitsmahl inmitten der herrlichen Landschaft stattfinden zu lassen.

Tische und Bänke wurden aufgestellt und reichlich Speisen und Getränke aufgetischt. Eine große, dicke Sau wurde über dem offenen Feuer gedreht. Das Bier und der teure Wein schienen nicht enden zu wollen, und für die Kinder gab es Milch und reichlich Süßes. Es war somit an alles gedacht worden und von allem reichlich vorhanden, nahezu wie im Schlaraffenland, nur dass die saftigen Keulen hier nicht wie von alleine in den Mund geflogen kamen. Auch die kräftigen Ochsen, die die schweren, kunstvoll geschmückten Wägen gezogen hatten, darunter auch den Brautwagen, auf dem das Ehebett, eine stattliche Kommode, eine reichlich gefüllte Truhe und auch ein Spinnrad untergebracht waren, wurden nun gründlich versorgt. Musikanten spielten auf ihren Instrumenten und ein jeder hatte sich festlich herausgeputzt und trug an diesem besonderen Tag seine beste Kleidung. Stattliche Männer, in prächtige Gewänder gehüllt, tanzten mit ihren noch weitaus prächtigeren Frauen. Ihre

Kinder spielten ausgelassen und tollten dabei wild umher. Die bunten Fähnchen und farbigen Bänder wehten im recht angenehmen, leichten Wind.

An einem der gedeckten Tische saß der dickliche Pfarrer, der zuvor am Morgen dem Brautpaar seinen Segen gespendet hatte, nun gemütlich auf einer der Holzbänke und nickte wohlwollend der feiernden Festgesellschaft zu. Man konnte seinen schon recht glasigen Augen und seiner roten Nase ablesen, dass er dem Alkohol bisher wohl durchaus nicht abgeneigt gewesen war.

Das junge Paar tanzte unterdessen inmitten der feiernden Gäste. Im Licht der strahlenden Sonne glitzerten und glänzten der kostbarer Ring und die prächtige Kette der Braut um die Wette. Doch vor allem das Strahlen ihres Gesichts erwärmte des Bürgermeisters Herz.

Der Brautvater und dessen Frau waren überglücklich, denn ihre einzige Tochter hatte nun endlich den Bund fürs Leben geschlossen, und dies sollte heute gebührend und durchaus auch ein wenig opulent mit allen Verwandten, Freunden und allerlei anderem Volk gefeiert werden. Als Vater der Braut hatte er sämtliche anfallenden Kosten zu tragen, doch dies war nur nebensächlich. Viel wichtiger war, seine Tochter in guten Händen zu wissen. Denn nicht nur, dass ihr wohlhabender Ehemann einen der größten Höfe besaß, infolgedessen auch eine relativ hohe Verlobungsgebühr entrichtet hatte, nein, zusätzlich dazu hatte er auch noch eine sehr großzügige Brautgabe erbracht. Sah man von diesen wichtigen, sehr beruhigenden, finanziellen Dingen einmal ab, bereitete dem Bürgermeister etwas anderes deutlich mehr Freude. Die beiden jungen Menschen schienen sich auch wirklich zu lieben, was in Zeiten arrangierter Hochzeiten keinesfalls die Regel war, denn Gefühle waren dabei meist belanglos. So kam hier alles zusammen, und es schien ihm, als meinte das Schicksal es wirklich gut mit den beiden jungen Leuten. Er nahm zufrieden die Hand seiner Frau, drückte sie liebevoll und war froh und glücklich.

»Lass uns einen kurzen Moment für uns alleine sein, Liebste!«, flüsterte der ausgelassene Bräutigam seiner jungen Braut ins Ohr, als das muntere Tanzlied langsam ausklang.

Sie nickte, und beide schlichen sich davon, so dass es niemand bemerkte. Am Rande des Waldes angekommen, umarmten und küssten sie sich leidenschaftlich.

»Warte, mein Liebster! Nicht so stürmisch.«, bat sie, als er sie immer fordernder hielt.

»Wozu warten? Wir sind doch Mann und Frau und allein, Liebchen! Die Leute feiern und vermissen uns für eine Weile sicher nicht. Wir haben genug Zeit. Mein Verlangen nach dir ist so groß, empfindest du nicht dasselbe?«

»Nein, das ist es nicht!..«

Sie sah ihn verlegen an.

»Du kennst die Bräuche und Sitten hier ebenso gut wie ich. Denk doch an das Betttuch! Wir müssen es in der Hochzeitsnacht allen zeigen, nachdem wir… Erst danach sind wir wirklich Mann und Frau.«

Ja, er wusste dies und nickte, doch war ihm die Enttäuschung deutlich anzusehen.

»Es gibt noch anderes, was ich stattdessen für dich tun kann…«

Sie schmieg sich fest an ihn. Voller Wonne strich er ihr über die wohlgeformten Lippen.

»Warte noch einen Augenblick!«

Die junge Braut nahm ihren prächtigen, jedoch überaus schweren Kopfschmuck behutsam vom Haupt, löste das kunstvoll gefertigte Tuch und legte alles behutsam auf dem weichen Boden ab. Die geflochtenen, goldfarbenen Zöpfe hingen ihr nun die schmale Schulter hinab.

»Wunderschön!«, sagte ihr Mann beeindruckt.

»Du bist die Hübscheste weit und breit.«

Seine Hände glitten über ihren wohlgeformten Körper.

»Wenn uns aber doch jemand überrascht?«

Sie sah in besorgt an.

»Es wird uns schon niemand stören. Sie sind alle beschäftigt…«

Er öffnete ihre Bluse, sodass ihr wohlgeformter Busen zum Vorschein kam. Zärtlich streichelte und küsste er sein geliebtes Weib, und sie stöhnte auf vor Lust und Verlangen. Begierig zog sie ihn dicht zu sich.

»Ich will dich!«, hauchte sie.

»Oh, Liebchen…«, antwortete er ihr und streichelte dabei zart ihr Haar, während sie langsam in die Knie ging.

Gespannt schloss er die Augen und wartete, wartete ab, was nun kommen würde…

Etwas strich über den Kopf der jungen Frau, und sie musste mit ansehen, wie ihr geliebter Ehemann, der gerade noch aufrecht vor ihr gestanden hatte, nun plötzlich nach hinten fiel und mit seinem Rücken auf dem harten Waldboden landete. Regungslos blieb er dort liegen, aus seiner Schulter ragte ein Pfeil.

»Herzallerliebst!«, spottete eine männliche Stimme im Hintergrund.

Sie zuckte erschrocken zusammen, und als sie mit zittriger Hand über ihr Gesicht fuhr, spürte sie etwas Flüssiges. Es war Blut, doch nicht ihr eigenes. Sie bekam es mit der Angst zu tun! Panisch versuchte sie aufzustehen.

»Eh, eh, Täubchen! Untenbleiben!«, gluckste eine unangenehme Stimme.

Erst jetzt sah sie die beiden Männer. Zuerst schemenhaft, dann immer deutlicher, und sie kamen näher. Einer war klein, missgestaltet, hässlich, ein garstiger Gnom, zugleich aber überaus kräftig gebaut. Er war es gewesen, der den Pfeil abgeschossen hatte. Der andere, der Hochgewachsene, war dünn, edel gekleidet, besaß jedoch ein finsteres Gesicht, aus dem raubtierhafte Augen sie nun anstarrten.

»Wer seid ihr? Was wollt ihr?«, wollte die Bürgermeistertochter wissen.

Der hässliche Zwerg kam auf seinen krummen Beinen angewackelt und stank erbärmlich. Sie nahm die üble Mischung aus Urin und Schweiß wahr, und ihr wurde übel. Mit seinen klobigen Händen rüttelte er an ihrem Mann, doch dieser regte sich nicht. Dann nickte der Bucklige dem Großen zu, und dieser grinste zufrieden.

»Ihr Mörder!!! Warum habt ihr das getan?«, schrie sie, und die Tränen flossen ihr die Wangen hinab.

»Um den braucht Ihr Euch keine Sorgen mehr zu machen, Liebes! Ihr solltet Euch lieber Gedanken um Euch und Eure Zukunft machen…«, antwortete der Große, und er lächelte böse dabei.

Der Zwerg kicherte hämisch.

»Doch möchte ich mich Euch zuallererst vorstellen! Ich werde allerorts Herr Oberräuber genant, und dieser bucklige Geselle hier, der mit dem Bogen, schimpft sich Mini!«

Er verbeugte sich.

»Scheusal! Wen interessiert's?«, schluchzte sie.

»Scheusal, Mörder, Würger, Diebe? Gleich setzt es Hiebe!!!«, geiferte der Gnom und griff verärgert nach seiner Peitsche.

»Halt, Mini!«, befahl der Oberräuber und hob drohend seine Hand.

Der Zwerg hielt murrend still.

»Verehrte Bürgermeistertochter, verzeiht bitte! Es mangelt meinem Knecht ein wenig an Umgangsformen, dafür hat er aber andere Qualitäten. Oh, ich sehe Ihr habt etwas abbekommen…«, bemerkte der Oberräuber und zog ein kleines, kostbar besticktes Tüchlein hervor.

Beinahe fürsorglich und sehr behutsam wischte er die Blutspritzer aus ihrem Gesicht. Von diesem Scheusal berührt zu werden, verursachte ihr großen Eckel, und sie spuckte ihn angewidert an. Seine Augen glühten auf vor Zorn. Sie spürte das Wilde in ihm. Sah kurz die gefährliche, todbringende Bestie hinter der Fassade aufblitzen, welche dann aber auch genauso schnell wieder verschwand, wie sie erschienen war, denn er hatte sich rasch wieder unter Kontrolle. Der Oberräuber lächelte sie aufgesetzt freundlich an und säuberte dann sein eigenes Gesicht. Danach warf er das Tuch gleichgültig auf den Boden.

»Du hast mehr Glück als Verstand, Weib!«, bemerkte er ruhig.

»Unter anderen Umständen, hätte ich dir die passende Antwort auf dein sehr unhöfliches Verhalten gegeben, doch mein Herr verlangt nach dir. Und dies in einem Stück, was ich nun äußerst bedauerlich finde!«

Er strich über ihr zartes Gesicht, und ein Schauer des Ekels und der Abscheu überkam sie erneut.

»Aber lassen wir das! Du hast gefragt, was wir wollen. Nun, dies kann ich dir sagen… Wir sind gekommen, um dich zu holen, dich mitzunehmen, mein Täubchen!«

»Mich mitnehmen? Wohin?«, wollten sie wissen.

»In dein neues Heim!«

»In mein neues Heim? Wo soll das sein? Was soll der Unsinn? Mein Platz ist bei meinem Mann! Bei meinem Ehemann!«, erwiderte sie entrüstet.

»Du wirst es bald erfahren, Täubchen!«, fuhr er unbeeindruckt fort.

»Dämliche Pute! Dumm und dämlich!«, schimpfte der Zwerg und schüttelte seinen Kopf dabei.

»Weiß nichts, das Weib! Bähhhh!!!«

»Ruhig Mini!«, befahl ihm der hochgewachsene Räuber.

»Niemand interessiert sich für deine Meinung. Wir nehmen sie mit. Fessel sie!!! Aber vorsichtig, krümm Ihr kein Haar, sonst schneide ich dir die Kehle durch! Verstanden?«

Der Gnom nickte folgsam und nahm sich einen festen Strick. Mit diesem fesselte er sie, so fest, dass es schmerzte und sie anfing zu schluchzen, was ihrem Peiniger aber reichlich egal war.

»Die Anderen werden uns schon vermissen, uns suchen und gleich hier sein!«, wimmerte sie trotzig vor sich hin.

»Es tut mir beinahe leid, dir dies so deutlich sagen zu müssen, meine Liebe, aber niemand kann dir jetzt noch helfen! Niemand wird dich retten können, denn…«, antwortete ihr Gegenüber kalt.

»…sie werden dich niemals mehr finden!«

Sie vernahm im Hintergrund ein leises Geräusch. Hoffnung keimte in ihr auf. Sollte es vielleicht doch noch nicht zu spät sein?

»Sie kommen!!! Dort, hört doch selbst!«

»Nein, nein…«, schüttelte er den Kopf.

»*Er* kommt!«

»Wer er?«, wollte sie wissen.

»Der, der uns geschickt hat. Er kommt selber!«

Man konnte im Hintergrund nun deutlich das sich nähernde Klappern von Hufen hören.

»Warum tut ihr uns das nur an?«, schluchzte sie vor sich hin.

Die Umrisse eines riesigen Reiters, der nun schon sehr nahe war, wurden deutlich.

»Hauptmann kommt…«, gurgelte der Gnom.

Der bucklige Kerl reckte aufgeregt seine Hals empor um besser sehen zu können.

»Hauptmann? Wer…«, wollte sie wissen, doch ihr Gegenüber hob drohend seine Hand.

»Schweig still, Weib! Es ist besser so für dich, glaube mir.«

Als der riesige Reiter schließlich angekommen war, verbeugte sich der Oberräuber demütig, und der garstige Gnom tat es ihm gleich. Die furchteinflößende Gestalt brachte ihr kräftiges Pferd zum Stehen, stieg dann so schwungvoll ab, dass der Boden unter dem Gewicht förmlich erzitterte, und eilte rasch und unaufhaltsam, die beiden anderen Räuber dabei vollkommen ignorierend, auf die sich fürchtende Bürgermeistertochter zu. Sie bekam es vollends mit der Angst zu tun, als sie schließlich in das finstere Gesicht des Räuberhauptmanns sah.

»Nein!!!«, schrie sie entsetzt, als er sie packte.

»Wer seid Ihr?«, stammelte sie, dann wurde sie ohnmächtig.

...und sein Name war:

Kapitel 4

Das Wirtshaus in Brunkensen

Kaspar hatte das schützende Wirtshaus endlich erreicht.
Er spürte die Kälte nun deutlich durch seine Glieder kriechen, denn der andauernde Regen hatte ihm arg zugesetzt. Mantel, Hemd und Hose klebten unangenehm am Körper, und die Schuhe waren ebenfalls durchnässt. Sein breiter Hut hatte das Gesicht und den Kopf lange Zeit geschützt, vermochte dies nun aber auch nicht mehr. Lange schon war er nicht mehr so froh darüber gewesen, endlich unter ein warmes und trockenes Dach zu kommen.

Er öffnete beherzt die schwere Holztür des kleinen Wirtshauses, und sogleich stieg ihm die sehr einladende Duftmischung aus warmem Essen, Tabak, Feuerrauch, Bier, Wein und noch anderen behaglichen Dingen in die triefende Nase. Sein bis eben noch schweres Gemüt und seine schlechte Laune verbesserten sich augenblicklich.

»Nun denn…«, murmelte er und ging hinein.

Vor ihm lag ein großer, von einzelnen qualmenden Talgkerzen und einem offenen Kaminfeuer beleuchteter Raum, in dem allerlei Volk saß, aß, trank, Karten spielte, rauchte, sich anregend unterhielt, oder anderen munteren Beschäftigungen nachging. Das Wasser tropfte seinen schweren, durchnässten Mantel hinab auf die Holzdielen. Kaum jemand nahm Notiz von seiner Anwesenheit.

»Willkommen, junger Herr!«, erklang überraschend die herbe, aber durchaus angenehme, freundliche Stimme einer mittelgroßen, vollbusigen, ansonsten auch recht runden Frau.

»Wirtin Elsa, zu Ihren Diensten! Ihr wollt Euch sicher stärken, etwas wärmen, wieder zu Kräften kommen, bei diesem unfreundlichen Wetter.«

Sie lächelte.

»Fürwahr ein Sauwetter, da stimme ich Euch zu.«

Kaspar lächelte freundlich zurück.

»Darf ich dem jungen Herrn eine köstliche und stärkende Fleischsuppe empfehlen? Ein frisches Bier oder einen vollmundigen Wein dazu? Ihr benötigt sicher auch eine Unterkunft für die Nacht, oder?«, bot sie ihm an.

»Eine Unterkunft und etwas zu essen hört sich für mich sehr gut an. Sagt Eurem Knecht doch bitte, dass mein Pferd noch draußen angebunden ist. Es benötigt ebenfalls einen trockenen Platz für die Nacht, dazu noch etwas Futter und Wasser.«

»Sehrwohl der Herr, es wird sich sofort um alles gekümmert!«

Sie gab einem im Hintergrund stehenden, jungen Burschen das Zeichen sich sofort nach draußen in den Regen zu begeben, was dieser dann auch tat, jedoch mit einem überaus missmutigen Gesichtsausdruck.

»Habt Ihr frisches Fleisch in der Suppe?«, wollte Kaspar wissen.

»Ja! Frisches Schweinefleisch, Zwiebeln, Knoblauch, dazu wird dunkles Brot gereicht. Übrigens eine Spezialität des Hauses, die Euch sicher schmecken wird. Ihr habt Glück, wir haben soeben erst einen frischen Kessel aufgesetzt, da heute Abend bei diesem Unwetter viele hungrige Mäuler gestopft werden müssen. Dazu empfehle ich Euch einen vollmundigen Roten aus sicherer erster Pressung.«

Sie sah ihn abwartend an.

»Nun denn, und bitte den Wein dazu.«, antwortete er ihr.

»Gerne doch, junger Herr!«

Sie deutet einen Knicks an und zeigte dann in Richtung des Kamins.

»Folgt mir doch bitte zu Eurem Tisch! Dort hinten ist noch einer frei.«

Er stapfte ihrem ausladenden Hintern hinterher zu dem kleinen Tischchen. Mit ihren Händen strich Wirtin Elsa behutsam über die ausgebreitete Leinendecke, um diese so etwas zu glätten.

»Euren völlig durchnässten Mantel und den Hut können wir hier aufhängen, dann trocknet beides schneller.«

Sie deutete ihm freundlich an, ihr seinen vor Nässe triefenden Mantel und den Filzhut zu reichen, um sie beide dann sorgsam an den schweren Eisenhaken an der Wand dahinter zu hängen.

»Den Wein bringe ich Euch sofort, junger Herr! Das Essen dauert jedoch noch einen kleinen, winzigen Augenblick.«

Kaspar bedankte sich mit einem kurzen Kopfnicken und nahm dann auf dem mit einem weichen Tuch bedeckten Hocker platz. Vorher hatte er den etwas sperrigen Säbel, der in seiner Scheide steckte, noch in Reichweite hinter sich an die Wand gelehnt. Er blickte auf das saubere Leinendeckchen. Ein kleiner, hölzerner Löffel lag bereits darauf und er nahm sein eigenes Messerchen heraus und legte es daneben. So war er bestens vorbereitet. Das kleine Flämmchen der Talgkerze flackerte lustig vor sich hin und warf tänzelnd Schatten, jedoch qualmte es auch ein wenig, doch das störte Kaspar nicht. Hinter seinem Rücken knisterte im offenen Kamin das wohl noch etwas zu frische Brennholz, und die wohlige Wärme tat seinen arg durchfrorenen Gliedern nun wahrlich gut. Es wärmte seinen Körper und sein Gemüt. Draußen jedoch schien der Regen mittlerweile wie ein riesiger Wasserfall vom Himmel zu stürzen. Er bedauerte von Herzen all die armen Hunde, die jetzt noch unterwegs waren und war froh, das schützende Wirtshaus »Zum Krug« im Dorfe Brunkensen noch rechtzeitig vor Anbruch der Dunkelheit erreicht zu haben.

Nachdem ihm die freundliche Wirtin den ersehnten Wein gebracht hatte und der erste Schluck ihm wohligwarm die Kehle hinunterlief, fühlte er sich gänzlich wohl. Zufrieden nutzte er die kurze Wartezeit bis zum Mahl, um sich ein wenig im Raum umzusehen.

Überall hatten sich kleine, gesellige Grüppchen gebildet. Hauptsächlich Männer mittleren Alters und offensichtlich geringen Standes, was ihm ihre relativ einfache, ärmliche Kleidung verriet. Frauen waren kaum anwesend. Plump wirkende Burschen mit kurzen Haaren, wahrscheinlich hiesige Bauern, ließen große Rauchringe aus ihren einfachen Pfeifen in die ohnehin schon drückendschwere Luft steigen. Die hohen Aschehäufchen verrieten Kaspar, dass einige von ihnen wohl schon längere Zeit das schlechte Wetter hier aussaßen. Ob sie es mussten, oder aber eher auch wollten, konnte man mit Sicherheit so nicht sagen. Eine kleine Gruppe grölender Männer, darunter drei feiste, stark schwitzende Kerle, schien sich angeregt zu unterhalten, und sie klatschten sich abwechselnd prustend vor

Lachen auf ihre Knie. Es spritzte und schäumte überall nur so aus Mündern und Gläsern. Köpfe nickten zustimmend oder verneinten schüttelnd. Flüssiges wurde hastig heruntergekippt oder landete ungewollt plätschernd auf dem Tisch oder dem Boden. Knochen und Essensreste lagen überall umher. Kaspar hatte Mitleid mit der Frau Wirtin, die diese Unordnung ja später wieder zu richten hatte.

Es gab nahezu nichts, was seinen Argwohn sonderlich erregte. Mit Gefahr war hier sicher nicht zu rechnen, dessen konnte er sich sicher sein. Er war inmitten einfacher Leute, die kaum Notiz von ihm nahmen, obwohl er ja ein Fremder unter ihnen war.

Doch etwas erregte Kaspars Aufmerksamkeit schließlich doch. Genauer gesagt nicht etwas, sondern jemand. Er hatte die Gestalt, einen alleinsitzenden Mann, erst spät entdeckt. Dieser hockte an dem abgelegensten und schäbigsten Tischchen überhaupt. Direkt in der zugigen Fensternische und zog an seiner langen Pfeife. All die anderen Wirtshausbesucher schienen jenen zu ignorieren und zu meiden. Niemand wollte etwas mit ihm zu tun haben. Aus dem hart gezeichneten Mund und den schwarzen Nasenlöchern seiner langen und spitzen Adlernase stieg langsam Qualm empor. Über dem linken Auge hatte er eine langgezogene Narbe. Sein Gesicht war blass und rau, von jahrelanger harter Arbeit gezeichnet, sodass Kaspar schlecht schätzen konnte, wie alt der Fremde denn nun wirklich war. Als würde er spüren, gerade beobachtet zu werden, drehte der finstere Geselle plötzlich seinen Kopf und sah Kaspar nun für einen kurzen Moment direkt in dessen Augen. Ihn überkam ein Schauer.

»Ihr Essen!«

Überrascht zuckte er zusammen. Wirtin Elsa stellte eine dampfende Schüssel Fleischsuppe mit etwas dunklem Brot direkt vor seine Nase.

»Lasst es Euch schmecken, junger Herr!«

Kaspar nickte, dann nahm er den herrlich verführerischen Duft des dampfenden Essens wahr.

»Habt dank, gute Frau! Wenn es auch nur eine Winzigkeit so gut schmeckt, wie es duftet, habt Ihr einen neuen Bewunderer Eurer Kochkünste hinzubekommen. Bevor ich mich jedoch ganz Eurem verlockenden Essen widme, noch kurz auf ein Wort! Sagt mir bitte, wer dieser finstere Geselle dort hinten ist!«

Er deutete in Richtung Fenster, und das freundlichrunde Gesicht der Wirtin verfinsterte sich, dies konnte er trotz des kargen Lichtes deutlich erkennen.

»Junger Herr, dass ist Jakob! Der Schinder Jakob. Ein Einsiedler, der oben im Walde alleine in seiner kargen Hütte haust. Ein Abdecker! Ihr wisst ja, die Burschen, die den Tieren das Fell über die Ohren ziehen. Keiner will etwas mit ihm zu tun haben, was wahrlich ja auch kein Wunder ist. Die Leute gehen ihm aus dem Weg, meiden ihn, keiner will schließlich ernsthaft krank werden. Ihr wisst schon, totes, halb verrottetes Getier… Und dann dieser widerliche Gestank! Dieser üble Geruch nach verendeten Tierkadavern… scheint ihm beharrlich in den Kleidern fest zu hängen. Ich meine es jedenfalls immer deutlich riechen zu können, wenn er sich einmal wieder hinunter in unser Dorf verirrt. Was aber, Gott sei Dank, nicht so häufig vorkommt! Die abscheulichsten Krankheiten kann man sich wegholen, Gott bewahre!«

Sie bekreuzigte sich, und er bemerkte, dass ihr dies Thema deutlich unangenehm war. Sie wollte gehen, doch ließ er sie noch nicht ziehen.

»Gute Frau! Ich verstehe Eure Angst und Euren Argwohn, doch bedenkt, ohne die Schinder und deren wichtige Arbeit gäbe es keine Knochen für die Seifensieder und auch kein Fleisch für die Salpetersieder. Auch würde den Gerbern die dringend benötigte Haut fehlen, aus der schließlich die so nachgefragten Lederwaren hergestellt werden. Fürwahr ein gefährliches Handwerk, und ein hartes, entbehrungsreiches Leben, welches die Männer gezwungen sind zu fristen. In meinen Augen aber ein zu Unrecht für unehrbar ernanntes Gewerbe. Oder seht Ihr dies anders Frau Wirtin?«, fragte Kaspar sie in der Gewissheit, kaum eine ehrliche Antwort zu erhalten.

»Ganz wie Ihr meint!«, antwortet sie ihm ausweichend.

»Hat er Sie denn belästigt, junger Herr? Macht er gar Scherereien? Soll ich ihn hinauswerfen lassen?«

Sie sah ihn besorgt an.

»Nein, dazu gibt es keinen Grund, gute Frau! Ich frage lediglich aus Neugier. Ich hoffe doch, sie verzeihen mir, dass ich als Fremder unter ihnen überaus wissbegierig auf Land und Leute, sowie deren Sitten und Gebräuche bin. Nun möchte ich mich aber ganz Eurer Suppe widmen, denn sie duftet herrlich, und ich bin sehr hungrig nach dem langen, anstrengenden Weg, den ich heute hinter mich gebracht habe.«

Dies beruhigte ihr Gemüt und sie lächelte.

»Ich hoffe sie schmeckt Euch junger Herr! Wenn Ihr noch etwas benötigt, ruft nach mir!«, bat sie.

»Das werde ich. Habt Dank, gute Frau!«, antwortete er ihr, und die Wirtin wackelte zufrieden davon.

Kaspar genoss die für seinen Geschmack doch überraschend köstliche Speise und ließ sich dabei viel Zeit. Die zarten Fleischstückchen waren schon so klein geschnitten worden, dass er lediglich den Löffel zum essen benötigte, ohne dabei sein eigenes Messer zur Hilfe nehmen zu müssen. Zahlreiche ihm bekannte und einige wenige ihm nicht bekannte Gewürze konnte er herausschmecken. Das Essen war wahrlich ein Gaumenschmaus, mit dem an solch einem doch relativ unscheinbaren, einfachen Ort eigentlich nicht zu rechnen gewesen war. Nachdem er sich noch einen großen Nachschlag und einen weiteren Wein gegönnt hatte, lehnte er sich gesättigt und sehr zufrieden zurück an die vom Kamin vorgewärmte Wand, und schloss seine langsam immer schwerer werdenden Augen, um ihnen und sich nun einen verdienten kurzen Moment der Erholung zu gönnen. Den Lärm und Trubel um sich herum konnte er nicht gänzlich ausblenden, doch kam rasch eine entspannende inner Ruhe auf. Abgesehen von dem später einsetzenden Regen war es zumeist ein herrlich warmer Tag gewesen, und die Reise im Allgemeinen hatte ihm bisher, trotz der unumgänglichen Strapazen doch auch einiges an Freude bereitet. So würde es aber wohl nicht bleiben, da war er sich sicher. Schließlich war er ja nicht aus Vergnügen hier! Doch dies konnte und musste erst einmal warten. Nun war die Zeit der Ruhe und Erholung…

Im Geiste flog er, ganz wie ein Vogel, noch einmal die Strecke ab, die er auf dem Pferd hinter sich gebracht hatte. Sah die abwechslungsreiche Landschaft vorbeiziehen. Die Dörfer, Felder, Berge, Wiesen, Wälder, Wege, Flüsse und die Menschen, denen er begegnet war. Weiße Wölkchen zogen sanft an ihm vorüber. Er sah einen im Tageslicht schimmernden Fluss, der sich inmitten saftig grüner Wiesen elegant dahinschlängelte. Eine mild ansteigende Hügellandschaft und dahinter, sieben dicht nebeneinander stehende Berge. Eine Stadt, aus deren Mitte vor allem zwei mächtige Kirchtürme in den blauen Himmel ragten...

Mit einem unerwartet heftigen Ruck wurde er recht unsanft wieder aus seinen Träumereien gerissen. Ein schwerer, rundlicher Kerl mit breiter Nase und hochrotem Kopf, war im Suff gestolpert und mit dem Gesicht voran auf die Kante des Tisches gestürzt, an dem Kaspar vor sich hin gedöst hatte. Alle viere dabei weit von sich ausgestreckt, lag der betrunkene Rotschopf nun, mit dem Gesicht nach unten, auf seinem dicken Bauch direkt zu Kaspars Füßen und atmete schwer.

»Pass doch auf, du Trunkenbold! Du dummer Hund! Beinahe hättest du den Herrn noch erwischt!«, schimpfte ein sehr schlanker, lang gewachsener Mann, der rasch herankam und sofort versuchte den Betrunkenen wieder auf seine wackeligen Beine zu bekommen.

Doch vergebens! Er zog und zerrte wie wild, doch half es nichts. Es fehlte ihm offensichtlich die dazu nötige Kraft in den dürren Ärmchen, was aber auch nicht weiter überraschte, denn der am Boden liegende Bursche musste wahrlich besonders schwer sein. Der schmale Hänfling mühte sich so angestrengt, dass er schließlich die selbe rote Gesichtsfarbe bekam, wie der am Boden liegende Trunkenbold. Auf seiner ohnehin schon glänzenden, hohen Stirn floss der Schweiß nur so in Strömen hinab.

»Lass mich! Hicks! Nur noch ein wenig pennen...«, lallte der Fette unbeeindruckt und machte es sich auf dem harten Boden bequem, um dort in aller Ruhe seinen Rausch auszuschlafen.

»Utz, du Saufkopf, du kannst doch hier nich liegenbleiben und pennen!«, beschwerte sich der Dürre und versuchte seinen dicken

Saufkumpan zu bewegen, ihn wenigstens wachzurütteln, doch dieser rührte sich nun keinen Deut mehr vom Fleck.

Die Aufmerksamkeit der restlichen Gäste war ihnen nun gewiss.

»Du guter Gott, was ist denn hier passiert?«, fragte Wirtin Elsa verdutzt, als sie den Schlamassel schließlich sah.

Lutz zuckte zusammen.

»Utz und Lutz, natürlich! Ihr mal wieder! Hätte ich es mir doch gleich denken können! Euch werd ich helfen…«, schimpfte sie sichtlich erbost.

»Jetzt setzt es ordentlich Hiebe! Meine Gäste so zu belästigen und solch eine Unruhe zu stiften.«

Sie schwang ihren gewaltigen, hölzernen Suppenlöffel, den sie aus der Küche mitgebracht hatte, und Kaspar sah erstaunt dabei zu, wie die zuvor überaus friedfertig wirkende Wirtin nun wie eine wahre Furie schnaufend auf Lutz zustürmte und dieser sich schutzsuchend vor ihr verkroch. Nun waren es schon zwei, die unter seinem kleinen Tischchen hockten.

»Ich kann doch nichts dafür, Frau Elsa! Utz hat wohl den Wein heut nicht recht vertragen. Das passiert dem doch sonst nicht?! Der war sicher gepanscht. Seid doch nicht so grob mit uns!«, flehte der Dürre sie inständig an, um der drohenden Tracht Prügel noch irgendwie zu entgehen.

»Ja, geppppppaaanscht, hicks!!!«, kroch es undeutlich unterm Tisch hervor.

»Gepanscht? So eine Frechheit, ihr Lümmel!!!«, fluchte sie.

Dann ließ sie den schweren Löffel mit voller Wucht auf das dicke Hinterteil des betrunkenen Utz knallen.

»Herrje, da hat mich doch was gestochen!!!«, heulte dieser laut auf und packte sich klagend an seine dicken Backen.

»Oje, aua… Hicks!!!«, jammerte er und rieb sich diese vor Schmerz.

»Da wird dich gleich noch mehr stechen, du Lump! Und du langer Taugenichts kommst jetzt sofort unterm Tisch hervor, damit ich dir ebenfalls eine gute Nacht wünschen kann!«

Sie griff beherzt unter den Tisch und zog Lutz am Ohr hervor.

»Autsch!!! Oh ne! Haltet ein, Frau Wirtin! Haltet doch ein!«, flehte dieser inständig.

Für Kaspar war dies nun doch ein wenig zu viel Tumult für einen Abend.

»Frau Wirtin, seid doch bitte so gut!«, bat er und hob dabei beschwichtigend seine Hand.

»Ich lebe ja noch. Außerdem ist ja eigentlich nichts Schlimmes passiert.«

Lutz sah ihn erleichtert mit großen Augen an. Sein rotes Ohr hatte bereits angefangen zu pochen.

»Nichts passiert, Herr?«, wollte die Wirtin sich vergewissern und drückte nochmals feste zu.

»Jedenfalls nichts von Bedeutung.«, beschwichtigte Kaspar, dann wand er sich den restlichen Gästen zu.

»Ihr da!«, rief er einer kleinen Gruppe Männern zu, die bis jetzt sichtlich belustigt dem Treiben nur zugesehen hatten.

»Helft dem Dicken doch bitte wieder auf seine Füße!«

Er deutete unter den Tisch auf den fetten Utz, der ihnen allen immer noch ungeniert seinen nun wohl doch arg schmerzenden Hintern zustreckte. Die Männer folgten seiner Aufforderung sofort, und mit viel Mühe und Schweiß bekamen sie den schweren Trunkenbold wieder auf seine wackeligen Beine. Dieser schwankte jedoch so stark hin- und her, drohte dabei erneut mit seinem vollen Gewicht hinzufallen, dass sie ihn sicherheitshalber lieber gleich auf einen der Hocker absetzten.

»So schön war's da!«, lallte Utz, und es dauerte nicht lange, da fiel ihm der schwere Kopf nach vorne und er nickte laut schnarchend ein.

Wirtin Elsa ließ nur widerwillig Lutzens Ohr los.

»Seid froh, ihr Lumpen, dass der junge Herr so gnädig ist!«, bemerkte sie kopfschüttelnd, während sie den großen Holzlöffel zurück unter ihren Gürtel steckte.

Lutz verbeugte sich so tief vor Kaspar, wie er nur konnte, während er dabei sein schmerzendes Ohrläppchen hielt.

»Ich danke Euch, gnädiger Herr! Zu gütig von Euch. Knecht Lutz zu Euren ewigen Diensten! Ebenso der Saufkopf dort auf dem Hocker, wenn er wieder nüchtern ist.«

Utz jedoch schlief seelenruhig weiter und bekam von alledem nichts mit.

»Danke nicht mir, sondern den Männern, die deinen gut genährten Kumpan bewegt haben! Ich hoffe inständig, dass sich niemand ein ernstes Leid dabei zugezogen hat?«

Kaspar sah besorgt in die weite Runde. Die Männer schüttelten die Köpfe und grinsten.

»Darf ich mich dafür erkenntlich zeigen? Zu einer munteren Runde besten Bieres einladen? Frau Wirtin, bringt doch bitte reichlich für alle! Kommt Leute, lasst uns reden, rauchen und etwas trinken!«, schlug Lutz nun wieder in deutlich heiterem Tone vor, ganz so, als wäre nie etwas gewesen.

Elsa Harms Hand wanderte wieder zu ihrem Gürtel.

»Ist mir genehm, warum eigentlich nicht! Etwas Gesellschaft kommt mir nun doch auch gelegen. Mit der Ruhe ist es für erste eh vorbei.«, stimmte Kaspar dem überraschend zu.

»Holt eure Stühle und Hocker! Stellt die Tische zusammen! Setzt euch ruhig alle dazu!«, sagte er und die Männer nickten und folgten dem gern.

Frau Wirtin schüttelte ihren Kopf.

»Nun gut, ganz wie Ihr wünscht, junger Herr! Hauptsache der Lump bezahlt dieses Mal seine Saufschulden...«, sagte sie dann und schlürfte fort, um nach und nach alles zu bringen.

»Nur Scherereien hat man mit diesem Lumpenpack. Ich werde langsam zu alt für solche Geschichten. Ja, zu alt!«, konnte man von weitem ihr lautes Klagen vernehmen.

Die Männer hatten ihre Pfeifen und Becher mitgebracht, und gemeinsam mit Kaspar saßen sie nun in geselliger Runde beisammen. Die Scheu vor dem Fremden, so es sie überhaupt gegeben hatte, war schnell verflogen. Ein Bier nach dem anderen wurde geleert, ausgiebig geredet und erzählt. Die Zeit verging, und bald war die Luft noch schwerer vom Rauch der Pfeifen, dem Qualm der Talgkerzen und des offenen Kaminfeuers. Die dicke weiße Katze der Wirtin hatte es sich auf einer Bank bequem gemacht und döste mit dem schnarchenden Saufkopf entspannt vor sich hin. Viele Gäste waren im Laufe des Abends nach und nach gegangen, denn der Regen hatte allmählich aufgehört. Ein harter Kern jedoch blieb, und so war es schon deutlich ruhiger geworden im kleinen Wirtshaus, als draußen in der Ferne die Kirchenuhr Mitternacht läutete.

»Habt schon einiges erlebt, junger Herr!«, brummte Bruno, einer der Bauern mit dicker Nase und kahlem Haupt, sichtlich beeindruckt, nachdem Kaspar ihnen von einer seiner vielen Reisen berichtet hatte.

Natürlich nur das, was er ihnen auch erzählen konnte und wollte. Trotz deutlich fortgeschrittener Stunde hingen sie an seinen Lippen, denn sie waren froh über die Abwechslung, die er ihnen bot. Sicherlich war es nicht ganz alltäglich, dass jemand von weit weg kommend wie Kaspar sich zu ihnen verirrte.

»Ja, es gibt auf dieser großen, weiten Welt schon Allerlei… Manches Gute, aber auch manches Schlechte! Manches erscheint gut, ist aber in Wirklichkeit schlecht, anderes wiederum erscheint im ersten Augenblick schlecht, erweist sich aber dann doch als gut. Vieles aber ist weder nur das eine, noch nur das andere.«, fuhr Kaspar fort, nachdem er einen kräftigen Zug aus seiner Pfeife genommen hatte und sah dabei ernst in die Runde.

Die Männer überlegten einen kurzen Augenblick und nickten dann.

»Mag sein, dass Ihr in der Welt viel herumgekommen seid, Herr! Dabei auch schon reichlich erlebt und gesehen habt, das möchte ich gar nicht bezweifeln, würde ich mir auch niemals anmaßen! Die große, weite Welt dort draußen scheint nur so von Teufeleien zu wimmeln: Hexen, Monstern, Dämonen… Dies lehrt uns ja auch die heilige Schrift und die Kirche! Doch lasst Euch im Vertrauen sagen, es reicht manchmal aus, nur ein paar Schritte zu weit hinaus aus der eigenen Haustür zu treten, um auf das Böse zu treffen… Ja, auch hier bei uns Herr! Dort wo es eigentlich niemand erwartet.«, erklärte Lutz.

Kaspar sah ihn neugierig an.

»Was meinst du damit?«, wollte er wissen.

Sichtlich stolz, das Interesse des fremden Herrn geweckt zu haben, räusperte sich sein Gegenüber.

»Wie Ihr wollt Herr!«

Es herrschte Stille, denn sie alle warteten ab und lauschten. Der Qualm zog wie dichter Nebel durch den spärlich beleuchteten Raum.

»Man erzählt sich, dass ein böser Wassergeist in den Bächen und Flüssen hier bei uns haust.«, begann Lutz mit leiser, dennoch sehr betonender Stimme zu erzählen.

»Ein böser Wassergeist?«

Kaspar wollte sichergehen auch richtig gehört zu haben, doch sein Gegenüber und auch die anderen Zuhörer nickten.

»Ja, jedes Kind kennt und fürchtet ihn, Herr!«, bestätigte einer.

»Ja, so ist es!«, stimmten die anderen Männer dem raunend zu.

»Früher soll dieses unheimliche Wesen nur in dem Fluss Leine, in der Nähe der Stadt, seinem schaurigen Treiben nachgegangen sein, doch zog es ihn wohl nach und nach immer mehr auch in die benachbarten Teiche, Bäche und Flüsse, denn er wurde dort ebenfalls schon gesichtet…«, fuhr Lutz fort, dann nahm jener einen kräftigen Schluck Bier.

»So, so, gesichtet…«, bemerkte Kaspar ruhig und ließ einen Rauchring aufsteigen.

»Wie sieht denn dieser mysteriöse Wassergeist laut den Aussagen der Leute aus?«, wollte er wissen.

»Als Herrscher unter Wasser soll er keine prunkvolle Krone auf seinem Kopf tragen, sondern eine glitschige Haube aus Schlingpflanzen, Algen und einem großen Huflattichblatt, die gleichfalls auch seine Schlafmütze ist. Denn, so sagen es die Leute, er schläft gerne und lang.«, bekam er als Antwort.

»Aha, interessant! Und dieser glitschige Herrscher unter Wasser hat sicher auch einen Namen, oder?«, hakte Kaspar nach.

»Ja, Herr! Man nennt ihn überall nur Hakemann.«, erklärte ihm Lutz.

»Welch seltsamer Name!«, wunderte sich Kaspar.

»Nun, diesen Namen erhielt er, weil er einen langen Haken bei sich trägt.«, fügte sein Gegenüber hinzu.

»Einen Haken? Kein Zepter?«, wollte Kaspar wissen und musste schmunzeln.

»Und mit diesem treibt er wohl sein schauriges Unwesen?«, fragte er dann.

»Ja, ganz genau! Es wird berichtet, dass er am Ufer spielende Kinder, aber auch unvorsichtige Erwachsene, die nach seinen Forellen fischen, mit sich hinab ins Wasser zieht und dort in der Tiefe elendig ersaufen lässt. Denn er sieht sich wohl als Beschützer und Wächter aller im Wasser lebenden Pflanzen und Tiere und verachtet zutiefst alles, was nicht auch im kühlen Nass zu Hause ist. Wenn wieder einmal ein lebloser Körper aus der Leine gezogen wird, heißt es: *Hakemann hat sich wieder ein Opfer geholt!*«

Lutz hielt inne.

»Ja, inner Nähe von Alfeld soll er besonders oft seinen verdammten Haken benutzen, da ziehen se die Leiber oft raus!«, bestätigte ihnen Bruno düster.

»Wer weiß schon, ob der nich vielleicht auch schon hier in unserm schönen Glenebach haust? Gemunkelt wird's! Is mir nicht geheuer das!..«, flüsterte einer der anderen Männer.

Alle schwiegen.

»Der Becher leer, hicks!, der Beutel auch, hicks!, doch will ich trinken, hicks!... und nen saftgen Schweinebauch! Rülps!!!«, röhrte es plötzlich laut im Hintergrund.

Der dicke Utz rülpste so kräftig, dass es mit der Stille fürs erste vorbei war.

»Penn weiter, Saufkopf!«, schimpfte Lutz verärgert und warf einen leeren Becher nach seinem Kumpan, traf diesen jedoch nicht.

Der Dicke kratzte sich nur kurz am Kopf.

»Pennen? Ja das is ne gute Idee, Dünner!«, antwortete er dann lallend.

»Wünsche allseits gute Nacht, Kinder, Vater muss zum Tagewerk! Brrrrr!..«

Und es dauerte nicht lange, da schnarchte er wieder laut vor sich hin. Kaspar grinste.

»Es gibt fürwahr Dinge auf dieser Welt, vor denen man lieber auf der Hut sein sollte, da stimme ich euch guten Männern aus tiefer Überzeugung und auch einiger Erfahrung zu.«, sagte er dann.

»Hat diesen sogenannten Wassergeist jemand von euch schon mit seinen eigenen Augen gesehen?«, wollte er wissen und sah in die Runde.

Die Männer blickten ihn nachdenklich an, schüttelten dann aber die Köpfe und schwiegen.

»Ah, seht ihr? Also nicht! Dachte ich es mir doch schon beinahe. Die Leute erzählen viel, und es ist meist schwer, Wahrheit von Unwahrheit zu unterscheiden. Es gibt hunderte von Gründen, warum Leichen aus dem Wasser gefischt werden. Meist ist es die Unvorsichtigkeit der Kinder, oder deren Übermut, der sie trotz Warnungen der Eltern dazu verleitet, sich in die Nähe der gefährlichen Gewässer zu begeben, bis es dann schließlich zu spät ist. Auch gestandene Männer und Frauen, die die Schwimmkunst beherrschen, sind unter ungünstigen Umständen schon elendig ertrunken. Man sollte jeden dieser tragischen Fälle erst gründlich untersuchen, bevor man einen sogenannten Wassergeist dafür verantwortlich machen kann! Vielleicht hat die, ich behaupte hier mal, Legende vom Hakemann ihren Ursprung in den Warnungen der sich sorgenden Eltern, die ihre Kinder so vor dem gefährlichen Nass fernhalten wollten…«, mutmaßte Kaspar.

Die Männer schienen davon nicht wirklich überzeugt und machten auch keine Anstallten, sich ihre Köpfe mehr als nötig über Kaspars für sie durchaus provokante These zu zerbrechen.

»Hmmm….«, murrten einige nur vor sich hin.

»Nun, was ich damit sagen möchte ist, es kann einen Wassergeist namens Hakemann geben, oder aber auch nicht! Jedenfalls sehe ich kein Grund, übertriebene Scheu vor Wasser zu haben, natürlich nur, wenn man auch schwimmen kann. Den Respekt davor sollte man eh nie verlieren. In den südlichen Gegenden dieser Welt gibt es übrigens tatsächlich im Wasser heimische Untiere! Gefährliche Monster mit scharfen Zähnen und riesigen Mäulern, die einem Mann, einer Frau oder einem Kind die Gliedmaßen mit nur einem einzigen Biss abtrennen können. Auch von Riesenkraken, die ganze Boote mit ihren riesigen Fangarmen hinabziehen können, habe ich schon gehört.«, fuhr Kaspar fort, doch machte dies die Sache wahrlich nicht besser, denn die Männer verunsicherte dies zusätzlich.

»Ich kann euch aber versichern, dass es Gefahren vergleichbarer Art in euren Gewässern sicher nicht gibt. Soweit ich weiß, fließt die Leine eh weit weg von eurem beschaulichen Dorf hier, deshalb habt ihr den bösen Wasserunhold sicher auch noch nicht gesehen; somit sicher auch nichts weiter zu befürchten, da bin ich mir ziemlich sicher.«, fügte er noch hinzu, denn er wollte die guten Leute, die ihn so gastlich bei sich aufgenommen hatten, nicht weiter verängstigen oder gar ganz verärgern.

Kaspar wusste nicht, ob die fortgeschrittene Stunde oder der reichlich geflossene Alkohol daran schuld war. Sie hatten ihre Ansicht, er die seine. Daran ließ sich auch nicht rütteln. Niemand schien interessiert an einer tiefer gehenden Diskussion. Sie glaubten, und dies war ihnen Wahrheit genug. Konnte es so einfach sein? Ein wenig enttäuscht, nichts daran ändern zu können, gab er schließlich auf.

»Trotzdem gilt es stets Legende von Wahrheit zu unterscheiden! Ich möchte aber nicht weiter darauf eingehen… «, sagte er, entschlossen das Thema damit zu beenden.

»Und die Rote Scheune?«, hörten sie plötzlich überraschend eine Stimme aus dem Hintergrund.

Kaspar konnte zuerst nicht wirklich sagen, woher sie gekommen war, dann wusste er es.

»Was sagtest du?«, rief er dem abseits sitzenden Abdecker zu.

»Die Rote Scheune, ja!«, wiederholte einer der Männer leise vor sich hinmurmelnd und nickte dabei mit seinem plumpen Kopf.

Was hatte dies nun wieder zu bedeuten? Kaspar wunderte sich.

»Verzeiht Herr, dass ich mich in das Gespräch eingemischt habe! Der Alkohol ist wohl schuld daran.«, entschuldigte sich die Gestalt aus der Dunkelheit.

»Junger Herr, das ist der Schinder Jakob! Der Abdecker!«, warnte Lutz flüsternd.

»Das weiß ich… Heh du, komm her! Dann brauche ich nicht so zu schreien, wenn ich mit dir reden will!«, forderte Kaspar den Spitzbärtigen auf, dieser blieb jedoch weiterhin an seinem einsamen Tischchen hocken.

»Der ist nicht geheuer…«, murrte einer der Männer.

»Komm heran!«, befahl Kaspar nun in deutlichem Ton, vollkommen unbeeindruckt vom Gemurmel um sich.

Der Mann stand auf, kam aus seiner Nische hervor und näherte sich, scheu wie ein Reh, mit schleichendem Gang langsam der Runde. Kaspar sah die hagere Gestalt nun deutlich vor sich, das blasse Gesicht, die lange Narbe über dem Auge.

»Setzt dich und trink mit uns, Abdecker!«, lud er sein Gegenüber freundlich ein.

Er reichte ihm einen der gefüllten Becher. Der Schinder sah Kaspar jedoch misstrauisch an. Äußerst zaghaft und vorsichtig nahm er schließlich den Becher doch in seine rauen Hände und setzte sich auf einen der freien Hocker. Die Männer rückten dabei von ihm ab, niemand wollte neben ihm sitzen.

»Nun sag, was du sagen wolltest!«

Kaspar schaute ihn abwartend an.

Der Schinder nahm einen großen Schluck Bier. Was hatte er sich nur dabei gedacht, sich einfach so einzumischen!? Das konnte nicht gut sein! Er war es gewohnt, überall nur gemieden zu werden, hatte sich damit im Laufe seines Lebens abgefunden, nun wusste er nicht so recht, wie er mit dieser ungewohnten Situation umgehen sollte. Lange war es schon her gewesen, dass er inmitten von Leuten gesessen hatte, sich ihnen nähern, geschweige denn gar mit ihnen trinken und reden durfte, und dies hier verunsicherte ihn nun zutiefst.

Sein Gegenüber, dieser Jakob wiederum, wirkte nun gar nicht mehr düster und unheimlich auf Kaspar, sondern eher wie ein kleines verunsichertes Kind, das nicht wirklich wusste, wie ihm gerade geschah. Mit dem man Mitleid haben musste. Es an die Hand nahm, um ihm die große, weite Welt zu zeigen.

Er nickte seinem Gegenüber aufmunternd zu.

»Die Ruine oben auf dem Odenberg.«, fing Jakob leise an zu erzählen.

»Was ist damit?«, hakte Kaspar nach.

»Sie ist verdammt, Herr! Verflucht auf immer und ewig.«

Die Männer murmelten, einige nickten.

»Es wird gesagt, dass der Gehörnte mit dem dort lebenden Bauern einst einen Pakt schloss.«

»Interessant!«, erwiderte Kaspar.

»Fahre fort, ich höre dir zu!«

Jakob nahm erneut einen kräftigen Schluck aus seinem Becher. Es schien, als müsse er seine dünn gewordene Stimme für die bevorstehende, lange Geschichte erst noch etwas vorbereiten. Die Männer warteten, und noch immer war ihnen seine Anwesenheit überaus unangenehm, sogar lästig, was man den Gesichtern deutlich ablesen konnte. Zuviel hatten sie schon gehört von diesem Mann mit dem unehrbaren Beruf. Er war ihnen nicht geheuer.

»Ihr müsst mich entschuldigen Herr! Es kommt selten vor, dass ich viel rede.«, versuchte sich Jakob zu erklären.

»Als ich Eurem Gespräch über Wahrheit und Unwahrheit, den Dingen gründlich auf den Grund gehen und allerlei Anderem folgte, fiel mir plötzlich ein, dass ja auf dem Odenberg, also in unmittelbarer Nähe des Hohensteins, die verfallene rote Scheune steht. Von der man sich erzählt, dass sie verflucht sein soll und deshalb nie fertig gestellt werden kann.«

Jakob strich sich über seinen langen, spitzen Bart.

»Mein Ohm erzählte mir einst, als ich noch ein kleines Kind war, dass der Bauer der dort oben lebte, um die Scheune schnell errichten zu können, einen Pakt mit dem Teufel schloss. Der Teufel wollte jedoch die Seele des erstgeborenen Kindes als Lohn dafür, und so wurde vereinbart, dass er sie sich holen könne, wenn die Scheune fertig gestellt und der Hahn einmal gekräht hatte. Der Bauer jedoch bekam es schließlich mit seinem Gewissen zu tun und tötete den Hahn, noch rechtzeitig bevor dieser überhaupt krähen konnte. Somit wurde der Pakt gebrochen. Die bereits fertige Scheune zerbarst unter Blitz und Donnerschlag in tausend Teile und konnte seitdem nie wieder aufgebaut werden, denn sie war auf ewig verflucht. Sie blieb tatsächlich bis zum heutigen Tage unvollendet. Der Bauer und dessen Familie starben, einer nach dem anderen, der verwunschene Hof verfiel und wurde zur Ruine. Jeder fromme Mann macht einen großen Bogen um den alten Hof, Herr! Niemand will auch nur einen Steinwurf weit davon entfernt leben.«

Kaspar war überrascht, wie gekonnt sich der Schinder ausdrückte. Damit hatte er wahrlich nicht gerechnet.

»Ja, unheimlich ist es dort! Allerlei Werkzeug, vieles an Baumaterial, alles noch da! Keiner traut sich, etwas davon wegzunehmen. Nichts wurde je heruntergetragen. Aus Angst!«, bestätigte einer der Männer.

»Diese Ruine, also den einstigen Hof und die Scheune, würde ich mir gerne einmal ansehen.«, bemerkte Kaspar ruhig.

Die Männer sahen ihn überrascht mit großen Augen an. War der Fremde so mutig, oder einfach nur dumm, schienen sie sich zu fragen.

»Aber Herr, habt Ihr nicht zugehört?«, wollte sich Lutz vergewissern.

»Es ist ein beschwerlicher Weg hinauf und…«

»Was und? Rede ruhig weiter! Du glaubst doch nicht ernsthaft, dass ich einen Spuk fürchte, oder?«

Kaspar musste grinsen.

»Nun, nein! Nicht einen Spuk…«

»Was denn dann?«

»Nicht was, Herr, vielmehr wen!«, antwortete ihm Lutz ein wenig ausweichend.

Kaspar war verwundert.

»Wen?«

»Die Wege hier, besonders der Handelsweg, welcher direkt durchs Glenetal führt, sind schon lange Zeit nicht mehr sicher, junger Herr!«, erklärte ihm der Schinder schließlich.

»Eine Bande mordlustiger Räuber und ihr grausamer Anführer, ein Hauptmann, treiben dort ihr Unwesen.«

Sofort machte sich eine große Unruhe im Wirtshaus breit.

»So, so! Ein Räuberhauptmann und seine Bande Halsabschneider machen euch also das Leben schwer?«, wollte Kaspar wissen, doch wusste er dies bereits.

Dies war schließlich der Grund gewesen, warum er von Hildesheim aufgebrochen war. Er wollte in Erfahrung bringen, was hier vor sich ging! Doch entschied er sich nun fürs erste, den Männern nichts davon zu sagen.

»Ja, Herr! Plötzlich waren sie einfach da. Keiner weiß, woher sie kamen. Keiner kann sagen, wo sie sich verstecken oder wo sie als nächstes zuschlagen werden.«, erklärte Lutz.

»Erst letztens hat's son Fuhrwerk erwischt. Alles geplündert, alles geraubt, auch dat Pferd haben se mitjenommen. Armes Tierchen, Arme Leutchen!«, fügte Bruno hinzu.

»Und die armen Opfer, konnten die euch etwas berichten?«, wollte Kaspar wissen, ahnte jedoch bereits die Antwort darauf.

»Keiner von ihnen blieb lange am Leben! Mir ist nur einer bekannt, der es geschafft hat uns etwas zu erzählen, dann war auch dieser hin…«

Lutz sah ihn traurig an.

»Wenn Ihr mich nach meiner Meinung fragt, junger Herr, und Euch nicht davon abbringen lasst, unbedingt selber auf den Odenberg gehen zu wollen, um die Scheune mit eigenen Augen sehen zu können, dann kann ich Euch nur raten, den Talweg vollends zu meiden! Von dort führen Wege direkt hinauf, doch ist dies viel zu gefährlich. Dort unten, wo die Glene dahinplätschert, sind schon zu viele umgekommen. Darum meiden wir jenes Gebiet.«, erklärte Jakob und die anderen stimmten dem zu.

»Darf ich fragen, wohin der junge Herr unterwegs ist? Vielleicht können wir Euch dabei behilflich sein, den richtigen Weg zu wählen.«, bot Lutz freundlich an.

»Ich bin auf dem Weg zum Schmied unter den Felsenklippen.«, antwortete Kaspar.

Sein Gegenüber und die anderen Männer sah ihn erstaunt an.

»Zum Schmied? Schmied Sigmund? Ihr wollt zu ihm?«, wollte Lutz wissen.

»Das habe ich vor, ja!«, versicherte Kaspar.

Die Runde war sichtlich verdutzt, dann fragte Jakob:

»Ihr kennt den Schmied?«

»Ja, sehr gut sogar! Ein besonders guter, alter Freund aus lange vergangenen Tagen!«

Die Männer sahen sich gegenseitig ratlos an. Was hatte der edle, anmutige, junge Mann nur mit diesem grobschlächtigen und recht rauen Kerl zu schaffen, außer vielleicht seine Waffen von ihm richten zu lassen?

»Oh ja, der olle Brummbär hat nen dickes Fell!«, murmelte schließlich Bruno der Bauer.

»Keiner weiß, wies der Kerl dort allene aushält!«

»Wenn einer weder Teufel noch etwas anderes fürchtet, dann er!«, bemerkte Kaspar grinsend.

»Wenn dem so ist, Herr, Ihr auf dem Weg zum Schmied seid, lasst Euch sagen, es gibt noch andere, weitaus sicherere Wege…«, begann Jakob und sah Kaspar ernst an.

»Einer von ihnen führt von diesem Wirtshaus direkt hinauf bis zum Waldrand. Dort die Wolfsschlucht zwischen Hohenstein und Kikedal hindurch, direkt auf das Odenberg Plateau, wo auch die besagte Hofruine mit der roten Scheune steht. Da Ihr zur Hütte des Schmiedes wollt, könntet Ihr von dort oben dem Kammweg des Duinger Berges entlang wandern und kommt dann bald zum Abstieg. Ein schmaler Pfad führt dort die Felsenklippen hinab, und es ist dann nicht mehr sehr weit bis zu Eurem Freund. Wie das Schicksal es will, führt mich mein eigener Weg morgen ebenfalls durch jenes Gebiet. So Ihr es wünscht, kann ich mich Euch als Führer anbieten. Ich könnte Euch etwas begleiten, als Dank für Eure Gastfreundschaft heute Abend!«

Er lächelte freundlich.

»Herr, seid vorsichtig mit dem!«, warnte Lutz flüsternd.

»Dem kann man doch nicht trauen! Seine Messer sind scharf…«

Kaspar grübelte, musterte sein Gegenüber gründlich von oben bis unten.

»Ich nehme dein Angebot an, Schinder!«, antwortete er dann nach einer Weile und sah Jakob dabei tief in die Augen.

»Wir ziehen früh los! Gleich nach dem Frühstück.«

Der Schinder nickte.

»Sehr wohl, Herr, wie Ihr wollt! Ich werde auf Euch warten, doch nun muss ich mich, wenn Ihr erlaubt, entschuldigen. Ich bin müde geworden, und wenn ich darf, so gehe ich nun schlafen.«

»Aber natürlich! Wir sehen uns dann morgen.«, antwortete Kaspar.

Dann stand Jakob auf, verbeugte sich höflich und verließ den Raum, um sein etwas abseits gelegenes Lager für die Nacht aufzusuchen.

»Ich rat Euch, bleibt vor dem auf der Hut, Herr! Nich dass ihr aufwacht und tot seid!«, flehte Bruno inständig.

»Vor dem und den Räubern!«, fügte Lutz besorgt hinzu.

Kaspar spürte nun ebenfalls, wie sich sein geschundener Körper nach Ruhe sehnte, bleierne Müdigkeit in ihm aufkam, und ihm die Augen langsam schwer wurden.

»Das werde ich schon, doch kennt er die Wege hier besser als ich. Dies kann mir noch nützlich sein, zumal wenn hier wahrlich überall, so wie ihr es ja bestätigt, Mordgesindel im Hinterhalt lauert.«, antwortete er ihnen, dann trank er seinen Becher leer.

»Gute Männer, es ist spät geworden! Es gäbe noch so viel zu bereden, vor allem noch so viel zu erfahren, doch fallen mir nun ebenfalls die Augen zu. Vielleicht kommen wir bald wieder einmal zusammen. Für dieses Mal heißt es aber Abschied nehmen. Lebt denn wohl!«, verabschiedete er sich, stand auf, nahm seinen getrockneten Hut und seinen Mantel vom Hacken, griff sich den Yatagan und ging.

Es dauerte nicht lange, da erschien Frau Wirtin, und er folgte ihr in den hinteren Bereich des Wirtshauses. Er grübelte dabei noch ein wenig über seine Entscheidung, doch war er sich sicher, heute Nacht eh nicht mehr viel Brauchbares über die Räuber zu erfahren. Jedenfalls nichts, was er später nicht auch von seinem Freund dem

Schmied erfahren würde. So zerstreute sich die Runde nun vollends. Alle gingen ihrer Wege, und es kehrte allmählich Stille im Wirtshaus ein. Nur der allein gelassene Utz schnarchte und furzte noch laut im ansonsten leeren Raum.

Wirtin Elsa Harms hatte sorgsam, so wie Kaspar es schon ganz richtig vermutet hatte, das gemütliche Nachtlager für ihn hergerichtet. Nachdem sie ihm mehrmals eine schöne und gute Nacht gewünscht hatte, und er sich endlich entkleiden und auf sein Lager legen konnte, fiel er auch schon bald in einen tiefen und ruhigen Schlaf und erwachte aus diesem erst wieder, als die warmen Sonnenstrahlen des frühen Morgens durch das kleine Fenster fielen.

Kapitel 5

Die Schmiede unter den Klippen

Kaspar genoss das Frühstück, denn Wirtin Elsa hatte ihm einen köstlichen Brei aus Haferflocken und Kuhmilch zubereitet. Um ihren Gast vor dessen Abreise noch etwas Besonderes zu gönnen, hatte sie diesen zusätzlich noch mit etwas Honig verfeinert.

Als sich die Tür öffnete, und er darin die dunkle, hagere Gestalt Jakobs erkannte, wurde ihm bewusst, dass es an der Zeit war, diesen behaglichen und sehr gastfreundlichen Ort wieder zu verlassen.

»Ich wünsche Euch einen guten Morgen, Herr!«, begrüßte ihn der Abdecker freundlich und nahm dabei seinen Hut ab.

Kaspar erschien dieser im weichen Morgenlicht nun nicht mehr annähernd so düster, wie er noch am Abend zuvor gewirkt hatte.

»Hast du gut geschlafen?«, fragte er und lud sein Gegenüber mit einer freundlichen Geste ein, sich zu ihm zu setzten.

»Soweit man nahe der Schweine überhaupt Ruhe finden kann, Herr!«, bekam er als Antwort, während Jakob auf einem der Hocker Platz nahm.

Kaspar sah ihn mitleidig an.

»Oh, ich verstehe… Nun denn, stärke dich erst einmal für den langen Weg! Frau Wirtin, bitte, holt noch Haferbrei und etwas Brot für mich und meinen Führer!«, bat er.

Jakob freute sich, als er die Schüssel vor die Nase gestellt bekam. Es dauerte auch nicht lange, da hatte er den Brei alsbald vertilgt, was deutlich zeigte, wie hungrig der Mann gewesen sein musste.

»Dasselbe nochmals bitte, Frau Wirtin!«, bat Kaspar erneut.

Bereit zur Abreise bedankte er sich schließlich bei Wirtin Elsa Harms und entlohnte diese überaus großzügig für all ihre bisherigen Dienste. Sie bedankte sich ihrerseits überschwänglich und wünschte ihm von Herzen eine gute, vor allem aber sichere Reise.

Nachdem Jakob schon vorausgegangen war, flüsterte sie Kaspar noch schnell ins Ohr, wachsam und auf der Hut zu sein. Er versprach es ihr nickend.

»Ich werde mein Pferd sicher benötigen, wenn ich wiederkehre. Passt bitte solange darauf auf! Versorgt es gut!«, bat er, denn sie mussten den Weg zu Fuß zurücklegen.

Jakob hatte ihm davon abgeraten, das Tier durch das überaus schwierige und gefährliche Gelände mitzunehmen. Solange war es hier gut untergebracht, und der junge Knecht, der neben der guten Frau Elsa stand, nickte.

So trat Kaspar schließlich frohen Mutes aus dem Wirtshaus und erblickte zu allererst einen riesigen Hund, der hechelnd neben dem bereits auf ihn wartenden Jakob saß. So einen gigantischen Hund hatte er niemals zuvor gesehen! Er kannte die kräftigen Molosser und die riesigen Irischen Wolfshunde, ja, doch dieser Kamerad hier, sah wie eine Mischung aus beiden Rassen aus.

»Was für ein Ungetüm ist dies denn?«, wollte er wissen.

Der Schinder streichelte das Fell des großen, ihn mit seinem mächtigen Kopf annähernd bis zu Brust reichenden, Tieres, und der Hund ließ sich dies mit Wonne gefallen. Hechelte dabei so aufgeregt vor Freude, dass der Speichel in langen Fäden sein großes Maul hinunterlief.

»Das ist Odin, mein treuer Begleiter, Herr! Er passt auf mich auf, jedenfalls war es ursprünglich mal so geplant, als ich ihn als Welpen zu mir geholt habe.«, erklärte der Schinder.

»Ein wahrer Bullenbeißer!«, bemerkte Kaspar.

»Ich fürchte aber, er weiß selber nicht wirklich, wie groß und stark er eigentlich ist… Besonders mutig ist er jedenfalls nicht. Das musste er bisher aber auch noch nicht sein, denn die meisten flüchten eh schon freiwillig bei seinem Anblick.«

Sein Gegenüber grinste breit.

Odin sah sie mit seinen treuen Augen an und wedelte aufgeregt mit seiner Rute. Er schien es kaum noch aushalten zu können, endlich wieder ausgiebig Auslauf zu bekommen, nach der doch etwas ungemütlichen Nacht nahe dem Schweinestall.

So brachen sie denn an diesem schon recht warmen und sonnigen Morgen schließlich alle drei zusammen auf, ihren Weg hinauf zum Odenberg anzutreten.

Sie folgten vom Gasthaus aus einem recht schmalen Weg, der über einige kleinere Umwege hinauf bis zum Wald führte. Der große Hund trottete vorweg. Vom Rande des Waldes aus bot sich ihnen schließlich ein herrlicher Blick über den kleinen Ort Brunkensen.

»Wir müssen diesem Pfad weiter folgen, bis wir zum Anfang der Wolfsschlucht kommen. Diese liegt zwischen Hohenstein und Kikedal. *Da* müssen wir hindurch!«

Jakob zeigte in die Mitte der beiden imposanten Berge, die links und rechts vor ihnen in den Himmel ragten.

»Beeindruckend!«, bemerkte Kaspar und folgte ihm.

Nach einiger Zeit hatten sie den Anfang der Schlucht erreicht. Ein stetig ansteigender, sehr schmaler Felsweg führte am linken Berg hinauf. Kaspar blickte, während sie diesem folgten, hinab in den immer tiefer werdenden Abgrund neben sich.

»Vorsicht, Herr, Wer da hinunterfällt, kommt nicht wieder!«, warnte sein Führer eindringlich.

»Das glaube ich dir gerne.«, antwortete Kaspar.

Jener blieb stehen und sah noch einmal vorsichtig hinab in die neblige Kluft. Das Gesicht des Schinders verfinsterte sich.

»Dort unten haben schon einige ihr Leben lassen müssen… Besonders gefährlich ist es aber vor allem in jenen dunklen Nächten, wenn aus dem Nichts heraus plötzlich die unheimlichen Irrlichter auftauchen.«, begann dieser zu erzählen.

Kaspar lauschte.

»Man erzählt sich, dass vor allem um Allerheiligen herum die Geister der hier vor langer Zeit umgekommenen, armen Seelen, als schauerlichgrüne Flämmchen, wild in der Schlucht umhertanzen, und dadurch unvorsichtige, durch dies beängstigende Schauspiel abgelenkte Reisende mit sich in den Tod reißen. Andere böse Wesen sollen dort ebenfalls noch ihr Unwesen treiben… Riesige Wolfskreaturen, die dann den Rest erledigen… Wahrlich kein Ort, um lange zu verweilen, Herr!«

Obwohl es helllichter Tag war, die Sonne warm herab schien, überkam Kaspar ein eisiger Schauer. Zugleich bewunderte er, und dies nicht zum ersten und auch nicht zum letzten Mal, die Kennerschaft und gute Ausdrucksweise seines Begleiters.

»Diesen schmalen Weg durch die Schlucht sollten wir schleunigst hinter uns bringen!«, schlug Jakob vor.

»Du treibst Späße mit mir, oder? Geisterhafte Irrlichter? Spuk? Riesenwölfe?«

Kaspar sah in ungläubig an.

»Nun, Herr! Es scheint uns nun freundlich Frau Sonne, und es ist auch noch nicht die rechte Zeit für Gespenster, habe selbst eh nie eins getroffen, geschweige denn einen der Riesenwölfe, aber bedenkt, dass wir hier trotzdem schnell in arge Bedrängnis geraten könnten! Falls wir in dieser Enge auf lichtscheues Gesindel treffen, haben wir keinerlei Rückzugsmöglichkeit, somit denkbar schlechte Karten. Wir müssen uns darum etwas eilen.«

Kaspar stimmte dem schließlich überzeugt zu, und sie gingen weiter.

Der Weg war beschwerlich, da mit reichlich, arg behinderndem Gestein überseht. Den gefährlichen Abgrund auf der einen, die hohe, glatte, scharfe Felsenwand auf der anderen Seite, kämpften sie sich langsam, aber stetig immer weiter voran. So manches Mal musste Kaspar seinen einfachen Wanderstock, einen langen, schmalen, jedoch gut belastbaren Ast, zu Hilfe nehmen.

»Wir haben es bald geschafft, Herr!«, versuchte ihn sein Führer aufzumuntern, doch man konnte sehen, dass die Strapazen auch ihm schon deutlich ins Gesicht geschrieben standen.

Der Schweiß rann ihnen nur so von der Stirn. Es war eine wahre Quälerei, und über ihnen beiden krächzte, auf dem dicken Ast einer hohen krüppeligen Buche sitzend, aufgeregt eine einsame Krähe, ganz so, als wolle sie sich lauthals darüber beschweren, in ihrer Ruhe gestört worden zu sein.

Kaspar kam immer besser voran. Nach einiger Zeit ging er sogar ein wenig voraus. Dann machte er kurz halt, drehte sich, um zu sehen, wie weit der Schinder schon hinter ihm zurück geblieben war, und ging weiter. Doch noch bevor er wieder nach vorne blicken konnte, stolperte er unvorsichtig über einen spitzen Stein, der inmitten des Weges gelegen hatte, kam aus dem Gleichgewicht, torkelte, und drohte hinab in die tiefe Schlucht zu stürzen.

»Aufpassen, Herr!!!«, rief Jakob, und Kaspar spürte auch schon den starken Griff, der ihn fest am Arm packte.

Mit einem kräftigen Ruck wurde er zurückgezogen. Ein kleiner Steinbrocken fiel hinab in die Tiefe, und es dauerte, bis man den Aufprall vernehmen konnte. Ihm schlotterten die Glieder.

»Du meine Güte! Um ein Haar! Das wäre beinahe schief gegangen!«, sagte er immer noch zitternd.

Dann klopfte er seinem Gegenüber dankbar auf die Schulter.

Der Schinder nickte nur kurz.

»Wird es gehen?«, wollte dieser wissen.

Kaspar schnaufte einmal kräftig durch.

»Natürlich…«, antwortete er dann.

Es dauerte, doch schließlich hatten sie das Ende der Wolfsschlucht erreicht und standen vor einer großen Verzweigung, von der aus sich die Wege nahezu fächerförmig ausbreiteten.

»Ich muss diesem Weg hier folgen. Ihr, Herr, dem zu Eurer linken, um zur Ruine zu gelangen!«, erklärte Jakob und zeigte in die Richtung.

»Dort drüben ist sie schon, die Ruine. Ihr könnt die Reste des Hofes schon von hier aus sehen. Von dort müsst Ihr dann weiter in *diese* Richtung gehen. *Dort, seht!* Hinter einer großen, alten Eiche, Ihr könnt sie kaum übersehen, führt ein alter, versteckter Pfad hinauf auf den Bergkamm. Diesem folgt Ihr dann, bis zum Babenstein, dem höchsten Punkt, dort befindet sich der Abstieg. Ein sehr schmaler, gefährlicher Pfad! Steigt dort vorsichtig unter den Rotter Klippen hinab. Am sogenannten Glockenstein vorbei, kommt Ihr immer weiter durch den Wald, bis Ihr an einen kleinen Bachlauf gelangt. Dem Wasser müsst Ihr dann folgen, es führt Euch hinaus aus dem Wald, zur Hütte Eures Freundes. Konntet Ihr mir folgen?«

»Ja, ich habe es soweit verstanden!«, antwortete ihm Kaspar, nachdem er sich alles eingeprägt hatte.

»Ihr wisst sicher, was Ihr macht oder, Herr?«, wollte sich sein Gegenüber vergewissern.

»Ich denke schon. Hab Dank, für deine große Hilfe, Schinder! Nimm dies, bitte!«, sagte Kaspar und nahm eine Silbermünze aus seinem Beutel und reichte sie dem Mann.

Dieser schien erst überrascht, dann bedankte er sich überschwänglich:

»Oh, ich danke Euch, Herr! Vielmals! Möge Gott es Euch vergelten…«

»Damit Odin dir nicht die Haare vom Kopf fressen muss.«, fügte Kaspar hinzu und streichelte dem freudig hechelnden Odin zum Abschied den Kopf.

»Möge Gott Euch auf Eurem Weg weiterhin beschützen! Ich hoffe mich für Eure Großzügigkeit irgendwann einmal revanchieren zu können.«, sagte der Schinder und verbeugte sich.

»Du hast es dir reichlich verdient, mein Freund! Passt nun auf euch auf ihr beiden!«

Zum Abschied reichte Kaspar ihm die Hand.

»Und Ihr auf Euch, junger Herr!«

Als sie sich schließlich voneinander getrennt hatten, sah er ihnen noch eine Weile hinterher.

»Wie man sich doch täuschen kann… Nicht das Äußere sagt etwas über einen Menschen aus, sondern sein wahres Wesen liegt im Inneren verborgen.«, sinnte Kaspar, während er dabei dem schmalen Grasweg folgte.

Es war nun schon später Nachmittag, und die wärmende Sonne stand nicht mehr ganz so hoch am Himmel. Es war deutlich kühler geworden, jedenfalls meinte er es.

So durchwanderte er das offene Plateau des Odenbergs und schlug sich durch die hohen, ungepflegten Wiesen und das dichte Buschwerk, bis er schließlich deutlich die Umrisse des einstigen Hofes vor sich sehen konnte.

Da stand sie nun, die düstere Ruine. Die klägliche Scheune, sowie der Rest dieses schauderhaften Ortes, hinterließ einen trostlosen, wie auch gespenstischen Eindruck. Nur ihre starken, steinernen Außenmauern waren nahezu unbeschadet erhalten geblieben. Aus deren Inneren ragten die erschreckend brüchigen Gebäudereste hervor. Große Teile der allgemein doch sehr verkommenen Gebäude hingen herab, lagen irgendwo verstreut umher, waren gänzlich abgefallen oder einfach ins Innere gestürzt. Die kläglich schiefen Dächer waren durchlöchert, von Regen und Wind arg gezeichnet, und wurden nur noch von den bereits stark vermoderten Holzbalken dürftig aufrecht gehalten. Wie die rissigen Flügel einer großen Fledermaus sah das beklagenswerte Dach der roten Scheune aus. An den wenigen übriggebliebenen Farbresten konnte Kaspar erkennen, woher sie wohl einst ihren ungewöhnlichen Namen erhalten hatte. Alles rottete vor sich hin. Nur ein paar letzte, alte und schon sehr knorrige Obstbäume standen, scheinbar wie aus Trotz, noch dort, wo einst wohl ein kleiner Vorgarten gewesen war. Irgendwann, da war er sich sicher, würden auch diese sterben, und dann gab es hier kein lebendiges Zeugnis der Vergangenheit mehr. Schließlich würde sich die Natur ihren Teil zurück holen. Staub zu Staub, Asche zu Asche! Ein wenig verwunderlich war es eh, dass nach solch einer langen Zeit überhaupt noch etwas übrig war. Diese öden und kümmerlichen Reste des einstigen Hofes waren mit Sicherheit schon lange nicht mehr besucht, gar bewohnt worden, somit hatten die guten Männer im Dorfe wohl Recht gehabt. Er erinnerte sich an die Furcht der Dorfbewohner. Sie schienen diesen Ort tatsächlich zu meiden.

»Was der Glaube doch bewirken kann.«, dachte er sich und musste dabei ein wenig schmunzeln.

Ob diese Ruine tatsächlich verflucht war, oder nicht, dies herauszufinden, war an jenem Tag nicht Kaspars Aufgabe. Er verspürte auch nichts Ungewöhnliches von diesem Hof ausgehen, und so verließ er, auch ein wenig erleichtert, jenen Ort und folgte beherzt dem schmalen Grasweg weiter in die Richtung, die ihm der Schinder Jakob zuvor gewiesen hatte.

Nach einiger Zeit erreichte er tatsächlich, ganz wie beschrieben, eine dicke, knorrige, sehr alte Eiche, doch hinter dieser war nur ein hohes und dichtes Busch- und Strauchwerk zu sehen. Kein Weg! Hier sollte es weitergehen? Er war verwundert. Erst nach einigem Suchen und mit viel Mühe und auch etwas Glück konnte er tatsächlich einen schmalen, völlig überwucherten, kleinen, verborgenen Pfad entdecken, der hinauf führte, und er war mehr als erleichtert darüber. Wie lange war hier wohl schon niemand mehr durchgekommen? Er konnte es nicht sagen. Ohne Jakobs Hilfe hätte er wohlmöglich noch einen anderen Weg einschlagen müssen, wäre wohl niemals angekommen... Wieder war er dem Abdecker überaus dankbar.

Kaspar nahm seinen Wanderstab zu Hilfe und kämpfte sich, wie ein Ritter mit seinem Schwert, durch das störrischdichte und sehr widerspenstige Strauch- und Buschwerk, dabei immer bedacht, nicht vom eigentlichen Weg abzukommen. Nach einiger Zeit hatte er sich durch das Hindernis hindurchgekämpft und stand schließlich am Rande des Waldes.

Buchen und Eichen, einige wenige Fichten und Kiefern, wechselten sich hier ab. Es fand noch viel Sonnenlicht seinen Weg durch die Kronen der hohen Bäume, und am Boden blühte und sprießte es, dass es eine wahre Freude war. Besonders das zarte Waldveilchen hatte es ihm angetan. Über ihm sprang ein kleines rotes und sehr munteres Eichhörnchen flink und sehr behände von einem Ast zum nächsten. Es bemerkte Kaspar unter sich stehen, verharrte regungslos, und beschloss dann unter lautem Protest, den langen Stamm so schnell es nur konnte weit hinauf zu klettern, um sich dort vor ihm zu verstecken. Eine kleine Meise sang hoch oben ihr Lied, und es dauerte nicht lange, da kam eine zweite hinzu und stimmte freudig in das Gezwitscher mit ein, solange, bis sie beide vom lauten Klopfen eines geschäftigen Grünspechts gestört wurden, der mit seinem langen Schnabel einige Male hart gegen den Stamm einer der hohen Baume hämmerte, um dort unter der Borke nach schmackhaften Insekten zu suchen. Auch ein Kuckuck war mit seinem Ruf in der Ferne schon weithin zu hören.

Kaspar genoss die angenehme Waldluft und nahm dabei die verschiedensten Gerüche wahr. Er roch die Pflanzen, die Blätter, den Boden, die Nadeln, das frische Harz. Er fühlte sich wohl, doch je weiter er dem steilen Waldpfad hinauf zum Bergkamm folgte, desto düsterer wurde es um ihn herum, und seine Gemütslage verschlechterte sich mit jedem weiteren Schritt. Das Nadelkleid der hier immer zahlreicher werdenden und dichter beieinander stehenden Fichten ließ nur noch wenig Licht durch. Die langen, borkigen Stämme, mit ihren traurig herabhängenden, im unteren Bereich völlig kahlen Ästen, standen gespenstisch wie Gerippe da. Auf dem kargen, von abgeworfenen Nadeln und Zapfen gänzlich übersäten, feuchten Boden verrottete das Altholz, von Flechten und Pilzen dicht überwuchert, langsam vor sich hin. Auch drangen kaum noch Geräusche an sein Ohr. Bis auf das leise Säuseln des Windes war es totenstill. Den Weg weiter fest im Blick, konnte er es kaum mehr erwarten, wieder aus dieser trostlosen Finsternis heraus zu kommen. Nach einer für ihn unsagbar langen, zudem sehr schweißtreibenden, da stetig ansteigenden Strecke, erreichte er den gesuchten Bergkamm. Die Luft war hier nicht mehr ganz so drückend, und er atmete auf.

Er folgte dem schmalen Kammweg, vorbei an einigen bizarren Felsformationen, bis er schließlich die höchste Stelle des Berges, den Babenstein, erreicht hatte. Ein sehr schmaler Pfad führte, so wie es Jakob ganz richtig erklärt hatte, von hier steil bergab. Unter Zuhilfenahme seines Stocks machte er sich vorsichtig an den Abstieg. Auf seiner linken Seite erhoben sich die mächtigen Kalksteinwände der Rotter Klippen. Er folgte dem Pfad. Weiter unten sah Kaspar einen gewaltigen, längs gespaltenen Felsblock inmitten des durch die umgefallenen Bäume ohnehin schon sehr schwer zu bezwingenden Weges liegen. Dies musste der Glockenstein sein, da war er sich sicher, somit konnte es wahrlich nicht mehr weit sein. Er umwanderte den mit Moosen und Farnen stark überwucherten, mächtigen Felsbrocken und stieg weiter bergab, bis er schließlich deutliches Wasserplätschern vernahm. Er hatte das kleine Bächlein gefunden. Je weiter er dem Lauf des Wassers folgte, desto lieblicher, ja einladender, schien die Landschaft zu werden. Vor ihm lag das Ende des Waldes. Dahinter eine weite, offene Fläche, an deren Anfang eine kleine, umzäunte Hütte stand. Aus dem schiefen Schornstein stieg Rauch auf, somit konnte er sich ziemlich sicher sein, dass auch jemand zu Hause war.

»Dann schauen wir mal!«, sagte er sich erleichtert und folgte dem ausgebauten Weg, durch das kleine, eiserne Türchen im Zaun hindurch, in den Innenbereich des Grundstücks.

Vor einer kleinen Scheune, deren Tore weit offen standen, stand ein großer Hackklotz, wohl aus Eiche, und ein alter, gebrechlicher Karren, der sicher schon bessere Tage gesehen hatte. Auf dem Rand eines runden Brunnens sah Kaspar ein kleines Holzeimerchen mit frischem Wasser stehen, und er wusch sich sein verschwitztes Gesicht. Das kühlende Nass tat nach den Strapazen des Weges unendlich gut.

»He, Bürschchen! Was treibst du da an meinem Brunnen? Wohl ein Giftmischer am Werk?«, ertönte plötzlich eine laute, männliche Stimme.

»Zeig deine Visage, damit du weißt, von wem du gleich Prügel beziehst!«, drohte ihm diese nun.

Er drehte sich um, und das Wasser lief ihm dabei sein Gesicht hinab und tropfte auf den Boden.

»Versuchen kannst du es, Schmied, doch ein saftiges Hendl wäre mir nach all der Plackerei nun weitaus lieber als Händel!«, erwiderte Kaspar und lächelte breit.

»Bei Hephaistos, Vulcanus und allen Feuerteufeln! Kaspar!!! Dummer Junge! Hätte dir beinahe meine Axt über den Schädel gezogen…«, brummte der hochgewachsene Mann, der von seiner ganzen Gestalt einem Bären ähnelte, nachdem er den vermeintlichen Eindringling endlich erkannt hatte.

Der Hüne warf seine Axt nun so zielsicher durch die Luft, dass sie nur eine Handbreit an Kaspars Kopf vorbei flog und dann klirrend und scheppernd hinter ihm im Holz der Scheune stecken blieb. Mit bebenden Schritten lief er dann freudig auf Kaspar zu und nahm ihn so kräftig in seine starken Arme, dass dieser ernsthaft befürchtete, dabei zerquetscht zu werden.

»Bei meinem buschigen Barte… Eine unerwartete, aber große Freude, dich endlich einmal wiederzusehen, Junge!«, freute er sich.

»Ich freue mich auch, dich wiederzusehen, Siegmund Bärentöter, alter Freund! Doch erdrückst du mich noch vor lauter Wiedersehensfreude.«, beschwerte sich Kaspar.

»Oh!«, erwiderte sein Gegenüber und lockerten den Griff.

»Wusste ja nicht, dass du so zerbrechlich geworden bist.«

Kaspar atmete erleichtert auf. Große braune Augen sahen ihn nun neugierig an.

»Was außer meiner weithin gerühmten Gastfreundschaft treibt dich noch zu mir, Junge?«

Kaspar war verwundert.

»Deine Gastfreundschaft? Mit eingeschlagenem Schädel tief unten in deinem Brunnen zu verrecken, dies hört sich für meine Be-griffe nicht sonderlich gastfreundlich an.«, erwiderte er ihm, auch ein we-nig vorwurfsvoll.

»Dein Hang zur Geselligkeit scheint wohl in dieser Einöde arg ge-litten zu haben…«

Siegmunds Stimme wurde ungewöhnlich ernst, und er antwortete:

»Junge, du kannst es nicht wissen, doch lass dir von mir sagen, was hier an elendem Pack, verkommenen Spitzbuben und üblem Mordgesindel durchzieht dieser Tage, das ist wahrlich nicht mehr feierlich! Es wird immer schlimmer… Man muss auf der Hut sein!«

»Was meinst du damit?«, wollte Kaspar wissen, doch sein Freund wollte ihm keine Antwort darauf geben.

»Später! Komm jetzt erstmal mit rein, Junge! Hast doch sicher auch Hunger und Durst, oder? Ich erzähle dir alles… nachher! Und du musst mir auch alles erzählen, alles was du erlebt hast! Los, los!!! Komm schon mit rein!«

Er machte eine entsprechende Geste.

»Ja, das habe ich wirklich!«, antworte ihm Kaspar und nahm die Einladung gerne an.

So folgte er seinem Freund, hinein in dessen kleine Hütte.

Als Gastgeber fuhr dieser alles auf, was seine doch recht über-schaubare Speisekammer so an Köstlichkeiten und Getränken zu bieten hatte. Sie aßen und tranken reichlich, und nachdem sie beide vollends gesättigt waren, holte Kaspar zufrieden sein Pfeifchen und den kleinen Tabakbeutel heraus. Mittlerweile loderte ein kleines, ge-mütliches Feuerchen vor sich hin, und noch bevor die ersten Rauch-ringe emporstiegen, begann er Siegmund zu berichten, was sich seit ihrer letzten Zusammenkunft so ereignet hatte. Natürlich nur das

Wichtigste und in aller Kürze. Der Schmied hörte ihm dabei gebannt zu.

»Da hast du einiges erlebt seitdem, Junge!«, bestätigte dieser, nachdem er lange Zeit nahezu stumm den spannenden Erzählungen seines Gastes gelauscht hatte.

»Doch eine Frage hätte ich vor allen anderen… Was führt dich nun eigentlich hierher? Zu mir, hier in die Einsamkeit?«

Kaspar nickte kurz, dann legte er die erloschene Pfeife behutsam vor sich auf dem Tisch ab.

»Warte einen Augenblick!«, antwortete er und stand auf.

An der Wand lehnte sein Säbel. Er zog behutsam die leicht gekrümmte Klinge aus ihrer schützenden Scheide.

»Außer dich wiederzusehen und einer anderen Sache, dazu aber später mehr, vor allem dies…«

Er übergab Siegmund seinen Yatagan in dessen kräftige Hände. Die Augen des Schmieds begannen zu funkeln.

»Was für ein Prachtstück, Kaspar!«, sagte dieser sichtlich beeindruckt, nachdem er die kunstvolle Waffe eine ganze Weile aufs gründlichste begutachtet hatte.

»Man nennt diese Art von Säbel Yatagan. Eine Osmanische Klinge, die hier kaum jemand kennt, noch führt.«, erklärte ihm sein Freund.

»Yatagan? So, so!…. Osmanisch?!…. mhhhh!«, murmelte der Schmied und verzog beeindruckt die Mundwinkel.

»Der Stahl ist von hoher Güte. Sehr leicht, mit großer Sorgfalt und Kennerschaft gefertigt. Die Teile des Griffes… aus Horn… könnte sogar auch Walrosselfenbein sein. Die kunstvolle Verzierung der wundervollen, leicht geschwungenen, sehr scharfen Klinge, bemerkenswert detailreich gearbeitet. Die verwendeten Materialien… alle sehr kostbar. Und dazu noch die prächtige Scheide! Ein wahrhaft elegantes, zugleich wohl auch recht effektives, tödliches Meisterwerk, welches du da bei dir trägst, Junge! Das ich in solch einer Art und Weise tatsächlich noch nie zu Gesicht bekommen habe. Wie bist du denn dazu gekommen?«, wollte der Schmied wissen.

»Auf einer meiner Reisen, kam ich in Siebenbürgen in seinen Besitz.«, erklärte ihm sein Gegenüber knapp.

Siegmund nahm einen kräftigen Schluck Bier, der ihm dabei halb seinen langen buschigen Bart hinab lief, dann antwortete er:

»Ich möchte lieber nicht fragen, was dich überhaupt in diese wilde Region getrieben hat, Junge!«

Kaspar lächelte.

»Ich musste mal wieder etwas erledigen, oder anders gesagt, etwas zu Ende bringen.«, erklärte er.

»Ja, das glaube ich dir sofort!«, antwortete sein Gegenüber.

»Im *zu Ende bringen* bist du wahrlich ein Meister!«

Kaspar schaute seinen Freund überrascht an, denn er wusste nicht so recht, wie dies gemeint war.

»Du warst ebenfalls ein Meister darin, bevor du dich für dieses Leben hier entschieden hast.«, stellte er dann fest.

Siegmund wog den Säbel in seiner rauen Hand, dann ließ er den Griff flink durch seine dicken Finger gleiten und drehte ihn so ein paar Mal um sich selbst. Kaum zur Ruhe gekommen, schwang er die blitzende Klinge dann so zielsicher durch die Luft, dass sie mit der Spitze nur knapp vor Kaspars Nase wieder zum Stehen kam. Dieser spürte noch den Luftzug auf seiner Haut und schluckte.

»Es liegt ausgezeichnet in der Hand.«, bemerkte der Schmied trocken, dann senkte er die Waffe wieder.

»Es war an der Zeit, Junge! Ich musste wählen, weitermachen wie bisher, oder vielleicht doch noch etwas länger am Leben bleiben.«.

Während er dies sagte, legte er den Säbel auf das ausgebreitete, weiche Tuch ab, welches bereits auf dem Tisch lag.

Kaspar nickte verständnisvoll, und beide schwiegen für einen langen Augenblick.

»Nun, ich glaube, hierbei kann ich dir helfen.«, unterbrach Siegmund schließlich die Stille, und deutete auf die Stelle, an der durch winzige Metallstifte die Verbindung von Säbelklinge zu Griffteil hergestellt wurde, doch nun offensichtlich einer von diesen fehlte.

»Das kann ich dir wieder richten.«, sagte er, nahm den Säbel wieder an sich und stapfte damit davon.

Kaspar beobachtete seinen Freund dabei, wie dieser sich anschickte, das Feuer der Esse neu zu schüren. Er sah ihm gespannt dabei zu, und zündete sich seinerseits die mittlerweile wieder gut gestopfte Pfeife an. Natürlich war er nicht nur wegen eines fehlenden Stiftes gekommen, das wussten sie beide. Er hatte seinem alten Freund noch nie etwas vormachen können, der seinerseits gerade mit Hilfe eines riesigen Blasebalges, langsam aber sicher, das Kohlefeuer der Esse soweit schürte, bis schließlich hohe Stichflammen den Abluftschacht empor stiegen. Nach einiger Zeit hatte der Schmied den Herd auch schon auf die richtige Temperatur gebracht, und Kaspar beobachtete, wie nun im lodernden Feuer ein kleines Eisenstück aufglühte und dabei langsam die Farbe änderte. Als das Metall die richtige Temperatur zu haben schien, nahm Siegmund es wieder heraus und bearbeitete es laut klirrend und funkensprühend mit seinem schweren Schmiedehammer. Das laute, krachende Geräusch von Metall auf Metall hallte durch die Hütte. Anderes Werkzeug nahm er ebenfalls noch zu Hilfe. Immer wieder erhitzte er das kleine Metallstück und bearbeitete es solange, bis es schließlich die gewünschte Form erreicht hatte. Nachdem es laut zischend und unter viel Dampf wieder im kaltem Wasser abgekühlt war, überprüfte er noch, ob es auch tatsächlich passen würde, und dies tat es dann auch schon fast. Nach etwas Feinarbeit hier und etwas Nachbessern da, hatte das Stück des Griffes wieder die feste Verbindung mit der geschwungenen Klinge des Yatagans.

»So, das hätten wir erledigt!«, sagte Siegmund zufrieden, dann säuberte er mit einem weichen Tuch noch einmal gründlich den Säbel und reichte ihn schließlich seinem Besitzer.

»Ich sehe, du bist im Laufe der Jahre ein ebenso fähiger Schmied geworden, wie du einst auch Krieger warst.«, stellte Kaspar sichtlich beeindruckt fest, nachdem er alles genau begutachtet hatte.

Dann steckte er den reparierten Yatagan wieder zurück in seine Scheide.

»Ein Krieger ist und bleibt man, Junge! Auch wenn, wie in meinem Fall, heute nur noch Holz gespalten wird und keine Schädel mehr.«, antworte sein Freund und wusch sich den Ruß und Schweiß von der Stirn.

Kaspar beobachtete dabei das beeindruckende Muskelspiel seiner immer noch kräftigen Arme und lächelte.

»Doch nun verrate mir endlich, was dich wirklich hierher führt, Junge! Du bist doch sicher wegen einer großen Sache hier, habe ich da nicht Recht?«

Dies war der alte Siegmund, so wie Kaspar ihn kannte. Nichts und niemand konnte ihm etwas vormachen, so war es also an der Zeit endlich mit der Sprache rauszurücken.

»Ich bin, sagen wir mal, im Auftrag des Bischofs von Hildesheim unterwegs. Er hat mich um einen Gefallen gebeten. Etwas macht ihm seit geraumer Zeit großen Ärger. Ich möchte in Erfahrung bringen, was genau!«

Die Mine des Schmiedes verfinsterte sich.

»Du meinst das Räuberpack, oder?«

Kaspar nickte.

»Die Leute im Wirtshaus haben mir bestätigt, dass eine Räuberbande dieses Gebiet lange Zeit schon in Angst und Schrecken versetzt, doch davon wusste ich bereits, lange bevor ich nach Brunkensen kam. Ich muss alles Wichtige darüber erfahren! Alles, was auch du weißt, Siegmund!«, bat Kaspar.

Der Hüne strich sich nachdenklich über seinen dichten Bart.

»Dachte ich es mir doch…«, antwortete er dann.

»Sehr unerfreuliche Dinge sind mir da zu Ohren gekommen.«

Kaspar sah ihn neugierig an.

»Nun, wo fange ich denn bloß an? Hmmmmmmm? Was du vielleicht zuallererst wissen musst…«, begann sein Gegenüber.

»Irgendwann war er plötzlich da. Einfach so! Er und seine Männer. Keiner weiß, woher sie eigentlich kamen.«

»Wer er? Du meinst diesen Hauptmann?«, wollte Kaspar wissen.

»Ja, man nennt ihn Lippold!«

»Lippold?«

»Ja, Räuber Lippold!«

Die Worte kamen mit Ekel und Abscheu aus dem Mund des Schmieds.

»Lass es mich bitte klarstellen, Siegmund! Ein gemeiner Räuber-hauptmann und seine Bande Abtrünniger, sie alleine sind es, die dieses Gebiet hier so in Angst und Schrecken versetzen, dem Bischof solchen Kummer bereiten?«

Kaspar konnte dies nicht wirklich glauben.

»Ein wahrhaft teuflischer Hauptmann und eine wahrhaft mordlus-tige Bande übler Gesellen, so wie ich sie noch nie erlebt habe. Und du sicher auch nicht! Dieses Pack bereitet mir schon lange Zeit über Sorge, deshalb auch die große Axt vor dem Haus. Von den anderen versteckten Waffen mal gar nicht gesprochen.«, erklärte der Schmied und setzte sich auf den Stuhl.

Sein Gegenüber sah ihn immer noch verdutzt und auch ein wenig zweifelnd an.

»Ein gemeiner Unhold, und eine lausige Schar Galgenvögel berei-ten dir alten Krieger noch Sorge? Du wirst wohl langsam wahrlich alt, mein Großer!«, spöttelte Kaspar, denn jener wusste, dass sie in ihrer gemeinsamen Vergangenheit schon leidlich Bekanntschaft mit weitaus schlimmeren Dingen gemacht hatten.

Doch konnte er, als er seinem Freund in dessen Augen sah, deut-lich erkennen, dass dieser es damit sehr ernst meinte, und dies wie-derum behagte Kaspar nun ganz und gar nicht.

»Er ist kein gewöhnlicher Halunke, Junge! Manche sagen, er wäre mit dem Teufel im Bunde. Und wir beide wissen aus Erfahrung nur zu gut, dass dies nicht immer nur dummes Gerede sein muss…«, antwortete der Schmied, beinahe so, als müsse er sich rechtfertigen.

Kaspar bekam ein flaues Gefühl im Magen.

»Erzähl mir alles was du weißt, ich bin neugierig!«, bat er.

Siegmund nahm einen großen Schluck aus seinem Becher, dann sah er sein Gegenüber finster an. Unter seinen buschigen Brauen blitzen die braunen Augen hervor.

»Wie du magst… Die Stimmung wird dadurch jedenfalls nicht bes-ser!«, stellte er fest und fing an zu erzählen.

So auch, wie das Unheil einst seinen Lauf nahm…

Es wurden Leichen gefunden… Viele Leichen! Zumeist einsame Reisende, Kaufleute, Wanderer, später sogar ganze Wagenzüge. Bis aufs letzte Hemd ausgeraubt. Die Toten aufs Grausamste und Unmenschlichste verstümmelt. Keiner wusste, wer der oder die Schuldigen waren, bis eines Abends ein Überlebender, wohl der einzige überhaupt, sein Name war Karl, schwer verletzt aufgefunden wurde.

Mit angstverzerrtem Gesicht berichtete dieser seinen Zuhörern, wie er und seine Mitreisenden von einer Gruppe brutaler Männer überfallen und ausgeraubt worden waren. Er konnte sich an mindestens acht Räuber erinnern, wobei einer von ihnen, geschmückt mit einem großen Hut, an dem eine lange Feder steckte, allein schon durch seine bedrohliche Gestalt von allen anderen herausstach. Dieser Schurke schien der Anführer der mordlustigen Bande zu sein, da er seinen wütenden Gefolgsleuten, auf dem Pferd sitzend, Befehle erteilte, selber aber nicht in das blutige Geschehen eingriff. Erst als alles vorbei war, stieg er von seinem Pferd und schritt durch die Reihen der noch warmen Leiber. Karl, stark verwundet aber noch am Leben, musste dem Räuberhauptmann in dessen Angst einflößendes Gesicht schauen. Kein Mitleid war in der grausigen Mine zu erkennen, und der unter einem dichten, schwarzen Bart verborgene Mund, verzog sich zu einem wahrlich diabolischen Grinsen. Gelbe, faulige Zähne traten zum Vorschein.

Karl berichtete den gebannten Zuhörern weiter, wie der Hauptmann schließlich ein spitzes Messer nahm, sich langsam hinabbeugte und ihm die scharfe Klinge in den Arm rammte, dann langsam herumdrehte. Diese Art der Folter schien ganz nach des Peinigers finsterem Geschmack zu sein, und auch seinen Männern schien es zu gefallen, denn sie lachten und grölten, als die Schmerzenschreie durch die Ferne hallten…

»Nun, mein Freund! Du solltest wissen, manchmal laden wir einen zu uns ein. Erlauben ihm, mit uns zu kommen, um, sagen wir es mal so, sich noch etwas besser kennenzulernen. Besonders innig…«, sagte der Hauptmann und zog dabei das Messer langsam wieder heraus.

Der Schmerz war unerträglich.

»Nun rate, wen ich dieses Mal ausgesucht habe!«

Er strich sein blutiges Messer an Karls zerrissenem Beinkleid sauber. Dann sah er sich kurz um und zeigte mit seinem schmutzigen Finger auf die am Boden verstreut umherliegenden Toten.

»Die anderen wollen eh nicht mehr, he, he!«

Er lachte böse und richtete sich dabei in Gänze wieder auf. Wie ein riesiger Schatten stand er nun über Karl.

»Räumt das weg! Macht sauber!«, befahl er herrisch, und seine Männer folgten ihm aufs Wort, ohne dabei zu muckschen.

»Fesselt den hier, den nehmen wir mit!«

Kaum hatte er dies gesagt, kam auch schon ein sehr schlanker, hagerer Mann mit nur einem heilen Auge und einem Strick in der Hand herbeigeeilt.

»Machste Mätzchen, brech ich dir beide Ärmchen! Die brauchste eh nich zum Laufen!«, drohte dieser.

Dann band der Einäugige das Seil grob um Karls rechte Hand.

»Wer seid Ihr?«, wollte er wissen, und der Räuber überlegte kurz.

»Du wirst eh nich mehr lang genug leben, drum kann ichs dir auch ruhig verraten… Wir sind die Gefolgsleute des Hauptmanns Lippold!«, erklärte ihm dieser, nicht ohne Stolz.

»Der hochgewachsene Mann, der mit dem großen Hut und der langen Feder, der is unser Anführer. Du hast bereits sein Messerchen gespürt, doch kannste auf noch mehr gespannt sein, hi, hi! Er wird sich dir mit seinem ganzen Können widmen, da kannste Gift drauf nehmen, wenn du das dürftest, he, he!«

Der Räuber kicherte gehässig und wollte Karls andere Hand fesseln, doch da kam plötzlich ein großer Tumult auf, denn ein Horn schallte laut im Hintergrund.

»Wir müssen fort! Schmeißt ihn zu den anderen!«, befahl der Räuberhauptmann und schwang sich auf sein Pferd.

»Er wird eh an seinen Wunden verrecken… Die wilden Tiere erledigen dann den Rest.«

»Schade…«, murrte der Einäugige enttäuscht.

»Lasst uns verschwinden!«, befahl sein Anführer, gab seinem Pferd die Sporen, und die Männer, einer nach dem anderen, folgten ihm, reichlich beladen mit kostbarem Raubgut.

Karl berichtete, wie er schließlich gepackt und in einen der Gräben geworfen wurde. Er landete recht unsanft auf den Toten. Nachdem er eine ganze Weile dort nur dagelegen und abgewartet hatte, sich sicher sein konnte, dass das Meuchelpack nicht mehr in der Nähe war, versuchte er sich wieder zu bewegen, was ihm aber nicht gelang, denn sein Körper wollte ihm einfach nicht mehr gehorchen. Er versuchte dagegen anzukämpfen, seine müden Augen zu schließen, und dies gelang ihm, aber nur unter großer Anstrengung. Die Kälte durchfuhr allmählich seine Glieder. Er schrie, schrie so laut er noch konnte, und als er kaum noch hoffen durfte, bekam er plötzlich doch die ersehnte Antwort! Die Männer des Dorfes waren zu Hilfe geeilt und fanden ihn schließlich. Kaum hatten sie ihn geborgen, und er ihnen alles berichtet, fielen ihm auch schon die nun allzu schweren Augenlieder für immer zu, und er hauchte seinen letzten Atemzug aus. Er erlag seinen schweren Verletzungen.

Die Menschen in Brunkensen und der Umgebung kennen seit jenem blutigen Tage das Unheil, welches sie bis heute heimsucht…

»So meiden die Menschen das Tal, warnen Reisende und hoffen insgeheim, dass sich das Problem vielleicht irgendwann von alleine löst?«, wollte Kaspar wissen.

»Sie haben versucht herauszufinden, wo sich die Räuber verstecken, doch vergebens! Keiner konnte sie bisher ausfindig machen. Irgendwo müssen sie hausen und ihr riesiges Vermögen horten…«

Siegmund nahm einen großen Schluck Bier.

»Und der Bürgermeister von Alfeld? Konnte er ihnen dabei nicht behilflich sein?«, fragte Kaspar.

»Der hat gerade wohl noch größere Sorgen.«, antwortete Siegmund und sah ihn ernst an.

»Vor einiger Zeit ist seine Tochter verschwunden, während der Hochzeitsfeierlichkeiten, zusammen mit ihrem Gatten. Eine wahre Schreckenshochzeit!«

»Und du glaubst, womöglich ist auch dieser Räuberhauptmann daran schuld?«, mutmaßte Kaspar.

Der Schmied fuhr sich nachdenklich durch den Bart.

»Es könnte doch sein? Jedoch kamen bisher keine Forderungen.«

Kaspar dachte nach.

»Merkwürdig. Warum sollten sie gerade die Tochter des Bürgermeisters mitsamt ihrem Gatten verschleppen, wenn sie sie dann doch nicht wieder freikaufen lassen wollen? Das ergibt doch keinen Sinn. Warum sollten sie sich so viel Mühe machen? Vielleicht sind die beiden davongelaufen, aus uns unbekannten Gründen? Wahrscheinlich melden sie sich noch. Ich hoffe es jedenfalls, für den Bürgermeister.«, sagte er dann.

»Es wurden Spuren gefunden, soweit ich es richtig erinnere. Ein kostbares, blutverschmiertes Tuch, Junge! Nicht jeder läuft damit rum. Ich habe in der Stadt einen befreundeten Korbflechter, der mir erzählte, dass sein Stadtherr noch am selben Tag all seine Männer entsandt, um den Verbleib seiner Tochter und ihres Gatten in Erfahrung zu bringen, doch blieb dies auch, du ahnst es bereits, erfolglos. Nach Tagen des angestrengten Suchens mussten sie enttäuscht und entkräftet schließlich aufgeben. Es fanden sich zwar Abdrücke von Pferdehufen, dort wo die Vermissten zuletzt gesehen wurden, doch waren diese nicht wirklich hilfreich.«, erklärte ihm Siegmund.

»Schlimm, diese Ungewissheit über den Verbleib der Kinder. Muss für ihre Eltern eine wahre Qual sein.«, bemerkte sein Gegenüber traurig.

»Ja! Seine Tochter soll eine wahre Schönheit sein. Ich habe von ihr gehört, sie aber noch nie mit eigenen Augen gesehen, Junge! Ihr langes, blondes Haar soll sie meist züchtig unter einem luftigen Tuch verbergen. Strahlende, blaue Augen soll sie haben. Ein überaus hübsches Äußeres. Mit Sicherheit eine reine Maid, mit sanfter Anmut...«

Die Augen des Schmiedes glänzten.

»Vielleicht haben sie sie verschleppt, und dann mit ihr gemacht, was sie mit diesem Karl vorhatten?«, mutmaßte Kaspar.

Beide schwiegen einen Augenblick, dann schlug Siegmund mit seiner Faust auf den Tisch.

»So, oder so würde ich diesen mörderischen Abschaum gerne mal meinen Hammer, oder die Axt spüren lassen!!! Schon viel zu lange treiben diese Burschen ihr Unwesen! Es gab Zeiten, da hätte ich dieses Gesindel ganz alleine zur Strecke gebracht…«

Doch sein Zorn schwand rasch, und es dauerte nicht lange, da hatte er sich wieder beruhigt und starrte vor sich hin in die Leere. Verbitterung stand ihm nun deutlich ins Gesicht geschrieben.

»Egal, was du jetzt noch von dir hältst, alter Freund, es ist meine volle Überzeugung, wenn ich sage, dass es nur deren Glück ist, dass sich eure Wege bisher nicht gekreuzt haben!«, munterte Kaspar ihn auf und klopfte seinem Gegenüber auf die Schulter.

Der Schmied dachte lange über die Worte seines Freundes nach, dann antwortete er:

»Junge, ich bin leider nicht mehr der unaufhaltsame, starke Kämpfer von einst! Diese Zeiten sind schon lange vorbei.«

Er erhob sich, nahm den großen Krug und goss seinem Gast und sich frisches Bier in die Becher, dann stellte er ihn wieder beiseite.

»Das glaubst du! Etwas eingerostet vielleicht, ja!«, antworte ihm Kaspar.

Draußen wurde es dunkel.

»Keine Schlachten und keine Kriege mehr für mich, Junge! Jedenfalls nicht mehr heute Abend…«, scherzte der Hüne.

Nach und nach zündete er die Talgkerzen an.

»Du bleibst doch sicher noch die nächsten Tage hier, oder?«, wollte er dann wissen.

»Ich bleibe gerne noch ein wenig hier, ja! Aber nur, wenn es dich nicht weiter stört.«, antworte ihm Kaspar, erfreut über die Einladung.

»Natürlich nicht! Mal etwas Leben in der Hütte kann nicht schaden, denn es kann sehr einsam hier sein. In das Dorf oder in die Stadt komme ich immer seltener. Es gibt auch noch so viel zu bereden… und zu trinken.«

Zufrieden nahm er wieder Platz und hob seinen frisch gefüllten Becher, um mit Kaspar anzustoßen.

»Na dann ist das geklärt, nun aber prost, mein Freund!«

Dieser ließ nun freudig seinen Becher gegen den des Schmieds krachen, so dass es schäumte und spritzte. Dann nahm jeder erst einmal einen kräftigen Schluck, und es sollten noch viele weitere folgen, bis spät in die Nacht hinein.

Die Müdigkeit und der Alkohol übermannten sie dann doch noch zu später Stunde, und nachdem beide Nachtlager hergerichtet waren, fielen sie alsbald schon in kürzester Zeit in einen tiefen Schlaf.

Und so verbrachten sie gemeinsam noch eine gesellige Zeit.

Zu erzählen und zu tun gab es genug. Kaspar lernte nebenbei so einiges über das Schmiedehandwerk, aber auch Nützliches über das Leben in der Einsamkeit oder in freier Natur. Dem Schmied schien es großen Spaß zu machen, sich mitteilen zu dürfen. Er blühte förmlich auf.

Eines Abends saßen sie wieder am offenen Feuer zusammen, einen großen Stapel frisch gespaltenen Holzes vor sich, der auch ein Teil ihrer Tagesbeschäftigung gewesen war, und schauten den tanzenden Flammen zu.

»Hast du eigentlich keine Angst hier, allein in dieser Abgeschiedenheit?«, wollte Kaspar von seinem Freund wissen.

Der Schmied sah ihn überrascht an.

»Was meinst du denn damit, Junge?«

»Nun, ich meine, falls die, du weißt schon, unerwartet doch einmal hier auftauchen.«

Siegmund wusste sofort, wen sein Gegenüber damit meinte, und er haute so fest auf den Tisch, dass die Becher dabei kurz in die Luft sprangen, und das Bier hinausspritzte.

»Lass sie nur kommen! Aus denen mache ich Brei!«, schimpft er.

Für Kaspars Geschmack war dies dann doch etwas zu selbstsicher.

»Ich meine es ernst, Siegmund! Vor ein paar Tagen warst du noch müde und sagtest mir, dass diese kriegerischen Zeiten für immer vorbei seien. Nun willst du es gleich mit allen Halunken auf einmal aufnehmen? Das passt doch nicht zusammen. Gegen die ganze Bande kann selbst ein Bärentöter, wie du einer bist, alleine nicht viel ausrichten.«

Er sah ihn ernst an, und der Schmied grummelte.

»Ich weiß, dass ich mittlerweile etwas eingeschlafen bin, Junge, aber deine Anwesenheit hier tut mir wahrlich gut! Fürchten tue ich mich jedenfalls nicht vor diesem elenden Pack, sollen sie nur kommen! Ich nehme so viele von ihnen mit mir ins Grab, wie ich nur kann. Meine Axt ist scharf, mein Hammer breit und schwer.«, antwortete dieser dann.

Kaspar bewunderte seinen Mut.

»Das weiß ich, und ich möchte dich nicht als Feind haben, aber es muss nicht erst dazu kommen, oder? Es ist schon genug Blut geflossen. Ich habe mir einige Gedanken gemacht und bin mittlerweile fest davon überzeugt, dass wir uns gemeinsam dieser Sache annehmen sollten. Zusammen versuchen sollten, die Dinge hier, ein für allemal, wieder ins Reine zu bringen, denn die armen Menschen mussten schon zu lange in Angst leben. Es werden weiterhin unschuldige Menschen sterben müssen, wenn wir nichts dagegen unternehmen. Niemand kann oder wird daran etwas ändern können, außer wir beide vielleicht. Wir werden das Versteck finden und dem Übel ein Ende machen!«

Siegmund sah Entschlossenheit in des Freundes Augen.

»Ich möchte dich nur ungern in Gefahr bringen, aber ich könnte wirklich deine Hilfe dabei gebrauchen, Siegmund! Du kennst die Gegend besser als ich und hast auch reichlich Erfahrung im *nicht gesehen werden*.«, sagte Kaspar.

Der Hüne überlegte kurz, dann antwortete er:

»Du meinst wir beide zusammen, so wie in den alten Zeiten?«

»Ja, ganz wie in den alten Zeiten! Natürlich nur, wenn du es willst. Es ist schließlich meine Aufgabe, nicht die deine. Ich könnte es verstehen, wenn du dazu nein sagst, denn es wird sicher kein Vergnügen werden. Keiner kann mit Gewissheit sagen, ob wir es überhaupt überstehen werden…«, sagte Kaspar.

»Ob ich will?«

Siegmund lächelte.

»Dummkopf! Du kennst die Antwort doch bereits.«

Kaspar war froh und glücklich, doch gleichzeitig missfiel ihm der Gedanke, seinen Freund damit in Gefahr zu bringen.

»Unsere Aufgabe wird vorrangig sein, die Bande aufzuspüren. Haben wir ihren Unterschlupf entdeckt, kümmern wir uns um das weitere Vorgehen, denn allein werden wir gegen das ganze Pack eh keine Chance haben.«

Der Schmied stimmte dem zu.

»Ich habe mich schon oft gefragt, wo sich die Räuberbande verkriecht. Groß muss er sein, ihr Unterschlupf, und gut versteckt. Es sind einige Männer, und dann noch die Pferde… Nicht zu vergessen die ganze Raubbeute, die auch irgendwo gelagert werden muss. Vielleicht haben sie sogar mehrere Verstecke, verteilt auf ein großes Gebiet? Wo fangen wir denn überhaupt an zu suchen?«, wollte jener wissen.

»Gute Frage!«, entgegnete Kaspar, grübelte, dann antwortete er: »Das Hauptversteck, oder die vielen einzelnen Verstecke, müssen irgendwo im, oder wenigstens in der Nähe des Glenetals sein. Ein Gebiet, welches von allen gefürchtet und gemieden wird, ist für lichtscheues Gesindel nahezu ideal, oder was meinst du?«

Sein Gegenüber dachte nun ebenfalls nach.

»Ich meine mich erinnern zu können, dass es oberhalb des Baches, im dichten Buchenwald, überall riesige Felsformationen gibt…«, antwortet der Schmied schließlich und sah Kaspar dabei tief in die Augen.

»Du meinst…?«

»Genau! Ein Gebiet, das nicht mehr betreten wird, welches außerdem wahrscheinlich noch recht gute Versteckmöglichkeiten bietet… Ich verwette meinen buschigen, schwarzen Bart darauf, dass sie dort irgendwo ihr Loch haben, in das sie nach ihren Raubzügen wieder zurückkriechen, und in welchem sie ihre Schätze horten.«

Siegmund schien mehr als überzeugt davon.

»Ich sehe, dein Hirn ist jedenfalls noch nicht eingerostet. Hmmmmmm..! Durchaus möglich! Vielleicht sogar ein ganzes Höhlensystem, eine Art verborgene Felsenfestung, falls sie sich auch einmal verteidigen müssen.«, mutmaßte Kaspar.

»Ja, eine heimliche Festung, tief im Wald, wäre ideal dort, zumal auch von der Handelsstraße aus kaum sichtbar. Von den Räubern erbaut, oder einfach nur wieder nutzbar gemacht, denn Ruinen gibt es in diesem Gebiet ja viele.«, antwortete der Schmied.

Kaspar sah ihn neugierig an.

»Ja, einige, Junge! Denn es gab hier schon immer reichlich Ärger. Alle streiten sich um dieses Gebiet, wollen seit jeher den Eingang bzw. den Zugang vom Leine- in den Weserbergraum kontrollieren. Darum bauten die damaligen Herren einst eine Höhenburg namens Gleneburg auf der einen und die Anlage *Hohe Warte* auf der anderen Seite des Talzugangs. Der Raum war hier eng und ließ sich somit gut kontrollieren, sowie verteidigen. Im Laufe der Zeit durch etliche Kriege immer weiter beschädigt, verlor die Burg an Bedeutung und wurde schließlich zur Ruine. Auch die *Hohe Warte* existiert schon lange nicht mehr. Beide sind nicht mehr als dauerhafter Unterschlupf, gar als Festung geeignet. Vielleicht, so habe ich es mir schon einige Male überlegt, gab es aber noch einen weiteren Posten, mehr in Richtung Brunkensen, also mitten im Gebiet?! Von dem niemand heute mehr weiß, dass es ihn überhaupt einmal gab, und ganz oder in Teilen vielleicht sogar noch gibt?«

Kaspar dachte darüber angestrengt nach und versuchte sich alles soweit vorzustellen.

»Dann müssen wir, wenn wir der Sache nachgehen wollen, uns diesen Abschnitt besonders gründlich vorknöpfen! Könnte ja sein, dass du damit Recht hast.«, antwortete er dann.

Der Schmied nickte zufrieden.

»Wir brauche aber einen Ausgangspunkt. Einen sicheren Ort, von dem aus wir unsere Erkundungen beginnen können. Im Notfall sollte dieser auch gute Verteidigungs- und Rückzugsmöglichkeiten bieten.«, gab Kaspar zu bedenken.

»Was hältst du von der Ruine der ehemaligen Burg?«, schlug ihm Siegmund vor.

»Sie ist hoch gelegen. Es gibt dort sicher einige Versteckmöglichkeiten, könnte ich mir jedenfalls denken. Und falls die Räuber bereits dort hausen, möglich ist es ja, sparen wir uns schon mal die weitere Suche.«

Er grinste vor sich hin, dann fuhr er fort.

»Doch muss ich dich warnen, Junge, es soll dort nicht geheuer sein…«

»Was meinst du denn damit?«, wollte Kaspar wissen und sah seinen Freund neugierig an.

»Eine Frau im weißen Gewand soll dort spuken!«

»Ein Geist?«

»Eine weiße Frau!«

»Und wieder eine Schauergeschichte! Hört das denn hier nie auf?«, meckerte sein Freund und schüttelte den Kopf.

»Ich weiß nicht, Junge, ich bin der Geschichte nie nachgegangen. Man munkelt, sie soll einst das Burgfräulein der untergegangenen Feste dort oben gewesen sein. Eigentlich schon lange unter den Toten weilend, erscheint sie dennoch, so wie in längst vergangenen Tagen am klaren Bach, und füllt ihre mitgebrachten Eimerchen dort im Mondschein mit frischem Wasser. Wenn die Glocke des Kirchturms aber ein Uhr schlägt, verschwindet sie wieder, so als hätte es sie gar nie gegeben.«

Siegmund hielt inne und nahm einen großen Schluck Bier.

»Hier wundert mich bald gar nichts mehr, mein Freund! Wassergeist, Räuber, Teufelsscheune, Geisterspuk… Einen wirklich ruhigen Alterswohnsitz hast du dir da ausgesucht, Herr Siegmund!«, bemerkte Kaspar und grinste.

»Interessantere Nachbarn kann man wohl schwerlich haben.«, entgegnete ihm sein Freund trocken und beide lachten herzhaft.

»Nun, dann lass uns morgen zu dieser Ruine aufbrechen, dort wenn möglich unser Lager aufschlagen! Vielleicht können wir etwas in Erfahrung bringen. Etwas, das den Leuten hier hilfreich sein kann. Denn wenn wir ihnen etwas voraus haben, dann ist es die Übung darin, Spuren nachzugehen und dabei nicht gesehen zu werden, wenn man es nicht will. Dies ist bei diesem gefährlichen Vorhaben wichtiger als alles andere!«, sagte Kaspar, als sie sich wieder beruhigt hatten und legte ein neues Stück Holz ins Feuer.

»Und wenn wir auf einen dieser Halunken treffen, dann dreh ich dem noch schnell den Hals um, nur ein wenig.«, bemerkte Siegmund und machte dabei eine entsprechende Geste.

»Nur, wenn es sich gar nicht vermeiden lässt!«, stellte Kaspar unmissverständlich klar.

»Wir müssen äußerst klug und überlegt vorgehen!..«

Siegmund wollte etwas erwidern, doch sein Freund ließ ihn nicht.

»…Was dann wohl meine Aufgabe seien wird!«, fügte jener hinzu.

»Gut, dann übernehme ich halt den groben Teil!«, murrte Siegmund, und als sein Freund ihn ernst ansah, fügte er noch hinzu:

»Ja, ja, später…«

Kaspar schien damit fürs erste zufrieden und nickte. Sein Freund jedoch ballte die Faust.

»Die werden sich noch wundern! Zur Rechenschaft werden sie gezogen, bekommen die gerechte Strafe, für all das Leid! Hängen, Rädern, Vierteilen? Oder gleich alles zusammen? Dafür werden wir beiden sorgen, Junge! Kaspar und Siegmund, ganz wie früher.«, rief er und schlug entschlossen auf den Tisch.

Kaspar stimmte dem entschieden zu.

Dieser Moment hatte etwas wahrhaft Feierliches an sich, doch gleichfalls wussten sie beide, dass dies womöglich ihr letztes gemeinsames Vorhaben seien würde, und dies trübte die gute Stimmung dann doch ein wenig.

»Ja, endlich geschieht wieder etwas! Ich bin schon träger geworden als die hängebusige, alte Grazia aus dem Hurenhaus in Santiagos. Kannst du dich noch an diese holde Dame erinnern?«, wollte der Schmied wissen und sah sein Gegenüber sichtlich amüsiert an.

Es schien, als wolle er mit dieser Frage die gespannte Stimmung wieder ein wenig lockern. Kaspar nickte kurz, dann grinste auch er.

»Wobei ich aber deutlich klarstellen möchte, dass du sie sicher wesentlich besser, vor allem tiefergehender kennengelernt hast als ich!«, stichelte jener.

Der Hüne sah ihn mit ernster Mine an, dann verzog sich sein Mund langsam zu einem breiten Grinsen, und beide mussten lauthals lachen.

»Dummer Junge!«, prustete der Schmied und hielt sich dabei seinen dicken Bauch.

Kaspar atmete tief durch, wusch sich die Tränen aus seinem Gesicht, und sah in das flackernde Feuer, welches seine aufgewühlte Gemütslage allmählich beruhigte und ihn entspannte. Sein alter Freund tat es ihm gleich, und so herrschte bald Ruhe in der kleinen, einsamen Hütte, dicht am Waldesrand. Auch Draußen war es still geworden. Die Bäume standen regungslos da, kein Vogel zwitscherte mehr. Nur der Ruf einer Eule hallte durch die Nacht, denn dies war nun ihre Stunde. Und auch die nachtaktiven Fledermäuse verließen nach und nach ihren sicheren Unterschlupf, um Ausschau nach fressbaren Insekten zu halten, denn während die tagaktiven Tiere nun ruhten, war für alle anderen die Zeit des Jagens und des Fressens angebrochen.

Doch davon bekamen die beiden Freunde nichts mit. Sie saßen am wärmenden Feuer und schauten diesem sinnend zu. Das dies lediglich die Stille vor dem heraufziehenden Sturm war, konnten sie bestenfalls nur erahnen...

Kapitel 6

Die Burgruine über der Gleene

Sie brachen am Morgen des nächsten Tages in aller Frühe auf. Schmied Siegmund hatte einen großen Sack mit allerlei Proviant und anderen nützlichen Dingen gepackt, den er nun mit Hilfe zweier Lederriemen auf seinem Rücken trug.

»Man kann nie wissen, was davon noch nützlich sein könnte...«, sagte er und klimperte dabei mit der schweren Ladung.

»Das Essen wird uns jedenfalls die nächsten Tage nicht so schnell ausgehen.«, antwortete ihm Kaspar und deutete auf die an Siegmunds Sack hin- und herbaumelnden langen, harten Würste.

»Ach, nur ne kleine Wegzehrung, Junge! Gut geräuchert und schön lange abgehangen… So schmecken die Dinger am besten! Solltest du auch mal ein paar mehr von essen, dann bekommste mal was Ordentliches auf die dürren Rippchen, und dein Gürtelchen würde auch nicht mehr so locker herunterhängen.«

Kaspar grinste.

»Wenn ich, so wie du, die schwere Axt auf dem Rücken, den Hammer am Gürtel, und noch die halbe Hütte mit mir schleppen müsste, würde ich wohl gar nicht mehr von der Stelle kommen!«, antwortete er dann.

Der Schmied grinste nun ebenfalls, dann tätschelte er den Griff seines Hammers.

»Es braucht doch ein paar gewichtige Argumente, wenn wir mal auf Gesindel treffen.«

»Ja, aber das wollten wir ja vermeiden, oder?«, bemerkte Kaspar und hob dabei seine Augenbraue.

»Ja, ja!..«, bekam er mürrisch als Antwort.

»Wir werden ausschließlich im Verborgenen handeln. Werden wir entdeckt, verschleppt oder gar getötet, bringt das niemandem etwas. Damit ist keinem geholfen.«, wollte Kaspar nochmals deutlich klarstellen.

»Ja, Junge! Hast ja Recht…«, antwortete der Schmied missmutig.

»Gut, dann ist das ja geklärt! Wo müssen wir eigentlich lang?«, wollte sein Freund wissen.

»Wie folgen dem kleinen Pfad, wieder hinunter durch den Wald, so wie du auch gekommen bist, auf das offene Gelände. Dort müssen wir aber auf der Hut sein! Auf dem Plateau ist es nicht wirklich sicher. Nachdem wir die rote Scheune hinter uns gebracht haben, führen mehrere Wege hinab ins Tal. Einer davon wird Finkenstieg genannt. Ein sehr gut befestigter Weg, doch für unsere Zwecke somit auch reichlich ungeeignet. Wir müssen uns wohl oder übel irgendwie durch den dichteren Wald schlagen, bis wir schließlich unten im Tal wieder herauskommen.«, erklärte ihm sein Führer.

»Führt der Stieg direkt zur *Hohen Warte*?«, wollte Kaspar wissen.

»Ja, der Finkenstieg führt direkt bis zur einstigen *Hohen Warte*. Wir werden aber in der Nähe den Wald verlassen, treffen dann direkt auf den berüchtigten Talweg, den wir schleunigst überqueren werden. Wenn ich es noch recht in Erinnerung habe, führt in der Nähe eine kleine, etwas versteckte Brücke über den Glenebach. Haben wir diese überquert, folgen wir auf der anderen Seite dem schmalen, steilen Pfad hinauf bis zur Ruine.«

»Mit berüchtigtem Talweg meinst du sicher die Handelsstraße, die durch das gesamte Glenetal führt, oder? Dort, wo die meisten Überfälle bisher geschahen? Wir könnten dort gesehen oder gar ebenfalls überfallen werden, wenn wir nicht aufpassen!«, stellte Kaspar fest.

»Ja, Junge! Kaum Deckung dort unten im Gelände. Wir müssen beides, Straßen und Bach, aber irgendwo überqueren, um auf die andere Seite zu gelangen!«, antwortete Siegmund und sah ihn ernst an.

»Gut, das werden wir auch, nur halt vorsichtig! Woher weißt du eigentlich, dass diese Burgruine geeignet ist für unser Vorhaben?«, wollte Kaspar wissen.

»Der Wald ist nicht allzu dicht dort oben. Da die Ruine auf dem höchsten Punkt liegt, haben wir somit eine gute Sicht auf das gesamte umliegende Gebiet. Die Reste der Anlage bieten uns sicher gute Möglichkeiten. Wir werden dort schon irgendwo unser Lager aufschlagen können. Außerdem möchte ich, falls wir uns dann doch noch verteidigen müssen, eine geeignete Position für meine Armbrust haben…«

Siegmund grinste wie ein kleines Kind.

»Armbrust?«, hakte sein Freund nach.

»Wo hast du die denn noch unterbringen können?«

»He, he!«, antworte ihm sein Gegenüber und drehte sich.

Kaspar konnte die Umrisse einer kleinen Armbrust durch den groben Stoff des riesigen Sacks erkennen und runzelte ungläubig die Stirn.

»Hauptsache, du schaffst den Weg dorthin überhaupt noch und brichst nicht schon vorher zusammen.«, sagte er dann und schüttelte den Kopf.

»Nur keine Angst! Die paar Sachen bringen mich schon nicht ins Schwitzen. Allein nur mit deinem, zugegeben sehr prunkvollen und edlen Zahnstocher da, werden wir jedenfalls nicht weit kommen, falls wir doch unfreundlich aufgehalten werden.«, versuchte sich der Hüne, nicht ganz ernst gemeint, zu rechtfertigen.

»Nun, zur Not könnte ich mir ja noch eine deiner harten Würste ausleihen, um die Angreifer damit in die Flucht zu schlagen!«, bemerkte Kaspar und beide mussten herzhaft lachen.

»Mit dem strengen Knoblauchgeruch aus deinem Hals dann ganz sicher gar kein Problem, Junge! Die rennen um ihr Leben, als wäre Gevatter Tod oder die Pest persönlich hinter ihnen her.«, stellte der Schmied brüllend fest und hielt sich dabei seinen Bauch.

Nach einiger Zeit hatten sie den Wald und die alte, knorrige Eiche hinter sich gebracht und das offene Plateau des Odenbergs vor sich. Die Sonne schien ihnen freundlich, und die Luft war angenehm warm und recht mild.

»Da ist er schon, der ehemalige Hof! Gleich da hinten!«, stellte Kaspar fest und zeigte, während sie gingen, auf die Ruine, die in einiger Entfernung schon gut zu erkennen war.

»Du kennst die Legende, Junge?«, fragte Siegmund.

»Ja, ein Abdecker erzählte sie mir bereits!«

»Ein Abdecker? Ah! Nun ja, ich frage mal lieber nicht nach. Aber dann brauche ich sie dir ja auch nicht noch einmal zu erzählen... Traurig ist es schon, das Ganze.«, sagte der Schmied betrübt.

»Traurig? Was ist traurig?«, wollte sein Freund wissen.

»Dieser erbärmliche Zustand! Der fortschreitende Zerfall... Es geht alles langsam, aber sicher, zu Grunde hier oben. Schade drum! Es muss mal ein recht prächtiger Hof gewesen sein...«

Sie hatten die Ruine erreicht und machten kurz Halt. Siegmund wischte sich den Schweiß von der Stirn.

»Vielleicht wartet hier alles schon sehr lange nur auf seinen neuen Besitzer? Einen aber, der den Teufel nicht fürchtet!«, scherzte Kaspar.

»Was meinst du damit? Welcher Narr sollte sich dieser Sache hier denn freiwillig annehmen?«, wollte der Schmied wissen und sah ihn rätselnd an.

»Das kann ich dir doch auch nicht sagen! Ich stimme dir zu, es wäre auf jeden Fall schade, diesen Ort für immer sich selbst zu überlassen. Mit viel Mühe, etwas Schweiß und einer großen Menge Talern könnte man sich hier wieder etwas sehr Schönes und sicher auch Lohnenswertes aufbauen. Guter, fruchtbarer Boden ist ja wohl genug vorhanden.«, antwortete Kaspar.

»Nun, Junge, aber nur mit sehr, sehr, sehr vielen Talern!«, bemerkte Siegmund und grinste, dann gingen sie weiter.

Noch bevor sie den Ort wieder verlassen hatten, beschwerte sich dieser plötzlich lautstark.

»Verdammt!!!«

»Was hast du?«, wollte Kaspar wissen, dann sah er, dass sein Freund an einem der maroden Zaunstücke hängen geblieben war.

»Verflixt und zugenäht!«, schimpfte der Hüne und stemmte seinen gewichtigen Körper mit voller Kraft nach vorne, um sich zu befreien.

Mit einiger Anstrengung hatte er es schließlich geschafft.

»Alles gut?«, wollte Kaspar sich vergewissern.

»Ja, ja! Wurde nur kurz aufgehalten. Blödes Ding! Alles gut!«, antworte sein Gegenüber und zog sich die Kleidung wieder zurecht.

»Was ich aber noch sagen wollte, Junge! Das mit dem Neuaufbau würde meine jetzigen Möglichkeiten sowieso weit übersteigen, falls du darauf anspielen wolltest. Mir ist nur noch wenig geblieben von dem, was im Laufe einst so zusammenkam.«, sagte er dann.

»Ein Schmied ist nun mal kein Raubritter, Edelmann oder Kaufmann. Schade ist es trotzdem drum.«, fügte er etwas wehmütig hinzu.

Sie folgten dem Grasweg, bis sie zu einer kleinen Verzweigung kamen.

»Von dort bin ich gekommen, als ich auf dem Weg von Brunkensen zu dir unterwegs war.«

Kaspar zeigt nach links.

»Ja, durch die Wolfsschlucht! Wir müssen uns jetzt aber rechts halten. Dieser Weg führt direkt zur *Hohen Warte*, doch wir schlagen uns ab hier durch den Wald, um nicht gesehen zu werden.«

Siegmund deutete seinem Begleiter an, ihm zu folgen.

»Gut, dass du die Wege hier so gut kennst, alter Freund! Ich wäre ohne dich als Führer aufgeschmissen.«, stellte Kaspar dankbar fest.

»Das habe ich bisher ganz vergessen zu fragen...«, bemerkte der Schmied, während sie langsam in den Wald hineingingen.

»Wie hast du eigentlich den Weg zu mir gefunden?«

»Im Wirtshaus hat sich ein hilfsbereiter Abdecker angeboten, ein Stück des Weges mit mir zu gehen. Er erklärte mir auch, wie ich dann weiter zu gehen hatte.«, antwortete ihm Kaspar.

»Ah der, der dir auch das Schauermärchen erzählt hat?«

»Ja, Jakob heißt er, und er hat einen riesigen, recht stark sabbernden Hund als treuen Begleiter! Vielleicht kennst du sie ja sogar?«, fragte Kaspar.

»Die habe ich tatsächlich schon einige Male getroffen. Irgendwie unangenehm wirkt er auf mich, ein wenig jedenfalls. Bei dem Beruf aber auch nicht sonderlich verwunderlich. Und der Hund erst, dem möchte ich seinen Knochen sicher nicht wegnehmen.«, antwortete der Schmied.

»Er hat mich gerettet, als ich in die Schlucht zu fallen drohte!«, stellte Kaspar klar.

Sein Begleiter sah in überrascht an.

»Der Hund?«

»Nein, Jakob natürlich!«

Kaspar schmunzelte.

»Oh, dann hat er natürlich auch bei mir etwas gut!«, antwortete der Schmied und klopfte seinem Begleiter auf die Schulter.

»Nun denn, Junge! Kommen wir zum unangenehmen Teil. Lass uns jetzt durchs Unterholz kriechen.«

Es wurde wahrlich ein großer, beschwerlicher Kampf durch den dichten Wald. Bei ihrer heimlichen Durchquerung mussten sie ständig darauf achten, den eigentlichen Weg neben sich nicht aus den Augen zu verlieren, gleichfalls aber weit genug von ihm entfernt zu bleiben. So manches Mal knackte ein morscher Ast unter ihren Füßen.

»Verdammt! Nicht so viel Lärm machen!«, schimpfte Siegmund und ärgerte sich dabei vor allem über sich selbst und seine Tollpatschigkeit, denn zumeist war er es, der den Krach verursachte.

»Hörst du das?«, flüsterte Kaspar, als sie schon eine gewisse Strecke hinter sich gebracht hatten.

Der Schmied spitzte die Ohren und lauschte.

»Was meinst du Junge? Was denn? Ich höre nichts…«, antwortete er dann, denn er war sich nicht wirklich sicher, was sein Begleiter gemeint hatte.

»Ich meine das leise Geräusch von Hufen zu hören! Von Pferdehufen!«, antwortete ihm Kaspar.

Siegmund lauschte erneut, doch er konnte immer noch nichts hören.

»Duck dich! Schnell!!! Runter mit dir!«

Kaspar zog den Hünen ruckartig so schnell er nur konnte mit sich auf die Knie. Das Gewicht der schweren Beladung drückte Siegmund unangenehm hinab, und seine alten Gelenke knackten dabei.

»Autsch!!! Bist du von Sinnen?«, beschwerte sich dieser lauthals, und Kaspar hielt ihm rasch seine Hand vor den Mund.

Verborgen hinter einem umgestürzten Baumstamm, konnten sie nun durch das Dickicht hindurch in der Ferne zwei Reiter erkennen, die sich ihnen langsam auf dem Hauptweg näherten. Erst nachdem er sich sicher sein konnte, dass sein Begleiter diese beiden ebenfalls wahrgenommen hatte, nahm Kaspar vorsichtig seine Hand wieder weg.

»Gut gemacht, Junge!«, flüsterte Siegmund.

Kaspar nickte nur kurz.

»Zwei Reiter! Habe ich mich also doch nicht geirrt.«, antwortete dieser dann leise, so dass man es kaum hören konnte.

»Räuber?«, wollte der Schmied wissen und versuchte dabei seine alten Augen zu schärfen.

»Kann ich noch nicht erkennen.«

Sie beobachteten, wie die Reiter immer langsamer wurden und schließlich anhielten. Die beiden Männer stiegen aus ihren Sätteln, blieben stehen, um miteinander zu reden. Kaspar meinte zu erkennen, dass sie dies recht aufgeregt taten. Einer der Männer zeigte mehrmals in Richtung Wald und auf den Weg. Der andere schien etwas in seiner Hand zu halten. Etwas Längliches! Er konnte aber nicht erkennen, was…

»Ich muss vorsichtig näher heran, um mehr zu erfahren! Vielleicht haben sie uns gesehen, wollen den anderen davon berichten? Wir müssen es wissen!«

Kaspar zeigte Siegmund mit einer kurzen Handbewegung an, dass er vorhatte alleine zu gehen, denn er war ja nicht so schwer beladen und somit wesentlich flinker als sein Begleiter.

Siegmund sah dies ein und nickte.

»Pass auf, dass sie dich nicht sehen! Ich warte hier und komme, falls du Hilfe brauchst.«, flüsterte er.

Kaspar stieg sehr vorsichtig aus ihrer beider Versteck hinter dem Baumstamm hervor und suchte sich, lautlos, elegant und sicher wie eine Katze, einen Weg durch das verräterische Unterholz, dabei peinlichst auf der Hut, keinen Ton von sich zu geben. Je dichter er den beiden kam, umso besser konnte er sie hören und sehen. Es schien sich tatsächlich um zwei sehr zwielichtige Gestalten zu handeln, was er an ihrem ungepflegten, irgendwie abgerissenen Äußeren und dem Gehabe schnell feststellen konnte. Es war somit vollkommen richtig gewesen, weiter im Verborgenen zu bleiben, da war er sich nun sicherer denn je!

Beide Männer schienen sich weiterhin überaus aufgebracht über etwas zu streiten, und als Kaspar nahe genug herangekommen war, konnte er auch endlich sehen, was der eine von ihnen dabei in seiner ungepflegten Hand hielt. Es überkam ihn ein Schauer, denn es war eine längliche, harte Wurst!

»Du Dummkopf!«, schimpfte der Räuber mit der Augenklappe und dem Ohrring im rechten Ohr.

»Was heißt hier Dummkopf, du Depp! Das ist Blödsinn, was du da faselst, Eulenhug!«, antworte ihm sein wesentlich kleineres Gegenüber, mit pickeliger Glatze und recht klobiger, zudem noch triefender Nase.

»Ich sag dir, oben am Hof ist jemand vorbeigekommen, Würgerhannes! Nich lang her! Warum sonst lag die da einfach so aufem Weg?«

Eulenhug wedelte mit der Wurst.

»Haste denn wen gesehen mit deinem scharfen Schieleauge?", wollte der kahlköpfige Würgerhannes wissen.

»Nein, du hässliche Ausgeburt einer Hündin, das habe ich nich! Halt einfach dein Maul, du Pimpf, sonst gibt's was auf die großen Ohren! Das is doch wohl klar, dass die nich von nem Tier einfach so ausgeschissen wurde, oder?«

Der größere der beiden Räuber ballte seine freie Faust.

»Da is wer durchgekommen, glaub mal!«, fügte er hinzu.

»Nun, dann sind die aber bestimmt schon lange wieder über alle Berge!«, stellte sein kleineres Gegenüber fest.

»Schade eigentlich, hätte doch auch mal wieder Lust, ein paar Hälschen umzudrehen! Braucht ja kener mitzukriegen!«, grinste dieser fies, und in seinem Mund waren kaum noch Zähne zu sehen.

»Weiß nich! Irgendwie habe ich da eben so'n Gefühl!..«

Kaspar beobachtet, wie der überaus hässliche, lange Kerl seine Nase in den Wind hielt, und dann wie ein Wiesel wild umherschnüffelte.

»Wat soll denn das? Du stinkst doch so erbärmlich, du würdest selbst nen verwesenden, madenzerfressenen Kadaver nicht mehr neben dir ausfindig machen können!«, stänkerte der glatzköpfige Räuber.

»Ein Bad im Bach würde etwas helfen!«

»Sei still, du dumme Sau!«, erwiderte ihm Eulenhug barsch und spitzte nun ebenfalls noch seine schmutzigen Ohren.

Kaspar wurde unruhig.

»Hier ist kener! Glaub mal, Stinker! Kann kener sein, leider! Die Wolfsschlucht wird seit heute morgen komplett überwacht, und oben, bei dieser verdammten Scheune, da übernehm wir beide gleich unseren Posten. Dann kommt eh kener mehr heilen Fußes durch das Gebiet. Wenn erst die Verstärkung aus dem Tal heraufkommt... Die wären uns doch schon irgendwo über den Weg gelaufen, oder?«

Eulenhug überlegte noch eine Weile, doch dann nickte er schließlich.

»Ja, das stimmt! Oder wir erwischen sie doch noch zufällig. Komm jetzt, du Taugenichts, bevor wir noch gewaltigen Ärger bekommen, wenn wir zu spät unseren Posten beziehen! Du kennst den Hauptmann! Mach jetzt hinne!«

Er gab seinem Kumpan einen kräftigen Hieb mit der harten Wurst.

»Auh!!! Du bist wohl nich bei Trost! Einmal noch, und ich stecke dir das Ding dahin, wo nie die Sonne scheint! Aber das gefällt dir sicher auch noch, du altes Miefloch!«, schimpfte der Glatzkopf und trat nun beherzt zurück.

»Verdammt!!! Wat soll denn das? Schade, dass wir keine Zeit mehr haben, du Männchen!«, beschwerte sich Eulenhug und rieb sich dabei das Schienbein.

»Egal! Die nehm wir jedenfalls mit! Könnte noch nützlich, sein falls der Hauptmann doch gnädig gestimmt werden muss!«, erklärte er dann, humpelte zurück zu seinem Pferd und steckte die Wurst in eine der Satteltaschen.

»Und wenn nich, dann lass ich sie mir schmecken!«, gluckste Würgerhannes, nachdem beide wieder auf ihren Pferden saßen und grinste breit.

»Mal gucken, wie du mit aufgeschlitzter Kehle schlucken willst, Würger!«, bekam er als Antwort, und Eulenhugs heiles Auge blitzte auf vor Mordlust.

»Komm und hol sie dir doch, Glatzkopf!«, schrie er.

Der hochgewachsene Räuber hetzte davon, als wäre der Teufel hinter ihm her, und sein Gaunerfreund ritt so schnell er nur konnte hinterher.

Kaspar atmete in seinem Versteck erleichtert auf. Dies war noch einmal gut gegangen. Zwar stellten diese beiden streitlustigen Mordbuben keine wirkliche Gefahr für ihn und seinen hünenhaften Freund dar, doch wäre ihr Fehlen schnell den anderen Räubern aufgefallen, und die hätten sich dann ihrerseits Fragen gestellt. Außerdem wussten sie somit nun auch, dass das obere Gebiet nicht mehr sicher war, und dies wohl mindestens für die nächsten Tage. Sie hatten wahrhaft Glück gehabt, überhaupt noch unentdeckt durchgekommen zu sein. Gleichwohl konnte dies aber auch noch bedeuten, dass das untere Gebiet, zu dem sie ja beide gerade unterwegs waren, nicht mehr in voller Stärke von der Bande überwacht werden konnte, jedenfalls hoffte er dies. Langsam und weiterhin vorsichtig, schlich er zurück, zu dem bereits voller Spannung wartenden Freund.

»Und was konntest du in Erfahrung bringen, Junge?«, wollte dieser wissen.

»Dass es manchmal tatsächlich um die Wurst geht.«, antworte ihm Kaspar kurz und knapp und grinste dabei.

»Häh?«

Der Schmied war verwirrt, dann berichtete ihm Kaspar alles, was er mitbekommen hatte.

»Oben der Zaun? Oh, ja! Sehr dumm das! Und dann auch noch eine meiner besten…«, stellte Siegmund schließlich betrübt fest und schüttelte den Kopf.

»Ich besorge dir später eine neue. Versuch aber bitte bis dahin alles andere bei dir zu behalten, sonst brauchen die Halsabschneider nur unserer fein säuberlich selbst gelegten Spur zu folgen, um uns dann ohne Probleme und Gegenwehr im Schlaf einfach die Hälse umdrehen zu können!..«, bat Kaspar und sah ihn ernst an.

»Es tut mir ehrlich leid, Junge!«, entschuldigte sich der Schmied und man sah, dass ihm die Sache mehr als peinlich war.

»Wir hatten wahrlich Glück bisher, hoffen wir, dass es so bleibt!«, sagte Kaspar und Siegmund nickte.

Nachdem sie sich sicher sein konnten, dass die Reiter nicht doch noch wiederkehrten und auch nichts weiter mehr zu hören oder zu sehen war, schlichen sie weiter durch den dichten Wald, hinab in Richtung Tal. Sie kamen erst sehr spät dort unten an. Durch die engstehenden Bäume hindurch konnte Kaspar bereits vor sich eine Lichtung erkennen.

»Da hinten ist der Wald zu Ende. Wir treffen dort auf die Straße und müssen nun noch wachsamer sein.«, warnte Siegmund leise.

»Ja, gut!«, antwortete Kaspar und folgte seinem Freund weiter leisen Schrittes.

»Da hinten links führt ein nahezu vergessener, vollkommen überwucherter Pfad in Richtung untere Wolfsschlucht. Dort dann auf den Weg nach Brunkensen. Viel zu schmal und zu dicht bewachsen für ein Pferd, somit eine gute Möglichkeit, falls wir doch einmal flüchten müssen. Ich glaube nicht, dass er noch benutzt, gar überwacht wird. Hier kommt niemand mehr vorbei, schon lange Zeit nicht mehr.«, erklärte ihm der Schmied.

»Wie müssen nun aber geradeaus weiter. Rechts von uns ist der Finkenstieg. Hoffen wir, dass dort, in unmittelbarer Nähe zur ehemaligen *Hohen Warte*, keine neugierigen Aufpasser auf uns warten!«

»Was ist das da, vorne im Gras?«

Kaspar deutete auf ein paar halb überwucherte Steine.

»Da geht es steil hinab. Muss wohl einst eine kleine Treppe gewesen sein.«, antwortete ihm Siegmund und zuckte mit der Schulter.

»Vielleicht eine Abkürzung? Von der Talstraße hinauf zum überwucherten Pfad?«, mutmaßte sein Gegenüber.

»Das kann sein, Junge! Wer weiß schon noch mit Sicherheit zu sagen, wie es früher hier einmal ausgesehen hat?«

Sie verließen den schützenden Wald und sahen die breite Straße, die durch das gesamte Glenetal hindurch führte, nun direkt vor sich. Keine Menschenseele war weit und breit zu sehen, was wahrlich ein gutes Zeichen war. So zügig sie nur konnten, überquerten sie diese und verschwanden dann rasch wieder im Dickicht. Das Plätschern des dahinfließenden Wassers war schon deutlich zu vernehmen.

»Hier muss irgendwo die kleine Brücke sein, die uns über den Bach bringt.«, murmelte der Schmied, und tatsächlich fanden sie nach einigem Suchen, verborgen im hohen Gras und Strauchwerk, die kleine, uralte Steinbrücke, die schon wesentlich bessere Tage gesehen zu haben schien.

»Ich hoffe doch, sie hält uns aus!«, sagte Kaspar, während er auf das rissige und sehr brüchige Bauwerk zeigte.

»Mehr als etwas nass werden, können wir eh nicht, Junge! Also los jetzt!«, bekam er als Antwort, und sogleich lief Siegmund mit raschem Schritt hinüber und aufs andere Ufer.

»Nun komm schon! Hast doch gesehen, dass die gute, alte Dame noch gut beieinander ist. Etwas rissig und wackelig aber doch noch gewillt. Zierst dich etwas?«, rief dieser grinsend herüber.

Kaspar schritt langsam, dabei überaus skeptisch, Schritt für Schritt über die brüchigen Steine.

»So ein Fliegengewicht braucht sich da eh keine Gedanken machen.«, hörte er von der anderen Seite spotten.

So waren sie schließlich beide auf dem anderen Ufer des Glenebachs angelangt, und ein kleiner Weg führte sie von dort nun abermals durch ein dicht bewachsenes Gelände, soweit, bis sie von einem großen, steil ansteigenden Felsen und Massen an Gesteinsbrocken am einfachen Weitergehen gehindert wurden.

»Dort müssen wir irgendwie hinaufkommen, Junge!«

Siegmund zeigte steil nach oben. Überall waren noch Reste der ehemaligen Burganlage zu erkennen. Ein nun nicht mehr vorhandener, breiter Weg musste einst hinauf zum ersten Tor geführt haben, dann weiter durch das Haupttor, in den Innenbereich der Anlage. Dieser schien aber, und dies schon seit langer Zeit, unter reichlich Trümmern und Erde begraben zu liegen, war von den Naturgewalten vollständig unbrauchbar gemacht worden.

»Und was meinst du?«, wollte sein Freund wissen.

»Jetzt wird mir klar, warum du diesen Ort ausgesucht hast, Siegmund! Wahrlich, recht hoch gelegen, und man kann von oben sicher weit blicken.«, antwortete ihm Kaspar.

»Ja so war's gedacht!«

Der Schmied schien zufrieden.

»Aber, der Weg hinauf wird kein Kinderspiel! Lass uns zusehen, dass wir hinaufkommen, bevor es dunkel wird.«, sagte Kaspar und deutete in den Himmel.

»Was meinst du, Junge? Ob das nicht vielleicht doch die Räuberhöhle ist? Wir würden uns zu unserer eigenen Beerdigung einladen.«, fiel Siegmund plötzlich ein.

»Keine Angst, das glaube ich weniger!..«, versicherte ihm Kaspar.

»Oder hast du hier noch halbwegs intakte Wege gesehen? Den Hauptzugangsweg hinauf gab es sicher, doch ist er nun verschütt gegangen, so sieht es jedenfalls von hier aus. Und ich kann mir nicht vorstellen, dass es an anderer Stelle besser ist. Sieh dich um! Ganze Wände müssen hinabgestürzt sein und liegen nun überall verstreut umher, und Erde kam auch genug herab. Unmöglich, mit einem Pferd hier hinaufzukommen! Auch wir werden unsere liebe Mühe haben, mein Freund!«

»Da hast du wohl Recht, Junge! Diese schwer zugängliche Ruine taugt den Räubern sicher nicht für ihre Zwecke. Lass uns hinaufsteigen, sonst wird es zu dunkel!«, antwortete der Schmied.

Sie fingen beherzt an zu klettern, und es wurde, wie befürchtet, ein gefährliches und sehr beschwerliches Vorhaben.

Sie kletterten, krabbelten, stiegen über, unter, oder durch zahlreiche in sich zusammen- oder abwärts gestürzte Reste der ehemaligen Anlage. Erkämpften sich ihren Weg durch endlos wiederkehrendes Gestein. Stapften durch glitschig feuchte Erde und über halb verrottete, umgestürzte Baumreste. Bezwangen ehemalige, stellenweise noch sehr tiefe Gräben und erklommen so, langsam aber sicher, den unwirtlichen Berg. Je höher sie kamen, umso tiefer klaffte nun der Abgrund unter ihnen, und die beiden Freunde mussten darauf achten, nicht hinab in die Tiefe zu stürzen, denn die Steine waren überall mit Moos überwuchert, der Boden matschig und sehr feucht.

Als sie das ehemalige Wachtor und schließlich auch das Haupttor, welche beide nur noch aus bedauerlichen Resten bestanden, endlich durchschritten hatten, standen sie, dabei vollkommen zerschunden und sichtlich abgekämpft, endlich im Innenhof der einstigen Burganlage.

»Ein unheimlicher Ort…«, flüsterte Kaspar und sah dabei die hohen und brüchigen Mauerreste empor, die vor ihnen in den Himmel ragten.

Der Mond leuchtete und tauchte alles in ein unwirkliches, bleiches, ja beinahe spukhaftes Licht. Einige wenige, recht morsche Bäume standen, wie gekrümmte Gestalten, inmitten der morbiden Reste, und grüner Efeu kroch hier und da die ansonsten nahezu kahlen, grauen, rissigen Gemäuertrümmer hinauf. Von diesem runden Innenhof ausgehend, führten spinnennetzartig schmale Wege in die weiteren Bereiche der früheren Anlage.

»Ich kann mir auch einen heimeligeren Ort zum Übernachten vorstellen!«, flüsterte Siegmund.

»Dort scheint noch so etwas wie ein Eingang zu sein!«

Kaspar deutete auf ein dunkles Loch inmitten einer der Mauern, die am Ende einer der Wege stand.

»Lass es uns herausfinden!«, schlug Siegmund vor.

Sie näherten sich dem großen, schwarzen Loch, von dem sie vermuteten, das es der Zugang zu einem vielleicht noch halbwegs intakten Teil sein könnte. Kälte schlug ihnen entgegen, und der Geruch von Moder und Feuchtigkeit stieg ihnen in die Nase. Beiden wurde unwohl.

»Hier führen tatsächlich Stufen hinab.«, stellte Kaspar fest und versuchte mehr zu erkennen, doch das Mondlicht war dafür einfach zu schwach.

»Vielleicht in einen Gewölbekeller? Einen ehemaligen Lagerraum etwa?«, mutmaßte der Schmied und sah ihn fragend an.

»Könnte sein! Mal sehen, wie weit sie hinabführen und wo wir landen…«, antwortete Kaspar.

Dann nahm jener einen Lumpen und ein kleines Fläschchen aus seinem Umhängebeutel, wickelte den Stoff mehrmals um das Ende eines trockenen Astes und beträufelte dieses Knäuel dann rundherum mit der dicklichen Flüssigkeit. Nachdem das Bündel gut durchnässt war, nahm er noch etwas zermahlenen Zunderpilz und trockene Späne hinzu, und der winzig kleine Funke, der entstand, als Feuerstein und Schlageisen aufeinanderschlugen, entzündete die Fackel sofort.

»Nun haben wir mehr Licht!«, sagte er zufrieden, verstaute seine Hilfsmittel wieder in der Tasche, nahm die Fackel in seine rechte Hand und leuchtete in die Dunkelheit.

Dann stiegen sie vorsichtig die ausgetretenen Stufen der uralt wirkenden Treppe hinab.

»Pass auf deine Füße auf, Junge! Bloß nicht stolpern!«, warnte der Schmied hinter ihm, denn die Stufen waren brüchig und überaus glitschig.

Plötzlich flog eine aufgescheuchte Fledermaus unerwartet dicht über ihre Köpfe hinweg, und sie zuckten kurz zusammen, als sie den Windhauch dicht über sich hinwegstreichen spürten.

»Verdammtes Biest!«, beschwerte sich Siegmund, und sie gingen weiter.

»Ich habe das Gefühl, dass wir allmählich immer weiter vom eigentlichen Innenbereich abkommen!«, stellte Kaspar nach einer Weile fest, denn er war sich mittlerweile sicher, dass dieser unterirdische Gang sie nicht mehr direkt unter die ehemalige Kernburg, sondern weiter und tiefer hinaus, in ein abseits davon gelegenes Gewölbe führte.

Ohne es zu wissen, stiegen sie hinab, in die alte, unterirdische Gruft, über der weit oben einst auch die kleine Burgkapelle gestanden hatte.

Der Schein der Feuerleuchte erhellte die rissigen Wände. Die alten Halterungen aus rostigem Metall, in denen wohl einst Fackeln steckten, ragten bedrohlich spitz und scharf hervor, und von der niedrigen, gänzlich mit dichten Spinnenweben übersäten Decke des schmalen Ganges hingen lange Fäden herab. Es war unsagbar feucht und roch modrig hier unten in dem schmalen Zugang. Die Luft schien umso drückender zu werden, je tiefer sie kamen.

»Dort wird es wieder heller.«, sagte Kaspar und deutet hinab auf das Ende der Treppe.

»Komm! Wir haben's gleich geschafft!«

Vor ihnen öffnete sich ein großer Raum, der durch etwas Mondlicht von Außen erhellt wurde.

»Sieh, dies muss einst wohl die Krypta gewesen sein!«, flüsterte Kaspar und leuchtete zu allen Seiten.

Sie sahen die tiefen, dunklen Nischen, die einst aus dem glatten Stein herausgehauen worden waren.

»Darin fanden die hohen Herren, Damen und deren Kinder ihre letzte Ruhe.«, erklärte er und leuchtet in eine hinein, doch sie war völlig leer.

»Vor langer Zeit schon aufgegeben, oder geplündert. Wer weiß dies schon…«

Auf dem Boden lagen verstreut noch die Bruchstücke der Grabplatten, mit denen die dazugehörenden Nischen einst verschlossen gewesen waren.

»Sieh, dort!«, sagte Siegmund und zeigte auf eine große, wuchtige Kiste.

»Lass uns einen Blick wagen!«, erwiderte Kaspar begierig, denn diese war ihm bisher noch nicht aufgefallen.

Sie näherten sich ihr erwartungsvoll.

»Ein Steinsarg! Eine außergewöhnliche Arbeit…«, flüsterte er, während er behutsam mit seiner freien Hand den dicken Staub davon fegte.

Verschlossen war jener mit einer dicken, wohl sehr gewichtigen Platte. Doch war diese irgendwann einmal stark beschädigt worden, denn ein riesiger Riss zog sich nun diagonal von oben nach unten. Eine der Ecken war ebenfalls schon herausgebrochen. Namen und Jahreszahlen, sowie zahlreiche schmückende Verzierungen und Bildnisse waren überaus kunstvoll und sehr gekonnt aus dem harten Material herausgearbeitet worden, und Kaspar konnte noch ein kleines Wappen erkennen, welches er jedoch, genauso wie den Namen, nicht wirklich zuordnen konnte.

»Einer der früheren Burgherren?«, wollte Siegmund wissen.

»Ich nehme es an, ja! Jedoch kenne ich Namen und Wappen nicht.«, antwortete Kaspar.

Er sah noch einmal genauer hin, dann fragte er sein Gegenüber: »Du?«

»Nein!«, antwortete ihm der Schmied, nachdem dieser lange überlegt hatte.

»Ist ja auch nicht so wichtig…«, bemerkte sein Freund und ging um den Sarg herum.

»Ich glaube…«, begann Kaspar, dann verstummte dieser augenblicklich.

Sein Gesichtsausdruck veränderte sich.

»Darin bewegt sich etwas!..«, stellte er beunruhigt fest.

Siegmund sah seinem Freund gespannt dabei zu, wie dieser die brennende Fackel nun nahe über den offenen Spalt hielt, um hineinsehen zu können.

Ein schrilles, markerschütterndes Fauchen und Fipsen beendete augenblicklich die gespenstische Stille des Gemäuers. Etwas kam aus dem Sarg und sprang nun direkt auf Kaspars Gesicht zu. Er schlug um sich, und noch bevor die Ratte ihn mit ihren Zähnen erwischen konnte, hatte er sie in der Luft mit seiner freien Faust erwischt, und sie prallte, dabei aus dem Sprung gebracht, sehr unsanft auf den harten Steinboden. Mit der heißen Flamme drohend, bewegte er sie schließlich unter lautem Protest zur Flucht.

»Alles gut?«, wollte der Schmied sich vergewissern, nachdem er sich selber wieder etwas beruhigt hatte.

»Ja, nichts passiert! Sie hat mich nicht erwischt. War wohl genauso überrascht über uns, wie wir über sie.«, antwortete Kaspar und zwang sich zu einem kurzen Lächeln.

»Lass uns unser Lager für diese Nacht hier aufschlagen, Siegmund!«, schlug er dann vor.

»Kein besonders behaglicher Ort, ich weiß, aber ich glaube, etwas Besseres finden wir heute Abend eh nicht mehr. Dafür ist es einfach schon zu dunkel. Es führt nur diese Treppe hinab, die können wir gut im Auge behalten, und vor Regen sind wir hier zudem auch bestens geschützt. Morgen bei Tageslicht können wir uns gründlich umsehen, ob sich nicht doch noch etwas Geeigneteres findet. Einverstanden, alter Bärentöter?«

Der Schmied stimmte dem grummelnd zu.

»Draußen liegt noch etwas trockenes Holz, das könnten wir für ein Feuerchen benutzen. Was meinst du, Junge? Die kleinen Öffnungen hier in den Wänden bieten bestimmt ausreichend Ab- und Zuluft, so dass wir nicht befürchten müssen, langsam zu ersticken.«, schlug jener dann vor.

»Meinst du man kann das Feuer sehen?«, wollte Kaspar wissen.

»Diese Seite des Gewölbes, so wie wir hinabgestiegen sind, liegt mit großer Wahrscheinlichkeit dem Tal zugewandt. Dumm, dass man kaum noch etwas sehen kann, würde aber wetten! Von draußen, also unten im Tal, wird man den schwache Lichtschein aber sicher nicht erkennen können. Die Öffnungen sind dafür einfach zu klein. Dazu noch der steile Berg, die Reste der Burg, die Bäume… Sie geben uns zusätzlich Sichtschutz!«, antwortete ihm sein Gegenüber überzeugt.

»Die müssten schon Habichtsaugen haben, um den schwachen Glimmer über solch eine Entfernung überhaupt wahrnehmen zu können!«

So entfachten sie ein wärmendes und lichtspendendes Feuer inmitten der düsteren Krypta, unter der ehemaligen Burgkapelle, und schlugen dort ihr vorläufiges Lager für die Nacht auf.

Nachdem sie beide etwas gegessen, getrunken und jeder eine ordentlich gestopfte Pfeife mit gutem Tabak geraucht hatten, wich ihre Angespanntheit, die den ganzen Tag über geherrscht hatte, allmählich einer inneren Entspannung. Ihre geschundenen Körper verlangten, nach all der Plage des Tages, nun nach ausreichend Ruhe, um wieder zu neuen Kräften zu gelangen, und es dauerte auch nicht lange, und es überkam sie bleierne Müdigkeit. Abwechselnd, einer hielt stets Wache, schliefen sie auf dem kalten, harten Steinboden des Totengewölbes.

Kaspar verfluchte bereits den nahenden Morgen, denn er befürchtete, dass ihn dann sämtliche Glieder schmerzen würden, doch hatte er schon weitaus schlimmere Dinge durchstanden. So schloss er seine Augen und versuchte von wonnigeren Dingen zu träumen, solange jedenfalls, bis ihn sein Freund wieder recht unsanft aus seinen überaus angenehmen Traumgebilden riss, um es ihm dann mit großer Wahrscheinlichkeit nachzumachen.

Er war überaus froh darüber, seinen guten alten Freund bei dieser durchaus gefährlichen Unternehmung an seiner Seite zu wissen. So raffte er sich auch dieses Mal wieder durch Siegmund geweckt auf, seine ungemütliche Schlafstelle zu verlassen. Dann nahm er, noch etwas benommen, auf eine der großen Steinstufen Platz, um sich eine aufmunternde Pfeife zu stopfen. Dabei achtete er darauf, dass ihr kleines Feuer nicht erlosch, denn es spendete ihnen in dieser Dunkelheit etwas Wärme und Licht. Erhellte zudem das trübe Gemüt, brachte Ruhe und entspannte die Gedanken. Der Tabakrauch aus Kaspars Mund vermischte sich schließlich mit dem Rauch der zuckenden Flammen. Vorher aber schienen beide noch miteinander spielen zu wollen, sich freudig und wild zu umtanzen. Dann jedoch herrisch und recht entschlossen gegeneinander zu kämpfen, miteinander innig zu verschmelzen, um sich dann gänzlich wieder in Nichts aufzulösen. Kaspar sah dem belustigt zu und kam dabei ins Grübeln. *Wieder in Nichts auflösen*, ja das war es, was allen Dingen schließlich bevorstand, da war er sich sicher. Oder gab es vielleicht doch so etwas wie die Ewigkeit? So wie es auch die Kirche lehrte? Er dachte nach… Wäre alles ewig, würde dies ja auch heißen, dass nichts verloren gehen kann? Hmmmmmm…!? Während er dem Flammenspiel weiter zusah, ging er die wildesten Gedankenspiele durch. Vielleicht änderte sich ja nur Form, Art oder Weise? Fragen über Fragen! Er wusste keine Antwort darauf, wie auch?

Es dauerte nicht lange, da schlief Siegmund den Schlaf der Gerechten und dies so laut schnarchend, dass davon beinahe die Wände wackelten. Kaspar grinste zufrieden vor sich hin, denn er wusste, dass dieser ohrenbetäubende Krach wenigstens die lästigen Ratten von ihnen beiden fernhalten würde.

Kapitel 7

Ein wahrhaft ungutes Gefühl

Als beide Freunde die Nacht relativ gut überstanden hatten, machten sie sich nach einem kurzen Frühstück auf, die Ruine bei Tageslicht näher zu erkunden. Doch fanden sich keine weiteren nutzbaren Räume mehr, denn nahezu alle ehemaligen Zugänge waren verschütt gegangen, nicht mehr auffindbar, oder wenn doch, soweit eingestürzt und blockiert, dass es einen immensen Aufwand bedeutet hätte, sie wieder frei zu räumen. So blieb ihnen, nach langer, gründlicher Suche, am Ende bedauerlicherweise nur dieses dunkle, feuchte Gewölbe als Unterschlupf übrig.

Siegmund fand am Ende des Tages durch Zufall einen versteckt liegenden und nahezu vollständig erhaltenen Pfad, der hinab ins Tal führte. Dieser schien weniger steil und gefährlich zu sein, und ihre gedrückte Stimmung verbesserte sich schlagartig. Ebenso erfreulich war, von hier oben ließ sich das Gebiet tatsächlich zu mehreren Seiten gut überblicken, somit bestens beobachten. Verpflegung hatten sie noch für Tage, und Wasser konnte aus dem Bach mitgebracht werden, so brauchten sie sich darüber auch keine Gedanken zu machen.

So war schließlich bei Anbruch der Nacht ihr Tagwerk getan, und sie saßen, wenn auch ein wenig müde, wieder gemeinsam am flackernden Feuer. Kaspar holte seine Pfeife hervor, um sie zu stopfen. Es dauerte nicht lange, da würzte der Duft des aromatischen Tabaks allmählich die modrige Luft.

»Wir haben auch schon bessere Orte gesehen und vor allem bessere Dinge erlebt…«, klagte Siegmund und strich sich dabei über seinen dichten Bart.

Kaspar wusste, dass der Schmied eigentlich kein Freund von Trübsalblasen war, doch auch er spürte, und dies immer deutlicher, dass dieser recht freud- und trostlose Ort hier unten ihnen beiden langsam aber sicher doch sehr aufs Gemüt schlug.

»Ja, aber auch weitaus schlechtere, mein alter Siegmund! Du brauchst endlich was zu tun, dann geht's dir auch wieder besser!«, versuchte er ihn ein wenig aufzumuntern.

»Da hast du wohl Recht, Junge! Meine Stimmung jedenfalls ist nicht die allerbeste, seitdem wir hier angekommen sind. Habe das ungute Gefühl, ich werde langsam wirklich alt. Früher hätte ich so etwas gleich beiseite geschoben.«

Kaspar klopfte ihm sanft auf die breite Schulter.

»Auch wenn du es nicht zugeben würdest, feinfühlig warst du schon immer ein wenig, unter deiner dicken Bärentöterhaut!«

»Hmmmmm…«, bekam er brummelnd als Antwort.

»Irgendwie habe ich schon die ganze Zeit über so ein ungutes Gefühl im Magen, das immer wieder hinaufkriecht... So eine Art böse Vorahnung, so als würde noch etwas sehr Schlimmes passieren.«

Kaspar meinte Besorgnis aus den Worten seines Freundes heraushören zu können, und dies ängstigte ihn. Lange Zeit herrschte eine drückende Stille.

»Weißt du noch, damals, das Badehaus in Nürnberg? Das war wahrhaft ungut!«, unterbrach er diese nach einer Weile.

Siegmund sah ihn an, dann verzog sich sein Mund zu einem breiten Grinsen.

»Nicht das Badehaus an sich, sondern, was dort um ein Haar passiert wäre, meintest du sicher, oder?«, wollte jener wissen und schien dabei wieder sichtlich vergnügt zu sein.

Kaspar nickte.

»Oberhalb war ja alles, so wie gewünscht… Nur halt nicht unten rum!«, stellte sein Freund fest.

»Es hätte dich eigentlich sofort stutzig machen sollen, dass die Dame mehr Bart trägt als du!.. Man sollte halt immer genauer hinschauen.«, sagte Kaspar und sah ihn ernst an, dann mussten beide lauthals lachen.

»Fürwahr, fürwahr Junge!«, prustete der Schmied.

Kaspar erfreute dieser kurze Moment der Heiterkeit, und er ließ vergnügt einige Rauchringe über das Lagerfeuer ziehen. Doch dauerte es nicht lange, und die gute Laune war so schnell wieder verflogen, wie sie gekommen war. Es schien beinahe so, als erlaubte diese dunkle, arg leidgeprüfte Krypta keinen Frohsinn.

»Kennst du die kleine, verfallene Kapelle nahe dem Orte Sack, weit vor den Toren Alfelds?«, wollte Kaspar nach einiger Zeit wissen, um der beklemmenden Ruhe abermals ein Ende zu setzen.

»Du meinst sicher die Schulenberger Kapelle.«, hakte der Schmied nach.

Kaspar nickte.

»Ja, Junge, die kenne ich! Auch deren Geschichte. Warum fragst du?«, wollte sein Freund wissen.

»Ich kam an ihr vorbei, als ich auf dem Weg von Hildesheim nach Alfeld war.«, antwortete Kaspar.

»Ein unheimliches Bauwerk, so wie dieses hier… Sie erinnerte mich beim Vorbeireiten an ein kleines Gotteshaus, auf welches ich einst auf einer meiner Reisen stieß.«, fügte er hinzu.

Der Schmied räusperte sich, dann antwortete er:

»Der einstige Ort Schulenberg musste, vor langer Zeit schon, aufgegeben werden. Keiner weiß heute mehr, warum eigentlich. Es gab Vermutungen, wilde Gerüchte… Doch nichts wirklich Sicheres, denn nur wenig wurde gefunden. Kaum etwas ist übriggeblieben. Vor allem aber die Reste der alten Kapelle. Sie allein steht noch dort, mitten auf dem freien, weiten Feld. Alleine und verlassen, als Zeugnis längst vergangener Tage.«

Kaspar beobachtet das Flammenspiel.

»Erzähl mir doch davon, Junge!«, bat Siegmund interessiert.

»Wovon?«, wollte sein Gegenüber wissen.

»Von deiner damaligen Reise.«

»Nun, gerne! Es ist aber doch wieder eine recht unschöne Angelegenheit gewesen, in die ich da geraten bin…«, erklärte Kaspar.

»Um die ohnehin schon recht betrübliche Stimmung hier zu verbessern, sicher nicht sehr förderlich!«

»Nun, dann passt diese unschöne Angelegenheit aber, gerade hier, vortrefflich hin.«, stellte der Schmied fest.

»Gut, wie du möchtest! Ich habe dich gewarnt.«, sagte Kaspar und begann, nachdem er einen kräftigen Zug aus seiner Pfeife genommen hatte, zu erzählen:

»Auf einer anstrengenden, da recht turbulenten Reise vom Osmanischen Reich nach Siebenbürgen, kam ich eines Tages mit meinem Pferd durch Zufall in ein einsam gelegenes Dorf geritten. Ich und mein treuer Begleiter waren müde und recht erschöpft vom langen und strapaziösen Weg, darum suchte ich dort nach einer Unterkunft und etwas Wasser und Essen für mich und meinen treuen Vierbeiner. Wie sich schnell herausstellte jedoch vergeblich, denn wohin ich auch kam, die Häuser und Hütten standen allesamt leer! Keine Menschenseele war hier mehr zu sehen. Frauen, Männer, Kinder, alle verschwunden… Nicht so die Tiere! Sie waren alle noch da. Ich hörte in der Ferne Kühe aufgebracht schreien, da sie wohl schon lange Zeit niemand mehr gemolken hatte. Hühner liefen wild gackernd umher, und dreckige, ungepflegte Schweine rannten ungehindert die Straße und die Wege auf und ab, stöberten nach Fressbarem und labten sich, wie auch die krächzenden Krähen, an dem, was noch zu finden war. Eine überaus unbehagliche Stimmung überkam mich bei diesem skurrilen Anblick!

Auf dem Weg wieder hinaus aus diesem unheimlichen Dorf stieß ich schließlich, von meiner Neugier übermannt, in einer der letzten Hütten überraschend auf einen noch recht frischen Leichnam und dann später noch auf weitere. Alle waren tief in der Dunkelheit verborgen. Nachdem ich mir ein Licht entzündet hatte, konnte ich deutlich mehr erkennen. Es musste eine ganze Familie gewesen sein, die hier einst gelebt hatte. Mein Unwohlsein verstärkte sich augenblicklich, als ich mir ihre toten Körper genauer ansah. Sehr merkwürdig waren diese anzusehen. Sie wirkten alle gut genährt, hatten rote, volle Wangen, und ihre Fingernägel waren lang. Glücklicherweise, so wusste ich, waren dies keine Anzeichen des schwarzen Tods, denn ich fand weder Beulen noch Blasen. Da ich in der Ferne schon etliche Krankheiten studiert hatte, kannte ich mich damals schon recht gut aus, doch fragte ich mich, was war diesen Menschen nur geschehen? Was hatte sie heimgesucht? Ich wusste es zu diesem Zeitpunkt noch nicht und konnte es mir auch nicht erklären.

So spornte ich schließlich, ratlos und auch ein wenig besorgt, mein Pferd an, um jenen Ort, so schnell wie es nur ging, wieder zu verlassen. Hatte wohlmöglich Satan selbst, oder einer seiner Dämonen, die Hände hierbei im Spiel gehabt?

Als ich das Dorf weit hinter mich gebracht hatte, traf ich an einem alten, fast schon gänzlich umgefallenen, Wegekreuz einen verwahrlosten Landstreicher an, der im hohen Gras hockte und etwas aß. Der Mann verstand und sprach glücklicherweise meine Sprache. Er berichtete mir erst doch recht unwillig, dann unter etwas Druck und mit dem Versprechen, ihn dafür reichlich zu entlohnen, dass jener Ort hinter mir lange Zeit schon nicht mehr geheuer sei und er mir dazu raten würde, so schnell wie nur möglich weiterzureiten. Was er damit genau meinte, wollte ich noch von ihm in Erfahrung bringen, doch er rückte nicht mit der Sprache heraus. Erst nachdem ich ihm einige Silbermünzen übergab, lockerte sich seine Zunge wieder, und er erzählte mir, dass die Bewohner des Dorfes nach und nach alle verschwunden waren.

»Ist die Pest ausgebrochen? Haben sie deshalb ihre Heimat verlassen müssen? Ich haben keine Anzeichen dafür gesehen.«, wollte ich von ihm wissen.

Er sah mich erstaunt mit seinen trüben Augen an.

»Ihr habt es gesehen? Mit Euren eigenen Augen? Nein, junger Herr, nicht der schwarze Tod! Der war hier nicht am Werk. Erst die armen Kinderlein, dann die schwachen Alten, dann die hübschen Weibsbilder… Zuletzt ihre kräftigen, wehrhaften Männer.«, fuhr er leise fort.

»Doch die Pest war es nicht! Nein, Herr!«

»Was hat sie dann heimgesucht? Wie fanden sie den Tod, Bursche? Rede!«, forderte ich ihn, langsam ungeduldig werdend, auf.

Er sah auf mein Schwert, welches ich am Gürtel trug, denn damals hatte ich meinen Yatagan noch nicht.

»Ihren Tod?«

Sein Gesicht wurde blass.

»Wer hat etwas von Tod gesagt, Herr? Tot sind sie nicht, nein…«

Ich schaute ihn ein wenig ratlos an.

»Nein! Nicht tot!.. Sie kamen sogar alle nach und nach wieder. In den Nächten… Kamen wieder, heim… zu ihren Liebsten.«, fügte er mit nun deutlich leiserer Stimme hinzu.

»…und nahmen, einen nach dem anderen mit sich, bis keiner mehr übrig blieb.«

Es überkam mich ein Schauer bei seinen düsteren Worten.

»Wie, in Gottes Namen, ist dies möglich?«, fragte ich ihn ungläubig.

Der Landstreicher sah mich kalt an.

»Nun, Herr! Man nennt sie Wiedergänger, Untote, Nosferatu!«

»Was meinst du damit? Was bedeutet das? Rede!«, forderte ich ihn auf, doch er wollte schweigen.

Ich gab ihm eine weitere Handvoll Münzen. Ängstlich sah er sich um und fuhr dann, noch leiser als schon zuvor fort.

»Man sagt, dass sie am Tage schmatzend in ihren Gräbern liegen. Nachts steigen sie jedoch heraus und saugen das Blut der Lebenden. Machen sie so zu Ihresgleichen. Heilige Mutter Gottes, beschütze uns, beschütze uns Gläubige!«

Er bekreuzigte sich einige Male.

»Verlassen Sie diesen verfluchten Ort, junger Herr! Bevor es zu spät dafür ist. Bald zieht die Nacht herauf. Es ist hier nicht mehr sicher dann. Gewarnt habe ich Euch jedenfalls! Ich muss nun fort, noch bevor es dunkel wird…«

Bevor ich noch mehr von ihm erfahren konnte, hatte der verwahrloste Mann auch schon seine wenigen Habseligkeiten beisammen und lief, so schnell ihn seine klapprigen Beine tragen konnten, davon.

»In der Nacht kommen sie!!! «, hörte ich ihn noch aus der Ferne mir warnend zurufen.

Obwohl ich zu diesem Zeitpunkt das Gerede des für mich offensichtlich sehr verwirrten, armen Mannes für blanken Humbug hielt, war es, aus heutiger Sicht gesehen, letztlich wohl meine Rettung, dass in jenem Moment, als ich dort am Wegekreuz bereits schon mein Lager für die Nacht aufschlagen wollte, meine innere Stimme mir doch dazu riet weiterzuziehen…

So wendete ich also mein Pferd und ritt davon, bis es allmählich immer dunkler wurde. Undeutlich tauchte in der Ferne vor mir der Turm einer kleinen Kapelle auf, die gänzlich von einer dicken, breiten und sehr hohe Mauer geschützt wurde.«

»Ah, jetzt verstehe ich! Die sah so ähnlich aus, wie die Schulenberger Kapelle, richtig?«, unterbrach ihn Siegmund, nachdem er lange Zeit gebannt zugehört hatte.

Kaspar nahm einen tiefen Zug aus seiner Pfeife.

»Eigentlich nicht, aber irgendwie schon ein wenig! Ich weiß auch nicht?! Irgendwie hat sie mich im nachhinein daran erinnert. Wobei die Kapelle, zu der ich damals ritt, wesentlich größer war.«, antwortete er dann und sah, dass sein Freund nur darauf wartete, mehr zu erfahren, also fuhr er fort.

»Wie dem auch sei! Ich stieg jedenfalls vom Pferd, wummerte sehr lange an das schwere, hölzerne Tor und bat lauthals um Einlass. Nach einiger Wartezeit wurde schließlich der kleine Sehschlitz von Innen geöffnet, und zwei neugierig dreinblickende Augen musterten mich von oben bis unten.

»Wer seid Ihr? Was wollt Ihr zu dieser späten Stunde noch, Fremder?«, wollte eine männliche Stimme wissen.

»Ich komme von weit her und bitte um ein Nachtlager für mich und mein Pferd!«

Der Sehschlitz schloss sich wieder mit einem lautem Ratsch, und knarrend öffnete sich das schwere Tor. Ein kleiner, dicklicher Mönch in brauner Kutte kam mit einer Leuchte in der Hand hervor.

»Kommt herein, junger Herr! Schnell!!! Eilt Euch! Es ist nicht mehr sicher da draußen.«, forderte er mich auf.

Ich folgte ihm mit dem Pferd hinein, und rasch hatte er das Tor wieder hinter uns verschlossen. Sein zuvor recht sorgenvolles Gesicht entspannte sich, und ein von Freundlichkeit, Nächstenliebe und reichlich Witz geformtes Antlitz blitze nun hervor.

»Ihr seid hier in einem Land, dessen Sitten und Gebräuche Euch eigenartig und fremd vorkommen müssen.«, versuchte er sein Verhalten zu erklären.

»Man nennt mich Bruder Nicolav! Seid willkommen in diesen Mauern!«

»Wie recht Ihr doch habt, frommer Mann! Ich habe schon allerhand Seltsames hier gesehen und gehört bisher. Zuallererst jedoch, habt Dank, guter Mann, für den späten Einlass und Eure Gastfreundschaft!«, bedankte ich mich bei ihm.

»Auch wenn ich ein Fremder bin, so versichere ich Euch, Bruder Nicolav, dass Ihr von mir nichts zu befürchten habt. Ich komme im Frieden und werde Euch auch gebührend entlohnen.«

Der Mönch schien überzeugt und nickte zufrieden.

»Lasst uns hineingehen!«, sagte er.

Ich folgte ihm auf einem langen schmalen Weg, durch zwei ungepflegte Beete hindurch, bis zum Eingang der Kapelle.

»Wasser aus dem Brunnen und Reste fürs Pferd. Für uns müsste noch irgendwo eine Flasche Wein übrig geblieben sein und etwas Brot. Viel kann ich Euch leider nicht mehr anbieten, junger Herr! Ich bin schon lange Zeit alleine hier und bereits im Aufbruch. Morgen schon werden auch diese Mauern leer stehen.«, erklärte er mir.

Ich band mein treues Pferd vor dem Eingang fest, um es später noch zu versorgen, und folgte Bruder Nicolav durch die schmucklose und recht trostlos wirkende Kapelle. Nur ein letztes, eisernes Kruzifix stand noch dort auf dem ansonsten leeren, steinernen Altar und zeugte zusammen mit den schon reichlich verblichenen und stark beschädigten Malereien und Verzierungen der Wände von besseren Tagen. Man konnte nur noch erahnen, wie hier einst Gottesdienste abgehalten wurden, und ich fragte mich, was hier wohl geschehen war. An die karge Kapelle war noch ein weiteres Gebäude angeschlossen, dessen Größe und Anzahl der Zimmer zwei einzelne Personen nun vollkommen verloren erscheinen ließ.

Der gute Mönch führte mich in die Küche, in der bereits ein warmes Feuer loderte. Er gab mir etwas Verpflegung für mein Pferd, welches ich dann auch sogleich versorgte, und als ich wieder zurückkehrte, hatte er bereits den Tisch gedeckt.

»Ich bin froh, an meinem letzten Abend hier noch jemanden bei mir zu haben.«, sagte Bruder Nicolav freudig und deutete mir an, mich ihm gegenüber auf die kleine Holzbank zu setzen.

Nachdem wir zusammen gespeist und reichlich getrunken hatten, kam schließlich doch noch eine recht muntere und gemütliche Stimmung auf, was wohl auch an dem sehr köstlichen, schweren Rotwein lag. Einem offensichtlich bemerkenswert guten und wohl auch recht teuren Tropfen. Jedenfalls fielen mir nun immer mal wieder meine müden Augen zu, obwohl ich dem Mönch noch so viele Fragen stellen wollte.

»Was ist hier eigentlich passiert, Bruder?«, wollte ich wissen.

Nicolavs herzensgutes Gesicht verfinsterte sich im Schein der Talglampen. Er schien lange über die richtige Antwort nachzudenken.

»Gott hat uns hier verlassen!«, antworte er schließlich und holte dann eine warme Decke aus einer der Truhen hervor.

»Nun schlaft aber! Euch fallen schon die Augen zu. Wir können morgen noch alles weitere bereden. Heute Nacht schützen uns die hohen Mauern. Ihr könnt unbesorgt sein.«

Ich wusste, dass er nicht gewillt war, mir an diesem Abend mehr zu erzählen, und so beließ ich es dabei. Er richtete mir die gemütlich warme Stelle gleich neben dem Kamin als Schlafplatz ein, denn die anderen Räume wurden, außer seiner kleinen Kammer, schon lange nicht mehr beheizt. Nachdem wir uns gegenseitig noch eine gute Nacht gewünscht hatten, verließ mich der gute Mönch, und ich fiel auch rasch in einen tiefen Schlaf.

Am nächsten Morgen erwachte ich früh, jedoch entspannt und sehr ausgeruht, und stieg von meinem Lager, um Bruder Nicolav zu suchen. Dieser war jedoch nirgendwo zu finden. Daher wollte ich fürs erste nach meinem guten Pferd sehen, denn ich meinte es draußen laut wiehern gehört zu haben. So ging ich raschen Schrittes durch die Kappelle, und als ich hinaustrat sah ich, wie es bockte und heftig schnaubte. Zu meiner Verwunderung, stand das schwere Tor weit offen! Ich ging die verwahrlosten Kräuterbeete hindurch in den Innenhof. Langsam schritt ich durch das Tor hinaus, und was ich dort sah, entsetzte mich, denn vor mir im Gras lag der Landstreicher. Jedenfalls sein toter Körper, bleich und gänzlich übersät von zahlreichen Bisswunden.

»Sie haben ihm das Blut gesogen… Somit auch infiziert! Er wird einer von ihnen werden, wenn wir nicht umgehend handeln!«, hörte ich hinter mir die Stimme von Bruder Nicolav.

»Die Verwandlung hat noch nicht begonnen, darum verbrennt das Licht der Sonne ihn noch nicht.«, erklärte er.

»Wir dürfen keine Zeit mehr verlieren. Geht zur Seite!«

Und im gleichen Moment holte der Mönch mit seiner scharfen Axt weit aus, und mit einem kräftigen Hieb trennte er dann den Kopf des Toten von dessen Hals. Das Haupt kullerte hinab in den kleinen Graben vor der Mauer.

Ich musste mich schütteln.

»Trennt man ihnen den Kopf ab, kommen sie nicht wieder.«, erklärte er ruhig.

»Zeit, ihm nun seine ewige Ruhe zu geben…«

»Helft Ihr mir dabei?«, wollte er wissen, und ein wenig später beerdigten wir den Mann in gesegneter Erde.

Seinen Kopf legten wir ihm dabei zwischen die Beine, weit weg von seinen Händen. Dann holte Bruder Nicolav das Kreuz aus der Kappelle und legte es dem Toten behutsam auf die Brust, so wurde es schließlich mit ihm dort begraben.

Nachdem alles weitere geregelt war, verließen wir gemeinsam diesen nun von keiner Menschenseele mehr bewohnten Ort. Wir ritten in das einsame Dorf, entließen alle Tiere in die Freiheit und brannten dann alles gründlich bis auf die Grundmauern nieder, in der Hoffnung, das sich ausbreitende Böse dort somit ein für allemal auszurotten.

Ob uns dies gelungen ist, kann ich dir leider nicht berichten! Ich kehrte nie wieder dorthin zurück. Was aus Bruder Nicolav wurde, kann ich dir ebenfalls nicht sagen, denn unsere Wege trennten sich später und dies wohl für immer. Er brachte mir alles bei, was ich zu wissen brauchte. Es fiel mir damals noch schwer zu glauben, doch änderte sich dies schnell! Das ist aber eine andere Geschichte…«

Beide Männer schwiegen für eine sehr lange Zeit.

»Wenn ich dich nicht besser kennen würde, Junge, könnte ich das eben Gehörte einfach als eine deiner puren Fantasie entsprungenen *Nichtgutenachtgeschichten* abtun! Aber wir beide wissen nur zu gut, dass es dort draußen in der weiten Welt Dinge gibt, die es eigentlich gar nicht geben sollte.«, sagte Siegmund schließlich.

»Sehr unschön, was du da erlebt hast!«

Kaspar zuckte mit der Schulter, dann antwortete er:

»Sagte ich doch, dass ich damit die restliche gute Stimmung ganz vertreiben werde.«

Siegmund legte ein neues Stück Holz ins Feuer.

»Wie lange ist das denn nun schon her, Junge? Du hast mir bisher nie davon erzählt!«, wollte er dann wissen.

»Das müsste so in etwa schon 45 Jahre her sein.«, antworte ihm Kaspar, nachdem dieser gründlich nachgedacht hatte.

»Und du siehst immer noch aus wie ein junger Mann. Keine Altersfalten, kein einziges graues Haar in deinen noch so vollen goldenen Strähnen… Merkwürdig ist es schon ein wenig, oder?«

»Was meinst du?«, hakte Kaspar nach.

»Ich meine, es ist doch seltsam, dass gerade du nicht zu altern scheinst. Sieh mich nur an! Nicht mehr viel übrig geblieben von dem, was ich einmal war.«, beschwerte sich Siegmund und grinste.

Kaspar hatte sich mit dieser Tatsache schon sehr lange abgefunden. Für ihn war es, über die für menschliche Maßstäbe lange Zeit gesehen, schon nichts wirklich Aufregendes mehr, scheinbar nicht mehr zu altern. Jedoch musste jenes zugegebenermaßen recht ungewöhnliche Faktum auf die wenigen, von ihm vorher sehr sorgsam ausgesuchten und eingeweihten sogenannten normalen Menschen, die ja schon von Geburt an langsam dahinwelkten, mehr als befremdlich wirken. Es dauerte meist lange, bis sie verstanden, damit umzugehen, und einige schafften es nie!

Dabei war es ja seine Art von Bürde, die er ganz alleine zu tragen hatte, zudem, gerade in den jetzigen, düsteren Zeiten wider die Natur geltend, auch noch überaus gefährlich! Nicht auszudenken, was ihm passieren würde, wenn jemand davon erfuhr, der dies nicht durfte…

Er wusste selber manchmal nicht so recht, ob er sein *nicht Altern können* nun als ein wunderbares Geschenk oder eher als einen eigenwilligen Fluch ansehen sollte. Eine schwere Last war es lange Zeit über aber auf jeden Fall gewesen.

Es hieß ja immer so schön, die Zeit heile alle Wunden, und dies schien auch bei Kaspar zu stimmen, denn jener hatte schon viel Gutes sowie Schlechtes kommen und auch wieder gehen sehen. Hatte schmerzlich lernen müssen loszulassen, und je länger er auf dieser Welt umherwandelte, umso leichter wurde es für ihn, damit umzugehen, dass er einfach blieb, wenn anderes um ihn herum schon lange wieder verschwunden war.

Er wusste nicht, ob dies ewig so bleiben würde. Ob er wohlmöglich nie mehr altern, vielleicht sogar niemals sterben würde, denn er war sich nicht einmal sicher, wie schon am Abend zuvor, ob es so etwas wie die Ewigkeit überhaupt geben konnte. Schließlich nahm er es einfach so hin, wie es nun einmal war, und es war wahrlich kein leichter Weg bis zu diesem Entschluss gewesen.

»Vielleicht kann dies Rätsel einmal gelöst werden, aber bis dahin habe ich mich erst einmal damit abgefunden.«, sagte er, und Siegmund konnte deutlich heraushören, dass sein guter Freund dies Thema nicht weiter vertiefen wollte.

»Ja, ist gut, Junge!«, antwortete der Schmied leise.

»Du glaubst doch wohl nicht, dass ich eine von diesen abscheulichen Kreaturen bin, oder? Ein Untoter?«, wollte Kaspar nach einem Pfeifenzug von seinem Freund wissen.

»Nein, natürlich nicht! Hättest ja dann schon irgendwann versucht mir ans Fell zu gehen, oder bin ich dir vielleicht schon zu alt dafür?«, wollte Siegmund wissen und klimperte mit den Augen.

»Wahrscheinlich würdest du nicht einmal denen schmecken, bei dem, was du immer an Zeugs in dich reinstopfst!«, entgegnete ihm

Kaspar und beide mussten herzhaft lachen, und dies tat ihnen überaus gut.

»Kann schon sein!«, lachte der Schmied, dann wischte er sich die Tränen aus dem Gesicht.

»Hast du eigentlich irgendwann einmal daran gedacht eine Familie zu gründen?«, wollte Kaspar nach einer Weile von ihm wissen, als sie sich lange schon wieder beruhigt hatten.

»In meinem Alter noch? Hmmmmm....«

Siegmund schien ernsthaft darüber nachzudenken.

»Ehrlich gesagt, würde mir das gefallen, das Haus voller Blagen. Doch ich bräuchte da noch das passende Weib für.«, antwortete er dann und Kaspar nickte.

»Du wärst sicher ein guter Vater für deine vielen, kleinen Bärenkinder.«

Der Schmied nahm einen Schluck Bier aus seinem Trinkbeutel.

»Wenn, dann schon ein ganzes Rudel. Wohl eher eine große Menge an kleinen Wolfsjungen...«, entgegnete er dann.

Kaspar lächelte und säuberte seine Pfeife.

»Sie fehlen mir immer noch...«, bemerkte er dann leise.

»Nach all der langen Zeit!..«

Sein Gegenüber sah ihn verständnisvoll an.

»Das kann ich mir denken Junge! Ich habe mich schon die ganze Zeit über immer mal wieder gefragt, ob du über das, was deiner Familie zugestoßen ist, irgendwann doch noch hinwegkommst.«

Der Schmied fuhr sich über seinen nassen, buschigen Bart.

»Ganz hinwegkommen wohl nie! Vielleicht wird es leichter, wenn es endlich vorbei ist. Vielleicht finde ich dann doch noch meinen Frieden damit. Doch kann ich es dir nicht versprechen, Siegmund!«, bekam dieser als Antwort.

»Du wirst solange keine Ruhe finden, bis du ihm endlich seinen verdammten Hals umgedreht hast, das weiß ich nur zu gut. Ich kenne dich, Junge!«, stellte der Schmied fest und sah dem Freund in die Augen.

Jene schienen zu flackern.... Vor Zorn? Oder war es nur das Feuer, welches sich in ihnen widerspiegelte? Er war sich nicht sicher.

»Ja, und das werde ich! Ich bin ihm schon dicht auf den Fersen, dichter als jemals zuvor!«, antworte Kaspar entschlossen.

Der Schmied ließ sich einen Augenblick Zeit, dann antwortete er: »Hoffentlich ist es danach vorbei! Ich würde es dir wünschen. Vom ganzen Herzen!«

Er sah Kaspar besorgt an.

»Ein Mann muss vollenden, was ein Mann eben vollenden muss, doch möchte ich dich nicht auch noch verlieren, Junge! Viel zu viele sind schon von uns gegangen. Bald sind nur noch wir beiden alten Krieger übrig. Mach keine Dummheiten, versprochen?!«

»Das verspreche ich!«, antworte ihm Kaspar.

Siegmund wusste, dass es unmöglich war, Kaspar von dessen gefährlichen Vorhaben abzubringen.

»Falls du in dieser Angelegenheit meine Hilfe benötigst, lass es mich einfach wissen, Junge!«, bot er ihm an und klopfte dem Freund freundschaftlich die Hand.

»Danke, das werde ich, guter alter Freund!«, antwortete Kaspar, doch ahnte Siegmund auch, dass jener wohl keinesfalls vorhatte, ihn um seine Unterstützung zu bitten, so ließ er die Sache schweren Herzens fürs erste auf sich beruhen.

»Bist du eigentlich glücklich?«, wollte Kaspar nach einer Weile wissen.

»Du meinst mit meinem jetzigen Leben als Schmied?«, hakte Siegmund nach.

»Ja!«

Siegmund kratze sich am Kopf und überlegte lange.

»Nunja, die Tatsache, dass ich unvernünftiger Weise hier in dieser ungemütlichen Gruft neben dir sitze, und nicht in meiner kleinen, wohlig warmen Hütte, sollte dir deine dumme Frage wohl eigentlich schon beantworten!«, antwortete er ihm dann.

»Man sollte rechtzeitig wissen, wann es mit der großen Abenteurerei vorbei ist. Ich spürte das Alter immer deutlicher in den Gliedern, Junge! Wenn es nicht mehr geht, geht es nicht mehr! Da hilft auch kein Verdrängen, da braucht man sich und auch den anderen nichts mehr vormachen. Solche wilden, halsbrecherischen Dinge, wie ich sie in meinen noch recht jungen Jahren mit dir zusammen erlebt und durchlebt habe, gehen heute leider nicht mehr. Darum habe ich mich allmählich zurückgezogen und ein neues, friedlicheres Leben als einfacher Schmied begonnen. Fernab der Schlachtfelder und Kriege da draußen. Natürlich in der Hoffnung, meinen Frieden damit irgendwann zu finden. Doch das alte Leben fehlt mir noch immer ungemein, nach all den langen Jahren, die ich nun schon aus diesem Geschäft bin. Das kannst du mir glauben!«

Er schluckte bitter.

»Ich bin wirklich froh, dir auch ein wenig dankbar dafür, Junge, noch einmal so etwas Aufregendes erleben zu dürfen. Vielleicht sogar zum letzten Mal, denn tief in mir ahne ich, dass es das sein könnte…«, fügte er hinzu und sah sein Gegenüber mit seinen braunen Augen ernst an.

»Was meinst du mit letztes Mal?«, fragte Kaspar besorgt.

»Ich weiß nicht…«, antwortete der Schmied.

»Blödsinn, da täuscht dich dein Gefühl! Wir haben es immer geschafft, und wir werden es auch dieses Mal schaffen!«

Kaspar war davon überzeugt.

»Nach dieser Unternehmung werden dir die Leute hier so dankbar sein, dich so reichlich entlohnen, dass du dir den Hof dort oben auf dem Odenberg kaufen und ihn dann ganz neu wieder aufbauen kannst. Du lernst dann noch eine nette, vollbusige Bäuerin kennen, und ihr verbringt zusammen den Rest eurer Tage mit einer riesigen Anzahl von Jungen und Mädchen, glücklich und ohne große Sorgen.«, war er sich sicher.

»Das hört sich doch wirklich gut an, Junge!«, antwortete ihm der Schmied und machte dabei ein zufriedenes Gesicht.

»Ja, das tut es! Wenn du aber umkehren möchtest, kann ich es auch verstehen. Ich würde dir trotzdem helfen, auch was das sorgenfreie Leben betrifft.«, sagte Kaspar, doch sein Freund schüttelte den Kopf.

»Unsinn! Die Chance auf etwas Spaß lasse ich mir doch nicht einfach so entgehen, Junge! Den Tod fürchte ich eh nicht.«, antwortete dieser dann.

»Was ist es dann, was dir Sorgen bereitet, dich schon den ganzen Tag lang immer wieder in diese trübe Stimmung versetzt?«, wollte Kaspar von ihm wissen.

»Ich kann es dir nicht wirklich erklären, Junge! Ein ungutes Gefühl ist es… Aber vielleicht täusche ich mich ja auch dabei!«, bekam er als Antwort.

Kaspar zog beunruhigt an seiner frisch gestopften Pfeife. Der Tabak glühte auf, und ein Rauchring schwebte langsam ins offene Feuer.

»Nachdem wir diese Burschen ausfindig gemacht und ihrer gerechten Strafe zugeführt haben, werden wir uns noch lange an dieses Gespräch hier erinnern und uns freuen, dass deine Unkenrufe sich doch nicht bewahrheitet haben.«, sagte er schließlich.

»Ja, so soll es sein, Junge!«, stimmte ihm Siegmund zu.

Keiner wagte es mehr zu reden und es herrschte erneut Stille in der einsamen Krypta. Nur das Feuer knisterte noch vor sich hin, und die beiden Männer sahen, dabei tief in Gedanken versunken, dem munteren Spiel der Flammen zu, bis plötzlich ein lautes Geräusch sie aufschrecken ließ.

»Na, was haben wir denn da für dicke Ratten im Keller?«, erklang unerwartet eine männliche Stimme.

Ein großer Tumult brach aus, und noch bevor die beiden überrumpelten Freunde überhaupt begriffen, was hier vor sich ging, waren sie bereits von einer ganzen Schar von Räubern umzingelt. Es war der Oberräuber mit seiner Gefolgschaft.

»Fesselt den Dicken da besonders gründlich! Los!!!«, befahl dieser barsch.

Siegmund stemmte sich mit aller Kraft gegen die Angreifer, die gehörig zu allen Seiten geworfen wurden, und versuchte dabei an seine Axt zu gelangen. Noch bevor er sie erreichen konnte, hatten die Männer ihn auch schon gepackt und versuchten ihn nun gewaltsam festzuhalten, um ihn zu fesseln. Einer bekam dabei schmerzhaft seine Faust zu spüren und verlor einige recht gelbe Zähne.

»Verdammt, mein Maul!!!«, schrie dieser laut auf und spukte Blut.

»Na, kommt nur, wenn ihr noch mehr wollt! Ich bediene euch alle!!!«, brüllte Siegmund kampfeslustig und schlug und trat kräftig um sich.

Die Angreifer flogen nur so von ihm weg. Er mähte alles nieder, was auch nur in seine Nähe kam. Einer holte sich ein blaues Auge, und wieder ein anderer knallte mit seinem Kopf so hart gegen die Wand, dass er schließlich nur noch Sterne sah. Die Räuber verließ allmählich der Mut und auch ihr Kampfeswille schwand. Es schien wahrlich kein Vergnügen zu sein, nun in ihrer Haut zu stecken, denn nicht nur einer von ihnen hielt sich bereits seinen arg schmerzenden Bauch, Arm, Kopf, oder einen der restlichen Körperteile.

»Fesselt den Fettwanst endlich, Ihr Narren!«, befahl der Oberräuber wütend, denn dieser wurde langsam ungeduldig.

»Sofort oder ich…«, fügte er hinzu und wollte schon ins Geschehen eingreifen, da spürte er plötzlich den kalten Stahl an seiner Kehle.

»Nun, das würde ich mir an Eurer Stelle noch einmal gründlich überlegen, Herr Räuber! Es sei denn, Ihr braucht Euren Kopf nicht länger…«, drohte der hinter ihm stehende Kaspar.

»Lasst ihn in Ruhe! Sofort!«, fügte er hinzu, und die scharfe Klinge drückte dem Räuber in die Haut, noch schnitt sie aber nicht.

»Aufhören!«, befahl der Anführer und seine Männer stoppten.

Sie schienen dankbar für die kurze Verschnaufpause zu sein. Erleichtert leckten sie ihre Wunden, und Siegmund atmete ebenfalls auf.

»Na geht doch!«, bemerkte Kaspar zufrieden und lockerte seinen Griff ein wenig.

Der Oberräuber schwieg, dann flüsterte er:

»Ihr kommt hier beide nicht mehr lebend raus, selbst wenn Ihr mich tötet! Wir sind in der Überzahl. Meine Männer erledigen Euch.«

Kaspar musste sich eingestehen, dass er damit wohl Recht hatte.

»Gebt auf und lasst die Waffe fallen, dann lasse ich Euch etwas länger am Leben! Bereitet euch beiden einen gnädigen und schnellen Tod, wenn es denn soweit ist.«, versuchte der Räuber mit ihm zu handeln.

Kaspar dachte angestrengt nach.

»Hau ihm endlich seinen hässlichen Kopf vom stinkenden Rumpf!«, rief Siegmund ihm zu, doch Kaspar überlegte noch.

Zulange! Denn noch bevor er sich entscheiden konnte, verspürte er schon einen dumpfen Schlag auf seinem Hinterkopf, und es wurde ihm schwarz vor Augen. Er verlor die Kontrolle, und sein Säbel fiel, dabei laut klirrend, mit ihm hinab auf den Boden.

»Gut gemacht, Fritz!«, sagte der Oberräuber zu einem im Hintergrund stehenden, sehr dicken, Räuber.

Jener war es gewesen, der Kaspar aus dem Hinterhalt mit einem Stein niedergeschlagen hatte.

»Jawohl! Fritz ist gewitzt!«, kicherte dieser triumphierend und klatschte dabei freudig in die Hände.

Der dabei einfältig losgelassene schwere Stein landete schmerzhaft auf seinem breiten Fuß.

»Verflucht! Auhhhhhh!!!«, heulte der Dicke laut auf.

»Aber auch ein Tollpatsch vor dem Herrn!«, bemerkte der Oberräuber und schüttelte den Kopf.

»Kaspar!«, rief Siegmund besorgt und versuchte, so schnell er nur konnte, zu seinem Freund zu gelangen, um ihm beizustehen, doch noch bevor er ihn erreichen konnte, hatte sich schon die ganze mordlustige Meute auf ihn gestürzt.

Sie schafften es schließlich mit vereinter Kraft, ihn zu überwältigt und in Fesseln zu legen.

»Lasst ihn in Ruhe, ihr verdammten Mistkerle!«, schimpfte der Schmied laut, dabei in Sorge um den verletzten Freund, doch der Oberräuber lachte nur verächtlich.

»Das werden wir, Fettwanst! Das werden wir! Sieh es als Erfüllung deines letzten Wunsches. Den kann man ja einem zu Tode Verurteilten nicht ausschlagen. Oder wie siehst du das, Fritz?«

Er sah den Dicken an.

»Mir doch egal! Mir tut mein Fuß weh!«, antwortete ihm dieser mürrisch, denn sein Fuß schmerzte nun arg.

»Stell dich nicht so an!«, sagte der Oberräuber und wand sich dann den restlichen Männer zu.

»Männer, nehmt die Sachen hier mit!«

Er zeigte auf den Proviant, Siegmunds Armbrust und Hammer, und all die anderen Dinge, von denen er glaubte, sie noch irgendwie gebrauchen zu können.

»Und wir nehmen nur den Dicken mit.«, beschloss er, dann sah er abfällig auf den am Boden liegenden Kaspar hinab.

»Den da lassen wir hier! Wir benötigen eh nur einen, und der hier sieht nicht mehr wirklich brauchbar aus…«

Seine Männer gehorchten und sammelten alles, was sie in der Düsternis überhaupt noch finden konnten, ein. Dann zerrten sie den sich immer noch stark wehrenden, gefesselten Siegmund gewaltsam hinter sich die steilen Stufen hinauf. Kaspar ließen sie da.

Siegmund widersetzte sich ihnen so gut er konnte, doch half es nichts, er konnte sich einfach nicht befreien.

Als sie schließlich oben am Eingang angelangt waren, befahl der Anführer:

»Verschließt mir die Gruft!«

Und jener zeigte auf die schweren Steinbrocken, die überall auf dem Boden umherlagen. Diese waren zu schwer für nur einen oder zwei Männer, jedoch nicht für eine ganze Schar.

»Du siehst, ich halte Wort! Er bekommt seine Ruhe, seine letzte Ruhe sogar, Dickerchen! Eine Gruft… nur für sich allein! So, wie es wahrlich einem edlen Herrn angemessen ist.«, sagte der Oberräuber und grinste niederträchtig dabei.

Der Gedanke, seinen verwundeten Freund hier hilflos und alleine zurückzulassen, ihm nicht mehr beistehen zu können, machte den Schmied unglaublich zornig.

»Ich werde dir deine Knochen brechen!«, drohte er, ruhig aber bestimmt.

»Wenn es mir vergönnt ist, einen nach dem anderen. Du wirst dabei um Gnade winseln!«, fügte er hinzu.

Seinem Gegenüber verging das diabolische Grinsen für einen kurzen Augenblick, doch fand er schnell wieder die Fassung.

»Dafür wirst du nicht mehr lang genug atmen, alter Mann! Wenn der Hauptmann mit dir fertig ist, wirst du es sein, der winselnd darum betteln wird, endlich erlöst zu werden. Ich werde danach in aller Ruhe ein Glas Wein auf den nächsten Narren erheben, der es wagt mir zu drohen.«, antwortete der Räuber.

Es brauchte lange, doch dann hatten die Männer den Eingang fest verschlossen.

»Nun ruhe in Frieden!«, bemerkte der Oberräuber und gab seinen Männern das Zeichen zum Abmarsch.

Siegmund wurde gepackt und sie nahmen ihn mit sich. Er versuchte ihnen so viel Gegenwehr entgegenzubringen, wie er noch konnte, doch zerrten und stießen sie ihn so unbarmherzig und grob den Berg hinab, dass seine Kleidung dabei bald nur noch in Fetzen herunterhing und er schon überall am bereits wunden Körper blutete. Seine alten Glieder schmerzten, doch schienen sie noch zu halten.

Dies würde erst der Anfang sein, da war er sich sicher! Nun wusste er, warum er den ganzen Tag über solch ein schlechtes Gefühl gehabt hatte…

Entkräftet und völlig außerstande sich überhaupt noch weiter bewegen zu können, kam er nach quälend langer Zeit unten im Tal an. Dort standen Pferde bereit und ein Karren, auf dem ein großer, rostiger Käfig stand.

»Schmeißt ihn rein!«, befahl der Oberräuber.

Er wurde sehr unsanft gepackt und hineingestoßen. Dabei schlug er mit seinem Kopf hart gegen die eisernen Gitterstäbe.

»Bringt ihn zum Hauptmann! Ich komme später nach. Ich muss vorher noch etwas anderes erledigen.«, befahl ihr Anführer und stieg auf sein schwarzes Pferd.

Er wollte davonreiten, doch Siegmund rief ihm mit schwacher Stimme hinterher:

»Wie habt ihr uns eigentlich gefunden?«

Blut lief seine Stirn hinab und in sein rechtes Auge.

Der Oberräuber wendete das Pferd und ritt neben den Käfig, dann beugte er sich hinab.

»Das ist doch nun egal, oder?«, antwortete er leise, und seine Augen funkelten böse, beinahe raubtierhaft.

»Aber, wenn du es unbedingt wissen möchtest... Eine verlassene Ruine, aus der Licht kommt? Zugegeben, kaum sichtbar! Hätte ansonsten wohl niemand bemerkt... Wenn da bei uns nicht ein ausgesprochen talentierter einäugiger Späher wäre, der für so etwas höchst gründlich trainiert ist.«

Er lächelte triumphierend.

Siegmund ahnte, wen er damit wohl meinte, und er hatte das Gesicht von Eulenhug, dem Räuber mit der Augenklappe, vor Augen.

»Nun sind natürlich noch einige Fragen offen, die du uns aber beantworten wirst!«, sagte der Räuber.

»Ich werde gar nichts!«, antwortete ihm Siegmund trotzig.

Sein Gegenüber sah ihn lange an, dann antwortete er:

»Du wirst, mein Dicker, du wirst! Sei dir da mal ganz sicher...«

Siegmund fröstelte.

»Bringt ihn jetzt endlich fort! Ich muss mich noch um das Weib kümmern. Los jetzt, ihr faules, unnützes Pack!!! Oder muss ich euch erst Beine machen?«

Der Räuber lachte so laut, dass es durch den Wald schallte, dann wendete er sein Pferd und ritt davon.

Siegmunds Sinne schwanden ihm. Sein ohnehin nicht mehr junger Körper hatte einiges durchmachen müssen. Wohl zu viel! Die Reserven waren aufgebraucht, und so sackte er zusammen. Bevor er schließlich besinnungslos auf dem harten Boden liegenblieb, dachte er noch an seinen lebendig begrabenen Freund dort oben, und wünschte ihm, und auch ein wenig sich selber, dass nun ein kleines Wunder geschehen würde.

Kapitel 8

Begegnung am Bach

Kaspar erwachte nur langsam aus seiner Bewusstlosigkeit. Sein Hinterkopf schmerzte fürchterlich. Noch immer lag er dort, wo ihn der feiste Fritz niedergeschlagen hatte, und der Boden war kalt und stank faulig nach Moder. Eine kleine Spinne krabbelte sein Gesicht hinab, eilte hastig über die feuchten Steine hinweg und dann zurück in ihr Versteck, das verborgen irgendwo in der Wand lag. Bis auf das kleine Feuer, das ihm noch ein wenig Licht spendete, war es mittlerweile sehr dunkel geworden, denn nur wenig Mondlicht kam durch die kleinen Öffnungen. Er versuchte aufzustehen, doch seine Beine waren dafür zu schwach. Erst beim zweiten Versuch schaffte er es schließlich doch noch hochzukommen. Sein Kopf dröhnte, und fühlte sich an, als würde ihn jemand ständig mit einem kleinen Hämmerchen bearbeiten, doch die Schmerzen waren eher nur lästig. Was Kaspar ehrlich zu schaffen machte, war die Tatsache, dass sie seinen guten alten Freund in ihren mörderischen Händen hatten. Nun wurde es ihm wieder schmerzlich bewusst, und er wurde wütend und zornig, musste seinen Ärger laut herausschreien.

»Ihr hinterlistiges Pack! Wir waren einfach zu unvorsichtig. Jetzt haben wir den Lohn dafür erhalten.«, ärgerte er sich.

Die abscheulichsten Bilder von dem, was sie seinem Freund antun würden, krochen herauf.

»Ich muss sofort hinterher!«, entschied er, nachdem er sich wieder ein wenig beruhigt hatte, und rannte dann die steile Treppe hinauf, bis er, oben angekommen, nicht mehr weiter konnte.

»Verdammte Kerle! Die haben mich hier eingesperrt!«, musste er feststellen und hämmerte mit den Fäusten gegen die unnachgiebige Steinwand.

Er versuchte das Hindernis irgendwie aus dem Weg zu räumen, doch so sehr er sich auch mühte, es gelang ihm nicht. Er blieb hier gefangen, und nach einiger Zeit gab er schließlich verzweifelt auf.

»Gefangen, wie die Maus in der Falle!«, ärgerte er sich und ging zurück in das dunkle Gewölbe.

Dort setzte er sich niedergeschlagen auf die unterste Stufe der alten Treppe und dachte lange darüber nach, wie er seiner aussichtslos erscheinenden Lage vielleicht doch noch irgendwie entfliehen konnte, doch es wollte ihm nichts Gescheites einfallen. Zudem hatten sie ihm seinen Umhängebeutel gestohlen. Darin waren all die Dinge gewesen, die ihm nun vielleicht von Nutzen hätten sein können. Nur seinen kleinen Gürtel, den hatten sie ihm nicht genommen.

Ja, der Gürtel! Ein Geistesblitz durchfuhr ihn. Er öffnete den kleinen Lederbeutel seines Gürtels, und fand das, wonach er gesucht hatte. Ein unscheinbares Röllchen, mit einem kleinen Faden daran.

Doch wo sollte er es probieren? Er würde nur eine einzige Chance haben! Er dachte nach… Grübelte… Die gehäuften Steine vor dem Eingang waren zusammen genommen zu viel und auch zu massig… Dort würde es nicht gehen. Die Lichtöffnungen? Nein! Zu hoch gelegen und dahinter womöglich eh nur der tiefe Abgrund… Somit auch nicht geeignet!.. Wie sollte er die richtige Stelle nur finden? Er wusste es nicht und war der Verzweiflung nahe.

Dann nach einer Weile vernahm er plötzlich ein leises, kaum wahrnehmbares Geräusch, so als würden winzige Füßchen über den nackten Steinboden tippeln. Und tatsächlich! Jetzt sah er sie auch schon, die dicke, fette, ihm wohlbekannte Ratte. Er erkannte sie an dem über ihren Rücken verlaufenden weißen Streifen sofort wieder. Sie kam auf ihn zu, stellte sich direkt vor ihm auf ihre Hinterbeinchen und sah ihn neugierig an.

»Nun sind wir beide hier unten gefangen, kleiner Kerl!«, sagte Kaspar und lächelte.

Die Ratte antwortete ihm mit einem kurzen Fiepsen und fing dann an sich lauthals zu beschweren, ihn regelrecht auszuschimpfen, so als würde sie sich noch gut daran erinnern, was ihr zuvor angetan worden war. Als sie damit fertig war, sah sie zu, so schnell wie nur möglich wieder zu verschwinden.

»He, nachtragendes Kerlchen! Sehr gesellig bist du wohl nicht… Na, tut mir doch auch leid!«, rief Kaspar ihr nach, doch rechnete er kaum mit einer Antwort.

Er beobachtete, wie das kleine Tierchen ohne Umwege direkt auf eine Wand zusteuerte, und sich schließlich dort mit einiger Mühe durch ein enges, kaum sichtbares Loch zwängte. Sogleich war sie auch schon verschwunden. Überrascht und auch ein wenig beschämt saß er nun da, denn diese Stelle wäre ihm, ohne die Hilfe des kleinen Nagers, sicher nie aufgefallen. Er atmete erleichtert auf.

»Einen besseren Zeitpunkt hättest du dir dafür nicht aussuchen können, mein kleiner Freund! Tut mir leid, dass ich so grob zu dir war… Hab Dank für deine Hilfe!«, war er dem kleinen Tierchen nun überaus dankbar, denn die Lösung war gefunden.

Er stand auf, riss eine der rostigen Fackelhalterungen heraus und klopfte damit penibel die Wand ab. Horchte dabei aufs Genaueste, und seine Zuversicht stieg! Vielleicht würde es tatsächlich klappen…

Auf dem Boden lag die Axt des Schmieds, die die Räuber und beinahe auch Kaspar übersehen hatten. Er hob die schwere Waffe auf, ging zu dem kleinen Loch, und mit beiden Händen, den Stiel der Axt dabei fest umschließend, holte er weit zu einem kräftigen Schlag aus. Das Metall donnerte in den Stein. So heftig, dass Kaspars Körper beim Aufprall regelrecht vibrierte. Kleine Steinsplitter flogen ihm kreuz und quer um die Ohren, und er schloss sicherheitshalber seine Augen. Er schlug so fest er nur konnte, immer und immer wieder, energisch auf dieselbe Stelle ein, solange, bis sich schließlich ein kleiner Riss gebildet hatte. Dann legte er zufrieden die wuchtige Axt zurück auf den Boden, kramte das kleine Röllchen hervor und steckte es, so tief es nur ging, mitten hinein in den entstandenen Spalt. Nachdem er es darin befestigt hatte, rollte er behutsam den kleinen Faden aus.

Soweit lief alles wie gewünscht, doch ein Problem gab es da noch... Er sah sich um. Suchte sorgfältig den Raum ab und fand schließlich die Lösung.

Siegmunds Axt erneut in der Hand, ging er zu dem großen, abseitsstehenden Steinsarg und schlug mit voller Kraft auf die bereits beschädigte Steinplatte ein, solange, bis er schließlich zufrieden war. Es würde ausreichen, es musste einfach! Sonst würde er hier sterben, doch dies wäre ihm ohnehin gewiss, wenn er gar nichts tat...

»Nun denn!«, sagte er sich und ließ die Axt wieder fallen.

Dann ging er zurück zu der Wand und zündete mit einem brennenden Ast den kleinen Faden an. Mit einem kurzen Zischen glühte dieser hell auf und begann dann langsam abzubrennen. Kaspar wusste, dass ihm nicht mehr viel Zeit übrig blieb. So spurtete er, so schnell er nur konnte, zu dem freistehenden Sarg. Die Zeit verstrich rasend schnell, und nahezu im letzten Augenblick, aber doch noch rechtzeitig, bevor die kleine Lunte gänzlich abgebrannt war, hatte er ihn erreicht und sich durch das enge Loch des Deckels hindurchgezwängt. Er legte sich so flach, wie er nur konnte, hinein. Dabei spürte er etwas unter sich. Etwas Hartes und Spitzes, zugleich aber auch Weiches, doch das interessierte ihn nun nicht weiter. Er schloss die Augen, hielt sich seine Ohren zu und wartete ab.

Das angespannte Warten fand ein Ende, als, begleitet von einem ohrenbetäubend lauten Knall, das Pulverröhrchen im Spalt explodierte. Die Sprengkraft war dabei größer, als er zuvor vermutet hatte, und die Druckwelle ließ das gesamte Gewölbe erbeben. Er spürte die Wände des Sarges und den Boden darunter förmlich erzittern, doch gottlob schien alles dem soweit standzuhalten. Kleinere Steinbrocken fielen herab. Staub rieselte von der Decke, durch den schmalen Spalt hindurch, und auf ihn herab. Eine dichte Wolke vernebelte augenblicklich den Raum. Er musste sich die Nase zuhalten, um den reizenden Staub nicht einzuatmen. Dann musste er wieder Luft holen und kroch schließlich aus seiner schützenden Behausung hervor. Die Staubwolke legte sich allmählich wieder, und Kaspar war überaus begierig darauf in Erfahrung zu bringen, ob sein Vorhaben geklappt hatte, oder nicht. Er ging zu dem ehemals kleinen Loch, bückte sich, und war erleichtert und froh, als er das Ergebnis sah. Die Sprengkraft des kleinen Pulverröhrchens hatte ausgereicht, aus dem Rattenlöchlein einen ausreichend großen Durchgang zu sprengen. So groß, dass er nun auch hindurch kam. Als er vorsichtig seinen neugierigen Kopf hindurch steckte, konnte er den kühlen Hauch frischer Luft auf seiner staubbedeckten Haut spüren.

»Bertold Schwarz, habt Dank! Oder wer auch immer dieses besondere Gemisch zusammengestellt hat...«, murmelte er zufrieden.

Dann suchte er den Boden ab und fand schließlich seinen Yatagan, hob ihn auf und steckte ihn zurück in die Scheide. Glücklicherweise war er auf jenen gefallen, sodass die Räuber ihn im Dunkel nicht hatten finden und mitnehmen können. Dann griff er sich eine der Fackeln, zündete sie an, und krabbelte vorsichtig durch das enge Loch in der Wand.

Kaum war er hindurch und wieder auf seinen zwei Beinen, stand er auch schon in einem schmalen und niedrigen Gang, der nur nach oben führte. Es war finster hier, doch je weiter er den schmalen Stufen hinauf folgte, umso heller wurde es, und auch die Luft wurde immer frischer. Schließlich öffnete sich über ihm der Nachthimmel, denn die Wände links von und über ihm fehlten nun ganz, und Kaspar konnte hinaus ins Freie blicken.

Der Mond schien hell, und vor ihm lagen die kläglichen Überreste des einstigen Ganges. So auch die Treppe, deren brüchige Stufen nur noch teilweise aus der rechten Wand herausragten. Durch jene hindurch war der tiefe Abgrund zu sehen. Jeder Schritt konnte somit den sicheren Tod bedeuten. Vorsichtig und bedacht hangelte er sich, dabei dicht an die noch existierende Felswand gepresst, entlang der schlecht erhaltenen und mit tiefen Rissen durchzogenen Stufen, und befürchtete dabei so manches Mal, sie würden unter seinem Gewicht zusammenbrechen und ihn mit sich hinab in den Tod reißen, doch schaffte er es schließlich, heile und unbeschadet, am oberen Ende anzukommen.

Dort erreichte er ein großes Tor, welches mit einem verrosteten Gitter gesichert war. Er trat einige Male entschlossen dagegen, und das müde Metall gab schließlich ächzend nach, so dass er sich gerade so hindurchzwängen konnte. Er gelangte in einen kargen Raum und kämpfte sich dort, nachdem es nirgendwo anders mehr weiterging, durch die dichte Erde einer nun verschütt gegangenen Öffnung, die einst wohl eine Art Schacht gewesen sein musste. So mühsam, weit und tief hindurch, bis er schließlich am anderen Ende des gegrabenen Tunnels wieder erleichtert frische Luft atmen konnte.

Er schnaufte durch und fragte sich dabei, was diese verdammte Burgruine wohl noch so alles verbarg, was niemand jemals mehr zu Gesicht bekommen würde…

Kaspar hatte es jedenfalls fürs erste überstanden und war nun dort angelangt, wo einst der Innenbereich der Burg gewesen war. Es war hell hier draußen, und so brauchte er auch seine Fackel nicht, welche er eh in dem kargen Raum hatte zurücklassen müssen. Sie wäre ohnehin nur hinderlich gewesen, denn als er sich an den Abstieg machte, benötigte er beide Hände, um den von Siegmund gefundenen, kleinen Pfad sicher hinabsteigen zu können. Nach wenigen Metern sah er, dass am Fuße eines wuchtigen Baumes ein langes dickes Seil befestigt worden war, welches nun die steile Felswand hinunterbaumelte.

»Gerissene Räuber! Haben denselben Weg genommen… Hier abgeseilt… Natürlich, so geht es wesentlich schneller!«, wurde ihm klar.

»Armer Siegmund! Wie haben sie dich gefesselt hier nur runter bekommen?«

Kaspar wollte es sich gar nicht erst vorstellen.

Er nahm den dicken Strick in seine Hände und seilte sich vorsichtig ab. Dabei penibel darauf achtend, dass dieser nicht zu sehr strapaziert wurde, eventuell gar noch riss, denn dann würde er sich bei einem Sturz mit Sicherheit alle Knochen brechen. Es gelang ihm soweit auch recht problemlos. Schließlich unten angekommen, ging es dann auf normalem Wege wieder weiter. Immer mal wieder jedoch kam er an Stellen, die er so auf diese Weise schneller und sicherer überwinden konnte. Seine Hände waren mittlerweile rau, und seine stark beanspruchten Knie schmerzten schon reichlich.

Es dauerte, doch dann hatte er endlich das Tal erreicht. Er musste sich einige Minuten ausruhen, um wieder zu neuen Kräften zu gelangen, und als es wieder ging, er sich wieder etwas gesammelt hatte, suchte er als erstes den Waldboden und die nähere Umgebung nach Spuren ab. Einige frische Fußabdrücke und Pferdespuren waren in der aufgewühlten Erde zwischen den Buchen und Eichenwurzeln zu finden. Das war gut! Weiter unten sogar noch Abdrücke von Rädern. Alle Spuren schienen schließlich zusammenzulaufen und dann mehr oder weniger in dieselbe Richtung zu führen, nämlich parallel zum Handelsweg, den Bach entlang, durch den Wald in Richtung Brunkensen. Kaspar atmete erleichtert auf, denn nun wusste er, wohin er gehen musste.

»Genug ausgeruht! Der Schmied braucht mich!«, sagte er sich entschlossen und wollte schon weitergehen, da meinte er plötzlich etwas zu hören.

Er lauschte noch einmal gründlich. Tatsächlich! Er hatte sich also nicht getäuscht!.. Entschlossen, dem auf den Grund zu gehen, folgte er seinen Ohren. Vielleicht hatten einige der Räuber doch einen anderen Weg genommen? Einige wenige Hufabdrücke führten nämlich direkt hinab zur Glene, und diesen folgte er nun.

So schlug er sich nahezu lautlos, schleichend, mit größter Vorsicht durch das dichte Unterholz, bis kurz vor die Stelle, von der die Geräusche kamen. Verborgen vor allzu neugierigen Blicken, hinter einem hohen Gebüsch, beobachtete er durch jenes hindurch, was dort einen Steinwurf entfernt am Ufer vor sich ging. Das Erstaunen hätte nicht größer sein können!

Kaspar glaubte zu träumen! Er war sich nicht sicher, ob das, was er nun dort zu sehen glaubte, die Wirklichkeit war oder seiner Fantasie entsprungen. Eine Täuschung? Verursacht durch seine schmerzende Kopfwunde? Hatte er womöglich doch noch ein leichtes Fieber bekommen, und sein Gehirn spielte ihm nun einen gehörigen Streich? Andererseits wirkte dies dort so real, und er konnte alles überaus deutlich vor sich sehen…

Eine hübsche, junge Frau stand nackt inmitten des klaren Wassers der Glene und wusch sich ihren wohlgeformten Körper, vom Mondlicht zart silberfarben beleuchtet. Lediglich die langen, blonden Haare hingen ihr zart den Rücken hinab.

Kaspar hätte mit allem gerechnet, doch nicht mit solch einem Anblick, zumal hier und jetzt! Einen kurzen Augenblick lang kam ihm die Legende des Burgfräuleins wieder ins Gedächtnis, doch verwarf er diesen Unsinn schnell, denn nach einem Spuk sah dies nun wahrlich nicht aus.

Noch bevor er sich der jungen Frau offenbaren konnte, ertönte plötzlich eine ihm wohlbekannte und sehr verhasste Stimme, und sein Erstaunen verwandelte sich in unbändige Wut.

»Beeile dich endlich, Weib! Wenn wir zu spät eintreffen, bekommen wir beide Ärger!«, rief der Oberräuber der Badenden zu.

»Und du weißt, wie böse er werden kann…«

Dieser war sehr überraschend ans Ufer getreten, und die entblößte Frau erschrak und versuchte sogleich, jedoch recht hilflos, ihre Scham zu bedecken.

»Ihr habt versprochen, mich in Ruhe zu lassen!«, entgegnete sie ihm.

»Das habe ich doch, Täubchen!«

Er grinste, und seine Augen fuhren dabei über ihren Körper. Der Anblick schien ihm zu gefallen. Dann hob er langsam ein kostbares, jedoch leicht verdrecktes Kleid auf, das am Boden auf einem Tuch bereitlag.

»Mini, zieh sie an den Haaren aus dem Wasser, wenn sie nicht herauskommen will! Genug gebadet jetzt!!!«, sagte er dann.

Kaspar beobachtete, wie eine kleine, bucklige Gestalt aus dem Gebüsch gekrochen kam und auf ihren krummen Beinen zum Ufer wackelte.

»Ja, Täubchen hat genug! Muss wieder in Käfig, sonst fliegt's noch weg!«, gluckste der Gnom vor sich hin, und der Speichel floss aus seinen schiefen Mundwinkeln.

Allein schon der Gedanke, dass diese schöne Fremde nun von den schmierigen Fingern betatscht werden könnte, ekelte Kaspar.

»Siehst du, ich halte meine Versprechen! Zumal ich es dem Hauptmann ja auch schwören musste. Ich verstehe aber einfach nicht, warum er gerade dich so bevorzugt? Warum gerade du sein Liebchen bist? Nun ja! Zugegeben! Auf eine sehr spezielle Art.«

Der Oberräuber machte eine kurze Handbewegung, die dem Buckligen andeutete noch zu warten.

»Aber, so ist das ja immer mit euch Weibsbildern! Es geht nicht mit, und auch nicht ohne euch! Du kannst froh sein, dass du bisher noch nicht dasselbe Schicksal wie deine Vorgängerinnen erlitten hast! Es scheint wohl wahrlich etwas an dir zu geben, das ihn ungemein reizt, sonst wärst du schon lange nicht mehr am Leben! Er hätte dich längst den Männern überlassen, zu ihrem Vergnügen…«, fügte er hinzu.

Sie sah ihn erschrocken an und blieb wie angewurzelt stehen, was ihm nicht zu gefallen schien.

»Wird's nun endlich, oder soll der Gnom dich doch rausziehen, Weib? *Er* musste keinen Eid ablegen!«, drohte ihr der Oberräuber böse.

Die junge Frau stieg aus dem Wasser und kam langsamen Schrittes ans steinige Ufer. Die beiden Räuber beobachteten sie dabei.

»Mein Kleid! Bitte! Ich möchte mein Kleid«, bat sie, nachdem sie sich etwas mit dem Tuch abgetrocknet hatte.

»Bleib doch einfach so, wie du bist, dann haben die anderen Knechte auch noch ihre Freude!«, antwortete ihr der Oberräuber, und der Zwerg grinste schief.

»Gebt mir mein Kleid, bitte!«, flehte sie.

»Jetzt! Oder ich sage es ihm! Sage ihm, dass ihr mir wehgetan habt!«

Die Miene des Räubers verfinsterte sich. Hatte er richtig gehört? Drohte sie ihm etwa? Seine Augen funkelten vor Lust. Die Lust, sie an der zarten Kehle zu packen und solange zuzudrücken, bis sie schließlich einfach nicht mehr atmete, keine Widerworte mehr geben und ihn auch nicht mehr verärgern konnte! Doch kannte er auch die Konsequenzen… Die Strafe! Widerwillig warf er ihr das Kleid zu und sah sie dabei verächtlich an.

»Nun, ein Gutes hat die ganze Sache dann doch… Erst durch dich haben wir diese zwei Halunken oben auf der Ruine bemerkt und sie schließlich stellen können. Wärst du nicht durch deine Schusseligkeit vom Pferd gefallen, hätte Eulenhug das Licht dort oben vielleicht gar nicht erst bemerkt, und wir wären einfach so durchgeritten.«, sagte er.

»Schusseligkeit?«, hakte sie zornig nach.

»Ihr habt mich vom Pferd stoßen lassen, schon vergessen?»

Er drehte sich unbeeindruckt dem Gnom zu.

»Habe ich das Weib vom Gaul stoßen lassen, Mini? Oder war sie einfach nur zu blöd? Zu blöd zum Reiten?«, fragte er spöttisch.

Der Bucklige grinste.

»Keine Taube, nein! Dumme Gans! Zu dumm zum hoppe, hoppe machen! Peng! Da war er da, der Ast! Ja! Da und sie im Dreck! Peng! Alle haben's gesehen! He, he! Mini auch!«, kicherte dieser und zog ihr eine Nase dabei.

»Ja, richtig! Gänse können nicht reiten, das wissen wir alle. Da hast du Recht. Siehst du, Weib? Nun komm endlich! Meine Geduld ist langsam am Ende… Mini, bring mir das Pferd!«, befahl der Oberräuber.

Der Zwerg nickte folgsam und verschwand im Gebüsch.

»Was waren das für Männer?«, wollte die Frau wissen, während sie sich ihr Kleid anzog.

Er schaute sie überrascht an.

»Was interessiert es dich? Einen wirst du später noch kennenlernen, wenn er bis dahin überhaupt noch lebt. Den anderen wohl eher nicht mehr. Nun, ja! Manches erledigt halt die Zeit für einen.«, antwortete er.

Wo blieb nur der hässliche Kerl mit seinem Pferd? Er schaute sich ungeduldig um.

»Mörder! Irgendwann werdet ihr schon zur Rechenschaft gezogen. Ihr alle!«, sagte sie und spukte dem Oberräuber voller Verachtung in dessen Gesicht.

Er hob seine Hand, um ihr eine kräftige Ohrfeige zu geben, fasste sich dann aber wieder, und sah ihr tief in die Augen.

»An dem Tag, an dem ich von meinem Eid wieder entbunden bin, werde ich mich persönlich um dich kümmern, Täubchen! Und glaube mir, es wird ausschließlich mir Vergnügen bereiten. Dir wohl eher weniger. Doch das ist ja der Reiz daran! Ich bin übrigens überaus begabt und geübt darin, Frauen zu geben, was sie verdienen.«

Er strich ihr sanft eine nasse Locke aus dem Gesicht, und sie begann zu zittern, denn sie ahnte, was er damit meinte. Die anderen Räuber hatten oft darüber gesprochen, welche abnormen Dinge dem Oberräuber Amüsement bereiteten. Diese waren allesamt so grausam, dass sie nun erst gar nicht weiter darüber nachdenken wollte.

Schließlich kam der Gnom mit dem Pferd zurück. Sein Herr schwang sich gekonnt in den Sattel, und der Zwerg packte die Frau und hievte sie nun ebenfalls hinauf. Um nicht fliehen zu können, wurde sie noch festgebunden.

»Nun, dann wollen wir endlich! Mini, hast du ihre Kette noch bei dir? Nicht, das wir wieder kehrt machen müssen.«

Sein Knecht nickte und fasste sich dabei an seine kleine Gürteltasche.

»Gut!«, sagte der Oberräuber zufrieden und wollte seinem Pferd die Sporen geben.

Dies war nun Kaspars Gelegenheit, sie alle zu überraschen! Mit einem kräftigen Satz sprang er aus seinem Versteck und rannte so schnell er nur konnte auf sie zu. Rasch packte er sich den verdutzten Zwerg von hinten und hielt ihm die Klinge an die Kehle.

»Guten Abend!«, sagte er ruhig.

Der Sabber lief dem verdatterten Zwerg aus dem schiefen Mund. Der Reiter sah ihn fassungslos an, ebenso die Frau.

»Wir haben da noch etwas miteinander zu klären! Behaltet Eure Hände übrigens da, wo ich sie auch sehen kann, Herr Räuber! Ansonsten ist Euer schmieriger Freund hier noch einen Kopf kleiner, als er ohnehin schon ist!«, drohte Kaspar und sah sein Gegenüber entschlossen an.

Der Räuber wiederum sah ihn erst reichlich überrascht, dann ernst und schließlich recht belustigt an, womit Kaspar wahrlich nicht gerechnet hatte.

»So, so, auferstanden von den Toten!«, erwiderte sein Gegenüber und lachte höhnisch.

»War es dort oben dann doch zu einsam für Euch?«

»Schluss mit dem Theater! Runter vom Pferd! Aber langsam… Danach sagt Ihr mir, wo Euer Versteck ist! Wohin habt ihr den Mann gebracht? Sagt es, oder…«, befahl Kaspar.

Der Räuber beugte sich vor.

»Oder, was?«, fragte jener.

»Glaubt Ihr ernsthaft, dass mir dieser Krüppel auch nur das Geringste bedeutet?«

Der Gnom schluckte.

»Nun, dann wünsche ich dem Verlierer noch einen schönen Tod!«, rief der Oberräuber plötzlich und ließ sein Pferd abrupt aufbäumen. Es wieherte dabei sehr aufgebracht und fing wie wild an kräftig um sich zu treten. Kaspar musste den Zwerg widerwillig loslassen und rollte sich schnell zur Seite ab, um nicht getroffen zu werden.

»Einen letzten Abschiedsgruß möchte ich Euch aber noch mitgeben!«, fügte der sich drehende Reiter hinzu und zog dabei sein langes, scharfes Schwert.

Die Frau schrie und hielt sich verzweifelt fest, um nicht abgeworfen zu werden, so wild war das Pferd nun geworden. Die Fesseln halfen ihr dabei. Kaspar duckte sich, um dem Schwerthieb zu entgehen. Er kam rasch wieder hoch, hieb nun ebenfalls mit dem Yatagan und erwischte mit einigem Glück eines der Beine des Pferdes. Es bäumte sich auf vor Schmerz, und der Oberräuber wurde, davon sichtlich überrascht, beinahe abgeworfen.

»Ruhig, ruhig! Beruhige dich…«, redete er besänftigend auf das tobende Pferd ein.

Es wieherte laut auf und drehte sich panisch um sich selber, bis er es schließlich doch noch beruhigen konnte. Dann sah er sich um. Wo war dieser missratene Mistkerl nur abgeblieben? Er hatte ihn währenddessen aus den Augen verloren. Alles was er sah, war der hässliche Gnom.

»Los, such ihn, Mini! Töte ihn! Dann überlege ich es mir vielleicht doch noch mal, ob du zu etwas nütze bist…«, befahl er.

Der Zwerg schien mit sich zu kämpfen, doch seine treue Ergebenheit siegte schließlich doch, und er fing an mit seiner triefenden

Nase gründlich rumzuschnüffeln. Auch seine Fischaugen glotzten wild umher. Wo hielt sich dieser lästige Angreifer bloß versteckt?

»Mach ihn kalt! Erst danach darfst du wieder nach Hause kommen!«, befahl der Oberräuber.

Dieser dachte noch einen Augenblick daran abzusteigen und die unbequeme Sache ein für alle mal selbst zu erledigen. Doch war es das wert? Wert, noch später als ohnehin schon anzukommen? Denn sie waren schon zu lange fort. Viel zu lange! Der Hauptmann würde bereits mehr als zornig sein. Außerdem war er sich nicht sicher, wie lange und wie weit sein Pferd überhaupt noch laufen konnte.

»Wenn du fertig bist, bring mir seinen Kopf!«, befahl er schließlich, machte dann entschlossen kehrt und ritt, die Frau dabei im Rücken, davon.

Während er sein Pferd durch das Gelände scheuchte, grübelte er über seine Entscheidung und war, nachdem er lange darüber nachgedacht hatte, schließlich auch ein wenig froh, denn so brauchte er sich seine eigenen Hände nicht schmutzig zu machen. Mit etwas Glück, so hoffte er, würden vielleicht sogar noch beide dabei verrecken… Der von ihm zutiefst verabscheute, widerliche Zwerg und der verdammt lästige Schönling…

Sicher wäre es noch überaus interessant gewesen zu erfahren, wie dieser Bursche denn eigentlich entkommen konnte, doch dafür war nun keine Zeit mehr übrig gewesen. Es war eigentlich auch unwichtig, aus welchem Loch die Ratte wieder hervorgekrochen war. Sollte er halt noch etwas frische Luft schnappen können… Solange jedenfalls, bis die Sache erledigt war und dies ein für allemal!

Er grinste zufrieden vor sich hin, während sie im schnellen Tempo dem Versteck zueilten.

Der Gnom hatte Kaspar schließlich aufgespürt.

Dieser konnte schon den fauligen Atem des Buckligen riechen, und noch bevor er überhaupt wusste, wie ihm geschah, war ihm der Angreifer auch schon auf den Rücken gesprungen. Mit seinem dürren Arm krallte sich dieser fest um Kaspars Hals, und mit seiner freien

Faust schlug er auf ihn ein. Als wäre dies nicht schon genug, begann er auch noch wie wild zu beißen und zu kratzen.

»Huck up!!! Huck up!!! He, he!!!«, kreischte er wie toll, während Kaspar verzweifelt versuchte ihn wieder loszuwerden, ihn irgendwie vom Rücken wieder runter zu bekommen. Es glückte ihm erst, als er sich mit voller Wucht rückwärts gegen den Stamm einer dicken Buche fallen ließ, und der dabei eingequetschte Peiniger, laut fluchend und stöhnend, loslassen musste. Der Zwerg fiel benommen auf den Boden, und Kaspar atmete auf. Er versuchte wieder festen Stand zu bekommen, und es dauerte nicht lange, da hatte sich auch der Zwerg wieder gesammelt. Dieser zog nun seine lange Peitsche hervor.

»Bling, blong, blick!.. Am Hals ein Strick!!!«, rief er aufgeregt, und noch bevor Kaspar wirklich verstand, was er damit meinte, wurde sein Hals auch schon umschlungen, wie von einer Würgeschlange.

Der Gnom zerrte so fest, dass ihm die Luft wegblieb. Er konnte nicht mehr atmen. Langsam aber sicher schwanden ihm die Sinne. Unter größter Anstrengung schaffte er es schließlich einen letzten, glücklichen Hieb mit dem Yatagan auszuführen, und mit diesem zerschnitt er das arg gespannte Peitschenseil so abrupt, dass der überraschte Zwerg nach hinten geschleudert wurde und sich seinen garstigen Hinterkopf an einem harten Felsen aufschlug. Er jammerte laut auf, wankte dann auf seinen krummen Beinen hin und her und fiel schließlich platt auf sein Gesicht. Er lag auf dem Boden und bewegte sich nicht mehr. Kaspar spürte noch die Abdrücke der Peitsche an seinem Hals.

»Das war knapp!«, dachte er sich erleichtert, dann atmete er tief durch und sog die frische Luft in seine Lunge.

Das tat gut, doch konnte und wollte er sich keine Zeit mehr lassen. Entschlossen ging er zu dem auf dem Bauch liegenden Gnom, zog dessen Kopf an den wenigen dünnen Haaren hoch, und hielt ihm drohend die Klinge an die Gurgel.

»Das Spiel ist aus, Zwerg! Du sagst mir jetzt, wo sich dein Herr versteckt, oder es wird dein Ende sein!«, drohte er ihm.

Der Gnom keuchte und spukte, doch wehrte er sich nicht.

»Mini möchte umdrehen… Zu schwach…«, winselte er nur.

Kaspar überlegte kurz, dann drehte er ihn vorsichtig um, so dass der Zwerg nun auf seinem Rücken lag. Dann stellte er sich breitbeinig über ihn, die Spitze seines Yatagans auf die Nase gerichtet.

»Mini wird sagen, aber ihr müsst schützen… Räuber grausam, wenn Mini nicht hört!«, jammerte dieser.

Kaspar sah ihm in die fischigen Augen, und er meinte Furcht darin sehen zu können.

»Dann rede!«, befahl er.

»Ja, Mini wird reden… Aber nicht wehtun, ja? Nein, nein! Nicht stechen, tut so weh... Mini wird artig sein, ja, dass wird er! Wird artig und folgsam sein, ja! Nicht stechen! Werde machen, was Ihr wollt… Mini hat nun neuen Herrn? Herr passt auf? Auch nich zurück zu den Räubern schicken?.. Nein, nein!«, gurgelte er und sah ihn nun dabei wie ein kleines, verängstigtes Kind an.

Irgendwie tat Kaspar dieses geschlagene Geschöpf, das ihn nun, so arg bittend ansah, auch ein wenig leid. Denn schwach und hilflos lag er nun da, der Zwerg. Was hatte ihn eigentlich dazu getrieben, dazu gebracht, so übel und durchtrieben zu werden, wie er nun einmal war? Sein Äußeres, ja, das war abstoßend, doch konnte er etwas dafür? Wohl kaum. Welche Hänseleien, welchen Spott, welche Ablehnung hatte er im Laufe seines Lebens ertragen müssen? Kaspar wusste es natürlich nicht, und so stellte er sich ernstlich die Frage, ob vielleicht, tief im Inneren dieses buckligen Kerlchens verborgen, nicht doch noch so etwas, wie ein gutes Herz schlummerte. Er war sich nicht sicher, ganz und gar nicht, doch einen Versuch war es jedenfalls wert…

»Ich kann dich beschützen! Ich gebe dir mein Versprechen.«, bot er ihm an und nahm dabei den Säbel zur Seite.

Minis Gesichtszüge entspannten sich. Er schien sichtlich erleichtert zu sein, und sein schiefer Mund formte ein zufriedenes Lächeln…

… Etwas zu zufrieden!

Denn kaum hatte er ihm die Chance dazu gegeben, stieß der Gnom auch schon seinen Kopf so heftig in Kaspars Becken, dass dieser dabei durch die Wucht nach hinten gestoßen wurde.

»Reingefallen!«, kicherte der Zwerg, wieder sein gehässiges Grinsen im Gesicht.

Kaspar taumelte und stolperte dabei über eine der dicken Wurzeln. Während er nach hinten fiel, sah er, dass der Angreifer bereits mit einem Messer bewaffnet zielsicher auf ihn zustürmte. Es gelang ihm noch, den ersten Angriff mit seinem Säbel abzublocken, dann aber trafen ihn nahezu ungebremst weitere blitzschnell ausgeführte Hiebe und Stiche. Er ächzte laut auf vor Schmerz. Dann endlich gelang es ihm dem Zwerg das Messer aus der Hand zu schlagen, und es fiel im hohen Bogen ins Gras und war auf die Schnelle nicht mehr auffindbar. Nun griff sich der Garstige einen dicken Ast, der in greifbarer Nähe gelegen hatte, und schlug energisch mit diesem auf Kaspar ein. Den dicken Baumstamm im Rücken, wand sich dieser, eingeengt und außerstande wirklich effektiv Gegenwehr leisten zu können, auf dem von Wurzeln übersäten Boden hin und her, den geifernden, wütenden Gnom dabei über sich. Wo nahm der kleine Kerl nur diese nahezu unmenschliche Kraft her, fragte er sich, während es unbarmherzig auf ihn niederprasselte. Er konnte kaum mehr zählen, wie viele Schläge bereits schon durchgekommen waren. Sein ganzer Körper schmerzte und blutete mittlerweile, von oben bis unten, und der Tobende schien immer noch nicht genug zu haben und schrie umso schriller, je weniger sich der immer schwächer werdende Kaspar noch zur Wehr setzen konnte.

»Schlafenszeit!«, gluckste Mini schließlich triumphierend, holte weit zum letzten, großen Schlag aus, um Kaspar damit den Rest zu geben, und ließ dann den Ast mit voller Kraft hinabsausen.

Kaspar trennte dem Zwerg mit einem Hieb beide Hände ab, und dies gerade noch rechtzeitig. Sie fielen in hohem Bogen zur Seite und ins dichte Gras. Blut spritzte dem Gnom aus dessen Stümpfen, und er fing panisch an zu schreien und sprang hastig auf und ab, doch hatte er sich schnell wieder beruhigt. Jedenfalls sah es danach aus, denn er stand nun nahezu starr da, starrte ungläubig immer wieder auf die frischen Wunden und sah Kaspar schließlich fassungslos an. Noch bevor er etwas sagen, sich gar sammeln und zum Gegenangriff übergehen konnte, hatte sich dieser ebenfalls wieder erhoben, dann eine halbe Drehung vorwärts gemacht, und Mini mit einem Schlag den Kopf vom Rumpf getrennt. Dieser flog nun ebenfalls in hohem Bogen durch die Luft, prallte dann gegen einen großen Stein und kullerte schließlich hinab in den Bach. Dort wurde er vom fließenden Wasser hinfort gespült. Der Rest des ekelhaften Körpers fiel in sich zusammen. Er zuckte noch einige Male, bis dann schließlich Ruhe einkehrte.

Kaspar bedauerte seine Entscheidung. Er war unzufrieden, denn so konnte er nun durch den grässlichen Kerl nicht mehr in Erfahrung bringen, wo sich das Versteck der Räuber befand. Doch hätte er dem mordlustigen Zwerg nicht mehr lange standhalten können, so musste er sich notgedrungen für dieses rasche Ende entscheiden, und er war froh darüber, dass es nicht das seine war.

Völlig erschöpft ging er in die Knie und spuckte Blut. Sein ganzer Körper schien nur noch aus Schmerzen zu bestehen. Sein linker Arm war stark verletzt worden, so schwer, dass er ihn kaum mehr richtig bewegen konnte. Die Haut war lädiert und er blutete überall aus den frischen Wunden. Trotz dessen musste er nun schleunigst fort von hier und sich in Sicherheit bringen! Denn er wusste nicht, wie viel Zeit ihm noch dafür blieb, bis ihn seine Kräfte gänzlich verließen. Er musste sich verstecken, ausruhen, seine Wunden versorgen… Jedoch nicht hier! Doch gab es da vorher noch eine Sache zu erledigen…

Unter großer Anstrengung schleppte er sich zu den am Boden liegenden Resten des garstigen Gnoms. Kaspar wusste genau, wo er nachsehen musste, und fand schnell, wonach er gesucht hatte. Ohne weiter groß darüber nachzudenken, steckte er die Kette in seinen kleinen Beutel am Gürtel, stand auf und atmet kurz tief durch. Die frische Waldluft tat gut und half. Dann säuberte er seinen Yatagan am Bach und steckte ihn wieder zurück in die Scheide.

Nachdem er sich wieder an den richtigen Weg erinnern konnte, stapfte er schweren Schrittes am Ufer entlang auf die Stelle zu, von der er vermutete, dass dort die kleine Brücke hinüberführte. Jeden einzelnen noch so kleinen Muskel und Knochen schien er schmerzlich in seinem geschundenen Körper zu spüren, doch versuchte er dies nun, so gut es nur ging, zu ignorieren. Seine kaputten Knie hatten so stark gelitten, dass er bei jedem Schritt befürchtete hinzufallen und dann nicht mehr aufstehen zu können. Außerdem verlor er Blut. Eine Menge Blut! Seinem Gefühl nach zuviel.

Immer wieder wurde ihm schwindelig. Doch er suchte und suchte, und nach einiger Zeit hatte er tatsächlich die kleine, versteckte Brücke gefunden. Schon reichlich benommen überquerte er sie. Er ging weiter, bis er endlich die Straße sehen konnte. Als er diese erreicht hatte, sah er sich prüfend um, doch niemand war zu sehen. Wieder wurde ihm schwindelig, und er drohte ernsthaft zu stürzen. Er musste sich kurz ausruhen, etwas verschnaufen, dann ging er weiter. Seine Beine fühlen sich schwach und wackelig an, so als würden sie nicht mehr lange sein Gewicht tragen können. Er versuchte trotzdem so schnell es irgendwie ging die Handelsstraße zu überqueren, um wieder in den schützenden Wald dahinter zu gelangen, doch er sackte schließlich in sich zusammen und fiel schmerzhaft auf seine Knie. Sein Oberkörper kippte nach vorne, und er blieb, außerstande sich noch weiter bewegen zu können, mitten auf dem Weg liegen. Er spürte deutlich, wie ihm langsam immer kälter wurde, und vor seinen Augen wurde es dunkel. Nun würde es bald vorbei sein, da war er sich sicher…

»Zu viel Blut verloren, verdammt!«, war sein letzter Gedanke, und es dauerte nicht lange und Kaspar starb.

Kapitel 9

Die Melodie des Spielmanns

Erst leise, dann immer deutlicher, konnte man die lieblichen Klänge einer Geige vernehmen. Jemand spielte gekonnt eine zauberhafte Melodie und sang vergnügt ein freudiges Liedchen dazu.

»Hoppsassa, trallala und ja, ja, ja!…«, trällerte die heitere Stimme lustig durch die kalte Nacht.

»Die Ruhe um,
sei's doch drum.
Feiner Karren,
nich lang harren.
Roll uns fort,
zum heitren Ort.

Hoppsassa, trallala und ja, ja, ja!

Klein Würmchen bohrt.
Hölzchens Mord.
Psssst!
Kein böses Wort.
Rädchen bist nich jung,
nimm's nich krumm.

Und warum?
Und warum?
Weil darum!

Hoppsassa, trallala und ja, ja, ja!

Sei nicht dumm,
mach nen Sprung.
Fidibum.

Hoppsassa, trallala und ja, ja, ja!

Sind die Glieder alt und kalt.
Frohsinn lang entschwunden.
Leck die Wunden.
Leck die Wunden.
Sing nicht nur in lustig Runden.
Bechere der Reben süßen Saft.
Gibt dem Körper neue Kraft.«

»Hoppsassa, trallala und ja, ja, ja! Was haben wir denn da...!?«, fragte sich der Spielmann verdutzt und brachte mit einem kurzen Pfiff sein weißes Pferdchen zum stehen.

»Parbleu!«

Behutsam legte er das kostbare Instrument neben sich, dann stieg er langsam von seinem dabei arg ächzenden Karren.

Vor ihm lag ein Mann regungslos inmitten des Weges. Eine schattenhafte Gestalt war über jenen gebeugt, wie die lauernde Spinne über die ahnungslose Fliege, das Gesicht unter der tief hinabgezogenen, fransigen Kapuze eines schäbigen Mantels verborgen.

Mit wehendem Umhang schritt er auf das unheimliche Wesen zu. Die kniende Gestalt zuckte überrascht zusammen. Während sie sich ihm zudrehte, kam dabei die abscheuliche Fratze eines Seelenräubers zum Vorschein. Die bleiche, eingefallene Haut sah ausgezehrt aus, und aus den tiefen Augenhöhlen blitzten nun böse zwei rote Punkte auf.

»Ahhh!.. Du komssst zzu ssspät! Ich habe sssie ihm ssschon genommen! Haaaah….", zischelte das unheimliche Wesen, doch dem
Spielmann schien dies nicht weiter zu interessieren.

»Weiche! Sofort! Du hast hier keine Macht mehr, Schwefelknecht!«

Er drohte mit seiner Hand, und die Kreatur beäugte ihr Gegenüber
voller Abscheu. Dann erhob sie sich, gespenstisch, wie ein mächtiger Schatten.

»Sssie issst unssser! Unssser!!!«, schrie sie hasserfüllt laut auf vor
Zorn.

»Nicht, solange ich es noch verhindern kann!«, antwortete ihr der
Spielmann, warf dabei seinen Umhang zurück, und eine große,
scharfe Sense leuchtete in seiner Hand auf.

»Zurück zu den Qualen und der Missgunst!«, befahl er entschieden.

»Nein!!!!!!!«, schrie der Seelenräuber und sprang auf ihn zu.

Noch bevor die rasende Gestalt ihn überhaupt erreichen konnte,
hatte der Spielmann sie auch schon mitten in der Luft entzwei geschnitten. Ein markerschütternder, letzter Wutschrei hallte durch
die Nacht, dann kehrte rasch wieder Ruhe ein. Kleine Funken sprangen aus den beiden Körperhälften, und nach und nach lösten sich
diese allmählich in schwarzen Rauch auf, welcher schließlich vom
Wind erfasst und davongetragen wurde. Der Spielmann zog zufrieden seinen langen Umhang zurecht. Seine Sense war verschwunden.

»Wollen wir doch mal sehen, was du eigentlich für einer bist,
Bürschchen!«, murmelte er und beugte sich neugierig hinab.

»Lass mich mal dein Gesicht sehen…«

Ohne große Mühe hob er den Toten mit nur einer Hand hoch und
hielt ihn dann dicht vor sich. Die Überraschung hätte nicht größer
sein können! Skeptisch sah er sich das bleiche Gesicht immer und
immer wieder an, doch schließlich war er sich sicher. Unter der tiefen, runden Krempe seines spitzen Huts fingen die Augen an zu
glänzen.

»Da trifft mich doch gleich der Schlag! Da bin ich sprachlos…«,
murmelte er.

Dann drehte er sich in Richtung seines gebrechlichen Karrens und rief:

»Guck, Ubo, wen wir hier haben!«

Es dauerte, doch nach einer Weile begann es darauf zu rascheln. Ein großer, dicklicher Uhu kam träge aus einem großen Haufen wild übereinander geworfener Tücher und Decken hervorgekrochen, breitete seine müden Flügel aus und schüttelte sein Gefieder so fest, dass die losen Federn zu allen Seiten davonflogen. Behäbig hüpfte er dann auf eine der kleinen Holzkisten, um mit seinen großen, orangegelben Augen genau prüfen zu können, was denn da eigentlich vor sich ging.

»Guck mal, Dickerchen! Es ist Kaspar!«, sagte sein Herr freudig, und der Uhu antwortete ihm mit einem erstaunten Ruf.

Die Federohren der Eule bewegten sich nun schon etwas munterer hin und her.

Der große, hagere Mann betrachtete Kaspars fahles Gesicht.

»Was hast du denn nun schon wieder angestellt, Kleiner?«, fragte er sich.

Dann schloss er die Augen, konzentrieren sich, versuchte etwas in Erfahrung zu bringen… Und es dauerte, doch schließlich war er sich sicher, und es hieß nun keine weitere Zeit mehr zu verlieren! Ubo, sein treuer Begleiter, schien ebenfalls schon erahnen zu können, was nun bevorstand. So sträubte dieser sein dichtes Gefieder, schüttelte sich kurz und hüpfte dann mit seinen ausgebreiteten Schwingen, sichtlich unruhig und recht erwartungsvoll, auf und ab.

»Wir müssen schnell handeln, Ubo! Eile dich! Flieg, mein Guter! Flieg! Bring ihn zurück!«, befahl sein Herr auch schon.

Und kaum hatte er dies gesagt, schwang sich die Eule flugs hinauf in die Luft und war alsbald in der Dunkelheit verschwunden. Der Spielmann sah ihr kurz hinterher, dann legte er den toten Kaspar behutsam ins weiche Gras ab. Es dauerte, doch dann kam der mächtige Uhu zurück und landete sicher und sanft auf der Schulter des Musikanten. Im Schnabel eine kleine, schwarze und schon sehr schwache Fledermaus.

»Gut gemacht Ubo!«, lobte der Spielmann.

»Nun hol dir noch etwas zu fressen!«

Ubo ließ sogleich die Beute fallen, und nachdem er noch einen kurzen Ruf von sich gegeben hatte, flog er erneut davon.

»Dann lass mal sehen… Vielleicht hast du ja wirklich Fortune.«, murmelte der Spielmann gespannt.

Dann hob er seinen Finger, und wie von Zauberhand tauchte plötzlich eine Sanduhr aus dem Nichts auf.

»Sage mir, Gevatter, ist es an der Zeit?«

Die in der Luft schwebende Uhr drehte sich vor seinen Augen, und gespannt beobachtete er, wie der feine, helle Sand aus dem gefüllten oberen Glaskolben nun nach und nach in den leeren unteren rieselte. Erleichtert und überaus zufrieden stellte er schließlich fest, wie die winzigen Körnchen mittendrin stoppten und sich nicht mehr weiter hinab bewegten.

»Gut, gut! Sehr gut!«, stellte er fest, und sogleich verschwand die Sanduhr wieder.

Dann nahm er behutsam die kleine Fledermaus in seine Hand. Dem Tode schon sehr nahe, öffnete diese immer wieder ihr kleines Mäulchen, um hastig nach Luft zu schnappen.

»Tut mir leid, kleines Flattertierchen!.. Es ist nun an der Zeit für dich, hab aber keine Angst. Ich gebe dir deinen Frieden… Dein Leidensweg ist vorbei…«, redete er besänftigend auf das arme Tierchen ein und streichelte dabei ihr weiches Fell.

Dies schien das gepeinigte Geschöpf wahrlich zu beruhigen, und kaum hatte er dies gesagt und getan, löste sich die Fledermaus auch schon in Rauch auf. Dieser war nun aber weiß und schien sich nicht so wie beim Seelenräuber zuvor verflüchtigen zu wollen, sondern stattdessen immer mehr zu verdichten, bis sich daraus schließlich ein kleines, weißes Lichtlein gebildet hatte. Dieses schwebte nun dicht über der Handfläche des Spielmanns, während dieser seine Worte in den Abendhimmel richtete. Jene in einer so fremdartig anmutenden Sprache, wie sie ein gemeiner Mensch so sicher niemals hätte formen, gar aussprechen können. Und das Licht leuchtete immer heller, fing an zu pulsieren und sich unruhig hin- und herzubewegen, so als wolle es jeden Augenblick entschwinden. Doch der

Spielmann umschloss es mit seiner Hand und hielt es fest. Dann ging er zu dem leblos am Boden Liegenden, öffnete dessen Mund, und das Licht schien sich verflüssigt zu haben, denn als er langsam seine Hand öffnete, lief es förmlich in Kaspars Mund hinein und dann seine Kehle hinab. Zufrieden sah der Spielmann dabei zu, und als es seine Hand gänzlich verlassen hatte, ging er auf die Knie und nahm den leblosen Mann in seine Arme. Hielt ihn fest und sicher, denn es brauchte seine Zeit… Ja, Zeit! Und es dauerte, doch schließlich begann es. Der leblose Körper zuckte…

»Lass dir ruhig Zeit, Kleiner! Lass dir Zeit…«, flüsterte ihm der Spielmann leise ins Ohr.

Die fahle Blässe schien immer mehr aus Kaspars Gesicht zu weichen. Seine Haut bekam allmählich ihren warmen Ton zurück, seine Lippen wurden wieder rosig. Ein Wunder war geschehen!

Schließlich öffnete er seine müden Augen und sah sich um.

»Was, wo, wer?«, wollte er wissen, doch der Hagere beruhigte ihn.

»Ruhig, ruhig… Eins nach dem anderen, Kleiner!«

Kaspar kannte die Stimme nicht, und war verwundert. Dann spürte er, wie er vorsichtig hochgehoben und wieder ins weiche Gras abgesetzt wurde. Nun endlich sah er, wem die Stimme gehörte, doch kannte er die hagere Gestalt ebenfalls nicht.

»Wer seid ihr?«, wollte er wissen, und zitterte dabei am ganzen Leib, denn ihm war ungemein kalt.

»Oh, verzeih mir! Ich vermag mir nicht mehr recht vorzustellen, welche Last es ist, diese sehr lästigen Dinge wie Kälte und Wärme ertragen zu müssen. Das Alter… Das Dahinwelken…«, versuchte sich sein Gegenüber zu entschuldigen.

Dann eilte sich dieser einige dicke und sehr warme Decken aus dem großen Haufen auf dem Karren zu holen, und nachdem er zurückgekehrt war, hüllte er sorgsam den Frierenden nach und nach warm und mollig ein. Kaspar beäugte dabei die ihm äußerst sonderbar erscheinende Gestalt misstrauisch von oben bis unten. Was hatte der Kerl da eben gefaselt? Wer war dieser überhaupt? Er war ratlos… dachte nach…

Was das äußere Erscheinungsbild des Fremden betraf, also vor allem dessen Kleidung, wusste er gleich, dass jener ein Spielmann sein musste, doch irgendetwas schien an diesem Kerl anders zu sein, und dies irritierte Kaspar zutiefst. Hinzukam, der Mann der sich nun so rührend um ihn kümmerte, war ihm gänzlich fremd, jedoch schien er ihm auch seltsam vertraut?! Hatte sein Verstand so sehr gelitten? Er wusste es nicht! Auch nicht, was er von alledem halten sollte. Sehr mysteriös war dies und unheimlich… Und wovon redete dieser seltsame Geselle eigentlich die ganze Zeit? Er konnte sich keinen rechten Reim darauf machen und beschloss insgeheim ruhig abzuwarten, weiter zu beobachten und auf der Hut zu bleiben, denn womöglich war dieser Mann ja geisteskrank?! Vielleicht sogar gefährlich?!..

»So, dass hätten wir! Hoffe es ist warm genug?«, wollte sich der Fremde vergewissern.

Kaspar nickte und sein Gegenüber schien zufrieden, denn jener hatte nun ein freudiges Grinsen im Gesicht.

»Ihr habt mich vorm sicheren Tod bewahrt, guter Mann! Dafür danke ich Euch. Aber…«, begann Kaspar und wollte aufstehen, um sich zu bedanken, doch der Fremde wiegelte schnell mit einer Handbewegung ab.

»Bleib sitzen, und ruhe dich erst aus! Komm zu neuen Kräften!«, antwortete ihm dieser, und Kaspar sah dies auch schnell ein, denn seine Beine waren noch allzu schwach.

Der Musikant sah ihn ruhig an.

»Jedenfalls… habt Dank, Fremder! Ohne Eure Hilfe wäre ich hier wohl sicher noch gestorben.«

Kaspar rieb sich seinen arg schmerzenden Schädel.

Sein Gegenüber lachte amüsiert.

»Oh, ich befürchte, dass dist du!«, antworte ihm dieser dann.

Was hatte der seltsame Geselle da eben gesagt? Er traute seinen Ohren nicht. Kaspar sah ihn fassungslos und auch ein wenig entsetzt an.

»Was soll dieser Unsinn? Gestorben? Das kann nicht Euer Ernst sein, guter Mann! Ihr scherzt!? Dies ist ja wohl kaum möglich... «, hakte er empört nach, denn er glaubte an einen Spaß, doch fand er dies alles nun nicht sonderlich komisch.

»Nun gut, ich kann mich zwar noch sehr gut daran erinnern, wie ich stark blutend und vollends geschwächt mitten auf der Straße zusammenbrach und dort dann liegenblieb… Doch sitze ich ja nun, wie Ihr mit Euren eigenen Augen wohl bezeugen könnt, offensichtlich doch recht munter hier bei Euch, oder? Kann somit also schwerlich gestorben, gar tot sein!«, fügte er bockig hinzu.

Der Spielmann jedoch ging unbeeindruckt zu seinem Karren und kramte aus einer der großen Kisten etwas Essbares und eine Flasche Wein hervor, kam dann zurück und reichte dies alles freundlich Kaspar.

»Hier! Dies wird dir helfen, Kaspar! Mehr kann und darf ich für dich aber nicht tun…«, entschuldigte er sich.

Kaspar schauderte es.

»Woher kennt Ihr meinen Namen? Ich habe ihn Euch nicht genannt!«, wollte er wissen.

Ihm wurde langsam unheimlich zumute.

Sein Gegenüber jedoch verdrehte die Augen und schüttelte den Kopf. Er schien offenbar genervt zu sein, was Kaspar nun vollends verwirrte.

»Nun, Kleiner! Dann machen wir die Dinge ein wenig einfacher… Für uns beide! Das ist ja so nicht zum Aushalten… Dio mio!!!«, antwortete der Spielmann, dann holte dieser seine Geige hervor.

Kaspar beobachtete den Mann dabei, wie dieser das kostbare Instrument in die geeignete Position brachte, und dann überaus gekonnt aus den dünnen Saiten die ersten wunderbaren Töne hervorzauberte. Kaum hatten jene den Weg in Kaspars Gehör gefunden, war es auch schon um ihn geschehen, denn dieser angenehm warme Klang wirkte über alle Maße hypnotisierend auf ihn. Er lauschte andächtig und war verzaubert. Die einzelnen Töne formten sich allmählich zu einer betörenden Melodie, die ihn umschmeichelte. Erneut schwanden ihm die Sinne, doch dieses Mal beängstigte es ihn nicht, nein, es beruhigte und entzückte ihn sogar! Die zarte, zauberhaft anmutende Musik umspielte, umschmeichelte ihn, dann wurde sie immer kraftvoller, erhob ihn, gab ihm Halt und trug ihn schließlich mit sich hinfort. Nahm ihn mit sich auf eine geistige Reise. Weit weg vom Hier und Jetzt, und solchen profanen, irdischen Dingen wie Schmerz und Elend. Und auch die irdische Zeit, schien es nun nicht mehr zu geben…

So konnte Kaspar schließlich nicht mehr mit Sicherheit sagen, wie lange er eigentlich unterwegs gewesen war, als er schließlich wieder zurückkehren musste. Sein Körper war noch der alte, doch im Inneren war er nicht mehr derselbe, der er noch Augenblicke zuvor gewesen war.

»Assarello!«, sagte er höchst erfreut, denn er wusste nun auch, wer da vor ihm stand.

Der Geigenspieler verbeugte sich.

»Zu deinen Diensten, Kleiner!«

»Ich sehe, du bist immer noch so dünn, wie ich dich in Erinnerung habe.«, scherzte Kaspar, stand vorsichtig auf, was ihm mit viel Mühe auch gelang, und nahm die hagere Gestalt zur Begrüßung in den Arm.

»Gut, dich nach all der langen Zeit wiederzusehen!«

Überglücklich drückte er den Freund, und der Musikant klopfte ihm zustimmend auf den Rücken.

»Dich auch, Kleiner!«

»Wie kommst du hierher?«, wollte Kaspar wissen.

»Dasselbe wollte ich dich eigentlich gerade fragen. Aber…«

Assarello machte eine entsprechende Geste.

»…iss und trink erstmal! Uns ist nicht viel Zeit gegeben. Du bist auf deine Hülle angewiesen, also kümmere dich auch darum!«

Kaspar sah dies schnell ein und nahm wieder auf den weichen und wärmenden Decken Platz, die auf dem Boden lagen.

»Um deine Frage zu beantworten, Kleiner! Es scheint wohl wahrlich ein glücklicher Zufall gewesen zu sein, der mich gerade jetzt und gerade hier zu dir führt. Zufall oder Gevatter hat seine Hände wieder einmal im Spiel gehabt, und wir durchschauen es nur nicht. Er ist ja immer für Überraschungen gut, aber das weißt du ja selber.«

Kaspar konnte sich kaum mehr daran erinnern, wann er das letzte Mal dem Tod persönlich begegnet war. Es musste wohl schon Ewigkeiten her sein…

»Ich weiß schon gar nicht mehr wirklich, wie er ist, nach all der langen Zeit.«, stellte er betrübt fest und nahm einen kräftigen Schluck aus der Weinflasche.

Der heilende, Kraft spendende, magische Rebsaft floss ihm die Kehle hinab und wärmte wohlig von innen. Er konnte spüren, wie sich sein Körper immer besser anfühlte und an Stärke gewann.

»Lustig, das ist er auf jeden Fall… manchmal! Hat einen feinen Sinn für Humor. Hadert aber wohl oft mit seiner Rolle bei diesem großen Spiel, das keiner wirklich durchschaut. Sicher nicht einmal er.«, antwortete ihm Assarello und lächelte dabei.

Kaspar jedoch sah ihn ernst an.

»Lustig? Sag dies mal den trauernden Eltern, deren arme Kinder er viel zu früh holen ließ. Oder sag es den laut klagenden Witwen der auf den blutigen Schlachtfeldern zuhauf massakrierten Männer, die nun alleine zusehen müssen, irgendwie noch über die Runden zu kommen. Oder den ebenfalls erkrankten Hinterbliebenen der vielen Pestopfer, Leprakranken oder…«, beschwerte er sich missmutig.

»Sei nicht unfair! Es ist nun mal so, wie es ist. Jeder hat seine Aufgabe in diesem großen Spiel, Kleiner! Du weißt ja noch nicht viel über die Dinge, doch dass wir nur Knechte sind, dies kann ich dir hier und jetzt unter uns schon mal verraten. Wir Sensenmänner führen die Aufgaben aus, die wir von Gevatter Tod erhalten. Er wiederum hat seine eigene, wichtige Rolle im großen Ganzen. Dies durchschauen wir nicht, können und werden wir gar nicht! Jedenfalls hat alles seinen Sinn und Zweck!«, bekam er als Antwort.

»Wie dem auch sei, jedenfalls scheint er dich zu mögen. Vielleicht bin ich deshalb hier? Ich weiß es nicht…«, fügte Assarello hinzu.

Beide überlegten kurz.

»Hätte ich noch länger dort gelegen auf der Straße, wäre meine fleischliche Hülle schließlich zu Grunde gegangen. Wenn mein Geist in ihr ist, altert sie nicht. Heilt sogar bemerkenswert schnell, jedenfalls was menschliche Maßstäbe betrifft. Jedoch nicht, wenn ich gestorben bin! Dann wird beides voneinander getrennt, und mein Körper zerfällt allmählich in seine Bestandteile... Was mir aber wahrlich Sorgen bereitet, ist die Ungewissheit darüber, was mit meinem losgelösten Geist dann passieren könnte! Er ist dann nahezu schutzlos!!! Nicht auszudenken, wenn im schlimmsten aller Fälle einer von ihnen ihn sich nimmt. Ihn raubt! Ihn stiehlt!«, unterbrach Kaspar die Stille, und ihm war unwohl.

»Nun, ja! Möchte dich nicht groß beunruhigen, aber das wäre auch beinahe geschehen... Dein Geist war bereits entschwunden! Auf dem Weg nach, du weißt schon wohin...«, erklärte ihm Assarello.

Sein Gegenüber sah ihn besorgt an.

»Wirklich? Die können es wohl kaum erwarten... Lauern nur auf ihre Chance. Sehr besorgniserregend!«

»Aber, es ging ja gerade noch einmal gut. Ein hässlicher Kerl war das. Einer ihrer verdammten Seelenräuber! Habe ihn sehr unsanft wieder dahin zurückgeschickt, wo er hingehört. Den Rest hat dann der gute, alte Ubo erledigt.«, sagte Assarello nicht ohne Stolz.

»Das gerade ihr, zum richtigen Zeitpunkt, zur rechten Stelle seid, um mich zu retten...«

Kaspar musste erneut einen kräftigen Schluck nehmen.

»Dies kann ich dir aber leider nicht für immer versprechen. Gleichwohl muss ich auch zugeben, es lag nicht wirklich in meiner bescheidenen Macht als Sensenmann darüber zu entscheiden, dich zurückzubringen oder nicht. Dies tat Gevatter! *Er* wollte es so! Ich hätte dich mitnehmen müssen, wenn es soweit gewesen wäre... War es aber anscheinend wohl nicht. Er lässt dich noch etwas länger hier.«, erklärte Assarello.

»Er hat unser Abkommen genauso zu achten wie ich! Er holt mich erst, wenn die Sache erledigt ist. Doch wie soll ich dies in diesem anfälligen Körper bewerkstelligen, guter Freund? Sag mir das!«

Kaspar hob fragend die Arme empor.

»Was verlangst du noch, Kaspar? Soll er deine fleischlichen Wunden einfach so wieder verschließen? Du weißt, dass dies nicht in seiner Macht steht. Dies kann nur der Eine, die Seinen und die Zeit! Wir können deinen Geist zurückbringen, ja, jedoch nicht dein

Fleisch einfach erneuern. Hab etwas Geduld! Du wirst es schon schaffen. Hast ja schon reichlich Erfahrung damit...«, war sich sein Freund sicher.

»Diesen Körper hast du doch schon seit damals, als du mit Gevatter den Handel geschlossen hast, oder?«, wollte er noch wissen.

»Seit die Ausgeburt der Hölle mir schmerzlich das genommen hat, was ich so sehr geliebt habe!«, antworte ihm Kaspar.

Wieder herrschte Stille.

»Deine Familie!«, sagte Assarello dann und Kaspar nickte.

»Er hat sie alle qualvoll bei lebendigem Leibe verbrannt. Ich höre ihre Schreie noch immer, in meinen Träumen. Jeden verdammten Tag muss ich an sie denken und daran, was sie durchleiden mussten!.. Ein Menschenleben hätte nie ausgereicht für das, was ich mir einst geschworen habe... Seine Vernichtung! Rache!.. Dafür nahm und nehme ich auch alles weitere in Kauf. Das, was ich geworden bin, und was ich sein werde...«, erklärte Kaspar, und sein Freund sah ihn voller Verständnis und auch ein wenig mitleidig an, denn dieser Mensch tat ihm ernstlich leid.

»Er muss in dir damals schon ein großes Potenzial erkannt haben!«, begann Assarello.

»Ich meine, was deine Fähigkeiten als Mensch betrifft. Nicht auszudenken, was du später erst für ein Todesengel sein wirst... Ein sehr mächtiger Sensenmann! Du bringst damit jedoch auch allerlei Unordnung in alles, bist die berühmte Ausnahme von der Regel. Das gefällt nicht jedem. Feinde hast du mehr als genug, Kleiner! Gevatter muss wahrlich Gefallen an dir gefunden haben, sonst hätte er dir diese außergewöhnliche Möglichkeit niemals geboten.«, fuhr er überzeugt fort.

»Ich jedenfalls kann dir sagen, dass es keinesfalls die Regel ist, dass einem Menschenkind erlaubt wird, so lange zu leben und dabei nicht zu altern. Dem darüber hinaus sogar noch gestattet wurde, wieder zurückkehren zu dürfen! Gut, du wirst dich bedauerlicherweise gleich an nichts mehr von alledem erinnern können, was Gevatter, deine baldigen Brüder und Schwestern und natürlich auch das große Spiel betrifft, doch muss dies nicht unbedingt von Nachteil für dich sein.«

»Irgendwann wird es aber damit auch für mich vorbei sein. Alles geht irgendwann zu Ende.«, antwortete ihm Kaspar düster.

»Tut es das? Kann sein... *Du* darfst jedenfalls noch ein wenig Mensch bleiben... Du Glücklicher!«, antwortete der Spielmann und nahm seinem Freund die Flasche weg, um nun selbst noch einen kräftigen Schluck zu nehmen.

»Hast du Ihn denn schon gefunden?«, wollte er dann wissen.

»Ich bin Ihm bereits dicht auf den Fersen, aber meine menschlichen Fähigkeiten und Mittel sind doch auch ein wenig begrenzt.«, antwortete ihm Kaspar und sah wehmütig seine geschundenen Hände und Beine an.

»Du hattest ja bisher noch nicht wirklich das Vergnügen, erfahren zu können, wie mächtig du als Todesengel sein wirst. Dafür hättest du dich lossagen müssen, so wie es dir bevorsteht, nachdem du Rache geübt hast. Dann ist es vorbei! Dann wirst du einer von uns werden. Du wirst dann nie wieder bei ihnen leben dürfen... Den Menschen! Nun, sicher wirst du auf eine ganz spezielle Art und Weise unter ihnen weilen dürfen, das tun wir Todesengel ja irgendwie alle, doch nicht mehr wirklich. Genieß die Zeit, die dir noch gegeben ist! Die fleischlichen Kerlchen sind anfällig, schwach, dumm, manchmal sehr bösartig, aber durchaus auch liebenswert. Du kannst dich später noch genug mit Gottesengeln oder Höllendämonen rumärgern. Die können einem schon gehörig auf den Geist gehen mit ihren allzu starren Ansichten.«

Assarello nahm erneut einen kräftigen Schluck, dann fuhr er fort.

»Ach, übrigens finde ich es äußerst bemerkenswert, dass Gevatter gerade dir, einem Menschen, wohl tatsächlich zutraut, einen der mächtigsten Dämonen zu jagen, um diesen dann zu töten. Sonst hätte er sich ja wohl nicht so viel Mühe gemacht. Er traut dir wohl allerhand zu. Na, gut! Zugegeben! Etwas schummeln tut er ja auch dabei... Schließlich hat er dich ja auch zurückgeholt. Ja, ich weiß... der Pakt! Manchmal hat er aber einfach auch nur einen recht eigenartigen Sinn für Humor. Oh, entschuldige bitte, Kleiner! Möchte dich nicht verärgern oder gar beunruhigen. Einen Todesengel gegen einen Dämon in die Schlacht ziehen zu lassen wäre jedenfalls, das kann ich dir sagen, doch reichlich unfair gewesen… Dem Höllenfürsten gegenüber! Wobei der ja nun auch nicht als ein besonders ehrenwerter Spieler gilt.«, fügte er hinzu und grinste.

»Was für ein Spaßvogel dieser Tod doch ist!«, antwortete ihm Kaspar sarkastisch und nahm seinem Gegenüber etwas beleidigt die Flasche aus den Händen.

Nachdem er den restlichen Wein alleine ausgetrunken und noch etwas gegessen hatte, spürten sie beide, dass es allmählich an der Zeit war, wieder voneinander zu scheiden. Auch der große Uhu war mittlerweile zurückgekehrt und saß nun auf seiner großen Holzkiste, drehte dabei unruhig seinen Kopf und sah sie mit seinen großen Augen abwartend an.

»Assarello, mein Freund, ich spüre, dass wir uns fürs erste wieder voneinander trennen müssen!«, bemerkte Kaspar und erhob sich.

Der Spielmann wusste, dass sein Freund recht damit hatte und nickte zustimmend. Dann holte er erneut seine Geige hervor.

»Ja, das stimmt, Kleiner! Hier vergeht die Zeit ja wie im Fluge. Schade eigentlich! Es stimmt mich traurig, dass wir nicht weiter reden können… Du wirst gleich nichts mehr von alledem hier wissen, so sind die Regeln, leider! Sei dir gewiss, meine besten Wünsche begleiten dich!.. Finde diesen elenden Frauen- und Kindermörder!!! Bring ihn zur Strecke!!! Doch sei dabei auf der Hut, denn wir können nicht immer rechtzeitig zur Stelle sein, um dir zu helfen. Bedenke auch, du bist noch kein Todesengel! Gerade deshalb reißen sich die dunklen Mächte darum, dich in ihre Krallen zu bekommen. Du hast schon zu viele von ihnen auf dem Gewissen. Hast dir aber nicht nur dort schon reichlich Feinde gemacht. Es würde dich, im schlimmsten aller Fälle, ewig andauernde Qual erwarten. Selbst Gevatter könnte dir dann nicht mehr helfen, denn wir haben dort keine Macht! Regeln!!! Die des großen, undurchschaubaren Spiels…. Du weißt! Wenn es aber einer schaffen kann, dann du! Das weiß ich, da bin ich mir mittlerweile sehr sicher.«, sagte er.

Dann nahmen sie sich zum Abschied in den Arm.

»Eins noch, Kleiner! Auch wenn du es gleich nicht mehr wissen wirst. Sieh zu, dass du so schnell wie möglich deinen Körper wieder heilst! Die magischen Kräfte des Weins halten nicht lange an. Wenn du stirbst... Na, ja, du weißt schon... Ich muss nun weiterziehen!.. Kann nicht mehr länger hierbleiben, und dir auch nichts dalassen. So, wie immer! Eine ständige Reise als Schatten!«, sagte Assarello.

»Grüß mir Gevatter, wenn du ihn siehst!«, bat Kaspar und drückte sein Gegenüber ein letztes Mal.

»Das werde ich... Schließ nun deine Augen, Kaspar!«

Während Assarello sich in Position begab, wartete sein Freund ab und lauschte, und sogleich ertönte erneut der bezaubernde Klang der Geige. Es dauerte auch nicht lange, da wurde Kaspar unendlich müde und schlief ein. Dann kam die Stille, die große Dunkelheit und schließlich war nichts...

Er erwachte nur langsam, wusste jedoch sofort, dass er noch immer mitten auf der Straße lag!

»Verdammt, du Dummkopf! Gerade hier musst du Trottel ohnmächtig werden… Gut, dass niemand vorbeikam, während du hier einfach vor dich hingeratzt hast.«, ärgerte sich Kaspar dabei noch reichlich benommen.

Sein Körper schmerzte sehr, doch ganz so schlimm wie noch vor dem ungewollten Nickerchen schien es nun nicht mehr zu sein. Jedenfalls konnte er sich wieder mit etwas Mühe aufraffen. Seltsamerweise hatte er den Geschmack von Wein im Mund, was er sich nicht wirklich erklären konnte, jedoch durchaus auch nicht unangenehm war. Behutsam, Schritt für Schritt, schleppte er sich voran. Versuchte sich krampfhaft daran zu erinnern, was Siegmund ihm erzählt hatte, doch die pochenden Kopfschmerzen schwächten sein Gedächtnis immens. Sie musste doch hier irgendwo sein?! Er war doch bereits an der richtigen Stelle angelangt?! Kaum sichtbar, tief in der Dunkelheit verborgen, konnte er unter grünem Moos schließlich die steinernen Treppenstufen erkennen.

»Da ist sie! Gottseidank! Die Treppe zum geheimen Pfad.«

Ihre Stufen waren lange Zeit nicht mehr benutzt worden, glatt und sehr steil. Er wusste nicht, wie er dennoch hinaufkam. Seinem Zeitgefühl nach unendlich langer Zeit hatte er es jedenfalls geschafft und sackte auf der obersten Stufe erschöpft zusammen. Sein Arm schmerzte, ebenso taten es die Beine und die Knie. Auch das Luftholen tat unsagbar weh, und der salzige Schweiß rann ihm in die Augen, so dass es brannte. Verschwommen konnte er etwas weiter voraus schon den versteckten Pfad erkennen, doch dann wurde ihm plötzlich schwindelig. Die Versuchung, sich hier einfach ins Gras zu legen und liegenzubleiben, sich auszuruhen, war übermächtig, doch wollte und konnte er sich dies nicht leisten. Er wusste, dass er versuchen musste, dem Pfad soweit er nur konnte in Richtung Brunkensen zu folgen, denn er rechnete bereits damit, dass die Räuber nach ihm suchen würden und er kaum noch genügend Zeit, geschweige den Kraft, übrig hatte ihnen zu entgehen. Drum raffte er sich erneut auf und schleppte sich weiter voran. Weiter und immer weiter. So geschwächt und klapprig, wie er nun einmal war, würde er nicht weit kommen, dies wusste er. Ein hoffnungsloses Unterfangen war es! Ihm wurde wieder schwarz vor Augen, und er sackte zusammen und fiel auf den Boden.

Erst eine ganze Stunde später erwachte er wieder. Er wusste nicht, wo er überhaupt noch die Kraft hernehmen sollte, doch schaffte er es wieder aufzustehen. Jeder noch so kleine Schritt schmerzte, während er über den steinigen und holprigen Pfad schlürfte. Jedes noch so kleine Steinchen unter seinen Füßen quälte ihn, und der Schwindel ließ ihn so manches Mal taumeln und er musste sich benommen an einem Baum festhalten und abwarten, bis es wieder vorüberging. Er glaubte nun auch wirklich zu fiebern. Wie lange er schon unterwegs war und wo er mittlerweile angekommen war, wusste er nicht mehr so recht sagen zu können. Solange ihn seine schwachen Beine noch tragen würden, solange musste er dem Pfad weiter folgen.

Es wurde langsam hell. Der Tag brach an. Dies bedeutete, dass die Jagd auf ihn wohl nun erst recht begonnen hatte, da der Zwerg seit langem schon nicht mehr zurückgekehrt war. Seine Männer hätten nach ihm gesucht, seine Reste gefunden und dann ihre Schlüsse daraus gezogen, da war Kaspar sich ziemlich sicher.

Er lief und lief und lief, bis er schließlich glaubte, vor sich in einiger Entfernung endlich eine lichte Stelle zu erkennen. War dies vielleicht schon der rettende Ort? Das erlösende Ziel?

»Nur jetzt nicht aufgeben, wenigstens noch jemandem berichten können…«, dachte er sich und nahm seinen letzten Mut zusammen, doch sein Körper wollte ihm nicht mehr folgen.

So sackte er zusammen und fiel auf den harten Waldboden. Mit letzter Anstrengung rollte er sich in den Graben, um nicht wieder mitten auf dem Weg liegen zu bleiben. Dann wurde es um ihn herum dunkel, und er spürte nichts, auch keine Schmerzen mehr. Da war nur noch eine große Leere, die ihn langsam verschlang…

Kapitel 10

Gefangen in der Räuberhöhle

Siegmund öffnete seine schläfrigen Augen. Durch eine aus dem Felsen gehauene Öffnung drang etwas Licht, es musste demnach helllichter Tag sein. Trotzdessen war es recht düster, die Luft zudem kühl und unangenehm muffig. Er tastete seinen Körper ab und bemerkte, dass seine Wunden notdürftig versorgt worden waren, doch schmerzten sie immer noch. Die Räuber hatten ihn hierher gebracht, doch wusste er nun nicht so recht wohin eigentlich…

»Heh? Du! Bist du wach?«, hörte er eine männliche Stimme aus dem Halbdunkel heraus, doch konnte er nichts erkennen.

»Hier!«, fügte die Stimme leise hinzu.

Er versuchte seine Augen zu schärfen.

»Hab Geduld! Deine Augen müssen sich erst noch an das wenige Licht gewöhnen.«

Und tatsächlich! In der Düsternis war allmählich ein arg zerlumpter, junger Mann zu erkennen, der mit Fesseln um seine dünnen Beine an die Wand gekettet war. Sein geschundenes, mitleiderregendes Gesicht war von schwerer Folter arg gezeichnet. Seine ungepflegten Haare und der struppige Bart ließen ihn nun um einiges älter erscheinen, als er wohl tatsächlich war.

»Ich bin Hannes! Hannes vom Dannhof!«, stellte sich dieser vor.

»Siegmund, Schmied unter den Klippen!«, antworte ihm jener.

»Nenn mich aber ruhig Hans, das tun eh die meisten.«

»Gerne!«, antwortete der Schmied, dann kratzte sich dieser am Kopf.

»Verrate mir doch bitte, Hans, wo wir hier eigentlich sind, denn ich habe keine Ahnung…«, fügte er ein wenig verlegen hinzu.

»Wird sitzen hier in einem sehr gut ausgebauten Höhlensystem fest! Irgendwo inmitten des Waldes…«, antwortete sein Gegenüber.

»Ein Höhlensystem?«, hakte Siegmund nach.

»Ja, enge Gänge, tiefe Schächte, steile Leitern, versteckte Kammern!.. Die Zugänge allesamt versperrt, die Wege uns nicht bekannt... Ein todbringendes Labyrinth inmitten des Berges!«

Siegmund seufzte.

»Wie lange bist du denn schon hier, Hans?«, wollte er wissen, und das Gesicht des jungen Mannes verfinsterte sich.

»Ich weiß es nicht mehr! Man hört irgendwann damit auf die Tage zu zählen... Eine gefühlte Ewigkeit wohl schon! Eingekerkert, gefangen in diesem elenden, gottlosen Drecksloch!«, antworte er dann.

Siegmund schüttelte den Kopf.

»Anfangs habe ich noch versucht alles zu behalten, doch wird dies mit der Zeit immer schwerer... Der Kopf, verstehst du, macht irgendwann nicht mehr mit! Kann er nicht, denn sie geben einem nur wenig zu essen und zu trinken. Gerade genug, um noch am Leben zu bleiben, wenn man dies überhaupt so nennen kann... Gott alleine weiß, warum sie mich noch nicht erlöst haben...«, seufzte der junge Mann und hustete.

Das Sprechen schien ihn sehr anzustrengen.

»...Dann wäre ich wenigstens bei meinem lieben und wunderschönen Weib.«

Der Schmied sah ihn voller Mitleid an, und er fragte sich, was dieser junge Mann schon alles hatte erleiden müssen.

»Das tut mir sehr leid!«, antwortete er dann.

»Überfallen haben sie uns, an unserem Hochzeitstag. Einfach so aus dem Nichts... draußen beim Weinberg. Ja, gleich in der Nähe der Stadt. Wir hatten keine Chance!«

»Beim Weinberg?«, hakte Siegmund überrascht nach.

Seine Neugier war geweckt, denn er glaubte sich an etwas erinnern zu können, doch mit welchem Geschehen konnte er den Weinberg nur in Verbindung bringen? Dann fiel es ihm schließlich ein, und er grinste zufrieden.

»Du bist der Schwiegersohn des Bürgermeisters von Alfeld! Du hast sein hübsches Töchterchen geheiratet, richtig?«, sagte er.

Der junge Mann sah ihn überaus erstaunt an.

»Das bin und habe ich, Herr Schmied!«

»Dann ist es also wahr, und ihr wurdet wirklich überfallen und verschleppt?! Es gab Gerüchte und Vermutungen, doch nun sehe ich dich ja leibhaftig vor mir.«, stellte Siegmund fest.

»Und warum kam uns niemand zu Hilfe? Der Bürgermeister? Die Leute? Keine Ahnung! Einfach Alle?«, wollte sein Gegenüber wissen und sah dabei zornig aus.

»Der Bürgermeister hat euch suchen lassen, Junge, doch leider vergebens. Mir wurde gesagt, die Bande hat nur wenige Spuren hinterlassen, jedenfalls keine wirklich verwertbaren. Schienen alle in eine Richtung zu führen, jedoch dann plötzlich mittendrin wieder gänzlich zu verschwinden. So blieb ihm nichts anderes übrig, euch für tot zu erklären, und das ist nun schon ein ganze Weile her.«

Tränen liefen dem jungen Mann nun die Wangen hinab.

»So ist es ja auch. Tot! Seine Tochter ist es, und ich bin es ebenfalls schon lange, bei lebendigem Leibe.«, schluchzte er betrübt.

»Gott wird sich um dein Weib kümmern, Junge, sei dir dessen gewiss!«, versuchte Siegmund ihn zu trösten.

»Und glaube mir, ich werde alles in meiner Macht stehende versuchen, hier wieder herauszukommen. Du kommst dann mit mir, darauf gebe ich dir mein Wort!«, fügte er hinzu.

Hans sah in ungläubig an.

»Wie soll das denn gehen, alter Mann? Du bist Schmied und offensichtlich kein Krieger. Ich eh nur noch ein Häufchen Elend… Kaum noch in der Lage, überhaupt aufstehen zu können, ein Schatten meiner selbst.«

»Ich werde mir schon etwas einfallen lassen, Junge! Vertrau mir!«, murmelte Siegmund, und jener schien wirklich überzeugt davon zu sein.

»Und diese verdammte Räuberbande, die gibt es ja dann auch noch, Alterchen! Und ihren wahnsinnigen Hauptmann.«, fügte Hans hinzu.

»Du meinst Lippold?«, wollte der Schmied wissen.

»Ja, verflucht sei er auf immer!«, schimpfte Hans.

»Hinab in die Hölle sollen sie alle fahren!«

»Einige von Ihnen habe ich bereits schmerzlich kennenlernen müssen. Ihr Anführer war hochgewachsen und edel gekleidet, für einen Räuber, den knöpfe ich mir als Ersten vor!«, erklärte Siegmund, und dieser wirkte dabei so entschlossen, dass Hans sich nun wahrlich etwas wunderte.

Der junge Mann fragte sich so langsam, ob dieser große stämmige Mann ihm gegenüber womöglich nicht ganz bei Trost war.

»Der Oberräuber…«, antwortete er dann schließlich.

»Lippolds rechte Hand. Wo bist du ihm begegnet?«

»In der Ruine der Gleneburg.«, antwortete ihm der Schmied.

»Wir wollten von dort Nachforschungen anstellen, wurden dann aber von ihnen überfallen.«

Hans sah ihn verdutzt an.

»Wir?«, wollte er wissen.

»Ja, mein guter Freund und ich! Kaspar heißt er. Sie haben ihn in der kleinen Gruft dort oben eingeschlossen, nachdem sie uns überrascht und überwältigt haben. Darum muss ich hier so schnell wie möglich raus! Er wird ansonsten elendig dort verrecken... Verstehst du das, Junge?«

Siegmund wahr unwohl zumute, und er fragte sich, wie es seinem Freund wohl gerade ginge, doch musste er sich schnell eingestehen, dass dies eigentlich eine recht törichte Frage war, denn sie saßen ja beide nun nahezu in ähnlich schlechter Lage fest.

Der junge Mann sah Ihn eine Weile ernst an, dann sagte er:

»Ich sage es dir nur ungern, Alterchen, doch wird dies wohl in deiner jetzigen Situation nahezu unmöglich sein!«

»Alles ist möglich, Junge!«, antwortete ihm der Schmied zuversichtlich.

»Glaub mir, ich bin schon oft in aussichtslos erscheinende Lagen geraten, doch gab es immer einen Ausweg. Kommt Zeit, kommt Rat! Doch habe ich davon nicht viel übrig gerade…«

Er wollte aufstehen, stieß aber mit dem Kopf unsanft an die harte Steindecke.

»Verdammt und zugenäht noch einmal!!!«, fluchte er laut auf und hockte sich verärgert wieder auf den harten Boden.

Während er sich seinen schmerzenden Kopf rieb, brummte er:
»Ach, übrigens, Junge!.. Wenn ich dich mitnehmen soll, dann nenn
mich nie wieder Alter oder Alterchen oder sonst was! Verstanden?«
Hans überlegte einen Augenblick, dann stimmte er nickend zu.
»Wie du möchtest, Großvater!«, antwortete er grinsend.
Siegmund grummelte noch ein wenig vor sich hin, dann hatte er
sich aber schnell wieder beruhigt. Da sich seine Augen mittlerweile
auch an das karge Licht gewöhnt hatten, konnte er nun in aller Ruhe
ihrer beider Gefängnis genauer untersuchen. Doch gab es nicht viel
zu entdecken, denn der karge Raum war lediglich ein aus dem Felsen gehauenes, rundes und recht enges Loch. Zudem nur spärlich
beleuchtet, feucht und sehr ungemütlich. Erneut erhob er sich, um
sich die kleine Lichtöffnung etwas genauer anzusehen, doch dieses
Mal blieb er tief gebeugt. Neugierig sah er hinaus, doch bis auf den
blauen Himmel und das dichte, grüne Blattwerk der Bäume war
nicht viel zu sehen.
»Ich meine manchmal hören zu können, dass dort unten irgendwo
Wasser fließt.«, bemerkte Hans.
»Ich würde alles darum geben, noch einmal nach draußen zu dürfen… Wieder frische Luft atmen zu können, mich dort zu waschen.
So fest angekettet kann ich nicht einmal hinaussehen.«, schluchzte
er.
Plötzlich war etwas von draußen zu hören. Das Geräusch von leisen Schritten, die sich nun langsam der Tür näherten. Rasch begab
Siegmund sich wieder auf seinen Platz und beobachtete gespannt
die dicke und schwere Holztür. Ein großer Schlüssel wurde in dem
eisernen Schloss gedreht, dann öffnete sich knarrend die schwere
Tür, und der helle Schein einer Fackel leuchtete in das Halbdunkel
hinein und blendete sie. Er erkannte zwei Gestalten, eine große und
eine kleine, die nacheinander hereintraten.
»So, mein Dickerchen, hast jetzt genug gepennt! Nen paar Stünd-
chen schon…«, sagte der größere der beiden Räuber mit Augenklappe.

Es war Eulenhug, den Siegmund zuvor schon von weitem auf dem Finkenstieg gesehen hatte. Hinter jenem stand der wesentlich kleinere, glatzköpfige Würgerhannes und grinste breit.

»Wie ich sehe, haste dich auch schon recht gut erholt und eingelebt… Wirst noch genug mit unserem jungen Gast plappern können, he, he, he! Wenn der noch durchhält… Sieht aber nich mehr ganz so gut aus, der Lümmel!«

Eulenhug grinste böse.

»Dem Hauptmann wirst du jetzt vorgeführt! Er kehrt bald heim.«

»Ja, er hat gerne Gäste bei sich!«, fügte Würgerhannes kichernd hinzu.

Siegmund sah die beiden Gestalten mit ernster Mine an.

»Na, dann kommt und holt mich doch! Was hält euch auf?«, wollte er von ihnen wissen und ballte seine gefesselten Fäuste.

Eulenhug jedoch sah ihn mit seinem schielenden Auge ruhig an und antwortete:

»Je mehr Scherereien du uns jetzt machst, und je länger es dauert, umso verärgerter wird unser Hauptmann sein, Alterchen! Das willste sicher nich. Also komm, sei kein Narr! Oder?«

Es schien, als wäre jener nicht daran interessiert, einen Kampf auszufechten.

»Ach komm, lass uns doch etwas Spaß haben! Der Kerl hat mir schließlich meine Zähne rausgeschlagen. Das kriegt der zurück!«, wetterte jedoch Würgerhannes und zeigte mit seinem Knüppel auf den Schmied.

»Du verdammter, pickeliger Wicht! Da sind noch zu viele von übrig geblieben!«, drohte ihm dieser.

»Das kann man aber schnell ändern!«

»Dir werd ich dein vorlautes Maul schon stopfen, alter Dummkopf!«, rief Würgerhannes, und noch bevor Siegmund wusste, wie ihm geschah, hatte er den Knüppel im Gesicht.

Die Wucht streckte ihn nieder.

»Wenn de nich hören willst, dann halt so, Fettsack!«, geiferte der kleine Räuber, und Siegmund spuckte Blut.

»Schluss jetzt!!! Lass ihn in Ruhe! Wir bekommen noch Ärger...
Wird's jetz endlich, Fettsack, oder willste immer noch nich?«, wollte
Eulenhug wissen, denn dieser wurde langsam ungeduldig.

Siegmunds sah sie beide voller Abscheu an.

»Gut, ich komme mit! Wenn man schon so höflich gefragt wird.«,
antwortete er ihnen und erhob sich, dabei vorsichtig geduckt, um
nicht wieder gegen die Decke zu stoßen.

»Sehr vernünftig, Großer!«, bemerkte Eulenhug zufrieden, dann
gab er seinem Kumpan ein kurzes Zeichen.

Dieser kramte sogleich aus seinem Beutel etwas hervor.

»Hier, Junge, haste noch dein Fresserchen für heut! Teils dir aber
ein, denn mehr gibt's nich.«, sagte Würgerhannes und warf Hans
ein altes, trockenes Stück Brot zu.

»Nich traurig sein! Vielleicht seht ihr Euch ja bald wieder? Vielleicht aber auch nicht, wer weiß das schon! Nich?«, kicherte Eulenhug.

»Nun komm Dickerchen!«

»Wir sehen uns wieder, Junge! Halt durch! Nur noch ein wenig!«,
rief Siegmund, während die beiden Räuber ihn recht unsanft hin-
auszerrten.

Hans nickte, doch tat er dies wohl mehr aus Höflichkeit, denn aus
Überzeugung. Was würde dieser alte Mann schon groß ausrichten
können? Er wusste es nicht... Vorsorglich teilte er das alte Brot in
zwei gleich große Hälften.

Siegmund musste Eulenhug folgen, der vorausging und ihnen mit
seiner Fackel den engen, dunklen Weg durch den Berg leuchtete.
Ein paar Schritte hinter ihnen beiden blieb Würgerhannes, der seinen Gefangenen die ganze Zeit über im Auge behielt.

Der Schmied dachte, während sie den Gängen folgten, angestrengt
darüber nach, einen Weg aus dieser misslichen Lage zu finden, doch
wollte ihm nichts Gescheites einfallen. Er grübelte... Gefangen oder
gar tot war er niemandem mehr von Nutzen, dies wusste er. Er
musste schlau sein, klug handeln, ansonsten würde er scheitern,
und was würde dann aus Hans; was aus Kaspar? Doch er *musste*
sich etwas einfallen lassen, und dies schnell! Fürs erste hieß es je-

doch abwarten, solange jedenfalls, bis sich eine passende Gelegenheit bot, und so schluckte er seinen angestauten Zorn fürs erste hinunter. Ließ den beiden Deppen, dabei etwas missmutig, ihren Spaß. So auch Würgerhannes, der ihm immer wieder voller Wonne seinen Knüppel in den Rücken stieß.

Er versuchte sich den zurückgelegten Weg zu merken, so gut es irgendwie ging, doch musst er sich schnell eingestehen, dass dies kaum möglich war, denn es sah alles gleich aus. Karge Gänge, die mal hier- und mal dorthin führten. Verwirrende Abzweigungen, mal nach rechts, mal nach links, mal nach oben, mal nach unten... So manches Mal mussten sie kleine, wackelige Leitern zu Hilfe nehmen, um auf eine der anderen Ebenen zu gelangen, und dies verwirrte ihn zusätzlich. Alles schien wahrlich durcheinander zu gehen, und so wusste er schließlich nichts mehr und trottet einfach nur noch stumpf hinterher.

Vor ihnen tauchte nach einer Weile schließlich ein weiterer Durchgang auf. Vom Tageslicht geblendet, stiegen sie durch jenen hindurch und gelangten hinaus auf eine Art offene Plattform, von der aus nur eine Strickleiter hinab in die Tiefe führte. Die Luft war angenehm frisch, und Siegmund konnte die Freiheit schnuppern.

»Weiter, Dickerchen! Bloß nich ausruhn!«, schimpfte Würgerhannes und stieß ihn erneut mit der Spitze seines Knüppels gehässig in den Rücken.

Der Schmied fragte sich kurz, ob er es wagen solle einfach hinabzuspringen, doch konnte er von hier aus nicht wirklich sehen, wie tief er dann fallen würde, denn die dichten Blätter der Bäume versperrten ihm die freie Sicht. Zum Klettern waren seine gefesselten Hände eh nicht zu gebrauchen. Sie würden ihn schnell einholen, falls er sich nicht vorher schon seinen Hals und alle Glieder bei einem Sturz brach... Es war sinnlos!

»Hier geht's tief runter, Dicker!«, sagte Eulenhug, ganz so, als hätte er seine Gedanken lesen können.

»Du würdest Dir deine Knochen brechen... Die Felswand ist da unerbittlich, sie verzeiht keine Fehler. Irgendwann kullern deine kläglichen Reste dann ins Tal… Ein wahres Fresschen für die hungrigen Wölfe.«

Siegmund verstand die Warnung nur allzu gut.

»Dann müsste ich wenigstens deinen unsagbar widerlichen Gestank nicht mehr ertragen!«, erwiderte er und rümpfte demonstrativ die Nase.

Der pickelige Würgerhannes kicherte im Hintergrund.

»Haltet Euer Maul! Beide!«, schimpfte der Räuber mit der Augenklappe verärgert.

»Wir müssen weiter, jetzt!«, befahl er dann.

Sie kletterten nach und nach die wackelige Leiter hinab, und zwängten sich durch eine weitere Öffnung, die so eng war, dass der hünenhafte Siegmund darin beinahe stecken blieb. Mit einiger Anstrengung bezwang er dies Hindernis schließlich auch, und sie folgten den zahllosen Gängen weiter, immer tiefer hinein in den Berg.

»Verdammtes Rattennest!«, fluchte Siegmund, denn er stieß sich dabei nicht nur einmal seinen Kopf.

»Halt!«, rief Eulenhug plötzlich, nachdem sie schon eine ganze Weile unterwegs waren, und blieb dabei so abrupt stehen, dass der überraschte Schmied ihn beinahe umgerannt hätte.

»Hier geht's jetzt weiter… Hier runter!«

Der Räuber leuchtete mit seiner Fackel hinab, und der Zugang zu einem Schacht war zu erkennen.

»Ich geh zuerst, dann du, Dickerchen, inner Mitte! Zuletzt Kahlkopf!«, befahl er, dann ließ er die Fackel hinabfallen.

Unten angekommen, war diese lediglich noch als kleines, helles Pünktchen zu erkennen. Der Schacht musste demnach sehr tief sein.

Eulenhug machte sich sogleich daran, das überaus klapprige Teil von Leiter hinabzuklettern.

»Gefesselt kann ich hier nicht runterklettern!«, beschwerte sich Siegmund.

»Wenn ich mir den Hals schon hier breche, dann war's das mit dem munteren Geplauder. Glaube kaum, dass dies eurem Hauptmann gefallen würde.«

Würgerhannes sah ihn misstrauisch an. Siegmund konnte sehen, dass der Glatzkopf mit sich rang, doch schließlich stimmte Eulenhug von unten zu.

»Mach ihn frei! Vorsichtig! Keine Mätzchen, Dicker!«

Siegmund nickte zufrieden, doch Würgerhannes sah ihn weiterhin unsicher und alles andere als überzeugt an.

»Ich nehm dir jetzt die Fesseln ab, Dicker! Bloß kene Mätzchen! Hau dir den Schädel sonst ein!«, drohte dieser, dann band er ihn aber los.

»So, jetzt runter da!«, befahl er und wedelte mit seinem Knüppel, um dem Ganzen etwas Nachdruck zu verleihen.

Und als Siegmund nicht sofort spurte, trat er noch ein wenig nach. So stieg der Schmied mürrisch die Sprossen der wackeligen Leiter hinab, Stück für Stück, und in seinem Kopf arbeitete es wie wild…

»Langsam!«, rief ihm Eulenhug von unten zu.

Davon unbeeindruckt kletterte Siegmund weiter, und als er schon fast ganz unten angekommen war, begann er zu lächeln. Dann ließ er sich den Rest der Leiter einfach hinabfallen! Mit der vollen Wucht seines schweren Körpers landete er auf dem überrumpelten Eulenhug und streckte diesen nieder. Platt lag der Räuber nun auf seinem Rücken. Mit einem kräftigen Schlag mitten ins hässliche Gesicht hatte Siegmund den einäugigen Stinker unter sich schnell ins Land der Träume befördert, somit war nun nur noch einer übrig, und jener Wüterich war auch rasch unten. Siegmund drehte sich so schnell er konnte und duckte sich noch einige Male, um dem Knüppel zu entgehen, dann nahm er die Fackel und schlug nun seinerseits damit um sich. Schließlich schaffte er es, den noch halb an der Leiter hängenden Eulenhug anzuzünden.

»Verdammte Mistfliege!!!«, schrie dieser und versuchte das sich ausbreitende Feuer wieder auszubekommen.

Währenddessen erhob sich Siegmund.

»Elendes Lumpenpack!!!«, rief er ihnen zu, dann rannte er, die leuchtende Fackel weit vor sich haltend, so schnell er konnte fort; weg von diesen beiden Trotteln.

Je weiter er jedoch vorankam, umso unübersichtlicher wurde es. In jede verdammte Richtung schien sich dieses verflixte Höhlensystem verzweigen zu wollen, und er wusste nach einiger Zeit nicht mehr wirklich, wohin er noch laufen sollte. So quetschte er sich schließlich erneut durch eine der zahlreichen engen Öffnungen und gelangte in einen schmalen Raum, in welchem ein offener, steinerner Kamin stand. Auch eine schmale Holzbank war dort. Leere Trinkgefäße, und einige Essenreste lagen verstreut umher. Mehr konnte er aber auf die Schnelle nicht erkennen. Etwas weiter hinten erblickte er einen weiteren Durchgang. Als er durch jenen hindurch war, öffnete sich überraschend vor ihm eine helle Kammer. Hier standen angeleint einige Pferde, die verursacht durch sein plötzliches Erscheinen unruhig wurden. Dahinter war der Wald zu sehen, denn die Kammer stand dort weit offen.

»Der Pferdestall!«, war sich Siegmund sicher, gleichfalls froh und überaus erleichtert, denn er konnte bereits die angenehm warme Luft der Freiheit auf seiner geschundenen Haut spüren.

Und tatsächlich, er hatte mit viel Glück einen der wenigen Ausgänge des Höhlenverstecks gefunden. Die nun nutzlos gewordene Fackel warf er in den kleinen Brunnen, dann sattelte er eilig eines der ruhigeren Pferde, band es los und schwang sich hinauf.

»Nun, mein guter Gaul, ich hoffe, du kennst den Weg hinab besser als ich!? Ich vertraue dir!«, redete er auf das gutmütige Tier ein und klopfte dem Pferd sanft das Haupt.

»Was bleibt mir auch anderes übrig…«

Dann gab er ihm die Sporen, und es lief schnell, dabei jedoch äußerst bedacht und sicher, den sehr steilen und holprigen Berghang hinab. Siegmund hielt sich so gut er nur konnte fest im Sattel, während die Hufe sich ihren Weg durch und über die scharfen und spitzen Steine und krummen Wurzeln suchten. Es schien tatsächlich den besten und sichersten Weg zu kennen.

»Den Dicken nich entkommen lassen!«, ertönte nach einer Weile hinter ihm die zornige Stimme Eulenhugs, doch Siegmund hatte bereits genügend Vorsprung, dessen konnte er sich sicher sein.

Nun hieß es aber weiter zügig voranzukommen, wobei er sich immer noch nicht im Klaren darüber war, wo er sich eigentlich befand. Dann hörte er vor sich leise Wasser plätschern, und dorthin steuerte nun auch sein Pferd, nahezu von alleine.

»Gut gemacht, Pferdchen!«, lobte er es, während sie sich durch das hohe und dichte Gestrüpp schlugen.

Plötzlich spürte er, wie ein Ruck den Köper des Tieres durchfuhr, und es sich kurz aufbäumte. Siegmund erschrak und war verwundert, dann erst sah er, dass es mit einem seiner Vorderhufe gegen ein am Boden versteckt verlaufendes Hindernis gekommen war, und dies hatte das Tier kurz verunsichert. Als er genauer hinsah, bemerkte er, dass dieses kleine Seil hier nicht das einzige war. Überall waren, nahezu verborgen, weitere gespannt und miteinander verbunden worden. Er konnte zu diesem Zeitpunkt nicht wissen, dass diese auch direkt mit der Höhle verbunden waren, so dass die Räubern am anderen Ende gewarnt wurden, ein Zeichen durch kleine Glöckchen bekamen, wenn jemand unvorsichtig eines dieser Seile berührte. Somit zu einem das gesamte Gebiet umspannenden Warnsystem gehörten.

Ihm blieb nicht genügend Zeit weiter darüber nachzudenken. Als er die Glene schon fast erreicht hatte, wurde er schließlich recht unsanft am Weiterreiten gehindert, denn etwas bohrte sich von Hinten in seine Schulter. Die Wucht stieß ihn nach vorne, dann fiel er aus dem Sattel und landete auf dem harten Waldboden. Matt lag er nun dort auf seinem Bauch. Er vernahm das Trappeln von Pferdehufen, und das Geräusch kam näher. Grölend stiegen Männer herab und schritten mit schweren Stiefeln auf ihn zu. Der Boden bebte förmlich unter ihren Tritten.

»Du wolltest uns schon verlassen, Dickerchen?«, ertönte eine Stimme höhnisch.

Es war die des Oberräubers, und Siegmund stöhnte auf vor Zorn.

»Wir hatte ja kaum Zeit, uns richtig kennenzulernen! Oder? Wäre doch schade…«, fügte der Räuber spöttisch hinzu.

»Verdammter Mistkerl!«, schimpfte der Schmied und versuchte sich umzudrehen, doch der lange Pfeil hinderte ihn daran.

»Bleib ruhig noch liegen... Ruh dich aus!«, spottete der Oberräuber, und Siegmund kochte vor Wut.

»Warum schlitzen wir ihn nicht gleich hier auf, Herr?«, wollte Eulenhug wissen und zog begierig sein spitzes Messer hervor.

Im seinem Gesicht war der Abdruck von Siegmunds Faust gut zu erkennen.

»Oder ihm sein fettes Hälschen umdrehen? Knack!«, wollte Würgerhannes wissen, und seine Hände machten dabei eine entsprechende Geste.

»Oder gegen den Felsen schmettern, den Fettsack! Zerdrücken, einklemmen...«, kicherte Krähenfuß, ein weiterer der überaus abscheulichen Mordbuben.

»Haltet euer Maul! Alle! Sofort!!!«, zischte der Oberräuber böse und alle verstummten augenblicklich.

Niemand traute sich auch nur ein Widerwort zu geben.

»Er wird dem Hauptmann vorgeführt! Erst danach könnt ihr vielleicht noch euren Spaß mit ihm haben.«

Siegmund wurde schlecht bei dem Gedanken, dem mordlustigen Gesindel ausgeliefert zu sein. Er grübelte, doch was konnte er tun? Da hörte er, wie ein weiterer Reiter hinzukam. Dieser stieg ab und näherte sich ihnen rasch.

»Ich habe Fragen, die er mir noch beantworten wird. Danach könnt ihr ihn haben!«, ertönte Hauptmann Lippolds Stimme.

Seine Männer verbeugten sich tief, als er an ihnen vorbeischritt.

»Dreht ihn um!«, befahl er, und Siegmund spürte, wie die Männer ihn packten und recht unsanft auf den Rücken drehten.

Der Pfeil bohrte sich dabei durch seine Schulter, und er schrie laut auf vor Schmerz und musste seine Augen einen kurzen Augenblick lang schließen. Als er sie wieder öffnete, sah er den Hauptmann direkt über sich stehen und erblickte dessen entsetzlich entstellte Fratze... Er schauderte vor Ekel und Abscheu und bekam Gänsehaut.

So einige Widerlinge hatten bisher Siegmunds Weg gekreuzt, doch dieser hier schien direkt der Hölle entsprungen zu sein. Halbseitig verbrannt und am Verrotten war die Hälfte seines Antlitzes. Dort, wo einst Feuer und Hitze gewütet hatten und sich jetzt die zersetzende Fäulnis ausbreitete, war nur noch das weißlichbleiche Auge und ein dunkles Nasenloch vom ursprünglichen Gesicht des Hauptmanns übrig geblieben. Das Fleisch war löchrig, bestand zu großen Teilen nur noch aus dürftig wieder zusammengeflickten, kranken Resten. Zwischen diesen stachen die blanken Knochen hervor, und aus dem schiefen, wie zu einem abscheulichen und bizarren Lächeln verzerrten Mundwinkel ragten die gelblichen Zähne unter den schwarzen Barthaaren hervor.

»Nun, du hast sicher schon von mir gehört, oder?«, wollte der Hauptmann wissen.

Siegmund nickte, atmete tief durch, dann antwortete er:

»Ihr seid die räuberische, zudem äußerst hässliche Zecke, die ich zerquetschen werde, wenn ich sie erst einmal unter den Stiefel bekomme!«

Ohne auch nur das geringste Mitleid zu zeigen, trat ihm Lippold auf die durchbohrte Schulter. Blut schoss aus der frischen Wunde, und er schrie laut auf.

»Du Bursche wagst es?«, zischte der Hauptmann.

»Ich glaube kaum, dass du in der Position bist, so große Töne spucken zu können! Schließlich habe ich dich unter meinem Stiefel, nicht umgekehrt!«

Er lockerte seinen Tritt ein wenig.

»Weißt du eigentlich, wie viele ich schon getötet habe? Männer, Frauen, Kinder? Weißt du das?«, wollte er wissen, und sein heiles Auge blitze auf vor Bosheit.

Dann trat er noch einmal kräftig zu, und Siegmund schrie, schrie so laut er konnte. Ihm wurde schwindelig, und er rang nach Luft. Der Hauptmann sah ihm dabei genüsslich zu und schien es zu genießen.

»Keiner hat es je geschafft, mir die Stirn zu bieten… Und glaube mir, sie haben es versucht, immer und immer wieder! Ganze Scharen habe ich mittlerweile niedergestreckt.«, erklärte Lippold.

»Fürwahr, Ihr seid wahrhaft eine Zierde Eurer Zunft!«, antwortete ihm Siegmund, stöhnte und spuckte Blut.

Sein Peiniger grinste amüsiert.

»Du wirst sicher eine kleine Herausforderung werden, Bursche! Soviel Gegenwehr, soviel Durchhaltewillen…«

Er nahm seinen Fuß von Siegmunds Schulter, dann zog er ein kleines Messer hervor.

»Oder, du machst es dir einfach. Ich gebe dir hier und jetzt noch eine letzte, überaus gnädige Gelegenheit dafür. Entscheide dich, dann verschaffe ich dir vielleicht einen raschen Tod!«

Er beugte sich hinab, und die Spitze seines Messers fuhr über Siegmunds Gesicht.

»Wer bist du? Was hast du hier verloren? Wer ist dein Freund in der Ruine?«

Dieser spürte das kalte Metall auf seiner Haut.

»Geht zum Teufel, Hauptmann! Ihr und Eure ganze lumpige Gefolgschaft!«, antwortete ihm Siegmund und spukte Lippold verächtlich mitten ins Gesicht.

Dieser schäumte vor Wut, kämpfte mich sich, seinen Gefühlen nachzugeben und einfach zuzustechen, doch fing er sich, sah ihn schließlich verächtlich an und erhob sich wieder.

»Das werde ich! Sogar ziemlich sicher, Bursche!«, antwortete er finster und trat dem am Boden liegenden Siegmund kräftig ins Gesicht.

Der Schmied sackte zusammen.

»Schafft ihn zurück in die Höhle! Ich kümmere mich später um ihn.«, befahl Lippold und machte eine Handbewegung.

Seine Männer gehorchten und packten sich den Bewusstlosen. Dann hievten sie den Hünen auf den Rücken eines der Pferde und brachten ihn wie befohlen rasch fort. Ihr Herr zog währenddessen seine Kleider zurecht. Als er damit fertig war, sah er sich kurz um, und wandt sich dann seinem Stellvertreter zu.

»Du kamst spät… Zu spät!«

Er sah seine rechte Hand dabei vorwurfsvoll an.

»Ja, Herr! Wir wurden aufgehalten, und dann konnte das Pferd auch nicht mehr, so mussten wir den Rest zu Fuß bewältigen.«, erklärte sich der Oberräuber.

»Was meinst du mit *aufgehalten*?«, wollte sein Herr wissen.

»Nun, ja! Eine längere Geschichte... Es fing damit an, dass Euer Weib auf der Durchreise fiel und sich und ihr Kleid dann im Bach säubern wollte, Herr!«, antwortete ihm der Oberräuber kleinlaut.

»Gefallen? Einfach so?«

»Ja, Herr! Habe die Männer dann vorausgeschickt, doch...«

Noch bevor er den Satz beenden konnte, hatte er sich eine schallende Ohrfeige eingefangen.

»Aber...«, versuchte er fortzufahren, doch Lippold hob drohend seine Hand, und er schwieg sichtlich eingeschüchtert.

»Ein guter Anführer darf niemals seine Gruppe verlassen! Unter keinen Umständen! Sie muss unter seiner Führung bleiben. Immer! Geschlossen! Das habe ich dich gelehrt, und du missachtest dies einfach? Überaus töricht!«

Der Oberräuber hielt sich seine pochende Wange.

»Verzeiht, Herr! Als wir von der Ruine zurückkamen, wollte ich sie holen, und mich dann rasch wieder den Männern anschließen. Mini hat am Bach solange auf sie aufgepasst, denn ich weiß ja, wie wichtig Euch das Weib ist. Deshalb habe ich mich auch selbst darum kümmern wollen... Doch wir waren nicht alleine!«

Der Hauptmann sah ihn überrascht an.

»Was meinst du mit nicht alleine?«

»Wir wurden von dem jungen Burschen überrascht, welchen wir oben eingeschlossen haben... Er muss es geschafft haben, irgendwie aus der verschlossenen Gruft wieder herauszukommen... Mir ein wahres Rätsel! Dann ist er uns auch noch ziemlich schnell gefolgt.«

Der Oberräuber kratzte sich verlegen das Haupt, denn die Angelegenheit war ihm peinlich.

»Ihr Dummköpfe habt ihn hinter dicken Mauern eingesperrt, und er konnte trotzdessen wieder herauskriechen, euch sogar noch einholen und stellen?«, hakte der Hauptmann nach.

Seine rechte Hand nickte.

»Was soll ich von alledem halten? Erst bringen mir die nutzlosen Knechte diesen äußerst widerwilligen, fetten Kerl, der mir nur Ärger macht. Dann versichern mir jene, dass dessen Kumpan in der Gruft oben eingesperrt wurde, dort also verreckt, und du mit meinem Weibe etwas später kommst… Nun aber kamst du viel zu spät, dazu noch ohne die Gruppe anzuführen, und mein Weib ist schmutzig! Obendrein erzählst du mir, dass sich dieser verdammte Knabe wohl auf irgendeine wundersame Weise wieder befreien konnte, euch sogar noch hinterher ist und überfallen hat…Du hast ihn doch sicher getötete, oder?«, wollte der Hauptmann wissen.

»Nein, Herr, Mini kümmert sich um ihn! Der Gnom bringt mir, ich meine Euch, den Kopf des Fremden, so habe ich es ihm befohlen.«

Lippold sah ihn grimmig an.

»Der Zwerg? Warum hast du die Sache nicht gleich selber geregelt?«, wollte dieser wissen.

»Nun, es war schon spät, und ich wusste, Ihr wartet bereits auf das Weib…«, erklärte sich der Oberräuber.

Sein Gegenüber hob die Augenbraue und sah ihn ernst an.

»Dann hoffe ich für dich, dass der Bucklige die Aufgabe auch erfüllt, ansonsten werde ich dich dafür persönlich zur Rechenschaft ziehen! Deine Eskapaden in letzter Zeit lassen mich allmählich ernsthaft daran zweifeln, ob du der richtige Mann für den Posten des Oberräubers bist… Ich spiele mit dem Gedanken, einen anderen als meinen Nachfolger zu bestimmen!«

»Ich werde Euch nicht mehr enttäuschen, Herr!«, versicherte ihm der Oberräuber demutsvoll.

»Wir werden sehen, wir werden sehen…«, antwortete Lippold.

»Ach, bevor ich es vergesse… Nicht, dass ich den kämpferischen Fähigkeiten unseres garstigen, kleinen Kobolds nicht trauen würde, doch schick sicherheitshalber ein paar meiner Männer, um mal nachzusehen! Ich hatte schon genug Ärger fürs erste.«, befahl er dann.

»Ja, Herr!«

»Ist das Weib schon in der Höhle?«, wollte er noch wissen, und sein Gefolgsmann nickte.

»Gut, gut! Geh jetzt, und lass mich allein… Ich muss in Ruhe nachdenken können, dafür kann ich keinen von euch nutzlosem Gesindel gebrauchen!«, befahl er, und der Oberräuber verbeugte sich tief.

Dann schwang sich seine rechte Hand unversehens auf sein Pferd und ritt davon.

Der große, übermächtige Räuberhauptmann Lippold aber blieb. Tief in seine düsteren Gedanken versunken, stand er nun alleine dort im tiefen Wald und war froh darüber, endlich unbeobachtet und für sich zu sein.

Sein Gesicht quälte ihn ungemein, ebenso tat es der Rest seines kranken Körpers, doch hatte er sich vor seinen Männern nichts davon anmerken lassen wollen. Nun aber meinte er wieder einmal deutlich spüren zu können, und dies sehr schmerzhaft, wie sich die unbarmherzige Krankheit weiter ausbreitete. Ihn bei lebendigem Leibe immer mehr verzehrte, bis in naher Zukunft auch das restliche noch gesunde Fleisch vertilgt sein würde. Wäre es ihm möglich gewesen, so hätte er alles Kranke weggeschnitten, doch dies hatte er in der Vergangenheit schon viel zu oft getan. Er verfluchte den Tag, an dem er sich diese Plage eingefangen hatte…

Begonnen hatte es mit dem Brand während der Plünderung im Dorf vor einigen Monaten. Er war zu unvorsichtig gewesen, hatte zu leichtsinnig gehandelt und war nur knapp dem Tode entronnen. Seitdem breitete sich das Übel unaufhaltsam immer weiter aus. Quälte ihn, und trieb ihn langsam aber sicher immer mehr in den Wahnsinn. Er verrottete, verrottete bei lebendigem Leibe! Nichts und niemand auf dieser Welt konnte ihm nun mehr helfen, ihn gar retten, dies wusste er nur zu gut, denn er hatte es bereits überall versucht, vergeblich! Wie viel Zeit ihm noch blieb, dies konnte er nicht sagen. Doch hatte er bereits beschlossen, wenn erst einmal alles Wichtige geklärt war, sich selbst um die Art und Weise, vor allem aber um den Zeitpunkt seines Endes zu kümmern, und diese letzte aller Entscheidungen nicht auch noch dieser verdammten Krankheit zu überlassen. So würde er schließlich doch noch der traurige Sieger sein, denn er hasste es zu verlieren.

Vor allem aber hasste er es, wenn jemand anderes über ihn hinweg bestimmte. Mit Schmerzen jeglicher Art hatte er im Laufe seines Lebens lernen müssen umzugehen, dies war hierbei weniger das Problem. Doch hatte er sich nie etwas vorschreiben lassen! Von nichts und niemandem! Den Letzten, der dies versucht hatte, hatte er dafür in Stücke geschnitten. Nun war es diese verdammte Krankheit, die dies versuchte, und das konnte und wollte er nicht zulassen. Er wusste, dass sein Ende nah war und hatte sich bereits damit abgefunden. Einige sehr beunruhigende Gefühle aber, die er schon lange nicht mehr verspürt hatte und daher kaum noch kannte, verunsicherten ihn nun. Darunter eines, welches er nur schwer einordnen konnte. Ob es sich dabei um eine Art Furcht oder eher um eine große Unsicherheit handelte, wusste er nicht, denn er hatte eigentlich nichts und niemanden zu fürchten. Eine große Furcht, resultierend aus einer großen Unsicherheit? Ja, dies traf es dann wohl eher!..

Die Angst, nicht zu wissen, wie es nach dem Tode weiterging.

Wie in letzter Zeit allzu häufig, fragte er sich auch nun wieder einmal, was ihn wohl nach seinem unrühmlichen Treiben hier auf dieser Welt erwartete, denn Lippold wusste nur zu gut, wer er war und was er alles getan hatte!

Wusste, wem er seine Seele verkauft hatte!!!

Das überaus beunruhigende Gefühl der Machtlosigkeit überkam ihn. Der Gedanke daran, loslassen zu müssen, sich den Dingen einfach ergeben zu müssen, ohne selber noch entscheiden zu können, sich führen und lenken zu lassen… alles, was er abgrundtief hasste, machte ihn zornig, dann ungemein nervös. Ihm wurde bang, denn er wollte nicht ausgeliefert, einflusslos, handlungsunfähig und schwach sein. War es sein schlechtes Gewissen, oder einfach nur die Sorge um seine rabenschwarze Seele, die ihm nun so zu schaffen machte, dass die körperlichen Schmerzen dabei fast vergessen waren?

Geschehen war geschehen, was kümmerte es ihn noch? Er musste es so nehmen wie es kam.

»Wenn es hinabgeht, dann macht euch bereit!«, rief Lippold und lachte so laut und furchtlos gegen seine düsteren Gedanken an, dass der gesamte Wald dabei erzitterte.

Es war an der Zeit, endlich eine der lindernden Salben zu nehmen, drum schwang er sich auf sein Pferd und ritt mit wehender Kleidung in Richtung seines Verstecks. Während er sich seinen Weg durch das unwegsame Gelände bahnte, war er sich sicherer denn je, dass es ein legendäres Ende werden würde.

Kapitel 11

Freudiges Wiedersehen im Wirtshaus

Etwas glitt über sein Gesicht, feucht und glitschig.

»Lass den jungen Herrn doch in Ruhe aufwachen, Odin! Er bekommt ja kaum noch Luft!..«, schimpfte eine Stimme.

Es war die des Abdeckers Jakob, der gerade vergeblich versuchte seinen aufgeregten Hund von Kaspars Gesicht weg zu bekommen. Das Tier machte jedoch keinerlei Anstalten und leckte genüsslich, dabei freudig mit dem Schwanz wedelnd, Kaspar weiterhin durch dessen reichlich verdutzt dreinschauende und nun auch schon reichlich feuchte Visage.

»Ist doch gut, ist doch gut, mein Großer!!!«, bemerkte Kaspar, während er Odin zu bändigen versuchte.

»Ich bin ja wach!..«

Dieser bellte einmal laut auf, und der Sabber spritzte dabei zu allen Seiten. Dann ließ er ab von Kaspar, ging ein paar Schritte zurück und hockte sich hin. Mit seinen treuen Augen sah er sie nun beide abwartend an.

»Entschuldigt, Herr! Er hat die ganze Zeit über auf Euch aufgepasst, ohne dass ich ihn von Euch wegbekommen konnte... Ich weiß auch nicht?! Das hat er bisher noch nie getan.«, entschuldigte sich Jakob.

»Ist schon gut!..«, antworte ihm Kaspar und wusch sich mit der Hand den Schlabber aus dem Gesicht.

Nachdem er damit fertig war, sah er sein Gegenüber wissbegierig an, während er sich dabei seinen arg schmerzenden Kopf rieb.

»Jakob, verzeih, aber ich stehe noch etwas neben mir?!.. Was machen du und dein Hund eigentlich hier? Wo bin ich überhaupt?«, wollte er wissen und versuchte sich von seinem Lager zu erheben, doch wurde ihm schwindelig.

Jakob deutete ihm an ruhig liegenzubleiben.

»Gemach, Herr! Ihr müsst erst wieder zu Kräften kommen! Seid noch zu schwach. Ein Wunder ist es, dass Ihr überhaupt noch am Leben seid, nachdem was Ihr alles erlitten haben müsst. Ihr braucht Euch nicht zu sorgen, denn Ihr seid in Brunkensen. Genauer gesagt im Wirtshaus. Also in Sicherheit und auf dem besten Wege wieder gesund zu werden!«, erklärte ihm jener.

»Was ist denn eigentlich passiert? Ich kann mich an kaum etwas erinnern… Nur noch daran, dass ich dem Pfad gefolgt bin und dann schließlich nicht mehr weiter konnte.«

Kaspar versuchte sich krampfhaft wieder zu erinnern.

»Odins guter Nase habt Ihr es zu verdanken, dass Ihr überhaupt noch gefunden wurdet!« stellte der Schinder fest, und da Kaspar in neugierig ansah, begann er zu erzählen:

»Wir hatten die Wolfsschlucht gerade hinter uns gebracht, als Odin plötzlich unruhig wurde und aufgeregt anfing überall umherzuschnüffeln. Ich ahnte schon Schlimmes und folgte ihm mit einem Ast bewaffnet. Vielleicht Mordgesindel oder gar Räuberpack, welches sich versteckt hielt, um uns dann zu überfallen?! Nach einiger Zeit war der Große hinter einem Gebüsch verschwunden und fing heftig an zu bellen. Als ich schließlich sah, wer dort regungslos und arg verletzt vor mir im Graben lag, überkam es mich, denn ich erkannte Euch sofort wieder. Nahm an, dass Ihr tot seid, so verletzt und starr wie Ihr da vor mir lagt… Doch schien glücklicherweise noch ein wenig Leben in Euch zu stecken, denn ich nahm Euren schwachen Atem wahr. So hob ich Euch behutsam aus dem Graben und auf Odins Rücken. Gott sei es gedankt, dass Odin so ein kräftiger Bursche ist, denn wäre dem nicht so, hätte ich Euch nie heile, auch nicht mehr rechtzeitig, nach Brunkensen schaffen können…«
Jakob holte kurz Luft.

»Danach hat sich Frau Wirtin rührend um Euch gekümmert. Mit all ihrem Wissen und Können!«, fügte er hinzu.

»Guter Hund, feiner Hund! Ganz fein gemacht!«, lobte Kaspar den sie beide beobachtenden Odin, der seinerseits mit einem kurzen Bellen antwortete.

»Dann stehe ich tief in deiner Schuld, Jakob! Ohne dich und deinem treuen Freund hier wäre ich sicher nicht mehr am Leben. Wenn du mich irgendwann einmal brauchst, egal wann und wo, lass es mich wissen! Du kannst mit meiner Hilfe rechnen, immer und zu jeder Zeit, mein Freund!«, sagte er dann und streckte dem Schinder die Hand entgegen.

»Danke, Herr! Doch war es nur meine und die eines jeden gottesgläubigen Menschen Pflicht, in solch einer Notlage zu helfen. Trotzdessen, habt Dank für Eure Worte und das freundliche Angebot, welches ich auch gerne in Anspruch nehme, falls dies einmal vonnöten ist.«, antwortete jener, dann schüttelten sie einander die Hände.

»Leider ist mein Beutel verloren gegangen, doch sei dir gewiss, dass ich dich dafür noch mit barer Münze entlohnen werde. Natürlich auch Frau Wirtin.«, versicherte Kaspar.

»Wo ist sie eigentlich?«

»Ich glaube, ihr ist der Hund nicht wirklich geheuer.«, antwortete Jakob und grinste.

»Na, sie wird schon irgendwann wieder auftauchen!«, war sich Kaspar ziemlich sicher.

Jakobs Gesicht wurde ernst.

»Herr, wenn ich es mir erlauben darf zu fragen, was ist eigentlich mit Euch passiert? Ich frage mich das schon die ganze Zeit lang. Könnt Ihr Euch wieder an etwas erinnern?«

Kaspars Kopf pochte immer noch arg, doch versuchte er sich zu konzentrieren, seine Gedanken wieder zu ordnen. Er nahm sich Zeit, dann antwortete er:

»Das ist eine lange Geschichte, Jakob! Kurzgefasst, hatte ich vor, zusammen mit dem Schmied in Erfahrung zu bringen, wo sich die Räuberbande versteckt hält. Wir wurden aber überrascht, überwältigt und gefangengenommen. Ich konnte ihnen entkommen, doch nur knapp und mit sehr viel Glück, zudem schwer verletzt, wie du ja weißt!«

Er fragte sich, ob sein Freund wohl noch am Leben sein würde, doch Jakob riss ihn schnell aus seinen dunklen Gedanken.

»Habt Ihr ihn auch gesehen?«, wollte dieser wissen.

»Wen meinst du? Lippold?«, hakte Kaspar nach.

»Ja!«

»Nein! Es war ein Anderer, der die Gruppe anführte... Ich nehme an, seine rechte Hand. Und einen garstigen Gnom, den habe ich ebenfalls recht schmerzlich kennenlernen müssen...«

»Einen Gnom?«, fragte Jakob ungläubig

»Ja, ein überaus garstiger und gefährlicher Wicht! Nun aber noch einen Kopf kleiner als ohnehin schon...«, antwortete Kaspar und machte eine entsprechende Geste.

»Und eine wunderschöne, junge Frau, die habe ich ebenfalls gesehen... Im Mondlicht!«

»Eine Frau im Mondlicht?«

Jakob schien sichtlich überrascht zu sein.

»Ja, mein Freund! Sie badete, so wie Gott sie schuf, im glasklaren Wasser.«, erklärte ihm Kaspar.

»Um Gottes Willen! Ihr habt das Burgfräulein gesehen?! Jesus, Maria und alle guten...«, stotterte der Schinder entsetzt, dann bekreuzigte sich dieser mehrmals.

»Das glaube ich weniger.«, war sich Kaspar sicher und zeigte auf seinen über dem Hocker hängenden Gürtel.

»Reich mir den mal bitte!«

Dann zog er aus dem kleinen Beutel die kunstvoll gefertigte Kette hervor, die von einem großen blauen Edelstein geziert wurde.

»Ich glaube kaum, dass die hier einem Gespenst gehört, dafür fühlt sie sich zu echt an!«, bemerkte er amüsiert und wog dabei das kostbare Schmuckstück in seiner Hand.

»Gottgütiger!«, staunte Jakob mit großen Augen.

»Stammt jene von dem Weib?«

»Ja! Ich habe sie dem grässlichen Gnom abgenommen. Frag nicht wie!«, antwortete Kaspar.

»Nun, Herr, wenn sie wirklich kein Spuk war, wer war und ist sie denn dann?«, wollte sein Gegenüber wissen.

»Eine Gefangene der Räuberbande, Jakob! Dies scheint ziemlich sicher. Ich habe darüber hinausgehend aber schon eine Vermutung...

Dieser muss ich erst noch nachgehen! Ich glaube jedoch fest daran, dies kleine Rätsel rasch lösen zu können!«

Kaspar legte die Kette behutsam zur Seite.

»Ich bin gespannt, ob ich richtig liege...«

»Und der Schmied? Was ist mit ihm? Es kam außer Euch, Herr, nur Karl wieder, und der hat es ja nicht überlebt! Glaubt Ihr, dass Euer Freund noch am Leben ist?«, wollte Jakob wissen.

»Mein Gefühl sagt mir *Ja*!.. So, oder so, ich werde ihn finden! Tot oder lebendig! Dies bin ich ihm schuldig. Und nachdem ich ihn gefunden habe, werde ich mich der Räuber und ihres Hauptmanns annehmen. Die Zeit Räuber Lippolds und seiner Gefolgsleute ist vorbei! Doch werde ich Hilfe benötigen, und ich weiß auch schon, wo ich diese vielleicht bekommen werde...«

Kaspar wollte sich erneut erheben, sackte dann aber wieder schwach zurück auf sein Lager.

»Verdammt!!!«, keuchte er.

Jakob sah in besorgt an.

»Ihr müsst Euch erst noch schonen! Frau Wirtin pflegt Euch erst seit ein paar Tagen. Sie sagt, dass sie noch keinen Burschen gesehen hat, dessen Wunden so schnell verheilen... Das es schon irgendwie unheimlich sei, doch braucht es trotzdessen sicher noch etwas mehr Zeit.«

Kaspar sah ihn jedoch entschlossen an.

»Mein Freund, ich habe aber keine Zeit mehr! Ich bitte dich daher um einen Gefallen. Lass mein Pferd morgen früh satteln, denn ich werde in die Stadt reiten!«, antwortete er ihm.

»Nach Alfeld, Herr?«, wollte Jakob wissen.

»Ja, direkt zum Bürgermeister!«

»Ihr wollte ihn um Hilfe bitten?«

Kaspar nickte.

»Gut, ich kümmere mich darum, wenn Ihr es so wollt! Ihr lasst Euch von Eurem Vorhaben eh nicht abbringen... Das Pferd wird wie gewünscht morgen früh für Euch bereitstehen, Herr! Ruht Euch nun aber noch etwas aus, bevor Ihr oder ich noch Ärger mit Frau

Wirtin bekommen. Falls Ihr noch etwas benötigt, ruft nach mir! Ich wache vor Eurer Tür.«

Jakob verbeugte sich.

»Danke! Das werde ich, mein Freund!«, antwortete Kaspar zufrieden.

Odin sabberte noch einen letzten Tropfen auf das weiche und sehr warme Tuch, dann machte auch er kehrt und folgte seinem Herrn hinaus aus der kleinen Kammer. Die Tür schloss sich und es dauerte, doch nach einiger Zeit schaute Wirtin Elsa herein, um sich nach Kaspars Befinden zu erkundigen. Dieser bedankte sich mehrmals bei ihr, bat dann aber freundlichst darum nun ungestört weiterschlafen zu dürfen. Dies tat er dann auch den ganzen Abend und die ganze Nacht lang, und am nächsten Morgen, als er erwachte, fühlte er sich schon deutlich besser.

Froh darüber, noch Ersatzkleidung in der Satteltasche mit sich geführt zu haben, denn so brauchte er sich nichts auszuleihen, aß und trank er reichlich, um seinen ausgezehrten Körper wieder zu neuer Stärke zu verhelfen. Dieser hatte jedoch noch lange nicht jene Kraft wiedererlangt, die er noch vor den zehrenden Geschehnissen hatte aufbringen können. Es musste reichen, denn Kaspar konnte und wollte sich keine Ruhe mehr gönnen!

Nach dem Frühstück bedankte und verabschiedete er sich noch rasch von der guten Frau Wirtin, dann ging er hinaus und wartete dort vor dem Krug auf Jakob. Dieser kam und hatte das Pferd wie versprochen vom Knecht in aller Frühe satteln lassen. Er übergab es Kaspar.

»Sehr gut gemacht, Jakob!«, bedankte sich jener und stieg in den Sattel.

»So Gott will, sehen wir uns bald wieder, mein Freund! Falls nicht, gib diesen Brief dem Bischof! Er wird sich um alles weitere kümmern, wenn ich es nicht mehr kann. Auch um deinen Lohn.«

Er übergab dem Schinder ein gerolltes Schriftstück, dann wendete er das Pferd.

»Möge Gott Euch auch weiterhin beschützen! Ihr Erfolg haben und bald wieder hier vor mir stehen!«, wünschte Jakob, dann verbeugte sich dieser tief.

Kaspar nickte freundlich zurück, dann gab er seinem Pferd die Sporen. Er eilte davon, so schnell, als wäre Satan persönlich hinter ihm her, und der Abdecker sah ihm noch eine Weile nach. Solange, bis der Reiter schließlich gänzlich hinter den hohen Feldern verschwunden war.

»Wer war dieser junge Mann bloß? Sein neuer, mysteriöser Freund? Der, der vor nichts Angst zu haben schien?«, fragte sich der Schinder und streichelte dabei Odins Kopf.

Er hoffte inständig, es noch irgendwann erfahren zu dürfen, denn er mochte diesen Fremden. Genauso, wie es auch Odin tat, und dieser verfügte, für einen Hund, über eine ausgesprochen gute Menschenkenntnis.

Kapitel 12

Räuber Lippolds Weib

Tief in seinem Höhlenversteck verborgen, saß der Hauptmann der Räuberbande auf seinem prächtigen Thron und sah missmutig auf die versammelte Knechtschaft herab.

Sein ansonsten recht düsterer Saal, so wie er diesen riesigen aus dem Felsen gehauenen hohen Raum nannte, war nun durch zahlreiche Fackeln hell erleuchtet. Ein großes Feuer loderte im offenen Kamin. Kostbare Teppiche waren auf dem kargen Steinboden ausgelegt worden. Zudem standen noch einige wertvolle Statuen und reichlich anderer zusammengestohlener Zierrat umher und schmückte gemeinsam mit den großen Bildern den ansonsten kargen und tristen Höhlenraum.

»Männer!!!«, rief Räuber Lippold, und die laute Menge verstummte augenblicklich.

»Der Gnom ist nicht zurückgekehrt!«

Getuschel war zu hören.

»Vielleicht kommt er noch, Herr!«, rief Krähennase, einer der Räuber, dessen spitze und hakige Nase ihm seinen Spitznamen eingebracht hatte.

»Quatsch! Der kommt nicht mehr…«, antwortet einer der anderen Räuber.

»…Der ist hin, sonst wäre er schon wieder angewackelt gekommen, der dumme Wicht!«

Die Stimmen wurden lauter.

»Die Männer haben seinen Kadaver aber noch nicht gefunden!«, rief ein anderer von ihnen.

»Ruhe, verdammtes Pack!!!«, befahl Lippold böse.

Die Männer sahen ihn erwartungsvoll an.

»Ich werde euch nun alle ausschicken müssen, um mal genauer nachzusehen… Wenn der Zwerg tatsächlich hin ist, dann konnte womöglich auch der Fremde entkommen. Vielleicht ist der noch irgendwo hier in der Gegend. Verletzt kommt der nicht weit... Ich will ihn! Lebend!«

»Und wat is, wenn der schon irgendwo verreckt is?«, wollte Würgerhannes wissen.

Lippold schüttelte den Kopf.

»Dann bringt ihr mir eben seinen Kadaver! Kann das so schwer sein? Krähennase, du wirst den Haufen anführen! Ich erwarte euch wieder bei Anbruch der Nacht.«

Krähennase nickte zufrieden, doch der Oberräuber sah seinen Herrn reichlich verwundert an.

»Auf was wartet ihr noch? Los, sucht endlich die Umgebung ab! Ihr alle! Wird es bald, nutzloses Gesindel?! Kommt mir bloß nicht mit leeren Händen wieder...«, befahl Lippold und deutete auf den Ausgang des Höhlensaals.

»Los!!!«

Noch bevor der Oberräuber als letzter den Saal verlassen konnte, rief Lippold:

»*Du* bleibst hier! Mit dir habe ich noch zu reden...«

Es dauerte nicht lange, und seine rechte Hand kniete sich demutsvoll auf die unterste Stufe der kleinen Treppe, die den Thron hinaufführte.

»Zu Ihren Diensten, Herr!«

Lippold sah seinen Stellvertreter ernst an.

»Ich habe nun alle Männer senden müssen, um nach dem Kerl und dem vermissten Zwerg Ausschau zu halten.«

Den Oberräuber überkam ein ungutes Gefühl.

»Es tut mir leid, Euch erneut enttäuscht zu haben, Herr!«, flüsterte jener nervös.

»Fürwahr, wieder eine Enttäuschung! Ich sagte dir bereits, dass ich dich persönlich dafür haftbar machen werde. Du weißt, was nun folgen wird? Nicht dass mir dies sonderlich gefallen würde, doch wie stehe ich vor den Männern da, wenn ich dein schweres Versagen einfach so durchgehen lasse? Ich kann es dir sagen, *schwach*!

Und so etwas wie Schwäche kann sich ein starker Anführer nicht leisten.«

Lippolds Mine verfinsterte sich.

»Bist du zu schwach, wirst du gefressen! So einfach ist das! Du musst als Anführer immer einen Schritt voraus denken können. Schlauer und gewitzter sein als deine Gefolgsleute. Ich habe schon so oft versucht dir dies und noch vieles andere beizubringen, doch du scheinst mir nicht wirklich zuhören zu wollen. Nun läuft da draußen womöglich ein junger Bursche herum, der das Weib gesehen hat und vielleicht sogar noch weiß, wo sich unser Versteck befindet, falls er den Zwerg zum reden bringen konnte. Du hast uns womöglich alle durch dein unverantwortliches, unüberlegtes Handeln in größte Schwierigkeiten gebracht.«, sagte Lippold grimmig.

Der Oberräuber nickte.

»Niemals die Gruppe verlassen... Keine Überlebenden... Einfache Regeln..., doch so wesentlich für unser aller Sicherheit.«, flüsterte er ängstlich.

»Als meine rechte Hand, als mein Stellvertreter, musst du dir diese noch gründlicher einprägen. Sie vollkommen verinnerlicht haben. Gewissenhafter als all die anderen hirnlosen und einfältigen Knechte hier. Wie willst du sie sonst führen und beschützen können? Dein elegantes Auftreten und deine feine Wortwahl alleine werden dafür nicht ausreichend sein.«

Lippold sah ihn abschätzig an.

»Warum hast du das Weib mitten in der Nacht baden lassen?«

Der Oberräuber schluckte.

»Sie fiel vom Pferd und...«, wollte er sich erklären, doch Lippold hob drohend seine Hand.

Schritte waren zu hören. Ein garstiger Zwerg schlürfte herein, in seiner rechten Hand eine lange Eisenkette, an der er rabiat eine junge Frau hinter sich herzog. Es war die Bürgermeistertochter. Hätte man es nicht besser gewusst, so hätte man annehmen müssen, jener Gnom wäre der verschollen geglaubte Mini, doch dieser Bucklige hier war sein ebenso verkommener Zwillingsbruder namens Mus.

»Ah, sieh an, mein holdes, wunderschönes Weib beehrt uns!«, bemerkte Lippold höhnisch.

»Willkommen! Setz dich ruhig zu uns…«

Er deutete auf den leeren Stuhl in seiner Nähe.

»Nun, da du bezauberndes Liebchen ja auch hier bist, bekommen wir sicher schnell Licht ins Dunkel! Mein mir reichlich ausweichen wollender Zögling hier wollte mir gerade gründlich berichten, was eigentlich vorgefallen ist. Also, Herr Oberräuber, fahre fort mit deiner Geschichte!«

Lippold sah in erwartungsvoll an. Seine rechte Hand räusperte sich.

»Nun, Herr…«, begann dieser.

»Euer Weib fiel vom Pferd und...«

»Lüge!!!«, unterbrach ihn der Hauptmann.

Dessen Gegenüber fing zu schwitzen an. Furcht war in seinen Augen zu lesen.

»Herr, ich…«

»Halt dein Maul! Halt dein dreckiges Lügenmaul, verdammter Lump! Wie kannst du es nur wagen!? Du willst mich täuschen? Mir eine armselige Lügengeschichte auftischen, verdammter Narr?«, schrie Lippold, dann stand dieser auf und schritt rasch die Stufen hinab.

Er trat dem Oberräuber unvermittelt ins Gesicht. So heftig, dass dieser nach hinten fiel und mit seinem Rücken auf den harten Boden prallte. Die Bürgermeistertochter erschrak und wandte sich voller Abscheu über diese rohe Gewalt angewidert ab.

»Herr, ich wollte…«, nuschelte der Oberräuber, und das Blut tropfte ihm dabei aus seiner gebrochenen Nase.

»Ich habe dir befohlen, dass du sie nicht anfassen sollst! Habe dich gewarnt! Dir deutlich gesagt, was dann passieren würde!«, schrie Lippold erbost.

»Ich habe sie nicht angerührt, Herr!«, winselte der Oberräuber.

»Sie und auch die Männer haben mir gesagt, dass es dein Befehl war! Warum sollte ich dir glauben? Überhaupt irgendetwas? Jemals wieder?«, wollte der Hauptmann wissen.

Der Getretene sah ihn besorgt an.

»Herr, bitte ich…«, wollte er sich erklären, doch da spürte er schon die Kette des Zwergs unbarmherzig hart auf seinen Rücken niedergehen.

Er wand sich unter Qualen hin und her, schrie laut auf vor Schmerz, und die Kette prallte auf seine Haut, immer und immer wieder, bis schließlich, nach endlos lang erscheinender Zeit, der Gnom wieder von ihm abließ. Dessen fischigen Augen glänzten vor lauter Schadenfreude, und ein breites Grinsen war auf dem grässlichen Gesicht zu sehen. Zufrieden ließ er die blutige Kette sinken, und der Oberräuber atmete erleichtert auf, wollte sich erheben, doch sackte er schwach in sich zusammen und blieb auf dem Boden liegen. Seine Kleider hingen in Fetzen, durch jene war das wunde Fleisch zu sehen.

»Es ist gut, Mus, lass ihn! Er hat mich nun wohl verstanden… Ich hoffe, es wird dir dieses Mal eine Lehre sein! Ein allerletztes Mal! Schleif ihn weg, ich bin fertig mit ihm! Fürs erste…«

Lippold machte eine abfällige Geste.

»Und lasst uns dann alleine, Zwerg!«

»Ja, Herr, Mus macht!«, bekam er als Antwort, und der Bucklige zog den Oberräuber, die Kette um dessen Hals gelegt, über den kalten Boden hinaus.

Der Hauptmann hatte dies grausame Schauspiel mit großem Vergnügen beobachtet. Es hatte ihn sogar erregt, denn er mochte Gewalt! In all ihren ach so vielfältigen Formen… Vor allem aber liebte er es, die Gewalt, genauer gesagt die vollkommene Macht über etwas oder jemanden zu haben…

Er konnte sich noch sehr gut daran erinnern, welch überaus erregendes Gefühl es gewesen war, als kleiner heranwachsender Bube, den hilflosen Vögeln die Federn bei lebendigem Leibe auszurupfen. Ja, damit hatte es wohl begonnen! Mit kleinen ihm hilflos ausgelieferten Tieren, die er mit viel Mühe gefangen hatte, um sie dann aufs Grausamste quälen zu können. Sich dabei an ihrem Leid ergötzte. Die Tiere wurden mit der Zeit größer. Schnell wurde ihm jedoch klar, dass dies nicht genügen würde… Ihn nicht länger interessierte.

Ihn sogar langweilte! Es weitaus spannendere Dinge noch zu entdecken gab… Lüsterne Gedanken, dunkle Fantasien hatte er schon immer reichlich gehabt, als Junge und auch als Heranwachsender. Als kräftiger, erwachsener Mann konnte er diese endlich ausleben. Niemand stellte sich ihm dabei in den Weg, bei seinem hohen Stand und seiner mächtigen, durchaus herausragenden Position.

Schnell fand er heraus, was ihm wahrhaft Freude bereitete, nämlich Menschen zu quälen: Frauen und Kinder vor allem! Ein dummes Weib, die erste übrigens, die er je verschleppt hatte, brachte ihn zu dieser Erkenntnis. Er hatte sie brutal vergewaltigt, ihr die Kehle durchtrennt, und sie dann in der schmutzigen Gosse bei den Schweinen und den Ratten entsorgt. Weggeworfen, wie Abfall!

Die Anzahl seiner Opfer stieg stetig, je älter und einflussreicher er wurde. Je heftiger sie sich wehrten, und je verzweifelter sie sich wanden, umso größer war sein grausiger Lustgewinn. Immer öfter und maßloser ging er seinen dunklen, abgrundtief bösen Trieben nach und lernte schnell, dass es nicht der Tod an sich war, der ihn interessierte und ihm grausame Befriedigung verschaffte. Nein! Es der Weg dorthin war, der ihn so überaus reizte. Keines seiner Opfer hätte, wenn es nach ihm gegangen wäre, je sterben, jedoch endlos lange Qualen erleiden müssen, so wie er es sich auch in der Hölle vorstellte. Ein Ort endloser Pein, des Leids und des Schmerzes. Lippold befürchtete, dass er mit jenen da unten wohl doch so einiges gemeinsam hatte.

Er mochte die Farbe des Blutes, den Angstschweiß, das verzweifelte Schreien, das leise Wimmern, die Tränen der Angst und der Verzweiflung. Dies alles wirkte auf ihn wie ein wunderbares Parfüm, anregend und lustvoll zugleich, bis er nicht mehr anders konnte, als auch seinen körperlichen Trieb zu befriedigen. In jenen Momenten wusste er nur zu gut, warum er sich schon früh für das unstete Leben als mörderischer Räuber entschieden hatte, denn dies entsprach seiner wahren Natur, seinem wahren Ich. All die kostbaren Schätze und Reichtümer waren nur Beiwerk. Lippold wusste, was ihn wirklich antrieb. Und er wusste auch jetzt, wie er seine grausame Erregung noch ein wenig steigern und schließlich befriedigen konnte…

»Hat es dir gefallen?«, fragte er die Bürgermeistertochter genüss-lich.

Sie weinte.

»Hör auf zu flennen!«, befahl er.

Sie schluchzte, und er näherte sich ihr, langsam wie ein Raubtier.

»Ihr seid eine Bestie!«, schrie sie ihn an.

Seine Fratze verzog sich zu einem diabolischen Grinsen, und er beugte sich über sie.

»Wenn du mich so nennen willst, meine Schöne!«

Mit seinen schmutzigen Fingern strich er ihr zärtlich über die Wan-ge. Voller Ekel wolle sie sich abwenden, doch wagte sie es nicht.

»Ein Biest...«, flüsterte er und umspielte dabei zart ihre weichen Lippen.

Dies beschämende Spiel schien ihm wahrlich zu gefallen.

»Und das Weibsbild in dir liebt es, oder?«

Beinahe liebevoll umfasste er ihr Kinn. Mit seinem Daumen drang er sanft in ihren warmen Mund ein.

»... Begehrt das entfesselte Biest.«, flüsterte er lüstern.

So fest, wie sie nur konnte biss sie zu! Lippold kniff die Augen zu-sammen. Sichtlich überrascht zog er seinen Finger wieder heraus und sah sie dabei fassungslos an.

»Du? Du wagst es?«, fluchte er zornig.

Seine Faust war geballt, doch schlug er nicht zu! Er versuchte seine nahezu unbändige Wut wieder in den Griff zu bekommen.

»Verdammte Hexe! Du wirst einmal mein Ende sein...«, bemerkte er und sah sie abschätzig an.

»Ich verfluche den Tag, an dem du in meine Höhle kamst! Warum habe ich dich noch nicht getötet?..«

Sein Auge blitzte böse.

»Ach, jetzt fällt es mir wieder ein!«

Und er lachte gemein.

»Lasst mich doch einfach gehen.«, flehte sie.

Tränen der Verzweiflung flossen ihr die Wangen hinab.

»Gehen? Wohin willst du gehen?«, wollte Lippold wissen.

»Zu meinen Eltern, nach Hause! Ich gehöre nicht hierher.«, antwortete sie und sah ihn flehend an.

»Du weißt, dass ich dich nicht gehen lassen werde, Weib! Es gibt hier nur einen Weg wieder hinaus für dich, weg von mir… und das ist der Tod! Solange, wie ich es will, wirst du leben und mir gefügig sein. Mir gehorchen und tun, was immer ich von dir verlange!«

»Das werde ich nicht.«, wimmerte sie.

»Du wirst! Oder möchtest du dasselbe unschöne Schicksal wie all deine Vorgängerinnen erleiden? Ich habe sie dir gezeigt. Ihre kläglichen Überreste jedenfalls.«

Der Räuber lachte böse.

»Grausamer Mann! Die armen Frauen… Bei lebendigem Leibe hinabgeworfen, sodass ihre Knochen brachen, sie elendig in der Tiefe ihr Leben aushauchen mussten.«, sagte sie voller Abscheu.

»Ja, herrlich dieser Anblick oder? Eine wahre Freude, wenn sie dort gehäuft in den Felsspalten auf den bereits verwesenden Leichen liegen. Noch zucken, und um ihr erbärmliches Leben winseln, mit angst- und schmerzverzerrtem Gesicht.«

»Gott erbarme sich ihrer armen Seelen! Herzloses Monster! Ich wäre auch lieber dort unten als hier bei Euch.«, schluchzte sie.

Lippold lachte nur.

»Das wirst du schon noch… oder auch nicht! Nachdem du deinen Zweck erfüllt hast, werde ich dir vielleicht sogar ein gnädigeres Ende verschaffen. Und es sieht wahrlich gut aus für dich, denn diese missratenen Weiber waren alle nicht so wie du, so jung, so voller Kraft! Haben mir nicht geben können, wonach ich schon so lange giere. Waren allesamt zu schwach, gebaren mir nur unnütze Mädchen… *Diese* kennst du ja ebenfalls schon.«

Die Bürgermeistertochter erschrak, denn noch überaus deutlich hatte sie die entsetzlichen Bilder der kleinen, zierlichen Säuglinge vor Augen, die der Wüterich gleich nach deren Geburt lebendig an die Bäume hängen ließ, aus purem Ärger darüber, dass die Frauen ihm keinen Sohn gebaren, und die nun als Gerippe immer noch dort baumelten.

Sie sackte verzweifelt zusammen.

»Hörst du sie? Hörst du, wie die Kinder im Winde singen?«, flüsterte er mit wahnsinniger Stimme.

»Wir werden wohl noch viel Zeit miteinander verbringen müssen, Liebchen, bis endlich mein Sohn geboren wird! Freu dich, du bist jung und gesund, nicht so wie deine nutzlosen Vorgängerinnen… Sie waren allesamt schwach und unfähig. Du wirst vielleicht die große Ehre haben, mir endlich den Stammhalter gebären zu dürfen, dann bist du ganz *mein* Weib!«

»Ich habe einen Mann!«, erwiderte sie stur.

Lippold schüttelte den Kopf.

»Warum darf ich ihn nicht sehen?«, fragte sie traurig.

»Es ist besser so…«

Sie begann erneut zu weinen, und Lippold sah sie herrisch an. Seine Miene verfinsterte sich.

»Ich habe dir zuvor schon gesagt, dass ich nicht will, dass du weinst!«

Sie schluchzte und schniefte. Zornig beobachtete er sie dabei.

»Schluss jetzt, es reicht!!!«, schrie er laut.

»Mit dem dummen Theater und dem endlosen Gerede…«

Sie zuckte zusammen. Mit einem kräftigen Ruck hatte er ihr den Ausschnitt des Kleides heruntergerissen, und die nackte Haut kam dabei zum Vorschein. Das Tier in ihm verlangte nach mehr. Gierig belauerte es die Beute, entschlossen endlich zuzuschlagen.

»Macht, was Ihr wollt mit mir, doch ich werde niemals Euer Weib sein! Und Euch auch keinen Sohn gebären, lieber schneide ich mir den Bauch auf!«, sagte sie entschlossen.

Es interessierte ihn nicht. Mit seinen groben Händen griff er nach ihrer weichen Brust.

»Versuch dich ruhig zu wehren! Dadurch bekomme ich umso mehr Lust auf dich, Weib!«, flüsterte er ihr mit seinem fauligen Atem ins Ohr.

Sie hielt angewidert still.

»Irgendwann wird es Euch schon jemand heimzahlen.«, antworte sie ihm und schloss die Augen.

Sie versuchte alles um sich herum zu vergessen. Stellte sich vor, wie sie zu Hause saß, dabei die Sonne schien, die Vögel fröhlich vor sich hin zwitscherten…

Lippold aber riss ihr das Kleid gewaltsam vom Leib, packte sie am Arm und stieß sie dann grob zu Boden.

»Verflucht seid Ihr, Hauptmann! Ihr und Eure ganze Mörderbande!!!«, fluchte sie auf ihrem Rücken liegend.

Er aber öffnete ungerührt ihre Schenkel und legte sich dazwischen. Sie versuchte sich zu wehren, doch war er zu stark.

»Ja, das gefällt mir…«, stöhnte er wollüstig und hielt ihr den Mund zu.

Seine freie Hand wanderte über ihren Körper. Erst zärtlich, dann immer gröber und fordernder packten seine lüsternen Mörderhände zu.

»Jetzt nehme ich dich, Weib!«, sagte er und zog sein Beinkleid herunter.

Die Klinge stach zu! Erst in die Seite, dann in sein Gesicht. Unbemerkt hatte sie den kleinen Dolch aus seinem Gürtel gezogen und attackierte ihn nun mit diesem, während er auf ihr lag. Die spitze, scharfe Klinge bohrte sich in seinen Körper. Immer und immer wieder… Besonders schmerzlich aber traf sie sein Gesicht. Es dauerte, bis es ihm endlich gelang, ihr die Waffe wieder zu entreißen.

»Verdammtes Miststück!!!«, schrie Lippold und erhob sich.

Seine Kleidung tränkte sich mit Blut, und er warf den Dolch erbost zur Seite.

»Verreckt!!! Verreckt an Euren Wunden!!!«, schrie sie und versuchte, noch auf dem Boden liegend, nach ihm zu treten.

»Niemand hier? Heh!!!«, rief er und schwankte.

Es dauerte, doch dann kam der Zwerg.

»Herr! Was? Oh!«, stotterte dieser sichtlich verdutzt.

Sein Herr zeigte auf die tobende Bürgermeistertochter, und der Gnom verstand sofort, was von ihm erwartet wurde, rannte rasch zu ihr und gab ihr einen kräftigen Schlag, mitten ins Gesicht. Benommen schloss sie ihre Augen.

»Verdammtes Weib! Verdammt!!!«, ächzte Lippold, während er seine geschundene Weste öffnete.

Überall hatte sie ihn erwischt.

»Herr?!«, stammelte der Zwerg besorgt, als er sah, was die Klinge angerichtet hatte.

»Es geht mir gut! Kümmere dich um das Weib!.. Schaff sie fort! Ich will sie nicht mehr sehen… Sie wird später die passende Antwort auf dies hier bekommen.«, befahl der Hauptmann.

»Herr?!…. seid sicher?«

Lippold sah ihn gebieterisch an.

»Wie Hauptmann befehlt… Mus gehorcht!«, antwortete der Zwerg, packte sich die Bürgermeistertochter und schlürfte mit ihr hinaus.

Als er den Saal verlassen hatte, sackte der Hauptmann in die Knie.

»So nicht, nein!«, stöhnte er.

Das scharfe, spitze Metall hatte ihm schwere Verletzungen beigebracht. Schlimm war es vor allem um sein ohnehin schon arg gebeuteltes Gesicht bestellt. Als seine zittrigen Finger über die Reste der schaurigen Hälfte fuhren, musste er feststellen, dass sein verblasstes Auge nun gänzlich fehlte.

»Verdammte Dirne!«, schimpfte er laut, dann stand er vorsichtig auf und schleppte sich zum offenen Kamin.

Er nahm das glühende Schüreisen aus dem Feuer, und unter lautem Zischen und qualvollem Schreien brannte er sich die großen Wunden, eine nach der anderen, sorgsam aus, um so fürs erste wenigstens die stärksten Blutungen zu stoppen. Sein Fleisch schmerzte höllisch, und es brachte ihn fast um den Verstand.

»Nun noch etwas Linderung von Innen…«, murmelte er, warf das Eisen auf den Boden und leerte dann einen Becher schweren, roten Weines nach dem anderen.

Nachdem er so die schlimmsten Wunden notdürftig versorgt hatte, blickte er nachdenklich und sehr besorgt in die lodernden Flammen, und ihm viel auf, dass diese nun recht wild umherzuckten. Wie war dies überhaupt möglich? Er war verwundert, denn es gab hier kaum Zug? Hatte er womöglich schon zu viel getrunken, und seine Sinne täuschten ihn? Fasziniert sah er weiter zu, dabei sinnend, wie er seinem drohenden Schicksal noch entgehen konnte. Denn seine Wunden, dies wusste er nur zu gut, mussten dringend und gründlich versorgt werden. Mit Arznei, die er hier aber nicht hatte. Wollte er nicht noch elendig verrecken, so blieb ihm wohl oder übel nichts anderes übrig, als jemanden in die Stadt zu schicken…

Doch wen? Seine Männer waren allesamt fort…. Den Zwerg? Dieser war gut für niedere Tätigkeiten, ja! Auch ein guter Folterknecht, jedoch auch ein wenig blöde. Lippold wusste nur zu gut, falls der Gnom scheiterte, würde dies auch sein sicheres Ende bedeuten. Die Frau *zusammen* mit dem Zwerg? Verkleidet? Sie würde es nicht wagen, jemanden auch nur anzusehen, solange er ihren Mann noch als Druckmittel in seiner Gewalt hatte… oder doch? Vielleicht würde es klappen, wenn er ihr versprach, dass dies ihr letzter Dienst sei und er sie und ihren Mann freiließe, wenn sie sich an die Vereinbarung hielt und wiederkam. Er konnte nicht so recht dran glauben! Ihm missfiel der Gedanke, das Weib überhaupt nur in die Nähe der Stadt zu schicken, doch was hatte er noch für eine Wahl? Was hatte er noch zu verlieren? Der Zwerg müsste dabei natürlich die ganze Zeit über auf sie aufpassen… Sie würde auch einen Schwur leisten müssen, niemanden anzusprechen, sich niemandem zu offenbaren. Sollte sie aus irgendeinem Grund doch nicht wiederkehren, so würde ihr Mann des Todes sein, und sie alleine hätte dies zu verantworten. Die Augen würde er ihr verbinden lassen, damit sie niemandem das Versteck verraten konnte, falls es doch schiefginge. Würde der Zwerg gefasst, so würde dieser vorher schwören müssen, das Geheimnis mit seinem Leben zu beschützen…

»Alles dummes Zeug! Hirngespinste!!!!«, schimpfte Lippold wütend und warf den Holzbecher in die hohen Flammen.

Ratlos und sorgenvoll sah er zu, wie das Feuer ihn verbrannte.

»Soll ich etwa durch ein dummes Weib zur Hölle hinabfahren?«, fragt er sich bekümmert.

Plötzlich stieg Rauch auf. Ungewöhnlich viel, und das Feuer verfärbte sich dunkelrot. Es leuchtete hell auf, und ein markerschütternd lauter Knall hallte durch den hohen Saal.

»Was soll das?«, wollte Lippold wissen, und eine unnatürlich tiefe Stimme antwortete:

»Knecht!!! Höre, was ich dir zu sagen habe!..«

Kapitel 13

Auf dem Weg in die Stadt

Kaspar lenkte sein Pferd auf die breite Straße, die in Richtung Alfeld führte, und vor ihm tauchte bereits nach einiger Zeit die Silhouette der großen Stadt mit den zwei hohen Türmen der St.- Nicolai Kirche auf.

Er ritt so schnell sein Pferd nur konnte und erreichte schließlich zwei dicht am Weg stehende Gebäude. Hier machte die Straße einen scharfen Bogen. Kaspar bemerkte neben sich einen großen anliegenden Garten, aus dem zwei hohe Lindenbäume in den blauen Himmel ragten. Er ritt dicht an den hölzernen Zaun heran, um eine kurze Rast einzulegen, da ertönte plötzlich überraschend lauter Lärm.

»Bleibt dort draußen! Da, wo ihr jetzt seid, Herr!«, gurgelte eine alte Stimme undeutlich von weitem.

Kaspar war verwundert. Ein alter sehr gebrechlich wirkender Mann stand im Garten. Dieser schien etwas in seiner Hand zu halten. Eine Holzrassel war es, mit der er dies warnende Geräusch von sich gegeben hatte. Kaspar erschauderte, denn er ahnte, wovor ihn der Alte schützen wollte. Dessen Gesicht war von Knoten und Flecken nur so übersät, großflächig völlig verstümmelt, eines der beiden Augen bereits blind. Die Ursache für jenes bemitleidenswürdige Bild, so wusste Kaspar, war Aussatz!

Der alte Mann beobachtete Kaspar, und dieser nickte freundlich zurück. Als er schon wieder weiter reiten wollte, hörte er überraschend eine weibliche Stimme hinter sich.

»Junger Herr, bitte ein Almosen für die Bedürftigen!«

Kaspar wendete sein Pferd. Eine von oben bis unten dunkel gekleidete greise Frau hinkte mühsam auf ihn zu. Nur ihre bleichen, knorrigen Hände und ihr faltiges Gesicht waren zu erkennen. Er kramte aus dem kleinen Beutel an seinem Gürtel die letzte Münze hervor.

»Viel kann ich Euch heut nicht geben, gute Frau!«, antwortete er leicht beschämt, beugte sich tief zu ihr hinab und legte der Alten das Geldstück in die einfache, hölzerne Schale, die sie in ihrer zittrigen Hand hielt.

Dabei sah er das Kruzifix, welches sie an einer Kette um ihren Hals trug.

»Auch die großen tiefen Meere bestehen nur aus einzelnen kleinen Tropfen! Vergelt's Gott, junger Herr!«, bedankte sie sich.

Er nickte, dann fragte er:

»Sagt mir, Schwester, wie heißt dieser Ort hier?«

»Ihr steht hier vor St.- Elisabeth. Dem Gottes- und Siekenhaus vor den Toren Alfelds.«, antwortete sie ihm.

»Eine Zufluchtsstätte für all die Aussätzigen. Hier sorgen wir für jene, die nicht mehr in der Stadt wohnen dürfen. Die Lebewohl sagen mussten… Ihre Familien für immer verlassen haben und mit keinem Gesunden mehr Kontakt pflegen dürfen. Ihr wisst, wegen der Ansteckungsgefahr…. Hier bei uns finden die Gestraften eine neue Heimat. Und so Gott will auch ihren letzten Frieden.«, fügte sie hinzu und bekreuzigte sich.

»Eine traurige Art und Weise sein Leben fristen zu müssen, doch gut, dass es Euch gibt.«, bemerkte Kaspar.

»Seid Ihr auch der Überzeugung, dass die Hussitenkriege es noch verschlimmert haben?«, wollte er wissen, und die Gottesfrau nickte.

»Ja, Herr! Die Kriegsknechte haben das Übel weit verbreitet. Aber nicht nur jene. Die Kreuzzügler, die reisenden Händler, die Kaufleute, das ganze fahrende Volk. Je mehr Menschen in der Welt umherreisen, umso schlimmer wird es. Besonders in den Städten. Die Kranken müssen dort von den Gesunden so rasch wie nur möglich getrennt werden. Mit dieser im ersten Augenblick doch recht unchristlich erscheinenden Maßnahme wird versucht, dem Übel überhaupt noch einigermaßen Herr zu werden.«, erklärte sie.

»Wie schafft ihr es all die armen Menschen zu versorgen, gute Frau?«, wollte Kaspar wissen.

»Durch Almosen, umsorgende Angehörige und natürlich die Städter. Sie sind wohltätige Menschen. Von ihnen bekommen wir Essen und Trinken. Sie legen dies und auch vieles andere notwendige ans Ufer. Wir holen es uns dann ab. Allesamt sind sie gute Christen. Gott beschütze sie!«, antworte sie ihm.

»In diesen düsteren Zeiten sehr lobenswert.«, bemerkte Kaspar, und die Alte lächelte mild.

»Sagt mir bitte, gute Frau, wie komme ich von hier aus am schnellsten zum Alfelder Rathaus?«, wollte er von ihr wissen.

»Nichts leichter als das! Von hieraus reitet Ihr einfach weiter, direkt bis zum Leinetor, junger Herr!«, erklärte sie ihm und zeigte mit ihrer zittrigen Hand die ungefähre Richtung an.

»Folgt der Straße und biegt dann nach links ab! Durch die Furt gelangt Ihr über den Fluss bis zum Leinetor. Von dort ist es nicht mehr weit.«

»Habt Dank, gute Frau!«, antworte ihr Kaspar und wendete sein Pferd.

Zum Abschied nickte er ihr noch kurz zu, dann ritt er rasch davon. Die Greisin sah ihm einen Augenblick lang nach und schlürfte dann zurück in den großen Garten, um sich dort wieder um die ihr Anvertrauten zu kümmern.

Es dauerte nicht lange, da hatte Kaspar die Furt erreicht und durchquerte rasch das niedrige Wasser der Leine. Vor sich sah er schon die hohe Stadtmauer und als er näherkam, ein großes Tor inmitten zweier hoher Türme. Dies musste das Leinetor sein, der Zugang zur Stadt von dieser Seite aus.

»Heh!!! Wer da!?«, rief ihm ein hochgewachsener Wächter zu, der eine lange Lanze in der Hand hielt.

»Wer seid Ihr? Was führt Euch in unsere Stadt?«, wollte dieser wissen.

»Lasst mich ein, Mann! Ich muss mit Eurem Bürgermeister reden, sofort!«, verlangte Kaspar im ruhigen, jedoch bestimmten Ton.

Der Torwächter prüfte sein Gegenüber gründlich von oben bis unten, dann rümpfte er die Nase. Kaspar ahnte, wie schäbig er zu diesem Zeitpunkt wohl erscheinen musste, denn seine Ersatzkleidung war ja nicht die allerbeste.

»Was wollt Ihr denn vom Bürgermeister, Bursche?«, versuchte der Wächter nun genauer in Erfahrung zu bringen und sah ihn geringschätzig an.

»Guter Mann, ich habe keine Zeit für so etwas!«, erwiderte Kaspar, während jener in seiner Satteltasche kramte.

»Meine Angelegenheiten haben Euch zudem nichts anzugehen!«, fügte er hinzu.

Das Gesicht des Torwächters verfinsterte sich. Dieser dachte über geeignete Methoden nach, dem unverschämten Flegel Manieren beizubringen.

»So, so!«, antwortete er, dann ging er auf den Reiter zu, die Lanze dabei ein wenig vorausgestreckt.

»Der Bischof von Hildesheim wird bestimmt nicht erfreut darüber sein zu erfahren, dass einer seiner Männer von Euch aufgehalten wurde!«, sagte Kaspar, als der Mann schon sehr nahe herangekommen war und hielt dem Wächter dann das hervorgekramte Schreiben vor dessen verdutztes Gesicht.

»Jenes sichert mir freies Geleit durch das gesamte Gebiet zu!«, erklärte er.

»Oder seht Ihr das anders, mein Freund?«

Nun war es der bewaffnete Wächter, der sich erklären musste.

»Verzeiht meinen Argwohn, Herr, doch allerlei Abschaum, Gesindel, Lumpenpack treibt sich hier in letzter Zeit herum! Wir haben ausdrücklichen Befehl bekommen, auf der Hut zu sein. Gerade Fremde noch gründlicher zu überprüfen… Heut ist zudem Markt, da mischt sich eh schon viel zu viel Diebespack unter die Leute…«, versuchte sich dieser zu rechtfertigen, nachdem er genug gelesen hatte, und man sah, dass ihm die Angelegenheit nun überaus peinlich war.

»Darf ich nun weiter? Ich habe es wirklich eilig.«, wollte Kaspar wissen, nachdem er das Schriftstück wieder sicher in der Jacke verstaut hatte.

»Oh, natürlich sofort, Herr!«, antwortete ihm der Wächter und ließ ihn passieren.

»Willkommen in Alfeld an der Leine!«, sagte dieser, während Kaspar an ihm vorbei ritt.

Breite Fuhrwerke drängten sich durch die engen Gassen dem Marktplatz zu. Er ritt an ihnen und auch dem restlichen Volk so schnell es nur ging vorbei. Überall waren Verkaufsstände aufgebaut worden, denn es war Wochenmarkt, und die fleißigen Händler wollten ihre Waren und Dienste feilbieten. Bauern, Fischhändler, Bäcker, Tuchverkäufer und noch viele andere, alle waren sie gekommen, um Fisch, Fleisch, Geflügel, Gemüse, Käse, Eier, Gewürze, Körbe, Tücher, Schuhe, Hühner, Schweine und vieles weitere an den Mann oder die Frau zu bringen. Spielleute und Gaukler belustigten zudem die Menge. Es wimmelte nur so vor Leuten, die kaufen oder verkaufen wollten, Neuigkeiten austauschten oder anderen regen Beschäftigungen nachgingen. Kaspar schaffte es schließlich sich bis zum Rathaus durchzukämpfen, stieg hastig ab und band dann rasch sein Pferd fest, um keine weitere Zeit mehr zu verlieren.

»Passt mir darauf auf!«, rief er dem sichtlich überrumpelten Wachmann zu, der auf seinem Posten gleich neben dem Eingang stand.

Als Kaspar flink die Treppe hinaufeilte und schon fast am oberen Ende angekommen war, stellte sich ihm ein Wachmann in den Weg und zeigte mit gezogenem Schwerte an, sofort stehenzubleiben.

»Halt! Keinen Schritt weiter!«, befahl dieser.

Notgedrungen hielt Kaspar an.

»Wo wollt Ihr hin?«, wollte der Bewaffnete von ihm wissen.

»Ich muss zum Bürgermeister!«, antworte ihm Kaspar.

»So, so! Zum Bürgermeister wollt Ihr! Das wollen einige…«, bemerkte sein Gegenüber, und noch bevor dieser weiterreden konnte, hielt Kaspar ihm dasselbe Schreiben vor die dickliche Nase, welches ihm zuvor schon den Zugang zur Stadt ermöglicht hatte.

»Oh! Verzeiht mir, Herr! Ich wusste ja nicht, dass… Natürlich! Sofort!«, entschuldigte sich daraufhin der Wächter kleinlaut, nachdem auch dieser genug gelesen hatte.

Er schob sein Schwert zurück in die Scheide und verbeugte sich demutsvoll.

»Folgt mir, bitte!«, bat er.

Kaspar folgte dem Mann, bis sie schließlich vor einer großen kunstvoll verzierten Tür stehen blieben.

»Wartet hier bitte noch einen kurzen Augenblick, Herr!«, bat der Mann und war rasch hinter der schweren Tür verschwunden. Einige Augenblicke später kam er jedoch lächelnd wieder heraus.

»Der Bürgermeister empfängt Euch!«

Kaspar nickte zufrieden.

Erwartungsvoll betrat er den großen prunkvollen Raum mit der hohen Decke, in dessen Mitte ein wuchtiger, reichlich gedeckter Tisch und drumherum mehrere Stühle standen. Am Ende dieser Tafel saß ein edel gekleideter Mann mit großer Mütze alleine beim Mahl. Als Kaspar sich ihm näherte, putzte sich dieser seinen Mund mit einem kleinen Tüchlein sauber, reinigte seine Hände mit etwas Wasser und erhob sich schließlich von seinem Platz. Seine gesamte Gestalt strahlte etwas sehr Würdevolles aus.

»So, so! Ein Günstling des Bischofs beehrt unsere kleine Leinestadt. Ihr kommt gerade recht, guter Mann! Darf ich Euch einladen mit mir zu speisen?«, lud ihn der Bürgermeister höflich ein und machte eine entsprechende Geste.

»Habt dank, aber wir haben Wichtiges zu besprechen, Herr!«, antwortete ihm Kaspar.

»Haben wir das?«, sagte der Bürgermeister, legte das kleine Tüchlein auf dem Tisch ab und sah ihn interessiert an.

»Nun denn… Welche ach so wichtige Angelegenheit verschafft mir denn das Vergnügen Eurer Anwesenheit?«, wollte er wissen.

»Verzeiht mein forsches Auftreten und mein unangekündigtes Erscheinen auf diese Art und Weise, doch habe ich wahrlich keine Zeit für Höflichkeitsfloskeln und schickliches Benehmen!«, antwortete ihm Kaspar wohl doch etwas zu direkt.

Der Bürgermeister sah ihn jedoch weiterhin gelassen an.

»Ruhig, ruhig, junger Mann! Nicht so hastig! Beruhigt Euch erst einmal… Fangen wir doch damit an, wer Ihr eigentlich seid.«

»Mann nennt mich Kaspar!«, stellte sich dieser vor.

»Mein Weg führt mich heute zu Euch, Herr Bürgermeister, weil ich Euch um Eure Hilfe ersuchen möchte.«

»Meine Hilfe? Wobei?«, wollte der Bürgermeister von ihm wissen.

»Ja! Eure Hilfe in einer *gemeinsamen* Angelegenheit.«, erklärte Kaspar.

»In einer sehr unangenehmen Angelegenheit allerdings…«

Der Bürgermeister runzelte die Stirn.

»Mir wurde gesagt, dass Eure Tochter vermisst wird. Und dies schon seit geraumer Zeit.«

Der Bürgermeister nickte.

»Und dass eine Räuberbande dieses Gebiet unsicher macht.«, fügte Kaspar hinzu.

»Ja!«, antwortete sein Gegenüber.

Worauf wollte der Fremde nur hinaus?

»Mein Freund wurde von ihnen gefangen genommen.«

»Das tut mir leid für Euch, dann ist er bestimmt schon tot! Sie lassen niemanden am Leben, den sie einmal in ihre Finger bekommen.«, antwortete ihm der Bürgermeister und sah ihn mitleidig an.

»Das wird sich zeigen…«, erwiderte Kaspar, beinahe schon trotzig.

»Was ich sagen möchte ist…. Ich vermute, dass die Räuberbande auch für das Verschwinden und die Verschleppung Eurer Tochter sowie Eures Schwiegersohns verantwortlich ist.«

Das Gesicht des würdevollen Mannes versteinerte.

»Ich ließ nach ihnen suchen, doch vergeblich. Sie wurden nie gefunden, noch kamen sie jemals wieder. Dies wisst Ihr, oder?«, wollte sich dieser vergewissern.

Kaspar zog die Kette der jungen Frau aus dem kleinen Beutel seines Gürtels hervor. Das Antlitz des Bürgermeisters erblasste.

»Dies ist die Kette meiner Tochter!«, staunte dieser.

Kaspar übergab dem Mann das kostbare Schmuckstück behutsam in dessen offene Hand.

»Nehmt sie ruhig!«, bemerkte er.

»Wie? Woher?...«, stotterte der Bürgermeister.

Ungläubig begutachtete er das funkelnde Geschmeide. Der zuvor so stark und selbstsicher wirkende Mann schien diesen einen, kurzen Augenblick lang sehr verletzbar zu sein. Rasch hatte er jedoch seine alte Fassung wiedererlangt.

»Wie ist sie in Euren Besitz gelangt? Redet!!! Sofort, oder ich lasse Euch in Ketten legen!«, drohte er.

»Ich bin als Freund zu Euch gekommen… Ich bin keine Bedrohung, weder für Euch, noch für Eure Angehörigen!«, versicherte ihm Kaspar.

»Wenn dem so ist, dann redet, rasch! Löst mir dies Rätsel! Sofort!!!«, forderte der Bürgermeister.

Kaspar nickte verständnisvoll, denn er wollte den ahnungslosen Mann nicht länger hinhalten.

»Durch Zufall ist sie in meinen Besitz gelangt. Ich kann es Euch erklären, doch wäre da zuvor noch etwas weitaus Wichtigeres, Herr!..«, begann er, und sein Gegenüber sah ihn erwartungsvoll an..

»Eure Tochter lebt womöglich noch!«, fügte er hinzu.

Kaspar sah, wie dem Bürgermeister bei diesen Worten die Beine weich zu werden schienen, denn der gestandene Mann musste sich nun hinsetzen. Was ihm da ungeheuerliches mitgeteilt wurde, schien ihn gänzlich aus der Fassung gebracht zu haben.

»Sie lebt? Ist dies wahr? Kann dies denn möglich sein? Habt Ihr sie gesehen? Lebendig? Meine Tochter?«, stammelte jener.

»Ja, Herr! Das habe ich.«, versicherte ihm Kaspar ruhig.

»Wo habt Ihr sie gesehen?«, wollte der Bürgermeister wissen.

»Im Glenetal, Herr!«, antwortete Kaspar.

»Was hattet Ihr denn dort zu suchen? Es ist gefährlich dort… Keiner traut sich mehr dorthin, lange Zeit schon nicht mehr.«

»Wir wollten Nachforschungen anstellen. Herausfinden, wo das Versteck der Räuberbande liegt. Mein Freund wurde dabei verschleppt. Ich konnte glücklicherweise entkommen.«, erklärte Kaspar.

»Ein Wunder, dass Ihr überhaupt noch lebt, junger Freund!«, stellte sein Gegenüber fest.

»Ja, das ist es wohl! In der Tat!«, antworte ihm Kaspar.

Der Bürgermeister sah ihn neugierig an.

»Hat sie Euch die Kette gegeben? Euch noch etwas gesagt? Woher wüsstet Ihr sonst, dass es *ihre* Kette ist, oder?«

»Nein, Herr! Ich habe Eure Tochter nur kurz sehen können. Da wusste ich auch noch nicht, dass sie es auch tatsächlich ist, hatte aber bereits eine vage Vermutung. Zu einem Gespräch ist es leider nicht mehr gekommen, wir wurden daran gehindert… Eine lange und blutige Geschichte… Ich nahm das Schmuckstück jedenfalls an mich und wie sich nun herausstellt, auch nicht umsonst. Die Kette ist wahrhaft meisterlich gefertigt und dazu noch der markante blaue Edelstein… Dies führte mich schließlich zu Euch!«, erklärte ihm Kaspar.

»Ja, wahrhaft! Dieser ähnelt, dem Farbton nach, unserem großen, blauen Stein, welcher an der Treppe zu diesem Rathaus liegt. Dies habt Ihr wohl erkannt und gut zugeordnet!«, stellte der Bürgermeister fest und nickte anerkennend.

Die Klugheit des Fremden beeindruckte ihn.

»Wisst Ihr, sie hat sie zu ihrer Hochzeit bekommen. Zu diesem besonderen Tag…«, fuhr er fort.

Ein kurzer Moment der Stille herrschte im gesamten Raum.

»Und Ihr vermutet, dass sie tatsächlich alle drei noch leben?«, wollte er wissen.

Kaspar nickte, dann antwortete er:

»Ja! Irgendwo werden sie gefangen gehalten, das fühle ich. Fragt mich nicht, warum ich mir da so sicher bin, aber mein Gefühl täuscht mich nur selten. Ich weiß gleichfalls auch, dass wir rasch handeln müssen. Uns bleibt nicht mehr viel Zeit sie zu retten.«

Der Bürgermeister erhob sich.

»Dann müssen wir sie ausfindig machen, junger Freund! Schleunigst in Erfahrung bringen, wo sie die Räuberbande gefangen hält!«, sagte er voller Tatendrang.

»Doch wie? Habt Ihr eine Ahnung, junger Kaspar?«

»Dies ist die entscheidende Frage, mein Herr!«, antworte ihm dieser und sah ihn lange an.

»Ich hoffe jedenfalls, Ihr bekommt rasch fähige und bewaffnete Männer zusammen, um das Gebiet noch einmal gründlich zu durchsuchen. Diese Männer sollten, wenn es zum Äußersten kommt, auch kämpfen und sich verteidigen können…«, sagte er dann.

»Das könnte zwar etwas dauern, wird aber wohl kaum das Problem sein. Wir haben in der Stadt fähige Schützen und noch andere bewaffnete Männer.«, antworte ihm der Bürgermeister.

Kaspar ging währenddessen zum offenen Fenster. Als er hinaussah bemerkte er, dass rund um den Marktplatz immer noch hektisches Treiben herrschte, und er ließ seinen Blick weit schweifen.

»Das Versteck muss irgendwo im Glenetal sein.«, murmelte er, immer tiefer in seine Gedanken versunken.

»Wir müssen schnell, jedoch äußerst vorsichtig vorgehen… Dürfen unsere eigenen Leute nicht in Gefahr bringen.«

Nun ärgerte er sich darüber, dass ihm seine Pfeife abhanden gekommen war und er sich noch keine neue besorgt hatte, denn der Tabak half ihm immer dabei Rätsel zu lösen.

»Das Tal ist lang, mein Freund! Wir brauchen Tage um es gründlich zu durchsuchen. Dies ist mir aber gleich! Ich habe weiß Gott nicht vor, hier tatenlos rumzusitzen… Mein kleines Mädchen lebt womöglich noch und braucht ihren Vater!«, sagte der Bürgermeister entschlossen und legte die Kette auf dem Tisch ab.

»Ich werde Befehl geben, dass die Männer sich sammeln sollen.«

»Ja! Hmmmm… macht das.«, murmelte Kaspar.

Der Bürgermeister wollte noch etwas sagen, doch da sprang der eben noch still in seine Gedanken versunkene Kaspar überraschend auf:

»Sapperlot!!! Das kann und darf doch wohl nicht wahr sein! Das gibt es doch nicht?!«, rief dieser, und sein Gegenüber sah ihn mehr als verwundert an.

»Was habt Ihr denn, junger Kaspar?«, wollte der Bürgermeister von ihm wissen.

»Habt Ihr etwa einen Spuk gesehen?«

Kaspar musste mehrmals hinsehen, erst dann war er sich sicher, dass ihm seine Augen auch wirklich keinen Streich spielten.

»So kann man es nennen, ja! Fürwahr, wie unerwartet! Wie mysteriös?!..«, antworte er, und der Bürgermeister sah ihn nun vollends verwirrt an.

»Ich glaube, sehr verehrter Herr Bürgermeister, wir haben das Glück doch noch auf unserer Seite!«, stellte Kaspar fest und schien dabei plötzlich wie ausgewechselt, denn sein zuvor düsteres, sorgenvolles Gesicht strahlte nun Zuversicht aus.

»Ich muss nun fort, komme aber bald wieder. Kümmert Euch bitte um die Männer!«, bat er.

Dann eilte er, ohne die Antwort abzuwarten, an dem verdutzt dreinblickenden Bürgermeister vorbei, die Türe hinaus und in Windeseile die Stufen der langen Rathaustreppe hinab, vorbei an den dabei kopfschüttelnden Wachleuten.

»Was für ein überaus seltsamer Knabe...«, wunderte sich der zurückgelassene Bürgermeister.

»Sehr merkwürdig!«, murmelte dieser und nahm wieder auf seinem Stuhl Platz.

Er atmete tief durch und fragte sich, ob dies alles wahr sein konnte, er nicht am träumen war. Würde dieser Fremde vielleicht doch noch das schier Unvorstellbare schaffen? Ihm schon verloren Geglaubtes wieder zurückbringen können? Er wollte noch nicht so recht daran glauben, konnte es sich noch nicht recht vorstellen.... Doch strahlte dieser fremde Bursche etwas aus... Etwas Besonderes, trotz der recht bescheidenen Kleider. Tief in sich spürte der alte Mann, dass jener merkwürdig wirkende junge Fremde mehr war, als es auf den ersten Blick schien. Einen Versuch war es wert! Was hatte er noch zu verlieren?

Er, der Bürgermeister, war fest entschlossen, den Fremden, bei allem, was dieser auch nur vorhatte, tatkräftig zu unterstützen, denn dieser junge Mann hatte ihm etwas sehr Wichtiges mit- bzw. wieder zurückgebracht, und dies war *nicht* das kostbare Schmuckstück, die Kette seiner Tochter gewesen, nein! Es war die schon lange verloren geglaubte Hoffnung!

Als Kaspar hastig aus dem Rathaus hinaustrat, zog er die Kapuze seines Mantels so tief hinunter, dass niemand mehr ohne weiteres sein Gesicht sehen konnte. Vorsichtig und bedacht schlich er auf einen alten Karren zu, der etwas abseits stand. Auf diesem klapprigen Fuhrwerk saß eine schäbig gekleidete, sehr gedrungene Gestalt. Diese redete gerade mit einer anderen, nahezu gänzlich verhüllten, größeren Person, die daneben saß. Um besser hören zu können, worüber sich die beiden unterhielten, schlich er sich näher heran.

»Verdammt, Weib!«, fluchte der garstige Gnom, der eine Peitsche in seiner Hand hielt.

»Kene Scherereien!«

Kaspar erkannte die abgrundtief hässlichen Züge nur zu gut wieder, denn er hatte mehrmals in jene grausige Fratze blicken müssen, während des blutigen Kampfes am Bach vor einigen Tagen. Doch konnte dies nun unmöglich wahr sein. Fassungslos beobachtete er den Buckligen. Er hatte dem Zwerg sein elendes Haupt mit der Klinge abgeschlagen?! Deutlich hatte er die Bilder vor Augen: den zuckenden Rumpf, den grässlichen Kopf, der dann vom Wasser weggetragen wurde... Er war tot! Mausetot! Musste es einfach sein!.. Doch sah er ihn nun klar und deutlich und auch recht munter wieder vor sich, und Kaspar war mehr als verwundert darüber. Waren womöglich dunkle Mächte hier am Werk?

»Eile! Besorg!«, befahl der Zwerg herrisch, und die offensichtlich weibliche Gestalt, die einen kleinen Zettel in ihrer Hand hielt, nickte folgsam.

Dann stieg sie unversehens vom Karren und schritt rasch davon, so dass sie allmählich in der Menge verschwand. Kaspar schlich ihr hinterher, darauf bedacht, nicht bemerkt zu werden. Dabei hatte er jedoch reichlich Mühe, ihr durch das dichte und wilde Gedränge überhaupt folgen zu können. Sie schien sich sehr gut auszukennen und verschwand schließlich in einem der vielen kleinen Fachwerkhäuser. Kaspar wartete unauffällig in unmittelbarer Nähe. Es dauerte, doch nach einiger Zeit kam sie mit zwei gefüllten Säckchen wieder heraus und ging zurück zum Karren. Als sie dort ankamen, bemerkte Kaspar, dass der Zwerg mittlerweile verschwunden war. Die Frau verstaute ihre Besorgungen sorgsam unter der dünnen Plane und stieg dann wieder hinauf auf den Wagen. Für einen kurzen Augenblick sah er ihr Gesicht unter der Kapuze hervorblitzen. Es war das überaus entzückende Angesicht einer bildhübschen Frau. Fremd, jedoch verwunderlicherweise auch seltsam vertraut, doch wusste er sie auf die Schnelle nicht recht einzuordnen. Hatte er sie schon einmal irgendwo getroffen? Er wollte und musste es in Erfahrung bringen… Jetzt und rasch, solange der Zwerg noch nicht wieder zurück war!

»Darf ich mich Euch bekannt machen, junge Dame? Mein Name ist Kaspar!«, stellte er sich ihr vor und schlug dabei seine Kapuze zurück, dann verbeugte er sich höflich.

Die Frau sah ihn verwirrt an.

»Wer seid Ihr?«, wollte sie wissen.

»Kaspar heiße ich, und wer seid Ihr, schönes Kind?«, fragte er seinerseits und lächelte sie freundlich an.

Sein hübsches Gegenüber aber sah ihn ängstlich an.

»Ich darf nicht mit Euch reden…«, antworte sie ihm.

Kaspar stutzte einen Augenblick.

»Warum dürft Ihr nicht mit mir reden?«, wollte er wissen.

»Ich bin Euch keinesfalls übel gesinnt.«

»Ich weiß es nicht?!«, antwortete sie ihm und sah ihn mit leeren Augen an.

Irgendetwas schien dabei merkwürdig zu sein.

»Sind wir uns schon einmal begegnet?«, wollte Kaspar wissen.

»Nein! Warum fragt Ihr das?«

»Weil Ihr mir irgendwie bekannt vorkommt…«, antwortete er ihr, dann sah er sie ernst an.

»Euren Begleiter kenne ich jedenfalls! Was schafft solch eine ehrbare Frau, wie Ihr eine zu sein scheint, mit solch einem durchtriebenen Gnom?«, wollte er von ihr wissen, denn er hatte keine Zeit mehr für Höflichkeiten.

»Ich weiß, dass er zum Räuberpack gehört, doch wie steht Ihr zu ihnen?«

»…sonst töte ich deinen Mann!«, murmelte sie wirr vor sich hin.

»Was habt Ihr gesagt?«

Kaspar war verwundert.

»Ich weiß es nicht! Und ich weiß auch nicht, wer Ihr seid und warum Ihr mich bedrängt… Lasst mich, sonst bekomme ich noch Ärger!«, flehte sie sichtlich verängstigt.

Er konnte sich keinen rechten Reim darauf machen. Wie würde er so nur etwas aus ihr herausbekommen können? Da fiel ihm ein, dass sie zuvor ja etwas besorgt hatte… Er hob die Plane an und sah in eines der Säckchen hinein.

»Was haben wir denn hier?«, fragte er, ein kleines Fläschchen hochhaltend.

»Das hat Euch gar nichts anzugehen.«, antwortete sie ihm verärgert.

»Ist jemand verletzt? Wurdet Ihr deshalb hierher geschickt?«, wollte Kaspar von ihr erfahren.

»Lebt mein Freund der Schmied noch? Die Bürgermeistertochter? Sind sie beide noch am Leben?«

Er bekam keine Antwort und wurde ungeduldig.

»Ich muss es wissen!!!«, forderte er eindringlich, doch die Frau zuckte nur unsicher mit der Schulter.

»Ich kann Euch zwingen! Euch augenblicklich festnehmen lassen!«, fügte er drohend hinzu.

»Ich weiß es nicht! Ich kenne keinen Schmied oder irgendeine Bürgermeistertochter… Es tut mir leid, ich kann Euch darauf keine Antwort geben.«, entschuldigte sie sich weinerlich und vergrub ihr Gesicht in den Händen.

Dies war seltsam, doch Kaspar glaubte ihr, denn er wusste, Tränen lügen nur selten. So zog er reichlich enttäuscht die Plane wieder zurecht und ging zu ihr.

»Nun lasst mich! Geht, bevor der Zwerg wiederkommt…», bat sie, und die Tränen flossen ihr die Wangen hinab.

«Er wird mir wehtun… Bitte!!!«, flehte sie.

»Hat Euch Lippold in seiner Gewalt und zwingt Euch nun dies für Ihn zu tun?«, hakte er nach, doch bekam er keine Antwort darauf.

»Ich kann Euch beschützen! Habt keine Angst. Ihr müsst mir nur vertrauen.«

Sie hob ihren Kopf und sah ihn mit ihren traurigen Augen an.

»Vertrauen?«, wollte sie wissen.

»Ja! Mir scheint, Ihr seid nicht recht Herr Eurer Sinne. Ich weiß nicht was sie mit Euch gemacht haben, aber ich kann Euch aus den Fängen dieser Räuber retten. Vertraut mir einfach, mehr verlange ich nicht von Euch. Das Leben unschuldiger Menschen liegt in Euren Händen. Verratet mir nur, wo das Versteck ist! Rasch, bevor Mini wiederkehrt!«, bat Kaspar.

»Ich kann Euch nicht sagen, wo das Versteck liegt. Mir wurden die Augen verbunden. Mein Kopf brummt nun auch schon sehr… Es tut so weh!«, antwortete sie ihm.

»Ihr bedrängt mich mit all Euren merkwürdigen Fragen. Lasst mich in Ruhe, bitte!«, flehte sie ihn inständig an.

Kaspar dachte angespannt nach.

»Gut, das werde ich!«, antwortete er ihr dann.

»Doch eine Bitte habe ich! Ihr müsst mir helfen. Tut Ihr das? Ich bitte Euch vom ganzen Herzen! Haltet den Zwerg noch ein wenig auf, nur etwas! Würdet Ihr dies tun? Dann lasse ich Euch auch in Ruhe.«

Sie schien darüber nachzudenken.

»Ich, ich weiß nicht…«, stotterte sie.

»Ich bitte Euch! Vertraut mir…«, flehte Kaspar sie an.

Sie sah ihm tief in seine blauen Augen, dann nickte sie überraschend. Erleichtert lächelte er zurück.

»Ich spüre deutlich, dass Ihr in Not seid, doch nicht mehr für lange, tapfere Unbekannte!«, sagte er und ergriff ihre Hand, die er nun zärtlich streichelte.

»Kein Wort darüber, dass wir miteinander geredet haben! Es ist zu Eurer eigenen Sicherheit. Sagt nichts! Zu niemandem!«, sagte er und sah ihr dabei tief in die Augen.

Erst nachdem er sich sicher sein konnte, dass sie dies auch verstanden hatte, ließ er ihre Hand wieder los.

»Nun denn, ich muss mich eilen! Wir sehen uns bald wieder, hübsche Dame!«, versprach er und zog sich seine Kapuze wieder tief ins Gesicht.

Die junge Frau sah ihn mit ihren traurigen Augen an, dann verbeugte er sich kurz, denn für mehr war keine Zeit mehr übrig, und rannte, so schnell er nur konnte, zurück in Richtung Rathaus. Beinahe hätte er dabei den garstigen Zwerg über den Haufen gerannt, der aber im letzten Augenblick noch rechtzeitig zur Seite springen konnte.

»Verdammt, Bursche! Zeig dir's gleich!«, schrie dieser wütend, doch Kaspar machte keine Anstalten ihm zu antworten.

»Auspeitschen! Dreckslump!«, meckerte der Bucklige und schlürfte mürrisch zurück zu seinem Karren.

Dort angekommen kletterte er mühevoll hinauf.

»Alles besorgt?«, wollte er wissen.

Sie nickte.

»Gut! Stadt weg, jetzt! Gleich los! Hauptmann wartet! Viel zu viel Trubel! Bääääh!«, gluckste der Zwerg, dann machte er sich bereit endlich loszufahren.

Doch kam es nicht dazu, denn die Frau wurde unruhig.

»Der blaue Stein!«, rief sie und zeigte aufgeregt auf den großen runden Felsbrocken, der neben der Treppe zum Rathaus lag.

Der Gnom war sichtlich verwundert.

»Wat? Was faselt Weib?«, wollte er wissen.

»Nur einmal möchte ich ihn berühren, bevor wir fahren, bitte!«, bettelte sie und sah ihn dabei durchdringend an, doch der Gnom antwortete ihr:

»Blödsinn! Nich Zeit!«

»Sei nicht so grob zu mir! Nur einmal! Geht doch schnell! Ist doch Tradition hier, oder?«, bedrängte sie ihn, und ohne die Antwort abzuwarten, sprang sie hastig hinab und eilte rasch davon.

»Verdammte Pute!!!«, rief der Zwerg ihr erbost hinterher.

Nachdem sich seine Verwunderung gelegt hatte, stieg der Zorn empor. Er kochte förmlich vor Wut, denn nun war er gezwungen, wieder hinabzuklettern und diese dumme Pute zu verfolgen, um sie zurückzubringen.

»Schon genug Zeit verplempert!!! Hauptmann wird…«, murrte er, während er herabkletterte.

Dann kämpfte er sich durch das rege Volk, und es dauerte auch nicht lange, da wurde er von einem kräftigen Mann recht unsanft angerempelt.

»Verdammt!!!«, fluchte der Zwerg.

»Hast du keine Augen im Kopf, kleines Bürschchen???«, beschwerte sich der stämmige Mann, der den Buckligen um einiges überragte.

Der Gnom sah ihn mit seinen fischigen Augen giftig an und wippte dabei unruhig mit der Peitsche.

»Lümmel redet mit Mus?«, fragte er gereizt.

»Ja, mit dir, kleines Männchen! Was dagegen? Ich hau dir gleich was auf deine hässliche Schnauze, wenn du noch frech wirst!«, schimpfte der Dicke mit sichtlich rotem Kopf.

Mus drohte ihm nun auch mit seiner Faust.

»Fettsack, frech!!!«, antwortete er, während er schon darüber nachdachte, dem großen Rüpel gehörig seine fetten Ohren langzuziehen, doch entschied er sich dagegen.

»Keine Zeit!.. Schade, schade, schade…«, meckerte er.

Nur widerwillig konnte er sich dazu durchringen, den Mann zu ignorieren, ihn stehenzulassen und einfach weiterzugehen, dabei schäumte er jedoch vor Wut.

»Geht doch!«, freute sich der Dicke als Sieger hervorgegangen zu sein, dann ging auch dieser seiner Wege.

Überall herrschte reges Treiben.

Mus konnte das Weib nirgendwo finden. Versuchte sie womöglich doch zu fliehen, diese dumme Pute? Oh, das würde mächtig Ärger geben… Er musste sie einfach finden! Wütend lief er in Richtung des verhassten Rathauses. Wo war sie bloß? Überall standen nur diese großen, dämlichen Leute herum. Dann endlich fand er sie. Dort! Tatsächlich! Über diesen verdammten blauen Stein gebeugt.

Allein schon der Gedanke daran, sich dem Gebäude nähern zu müssen, verursachte dem Zwerg ein überaus unangenehmes Gefühl. Doch was blieb ihm anderes übrig? Er musste sie zurückbringen.

»Komm, weg! Will es flüchten? Weiß was passiert dann..? Weiß es, oder? Kene Mätzchen!!!«, drohte er ihr und versuchte sie dabei gewaltsam wegzuzerren.

Die über den blauen Stein gebeugte Bürgermeistertochter aber wehrte sich, so gut sie eben konnten, denn sie fühlte die tiefe Trauer in sich und konnte nicht anders als zu weinen, denn die Wirkung des dämonischen Zaubers hatte nachgelassen. Erst leise, dann immer lauter klagte sie dem Stein ihr Leid und erregte damit immer mehr die Aufmerksamkeit der umherstehenden Leute. Immer dichter kamen sie, um mit ihren eigenen Augen und Ohren sehen und hören zu können, was dort Seltsames vor sich ging. Niemand verstand aber, was sie so vergeblich versuchte in Worte zu fassen. Keiner erkannte ihr Gesicht, ihr wahres, verborgen hinter dunkler, böser Magie.

Dem Zwerg wurde mulmig.

»Mitkommen, dumme Pute! Jetzt!!!«, schimpfte er und zerrte so fest an ihr, dass sie schließlich loslassen musste.

Tränen der Verzweiflung tropften auf den matschigen Boden.

»Seht nur! Der garstige Zwerg, dort! Was er dem armen Mädchen nur antut... Wie grob, wie ungehobelt! Das arme junge Ding!«, fingen die Leute an zu klagen und zu schimpfen.

Der Gnom zischte ihnen böse zu, während er die Frau hinter sich herzog.

»Zeigt dem Buckligen, was wir davon halten!«, rief eine der Frauen und zeigte mit dem Finger auf ihn.

Mus zog ihnen Grimassen, und es dauerte nicht lange, da flogen die ersten Gegenstände. Darunter Eier, Äpfel, Birnen und sogar Steine. Mus duckte sich, wich aus, um nicht getroffen zu werden, doch gelang ihm dies mehr schlecht als recht. Und so versuchte er schleunigst seinen Karren zu erreichen.

»Los! Rauf! «, befahl er, als sie es endlich geschafft hatten.

Dann schubste er die Bürgermeistertochter recht unsanft hinauf, um keine Zeit mehr zu verlieren und stieg ebenfalls auf.

»Scherereien… Nur Scherereien!!!«, fluchte er, während er sich sein hässliches Gesicht mit der Hand säuberte, denn auch ein paar Eier hatten ihn dort getroffen.

Dann wand er sich der Frau zu und drohte ihr:

»Lass jetzt, Metzchen!«

Dabei hob er die Faust, und die Bürgermeistertochter verstand die Warnung und nickte folgsam. Dann wusch sie sich die Tränen aus dem Gesicht.

»Gut!«, bemerkte Mus und nahm die Zügel in die Hand.

»Verdammte Stadt!«, fluchte er, dann lenkte er den Karren mitten durch die noch wütende Meute, die zur Seite springen musste, um nicht umgefahren zu werden.

Abschätzig sah er dabei auf sie alle herab. Wie er diese Städter nur hasste... Elendes Pack!!! Zur rechten Zeit hätte er sich mit allen auf einmal angelegt… Ihnen gezeigt, wozu er im Stande war. Ihnen ihre Glieder gebrochen, sie ausgepeitscht… Doch nicht heute! Sie mussten nun schleunigst fort, hatten schon zu viel Zeit verloren. Was hatte sich dieses dumme Pute dabei nur gedacht? Er dachte darüber nach, wie er ihr den Hals umdrehen konnte, so dass es wie ein Unfall aussehen würde, doch schon der Gedanke daran war gefährlich. Der Hauptmann würde es herausfinden! Dies tat er ja immer. Der wusste einfach zu viel, war zu schlau, zu gewitzt… Ja! Oh, ja!.. Das würde er herausfinden und Mus dann bestrafen, so wie er auch den Oberräuber bestraft hatte. Oder sogar noch schlimmer? Ne, ne, lieber nicht wagen, denn das war's nicht wert! Mus war sich da eigentlich ziemlich sicher. Sollte er dem Herrn überhaupt von der Geschichte mit dem blauen Stein erzählen, oder lieber doch nicht? Es war ja eigentlich nichts passiert?! Lieber nicht, nein, nein! Er war ja schließlich nicht so blöd, wie immer alle dachten. War jedenfalls deutlich schlauer als sein Zwillingsbruder Mini. Hauptsache, der Hauptmann würde schnell seine Sachen bekommen... Die, die die Pute ja besorgt hatte! Dann würde sicher alles gut werden, ja! Mus würde vielleicht sogar noch ein kleines Lob erhalten… Sein schiefer Mund formte sich zu einem zufriedenen Grinsen.

Es dauerte, doch dann hatten sie die rege Stadt hinter sich gebracht und folgten einer breiten, sich lang dahinziehenden Straße. Während die Bürgermeistertochter, wie im Dämmerschlaf, die Landschaft langsam an sich vorüberziehen sah, wusste sie nicht mehr, was sie auf dem Marktplatz eigentlich so traurig gemacht hatte. In ihrem Kopf war nur noch ein großes Durcheinander, doch versuchte sie sich trotzdem krampfhaft zu erinnern… Sie hatte den Gnom offensichtlich aufhalten wollen, wunderte sich aber nun selbst darüber. Dann musste sie plötzlich von ihren Gefühlen übermannt worden sein… Einfach so!? Doch wusste sie nicht mehr warum, was der eigentliche Grund für ihre Trauer gewesen war. War es denn Trauer gewesen? Sie wusste auch dies nicht mehr und grübelte… Doch kam sie zu keinem Ergebnis, denn alles schien verborgen hinter dichtem Nebel zu liegen! Unerreichbar! Konnte sie den Worten des hübschen jungen Mannes Glauben schenken? An diesen erinnerte sie sich eigenartigerweise, doch wer war er überhaupt? Egal! So oder so, sie hatte ihm Zeit verschafft, oder eher verschaffen wollen?! War dies bewusst oder unbewusst geschehen? War dies womöglich ein Fehler gewesen? Fragen, nichts als Fragen!… Sie wusste es nicht! Sie wusste gar nichts und beschloss schließlich, auch gar nichts mehr zu unternehmen. Nur noch zu schweigen, solange jedenfalls, bis sie ihrem Verstand wieder einigermaßen vertrauen konnte. Zu ihrer eigenen Sicherheit…

Und so rollte der alte Karren langsam den holprigen Weg entlang. Immer dichter dem Tal und somit auch dem Versteck der Räuberbande zu.

Kapitel 14

Die letzte große Aufgabe

Lippold versammelte seine zurückgekehrten Knechte um sich.

»Oberräuber zu mir!«, befahl er auf seinem Thron sitzend.

»Herr?«, antwortete seine rechte Hand und verbeugte sich.

»Die Männer haben Mini gefunden. Seine Überreste, jedoch nicht den jungen Fremden… Weder tot noch lebendig, was ich sehr bedauerlich finde. Er konnte *erneut* entkommen… Wir werden dieses Versteck daher, wohl oder übel, fürs Erste aufgeben müssen. Es ist nicht mehr länger sicher, denn ich weiß nicht, was ihm der Gnom alles verraten hat. Wir reisen so schnell wie möglich ab! Ziehen weiter, in einen anderen Unterschlupf.«

»Aber, Herr?!«, warf Krähennase besorgt ein.

»Ihr seid zu schwach für eine lange Reise…«

Lippold sprang auf.

»Zu schwach meinst du???«, schrie er und seine Männer zuckten zusammen.

»Es reicht noch aus, einem jeden von euch lausigem Lumpenpack gehörig das Fell über die schmutzigen Ohren zu ziehen! Freches, nutzloses Gesindel…. Warum bin ich nur so gestraft? Nur Ärger hat man!«, schimpfte er laut und sah in die Runde, doch keiner wagte es zu antworten.

Als er sich wieder ein wenig beruhigt hatte, nahm er Platz und sah seine rechte Hand mit ernstem Blick an.

»Bereite alles für den Abmarsch vor, rechte Hand!«, befahl er.

»Ich hoffe, wenigstens *dies* kannst du zufriedenstellend erledigen… Eile dich! Wird's bald? Wir sprechen uns später wieder.«

»Ganz wie Ihr befehlt, Herr!«, antworte ihm der Oberräuber und verbeugte sich tief und demutsvoll, in der Gewissheit dies bald vor niemandem mehr tun zu brauchen.

Denn er spürte deutlicher denn je, dass seine Zeit als Anführer nahe war. Der Hauptmann, bereits sichtlich angeschlagen, würde nicht mehr lange leben, dies erfreute ihn insgeheim. Lippolds grässliches Gesicht bestand nur noch aus kümmerlichen Resten. Sein einstmals kräftiger Körper war schwach und arg gezeichnet, denn die Klinge hatte großen Schaden angerichtet. Da würde nichts mehr helfen, auch keine Medizin… Keine ach so wichtige Besorgung aus der Stadt! So war er gewillt, dies kleine Spielchen noch eine Weile mitzuspielen, aber nur solange, bis der richtige Zeitpunkt für die Übernahme gekommen war. Dann würde er sich endlich das nehmen, was er schon so lange begehrte! Sich rächen, für alles, was er bisher erlitten hatte, die Demütigung, die Schande, den Schmerz!.. Deutlich spürte er noch die bereits verheilten Wunden. Seltsamerweise hatte er sich rasch wieder erholt, was bei der Schwere seiner Verletzungen beinahe an ein Wunder grenzte, doch blieb die Schmach, die Schande! Dies würde aber nichts im Vergleich zu dem sein, was seinem verehrten Hauptmann bevorstand…

Zufrieden grinste er in sich hinein.

»Herr, was soll mit den Gefangenen geschehen?«, wollte er wissen.

Lippold überlegte einen kurzen Augenblick.

»Sollen sie in diesem Drecksloch verschimmeln oder habt Euren Spaß mit ihnen, mir ist es gleich! Ich bin auch des Weibes überdrüssig. Wenn sie wiederkehrt, werde ich mich aber um sie persönlich kümmern…. Ihr fasst sie mir nicht an!«, befahl er.

Der Oberräuber nickte, rief zwei andere Räuber hinzu und verließ dann mit ihnen gemeinsam den Saal.

»Ihr anderen hier wisst nun ebenfalls Bescheid. Sputet Euch! Beladet die Pferde und Wagen! Packt alles ein und haltet euch bereit! Ausgeruht wird sich erst, wenn sich die Maden durchs elende Fleisch fressen…«, befahl der Hauptmann, und seine Männer gehorchten und verstreuten sich augenblicklich in alle Richtungen.

Er aber blieb, tief in Gedanken versunken und vollkommen alleine in seinem großen, steinernen Saal.

Beunruhigt sah er dem Flackern der Flammen zu und sorgte sich, wie es nun wohl weitergehen würde. Konnte der mit den Zutaten aus der Stadt gebraute Trank zusammen mit der Salbe tatsächlich ausreichen, sein Leben noch ein wenig zu verlängern? So wollte er jedenfalls nicht von dieser Welt scheiden müssen… *So nicht!* Dies durfte noch nicht das Ende sein, nein, denn dies war nicht die richtige Art und Weise! Wenn, dann musste die Höllenfahrt zur schaurigen Legende werden….

Mehr denn je wollte er wissen, was ihm bevorstand.

»Hört Ihr mich, oh Meister? Euer treuer Knecht bittet erhört zu werden!«, brummelte er vor sich hin.

»Meister, erhört mich doch!«, flehte er, doch nichts geschah.

Es dauerte, doch dann ertönte plötzlich eine unnatürlich tiefe Stimme.

»Was begehrst du?«, hallte es durch den Saal.

Im Kamin flackerten die Flammen steil empor und auch die kleinen Wandfackeln zuckte nun wie wild umher. Schwarzer Rauch kroch herauf, drehte sich, wurde immer schneller, wirbelte und schien sich dabei immer mehr zu verfestigten, bis sich schließlich eine riesige, dunkle Schattengestalt schemenhaft herausbildete.

»Ihr seid gekommen…«, stellte der Hauptmann zufrieden fest und stieg von seinem Thron.

Mit seinen zittrigen Beinen wankte er die Treppenstufen hinab und fiel vor der unheimlichen Gestalt demütig auf die Knie. Rote Augen glühten ihn an, spitze Zähne blitzen zufrieden.

»Das bin ich, denn du hast mir gut gedient, Menschlein! Seit der Vollmondnacht auf dem Kreuzweg, in der du mich zum ersten Mal beschworen und mir deine Treue für alle Ewigkeit geschworen hast!«, wisperte das unheimliche Schattenwesen.

»Ich tat stets alles, was Ihr von mir verlangtet, Meister!«, antwortete Lippold.

»Ja, das tatest du….«, zischelte die Stimme zufrieden.

»Dafür habe ich dich immer unterstützt, bei alldem was du vorhattest zu erreichen!«

»Ja das habt Ihr, Meister!«, antwortete der Hauptmann.

»Ein mächtiger und gefürchteter Mann bist du geworden, durch die Gunst der Hölle. Unendlich reich, so wie du es dir immer erträumt hast. Berühmt, berüchtigt, bis in alle Zeiten...«, fuhr die Stimme fort.

Lippold nickte zustimmend.

»Ja, Meister! Alle kennen und fürchten den Räuber Lippold.«

Die unheimliche Gestalt schwebte um ihn herum.

»Einstmals ein junger, mittelloser Raubritter, ohne Hab und Gut. Ohne Zukunft, ohne Gefolgschaft... Sieh dich jetzt nur an! Weit hast du es durch mich gebracht.«, sagte sie dann.

»Es ist wahr, Ihr habt mir viel ermöglicht, doch bedauerlicherweise gibt es da etwas, das ich noch nicht erreicht habe! Ich habe immer noch keinen Sohn, keinen Stammhalter! Meine Sippe wird mit mir untergehen, denn ich bin der letzte in dieser langen Reihe.«, antwortete Lippold und sah die dunkle Gestalt bekümmert an.

»Was nützen mir all die Schätze, mein ganzes Hab und Gut, meine Macht, wenn meine Linie mit mir ausstirbt? Niemand vom eigenen Fleisch und Blute mehr da ist, das Erbe anzutreten?«, schluchzte er.

»Nichtssssss!«, zischelte die Stimme böse, und die roten Augen glühten.

»Ihr verspracht mir einen Stammhalter, einen Sohn!«, rief der Hauptmann zornig und ballte seine Faust.

»Narr!!! Schweig still!!!«, befahl die Gestalt mit wütender Stimme und die Halle erzitterte.

Glas zersprang, Statuen zerbrachen, und die spitzen Zähne blitzten ihn furchteinflößend an.

»Ich versprach dir *Nachkommen*, ja Knecht! Diese hast du bekommen... Sie hängen dort draußen, als Gerippe in den Bäumen.«, zischelte es aus dem grausamen Mund.

Lippold sackte verzweifelt zusammen.

»Verdammte Teufelei! Alles nur Lug und Trug!«, schluchzte er.

»Reiflich überlegt sei das, was man sich wünscht.«, höhnte es.

»Höllenbrut!«, fluchte Lippold, doch die schattenhafte Gestalt grinste nur.

»Mit wem glaubst du es sonst zu tun zu haben, Menschlein?«, antwortete sie dann.

»Schluss jetzt mit dem Unsinn, du undankbarer Wicht! Schließlich habe ich deinem Weibe die Sinne vernebelt und auch deine rechte Hand wieder zusammengeflickt, ohne dass er dies überhaupt weiß. Leider braucht es für dich aber noch etwas mehr... Hast du sie geschickt?«, wollte der Dämon wissen, denn dies war er, ein Dämon der Hölle.

»Ja, Herr! Sie wird mir alles bringen, was ich noch benötige.«, antwortete Lippold.

»Gut, dein Leben hängt nämlich nur noch am seidenen Faden!«, bemerkte der Dämon.

Lippold sah ihn fragend an.

»Mein Werk hier ist noch nicht getan, oder, Meister?«, wollte jener wissen.

»Ihr braucht mich noch? Für einen letzten Auftrag? So kann und wird Räuber Lippold nicht zur Hölle hinabfahren, oder? Darum seid Ihr mir auch seit so langer Zeit wieder persönlich erschienen. Wie oft habe ich Euch beschworen, Euch angefleht, mir bei meiner schweren Krankheit zu helfen, doch nie bekam ich Antwort. Ihr würdet mir sicher auch jetzt nicht helfen, wenn Ihr meine Dienste nicht noch benötigen würdet...«

Der Dämon schien belustigt.

»Ach, wie schlau du doch bist! So gerissen, das kleine Bürschchen!«, antwortete dieser und kam naher.

Lippold sah die spitzen Zähne und roch den üblen Atem, der nach Tod roch.

»Doch ist es, wenn es auf das Ende zugeht, im Grunde immer dasselbe mit euch einfältigen Menschen...«, erklärte der Dämon und lachte abschätzig, dann fuhr er fort:

»Ihr bettelt, fleht verzweifelt um mehr Zeit, wenn es darum geht, euren Teil der Abmachung einzuhalten. Hängt verbissen bis zum Letzten an eurem ohnehin von Geburt an befristeten, kläglichen Leben auf dieser Erde. Eurer Kleingeistigkeit habt ihr es zu verdanken, dass ihr nicht in der Lage seid zu begreifen, dass diese Lebenszeit, so wie ihr sie ja nennt, vollkommen unwichtig ist. Manche Menschen leben kurz, andere länger und du denkst, dies ist wirklich wichtig? Ich verrate es dir! Nein!!! Eure Schwäche, der Neid, der Hunger nach Macht und Gütern, die Gier danach, besser, schöner, wohlhabender zu sein als all die anderen, all dies und noch viel mehr ermöglicht es uns Höllenwesen euch so leicht jenes zu nehmen, was am kostbarsten ist. Das was ihr so leichtsinnig hergebt, für so unwichtig erachtet. Tauscht es einfältig ein gegen Illusionen, gegen Hirngespinste… Ach, wie dumm ihr doch seid! Lasst euch blenden von simplen Trugbildern, die nichts bedeuten, keinen Wert haben. Um deinen Geist hättest du dich sorgen sollen, denn die Seele, so wie ihr sie ja nennt, ist das wirklich wahre, das wichtigste überhaupt. All das, was wahrhaft zählt und von Bedeutung ist! Nur *darum* dreht sich dies große Spiel, doch kommt diese Erkenntnis für dich wohl nun etwas zu spät, denn bald wirst du, Knecht, wie auch alle anderen vor dir, in die Hölle hinabfahren. Für immer und ewig dazu verdammt sein dort zu bleiben. Zeit ist dann für dich nicht mehr von Bedeutung…«

Lippold verspürte wahre Furcht, was ihn nun zutiefst beunruhigte.

»Kann ich denn weiterhin auf Eure Gunst hoffen, Meister?«, wollte er wissen.

»Wir werden sehen, wir werden sehen… Noch habe ich keine Pläne für dich geschmiedet. Alles ist somit noch offen. Du könntest in meiner Gunst aber deutlich steigen, wenn du noch etwas Bedeutsames für mich erledigst. Sieh dies als letzte, große Aufgabe an. Darum habe ich dir geholfen, dich noch verschont, dies hast du ganz richtig erkannt, schlaues Bürschchen! Du wirst bald Besuch erhalten. Ein junger Mann wird kommen, derselbe der euch entkommen konnte. Bereite dich vor!«, befahl ihm der Dämon eindringlich.

Lippold hob klagend seine Arme empor.

»Meister, ich bin schwach, nur noch ein Häufchen Elend, und habe bereits Befehl gegeben dieses Versteck zu verlassen.«, antwortete er.

»Tu, was ich dir sage, und sorge dich nicht! Die Dinge, die du zu deiner Genesung benötigst, habe ich dir mitgeteilt. Braue den Trank, nimm ihn zu dir und er wird dich stärken… Dir neue Kraft geben! Salbe deine Wunden und die Haut wird sich wieder schließen. Du wirst stärker denn je auf diesen Burschen treffen und ihn töten!!!

Nichts weniger erwarte ich von dir! Es würde mich milde stimmen, was deine Zukunft anbelangt... So oder so... Wir werden uns bald wiedersehen...«, zischelte der Dämon und seine Stimme wurde dabei immer leiser.

Dann löste er sich wieder in Rauch auf und verschwand.

Als der Hauptmann in den Kamin sah, flackerte dort nur noch das Feuer ruhig vor sich hin, so als wäre es nie anders gewesen.

So klar und deutlich hatte er die Gestalt und Stimme seines Meisters niemals zuvor erblicken und vernehmen können. Lag es daran, dass er der Schwelle zum Tode bereits gefährlich nahe war? Er wusste es nicht! Wer vermochte schon die schwarze Magie, die Macht der Hölle, zu durchschauen?

Was der Dämon da gesagt hatte, verursachte ihm nun eine Heidenangst. Aus jener tiefen Furcht wurde rasch Wut. Die Wut darüber, einst so dumm gewesen zu sein, sich so leicht blenden und verführt haben zu lassen. War es dies wert gewesen? Nein, natürlich nicht! Das Schattenwesen hatte Recht gehabt. Er war als naiver junger Mann allzu leichtsinnig mit den Dingen umgegangen. Hatte einfältig angenommen, dass es den Preis wirklich wert sei. Wie blauäugig dies doch gewesen war! Doch war es nun für Reue und Selbstmitleid reichlich spät, sein Schicksal besiegelt. Er konnte nicht mehr umkehren, den Handel nicht mehr rückgängig machen und würde zur Hölle hinabfahren, so oder so...

So war er fest entschloss, noch das Beste herauszuholen. Der Dämon hatte ihm deutlich mitgeteilt, was er von ihm erwartete. Und wenn diese letzte Gefälligkeit, dieser letzte Dienst hier auf Erden, seine Situation dort unten verbessern würde, so war er mehr als gewillt, alles in seiner Kraft Stehende zu tun, den Dämon auch nicht zu enttäuschen.

Fest entschlossen, den jungen Kerl unter allen Umständen zu töten, erhob sich Räuber Lippold langsam wieder. Er hoffte inständig, dass das Weib noch rechtzeitig vor dem jungen Fremden den Weg zu ihm finden würde. Mühsam stieg er die Stufen hinauf. Oben angekommen sackte er schließlich in sich zusammen. Einen Augenblick lang dachte er darüber nach, seine Männer zu rufen und sie darüber zu informieren, dass ihnen allen Gefahr bevorstand. Er war schließlich noch ihr Hauptmann, ihr Anführer, der Mann, dem diese Abtrünnigen bedingungslos vertrauten und blind folgten, doch kam er nicht mehr dazu, denn sein Kopf fiel ihm schwer nach vorne und er nickte ein.

Kapitel 15

Keine schöne Aussicht

»Verdammt und zugenäht!!!«, schimpfte Siegmund, während er mit aller Kraft an der schweren Kette zog, mit der er an die Wand gefesselt war.

»Es muss doch irgendwie möglich sein, hier wieder rauszukommen, Herrgott nochmal!«

Er zog so fest er nur konnte, und sein Kopf war schon ganz rot vor lauter Anstrengung.

»Ich bewundere deinen Optimismus, Schmied! Ehrlich!«, bemerkte Hans.

Siegmund wollte etwas erwidern, dann einen neuen Versuch starten, doch meinte er plötzlich etwas zu hören und gab dies grummelnd fürs erste auf.

»Still, Junge!«, sagte er, während er die Ohren spitzte.

»Ich glaube ich höre etwas…«

Und tatsächlich! Vor der Tür waren leise Schritte zu hören.

»Ja, sie kommen!«, brummte er, dann öffnete sich auch schon knarrend die schwere Tür.

»Guten Abend, die Herren!«, sagte der Oberräuber spöttisch und trat herein.

Der Schmied sah ihn zornig an.

»Verrecke!«, antwortete dieser und handelte sich dafür sofort eine heftige Ohrfeige ein.

»Überlege dir gut, was du noch sagen möchtest! Es könnten nämlich deine letzten Worte sein.«, erklärte ihm der Oberräuber böse, dann kamen drei weitere Räuber in das enge Gefängnis gestürmt.

»Macht ihr meiner Qual endlich ein Ende? Ist es vorbei?«, wollte Hans wissen.

Der Oberräuber grinste nur.

»Vorbei? Oh ja, das ist es! Für dich jedenfalls… mit unserer überaus großzügigen Gastfreundschaft, denn ab heute musst du, wohl oder übel, selbst für dein leibliches Wohl sorgen.«

Der junge Mann senkte enttäuscht sein Haupt.

»Verdammtes Pack!!!«, rief Siegmund wütend.

Der Oberräuber lachte, dann wandte er sich dem Schmied zu.

»Kommen wir nun zu dir!«, sagte er und sah ihn dabei ernst an.

»Ich hoffe, man kann mit dir nun einigermaßen vernünftig reden. Du hast ja lange genug Zeit gehabt, wieder zu Verstand zu kommen. Der Junge nützt mir nicht viel, ist eh nur noch ein Häufchen Elend… Den Rest erledigt so oder so die Zeit, doch du mein Großer hast einen überaus starken Willen und dazu noch eine bemerkenswerte Konstitution. Kaum noch etwas zu sehen von der Pfeilwunde, oder? Der Hauptmann wird nicht mehr lange leben, dann werde *ich* endlich das Sagen haben! Ich kann Männer wie dich gut gebrauchen, darum mache ich dir, hier und jetzt, ein ganz besonderes Angebot. Ich bin mir sicher, dass du dieses nicht ausschlagen wirst. Komm zu mir, wechsle die Seite und werde meine rechte Hand! *Zusammen* können wir alles erreichen, was wir nur wollen…«, bot er an, doch Siegmund spukte ihm verächtlich ins Gesicht.

»Abschaum, so wie ihr einer seid, werden? Niemals!!! Lieber verrecke ich hier.«, antwortete dieser dann.

Sein Gegenüber fuhr sich durchs Gesicht.

»Du sturer, verbohrter Narr! Ich glaube, du nimmst die Dinge immer noch allzu persönlich. Welche Verschwendung von Talent…«, bemerkte der Oberräuber und schüttelte enttäuscht den Kopf.

»Nun gut, ganz wie du möchtest! Du hättest alles haben können: Ruhm, Macht, Reichtum… Doch will ich dich nicht zwingen. Deine eigene, überaus dumme Entscheidung!«, stellte er schließlich fest.

Siegmund brummte.

»Packt euch den Fetten!«, befahl der Räuber, und seine Männer öffneten daraufhin die Kette.

»Da du nun ebenfalls nicht mehr von Nutzen für mich bist, wird es mir wahrlich ein Vergnügen sein zuzusehen, wie du elendig verreckst!«, bemerkte der Räuber und gab das Zeichen Siegmund wegzuschaffen.

»Bringt ihn zum Loch! Los! Wird's bald?«, befahl er, und sie zerrten den Schmied hinaus.

Er wurde durch die engen Gänge geschleift, über notdürftige Treppen und wackelige Leitern hinweg, bis hinauf auf den schmalen Kamm des Bergrückens. Als die Gruppe schließlich oberhalb des Höhlenverstecks angekommen war, hatten sie den Mond über sich, der nun die gesamte Umgebung erleuchtete. Nach wenigen Schritten erreichten sie schließlich den Rand einer tiefen Klippe, und als Siegmund vorsichtig hinab sah, konnte er ein schwarzes Loch weit unter sich erkennen.

»Nun denn!«, sagte der Oberräuber und zog sein Schwert.

«Hinab mit ihm! Lasst uns ein Ende machen. Ich wünsche eine gute Reise!«

Er lachte abfällig und gab seinen Männern das Zeichen, Siegmund hinabzustoßen. Der Schmied konnte bereits die zupackenden Hände eines der Räuber in seinem Rücken spüren und machte sich bereit. Dies war es nun, das Ende… Er schloss die Augen und wartete… Doch seltsamerweise war er nicht aufgeregt, nein, eher ruhig. Eigenartig, doch so war es! Er hoffte inständig, dass es schnell gehen würde und dachte an Kaspar. Nun würden sie sich bald wiedersehen…

»Hände weg!«, hörte er überraschend eine ihm wohlbekannte Stimme.

Und er spürte einen kurzen Windhauch und vernahm ein dumpfes Geräusch hinter sich. Dann drehte er sich um und war mehr als verwundert, als er die frisch abgetrennten Unterarme des Räubers auf dem Boden liegen sah. Der rote Lebenssaft spritzte nur so zu allen Seiten aus den frischen Stümpfen hervor, und die Erde tränkte sich allmählich mit dem Blut des Räuber. Dieser schrie vor lauter Schmerz und stand mit weit aufgerissenen Augen fassungslos da. Der Schmied fragte sich, was hier nur vor sich ging, dann erst sah er ihn. Konnte dies möglich sein?!

Kaspar ließ dem überrumpelten Räuber keine Zeit zu reagieren. Er packte ihn und stieß ihn die Klippe hinab. Schreiend fiel der Mordgeselle in den sicheren Tod.

»Einer weniger von diesem elenden Pack!«, stellte er zufrieden fest, dann schnitt er rasch und gekonnt seinem Freund die Hände frei.

»Du…?! Wie?«, stotterte dieser ungläubig, doch sein Gegenüber wiegelte schnell ab, denn die restlichen Räuber hatten sich inzwischen wieder gefangen, gesammelt und schickten sich nun an, auf sie beide loszugehen.

»Später, mein Freund! Jetzt gibt es erst noch etwas zu erledigen! Überlass mir den Oberräuber, du kannst die anderen Burschen haben...«, sagte Kaspar.

Siegmund nickte, dann schritt Kaspar entschlossen auf seinen Gegner zu. Der Yatagan glänzte dabei vom Mondlicht beschienen in der Dunkelheit. Lippolds rechte Hand sah ihn ruhig und abwartend an, mit einem Lächeln auf den Lippen.

»So, so! Sieh an, unser alter, überaus lästiger Bekannter beehrt uns auch einmal wieder...«, bemerkte jener und hob drohend die Klinge.

»Ihr habt mir viel Sorge und auch einige Schmerzen bereitet, junger Freund! Aber auch einiges an Können und Durchhaltevermögen bewiesen… Meinen ehrlichen Respekt dafür! Doch leider völlig vergebens, denn es war ein Fehler von Euch, hier wieder aufzutauchen! Ihr hättet lieber fernbleiben und uns meiden sollen. Ich bin kein mickriger Zwerg, meine Fähigkeiten im Kampfe sind den Euren haushoch überlegen! Falls Ihr es aber dennoch schafft mich zu besiegen, dann warten dort unten noch dutzende meiner Räuber nur auf Euch… Sie werden euch nicht mehr lebend ziehen lassen… Es wird kein gutes Ende für euch beide nehmen!«

»Wir werden sehen, Herr Oberräuber, wir werden sehen!..«, antworte ihm Kaspar und hob ebenfalls seinen Säbel.

»Nun aber zeigt, ob Eure Kampfeskunst der Fähigkeit Eures Mundwerks ebenbürtig ist!!!«, forderte er ihn auf und sprang vorwärts, direkt auf ihn zu.

Die beiden Klingen trafen klirrend aufeinander. Metall rieb hart auf Metall, so dass die Funken flogen.

Siegmund spurtete indes auf die beiden anderen Räuber zu. Mit der vollen Wucht seines massigen Körpers drückte er den dürren Eulenhug gegen einen harten Felsbrocken und dieser brach sich dabei seine Knochen. Er stöhnte auf, spukte Blut und hauchte auch schon sein Leben aus. Siegmund spürte nun das Loch in seiner Schulter schlimmer denn je, doch war es ihm gleich.

»Nun kommst du dran!«, brummte er und sah Würgerhannes böse an.

Der kleine, mordlustige Räuber grinste und wedelte dabei voller Vorfreude mit seinem Knüppel.

„Na, dann komm! Ich zieh dir nen schönen Scheitel, Fettsack!", geiferte er.

Der waffenlose Siegmund sah sich kurz um, dann fand er einen dicken Ast und hob diesen auf.

„Dich hau ich platt!", rief er und stürmte entschlossen auf den Räuber zu.

Ast und Knüppel prallte mit voller Wucht aufeinander. Immer heftiger und wilder schlugen sie aufeinander ein. Ein zäher, schmutziger Kampf entbrannte und schließlich waren Knüppel und Ast zerbrochen und nur noch die Fäuste flogen. Sie kämpften bis aufs Letzte, doch Siegmund traf schließlich mit voller Wucht den schwabbeligen Bauch des Würgerhannes. So hart, dass dieser laut aufstöhnte und anfing zu taumeln. Siegmund trat sofort nach und gab ihm damit den Rest, dann ging er einige Schritte zurück, um selber wieder neue Kraft zu schöpfen.

»Verdammter Fettsack!«, fluchte der Räuber und schüttelte sich benommen.

Man sah, dass er, ebenso wie Siegmund, kaum noch auf seinen Beinen stehen konnte, doch nahm er trotzdem Anlauf.

»Dich mach ich kalt!«, schrie er, und vor Wut schnaufend stürmte er auf den Schmied zu.

Siegmund konnte rechtzeitig ausweichen und gab dem Angreifer noch einen kräftigen Tritt mit, sodass der Räuber nahezu ungebremst über den Rand der Klippe hinweg rannte und schreiend in die Tiefe stürzte.

»Da war es nur noch einer!«, bemerkte Siegmund mehr als erleichtert und strich sich den Schweiß von der Stirn.

Er atmete auf. Dies war noch einmal gut gegangen, und er war mehr als froh darüber, denn es war knapp gewesen. Lange hätte er dem wütenden Würgerhannes sicher nicht mehr standhalten können... Doch war zum Ausruhen keine Zeit! Er schaute sich um, dann sah er in einiger Entfernung endlich vor sich die zwei schmalen Silhouetten auf dem zackigen Bergkamm im wilden Kampfe miteinander umherwirbeln. Das laute Klirren und Scheppern der beiden Klingen hallte durch die Nacht. Im Hintergrund leuchtete der helle Mond.

Der Oberräuber kämpfte den Kampf seines Lebens. Er fragte sich, wo der junge Bursche nur gelernt hatte so zu kämpfen? Flink und behände wie eine Katze bewegte sich dieser und führte die Klinge dabei so gekonnt, dass dem Räuber langsam mulmig zumute wurde. Er wusste, es würde knapp werden, äußerst knapp sogar!

Kaspar versuchte seinerseits alle Tricks und Kniffe, den Gegner zu Fall zu bringen, doch verließen ihn langsam die Kräfte. Der Oberräuber war ihm nahezu ebenbürtig und ebenfalls sehr gerissen. Er hatte ihn wohl unterschätzt... Um den Kampf überhaupt noch gewinnen zu können, so wusste er, musste er sich wohl oder übel etwas einfallen lassen, doch kam ihm schließlich der Zufall zu Hilfe, denn beim Versuch auszuweichen, blieb der Oberräuber mit seinem Stiefel in einer der Spalte stecken. Kaspar erwischte ihn sogleich mit seinem Yatagan an den Beinen.

»Verdammt!!!«, fluchte der Getroffene und sackte zusammen.

Dann schlug Kaspar ihm mit einem kräftigen Hieb das Schwert aus der Hand. Es wirbelte durch die Luft, so war er ihm nun wehrlos ausgeliefert.

»Ich hätte dich schon damals erledigen sollen, Bürschchen! Als du schwach warst, unten am Bach!«, stöhnte der Räuber.

»Es scheint mir, ich habe dich tatsächlich unterschätzt... Nun mach ein Ende! Töte mich!!!«, rief er zornig.

Kaspar sah ihm ins Gesicht und dachte nach, dann antwortete er:

»Nein, das werde ich nicht, auch wenn Ihr es wohl mehr als verdient habt! Ich werde Euch dem Bischof oder besser dem Bürgermeister übergeben! *Sie* sollen über Euch richten, Euch für all Eure schändlichen Taten zur Rechenschaft ziehen!«

Der Oberräuber sah nach oben und erblickte die Spitze der Klinge, die nun direkt auf sein Gesicht gerichtet war.

»Dem Bürgermeister übergeben? Ah, ich verstehe…«, antwortet er spöttisch.

»Ein ehrliches Gericht, ein gerechtes Urteil?! Wie edel von Euch! So soll ich also an einem Galgen vor den Toren der Stadt baumeln, wie ein gemeiner Meuchelmörder? Während die gaffende Meute auf meinen langsam dahin rottenden Leichnam zeigt, hacken die Krähen mir die Augen aus?! Stellt Ihr es Euch so vor?«, wollte er von Kaspar wissen und sah diesen abschätzig an.

Dann schüttelte er den Kopf.

»Nein, niemals!!! Dies wird nicht mein Ende sein, Bursche!«

Kaspar stutzte, denn ein diabolisches Lächeln war auf dem Gesicht des Räubers zu sehen.

»Ich könnte Euch noch nützlich sein, denn ich weiß alles, was auch der Hauptmann weiß. Kenne zudem alle Gänge und Kammern hier…«, fuhr dieser in deutlich freundlicherem Tone fort.

»Lebt die Bürgermeistertochter noch?«, wollte Kaspar von ihm wissen.

»Die Bürgermeistertochter?…«, hakte der Oberräuber nach, und man sah, dass es in seinem Kopf wie wild arbeitete.

»Ah, ich verstehe!«, antwortete er dann.

»*Darum* seit Ihr hier! Ich kann es Euch verraten… *Sie lebt!* Ist unsere Gefangene, noch!!! Jedoch, der Hauptmann hat sie bereits zu sich befohlen…«, fügte der Räuber hinzu und spukte Blut.

»Es ist nur eine Frage der Zeit!… Ah,…verdammt…«, fluchte er und hielt sich den schmerzenden Kiefer.

Kaspar hatte ihm im Kampfe den Griff seines Yatagans ins Gesicht geschlagen, darum fiel ihm nun offenbar das Reden schwer.

»Ich kann Euch zu ihr bringen, wenn Ihr wollt.«, schlug der Oberräuber vor und hustete lange, dann rieb jener sich den Mund sauber.

»Bitte, beugt Euch doch etwas herunter zu mir! Das Sprechen strengt mich zu sehr an…«, bat er und sah Kaspar flehend an.

Dieser sah, wie dem Räuber das Blut hinab lief, doch zögerte er noch, war sich unsicher, kam der Bitte dann aber unvorsichtigerweise nach. Kaum hatte er sich zu ihm hinabgebeugt, flüsterte ihm der Oberräuber ins Ohr:

»So ist es gut, mein Lieber!..«

Dabei zog dieser heimlich sein kleines, verstecktes Messer heraus.

»Niemals werdet Ihr mich besiegen, niemals!!!«, rief er dann, und noch bevor Kaspar wusste, was überhaupt vor sich ging, stach der Räuber zu.

Siegmund ergriff gerade noch rechtzeitig, bevor die Klinge sich in das Fleisch bohren konnte, den Unterarm des Oberräubers und hielt diesen fest. Dann schlug er mit seiner anderen Hand zu, so fest, dass der Schädelknochen des Räubers durch die Wucht brach. Fassungslos sah dieser ihn mit weit aufgerissenen Augen an, während Siegmund den Ast wieder fallen ließ.

»Ein Schmied hält immer sein Wort!«, bemerkte dieser.

Dem Oberräuber lief es übers Gesicht. Sein Mund verzog sich zu einem letzten, diabolischen Grinsen, und er versuchte krampfhaft etwas zu erwidern, doch schaffte er dies nicht mehr. Sein Schopf fiel ihm nach vorne, und es war vorbei mit ihm. Die rechte Hand Lippolds war besiegt, und dies für immer und ewig!

»Siegmund!? Was hast du getan? War dies wirklich nötig?«, wollte Kaspar wissen und sah seinen Freund fassungslos an.

»Er hätte uns noch so viel verraten können!«

»Ja, Junge, das war es, denn er wollte dich abstechen! Dort, das Messer!!!«, antwortete Siegmund und zeigte dabei auf jenes.

Kaspar verstand allmählich, dass er nur knapp mit dem Leben davongekommen war, sein Freund ihn abermals gerettet hatte und war mehr als dankbar dafür.

»Oh, Siegmund!«, stammelte er, doch der Hüne nickte nur.

»Außerdem hat er es verdient, und ich habe es ihm auch versprochen…«, erklärte dieser dann.

»Was hast du ihm versprochen?«, hakte Kaspar nach, denn er wusste nicht, wovon sein Freund da sprach.

»Das ich ihm seine Knochen brechen werde, *das* versprach ich ihm! Nachdem sie dich in der Ruine eingemauert haben. Soll keiner sagen können, dass das Wort eines Schmieds nichts wert ist. Glaub mir, es ist besser so! Für alle, auch für ihn!«, antworte der Schmied

Kaspar ließ sich etwas Zeit.

»Ach, Siegmund!«, antwortete er dann, atmete einmal tief durch und sog die kühle Abendluft ein.

Dann säuberte er die Klinge seines Säbels und steckte diesen wieder zurück in seine Scheide.

»Bin ich froh, dich lebend anzutreffen, mein Freund! Lass dich drücken!«, sagte er schließlich und nahm den Schmied fest in die Arme.

»Ist gut, Junge, sonst erdrückst du mich noch!«, stöhnte dieser, doch war er ebenfalls froh.

»Schön, dich wiederzusehen! Ich weiß zwar nicht, wie du es eigentlich geschafft hast, aber ich kenne ja meinen Burschen… Immer für Überraschungen gut!«

Kaspar meinte Freudentränen in des Freundes Augen sehen zu können.

»Ich werde dir alles gründlich und umfassend erklären, aber nicht jetzt! Wir haben es nämlich noch nicht überstanden.«, sagte Kaspar und ließ ihn behutsam wieder los.

Sein Freund stimmte dem zu.

»Damit magst du wohl Recht haben, mein Freund! Ich glaube kaum, dass wir ohne Kampf hier wieder herauskommen!«, antwortete ihm Siegmund.

»Da fällt mir gerade etwas ein…«, fügte er murmelnd hinzu und war auch schon in Bewegung.

Kaspar sah, dass sein Freund nun wohl etwas zu suchen schien, denn der Hüne lief, den Blick dabei starr nach unten gerichtete, aufgeregt die nähere Umgebung ab.

»Was ist?«, wollte er wissen, während Siegmund penibel den Boden absuchte.

»Warte, warte!.... Ah, hier!«, brummte dieser schließlich, bückte sich, und hob sogleich das Schwert des Oberräubers auf.

»Das braucht der eh nicht mehr, ich schon eher!«, grinste er zufrieden und steckte es sich in seinen Gürtel.

Kaspar lächelte.

»Wie hast du mich eigentlich finden können, Junge?«, wollte der Schmied wissen, nachdem er wieder zurückgekehrt war.

»Das ist eine lange Geschichte. Eine Frau und ein Zwerg haben mir dabei geholfen.«, antworte ihm Kaspar.

Siegmund sah ihn verdutzt an.

»Eine Frau und ein Zwerg?«, wollte er wissen.

»Wie gesagt, eine lange Geschichte. Ich folgte ihrer Spur hierher, bis zu diesem geheimen Versteck. Diesem Höhlensystem, welches wir schon so lange gesucht haben. Ich habe nach einem Zugang Ausschau gehalten und dabei aus meinem Versteck heraus alles genau beobachten können. Hier oben auf dem Kamm muss irgendwo eine Art Geheimzugang sein, denn ich sah von unten einen Räuber die in den Stein gehauenen Stufen hinaufklettern und ihn dann hier irgendwo in der Nähe wieder verschwinden. Alle unteren Eingänge werden übrigens gut bewacht, keine Chance unbemerkt dort hineinzukommen, also wollte ich es hier versuchen.«, erklärte Kaspar.

»Gut gemacht, Junge, sehr schlau! Hätte ich nicht gedacht von dir.«, antwortete Siegmund grinsend und klopfte seinem Freund anerkennend auf die Schulter.

»Die Gänge im Inneren sind verwirrend, voller Fallen, zudem sehr dunkel. Ohne Licht und ohne einen Plan, hast du hier keine Chance!«, erwiderte er.

»Weißt du, ob sie wirklich hier ist? Ob sie noch lebt?«, wollte Kaspar wissen und sah ihn besorgt an.

»Wen meinst du?«, hakte Siegmund nach.

»Die Tochter des Bürgermeisters!«, bekam er als Antwort.

Siegmund rieb sich nachdenklich seinen dichten Bart.

»Im Verlies ist ein junger Bursche, dieser behauptet ihr Ehemann zu sein und berichtete mir, sie sei schon lange tot! Ich glaube ihm das. Welchen Grund hätte er mich anzulügen?«

»Ich habe sie gesehen, Siegmund! Vor einigen Tagen.«, sagte Kaspar.

Sein Gegenüber sah ihn überrascht an.

»Du hast sie gesehen, lebendig?«, wollte Siegmund wissen.

»Ja, sehr lebendig sogar!«, versicherte Kaspar.

Sein Freund schien nun vollends verwirrt zu sein.

»Er sagte mir, sie sei schon lange tot… Dies kann dann wohl nicht stimmen, wenn du sie tatsächlich gesehen hast. Bist du dir da auch ganz sicher, Junge? Ja, natürlich bist du das… warum frage ich überhaupt?! Oh, wie überaus verwirrend das doch ist!!! Und du glaubst, so wie der Oberräuber behauptet hat, dass sie vielleicht noch irgendwo hier gefangen gehalten wird?«, fragte dieser dann.

»Ich glaube, dass die Räuber im Aufbruch sind, denn es herrscht ein reges Treiben hier. Wahrscheinlich werden sie dieses Versteck schon bald verlassen und ich befürchte, die Geiseln dann mit sich nehmen. Wir finden sie dann womöglich niemals mehr. Oder sie töten sie sogar! Ich fürchte, wir haben keine Wahl, wir müssen handeln, sofort!«, antwortete ihm Kaspar.

»Gut, wir suchen sie! Auch wenn ich das, gelinde gesagt, für reinen Selbstmord halte.«, erwiderte Siegmund, mit der kaputten Schulter zuckend.

»Was machen wir dann? Wie bekommen wir alle heile wieder heraus? Ich haben dem jungen Burschen versprochen, ihm zu helfen.«, fügte er hinzu.

»Das habe ich der unbekannten Frau, die mich hierherführte, auch. Wir werden uns etwas einfallen lassen müssen, oder? So wie halt immer!«, entgegnete ihm Kaspar und beide mussten grinsen.

»Wir werden die steinerne Treppe am Felsen hinab und dann wieder ein kleines Stück hinaufklettern. Ich meine nämlich dort oben etwas Rauch gesehen zu haben.«, schlug er dann vor.

»Vielleicht ist dort ein Schacht…«

»Und der geheime Eingang?«, wollte Siegmund wissen.

»Den werden wir in der Dunkelheit wohl nicht mehr finden.«, bedauerte Kaspar.

»Gut, dann eben der Schacht! Du meinst wir könnten dort vielleicht irgendwie reinkommen, Junge?«

»Vielleicht! Irgendwie müssen wir hineinkommen, die zwei Frauen, also die Bürgermeistertochter und die andere finden, uns dann noch den Ehemann schnappen und gemeinsam wieder von hier verschwinden, eine wütende Meute Räuber hinter uns herjagend. Nichts einfacher als das, oder?«, grinste Kaspar.

»Kinderspiel!«, nickte sein Gegenüber.

»Hast du vielleicht irgendwo Pferde gesehen? Die könnten wir dann gut gebrauchen!«, wollte Kaspar wissen.

Der Schmied nickte.

»Unten gibt es einen überdachten Stall. Ich hatte schon das Vergnügen...«, antwortete jener und zeigte hinab.

»Gut! Jetzt lass uns mal sehen, was wir erreichen können...«, sagte Kaspar und klopfte seinem Gegenüber aufmunternd auf die Schulter.

Dann machten sie sich auf den Weg.

Sie folgten der steilen Treppe den Berg hinab, bis sie schließlich auf einem großen Vorsprung ankamen.

»Sieh! Dort steigt tatsächlich Rauch auf.«, stellte Kaspar zufrieden fest und deutete nach oben.

»Na, dann lass uns mal vorsichtig wieder hochklettern!«, erwiderte der Schmied.

Sie kletterten und nach einiger Mühe und viel Schweiß erreichten sie den Schornstein, dessen Öffnung mit modrigen Holzbrettern gegen Regen und allzu neugierige Blicke geschützt war.

»Ich kann durch den Rauch nichts sehen!«, beschwerte sich Siegmund und rieb sich die Augen, doch sein Freund schien mit etwas anderem beschäftigt.

»Warte!«, antwortete Kaspar, während er auf dem Boden umherwühlte.

»Ich glaube...«, begann er, dann fand er, wonach er gesucht hatte.

Siegmund sah ihn verwundert an.

»Hier!«, freute sich sein Freund und hatte das Ende eines langen, dicken Seiles in der Hand, welches er nun triumphierend hochhielt.

»Wozu ein Seil hier rumliegen lassen? Was soll das denn für einen Sinn haben?«, wunderte sich Siegmund und sah sein Gegenüber ratlos an.

Kaspar grinste.

»Kannst du es dir nicht denken?«, antwortete dieser und fegte mit der Hand die vom Wind frisch verteilten Blätter zur Seite.

»Tatsächlich!«, stellte er nach einer Weile zufrieden fest.

Mit reichlich Glück hatten er nun auch noch das gefunden, was er gar nicht mehr gehofft hatte bei dieser Dunkelheit überhaupt entdecken zu können.

»Was meinst du? Was ist da?«, wollte der Schmied wissen und versuchte seine Augen zu schärfen.

»Hier ist einer der geheimen Zugänge! Hier, gleich neben dem Schornsteinschacht!«, erklärte ihm Kaspar.

»Komm, hilf mir mal!«, bat er dann.

Nach einer Weile hatten sie es geschafft, den Zugang soweit freizulegen. Die mit Moos überwucherte Holzfalltür, die versteckt unter einer dünnen Erdschicht gelegen hatte, war arg verfallen und anscheinend lange schon nicht mehr benutzt worden. Kaspar bemerkte einen rostigen Haken, der aus dem Gestein hervorragte.

»Schau mal!«, sagte er und zeigte darauf.

»Ja, jetzt weiß ich wohl auch, wozu das Seil da ist!«, antwortete ihm Siegmund, nachdem er einen Augenblick gegrübelt hatte und grinste breit.

Kaspar lächelte freudig zurück.

»Dann lass mal sehen, was sich darunter verbirgt!«, sagte er.

Dann ruckelte er mehrmals an der morschen, jedoch äußerst widerspenstigen Tür, doch sie war arg verklemmt. Mit einem kräftigen Ruck hatte er sie schließlich geöffnet und beide blickte nun überaus gespannt hinab in die Tiefe.

»Keine schöne Aussicht!«, stellte Kaspar fest und sah seinen Freund beunruhigt an.

Kapitel 16

Alles Gute kommt von oben

Der teuflische Trank lief Lippold die Kehle hinab und brannte dabei wie flüssiges Feuer. Die Schmerzen waren kaum auszuhalten, doch spürte er, nachdem er den Becher ganz geleert hatte, wieder neue Kraft in seinen geschundenen Gliedern. Der Dämon hatte demnach nicht gelogen. Er fühlte sich besser denn je, stärker und kräftiger, doch mussten seine Wunden noch gesalbt werden. Es dauerte nicht lange, da hatte Lippold alle Zutaten abgewogen, das kostbare Bienenwachs in einem Wasserbad geschmolzen, dann abkühlen lassen, bis es allmählich wieder fest zu werden begann, denn erst jetzt durften die geheimen Zutaten eingerührt werden.

»Nun lass sehen, ob es auch wirkt...«, sagte er und rieb sich seinen nackten Oberkörper mit der angerührten Salbe ein.

Es dauerte, doch dann schlossen sich seine Wunden wie von Zauberhand.

»Heil dir, Satanas! Ehre Euch, dem Höllenfürsten!«, atmete er erleichtert auf, da trat unerwartet Mus herein, die Bürgermeistertochter hinter sich herziehend.

»Habe ich nicht gesagt, dass ich dabei nicht gestört werden will, Zwerg?!«, schimpfte der Hauptmann.

»Herr, ich...«, wollte sich der Gnom entschuldigen, doch fiel ihm die junge Frau ins Wort.

»Ich habe alles besorgt wonach Ihr verlangt habt!«, begann sie.

»Lasst Ihr mich und meinen Gatten nun gehen, so wie Ihr es versprochen habt?«, fügte sie hinzu und sah ihn flehend an.

Lippold grinste nur, seine fauligen Zähne kamen dabei zum Vorschein.

»Wo ist mein Gatte?«, wollte sie wissen.

»Der ist bereits gegangen...«, log er.

»Mörder!!!«, schrie sie aufgebracht und riss sich vom Zwerg los, dann sprang sie wütend auf den verhassten Hauptmann zu.

Ihre Fingernägel fuhren durch seine abscheuliche Fratze, und er schrie auf vor Schmerz, als sie ihm die restliche Haut zerkratzte. Er packte sie und gab ihr dafür eine schallende Ohrfeige, sodass sie auf den Boden fiel und dort weinend liegenblieb.

»Verdammtes Weib!!!«, schimpfte er aufgebracht, während er sich über das lädierte Gesicht fuhr.

»Widerspenstig bis zuletzt!«

»Bevor ich dich aber für immer gehen lasse, werde ich noch meinen Spaß mit dir haben…«, drohte er ihr und zog den Dolch aus dem Gürtel.

Die Bürgermeistertochter erschrak.

»Jenen kennst du ja bereits!«, stellte er fest, während er ihr genüsslich die blitzende Klinge präsentierte.

»Du hast mich damit ganz schön bearbeitet, Weib!.. Doch habe ich Mächte auf meiner Seite, die nicht von dieser Welt sind! Sieh, alles wieder verheilt!«, erklärte er ihr.

»Mein Körper ist kräftiger denn je! Nur mein Gesicht ist noch entstellt, doch auch nicht mehr für lange… Vorher widme ich mich aber ganz dir, so wie du es verdienst. Du wirst ein Teil meines krönenden Abschiedwerks werden, dem Meisterwerk, welches ich noch vollenden werde, bevor ich zur Hölle hinabfahre!«, fügte er hinzu und sein Auge funkelte böse.

Der Zwerg sah zu und grinste schadenfroh.

»Wollen wir beginnen?«, wollte Lippold wissen, dann kam er auch schon näher.

Sie roch seinen Atem, das faulige Fleisch, als er sich zu ihr hinab beugte, dann nahm er ihr Kinn, hob ihren Kopf an und fuhr mit der Spitze seines Messer beinahe liebevoll über ihre weichen Lippen. Angsterfüllt sah sie ihn an.

»Bitte!..«, wimmerte sie, doch half es nichts, denn der Hauptmann ignorierte dies, packte sie grob an den Haaren und zog sie hoch.

Sie schrie und versuchte sich zu wehren, dann spürte sie das kalte Metall an ihrer Kehle und gab auf, denn er stand nun hinter ihr und hielt sie fest. Der Hauch des Todes war zu spüren.

»Tut es!..«, flüsterte sie und schloss entmutigt die Augen.

Sie war es leid zu kämpfen, sich weiter zu wehren! War es auch leid, weiter zu leben, denn was hatte dies noch für einen Sinn? Ihr Mann war tot! Wozu noch weiterleben?

»Wie du möchtest, mein Liebes!«, hauchte der Hauptmann ihr ins Ohr.

Sie wartete, wartete auf den ersten Schnitt. Der, der ihr den Hals durchtrennen würde und machte sich, auch ein wenig erleichtert, bereit zu sterben, doch kam es nicht dazu.

Dafür nahm sie einen kurzen, jedoch äußerst heftigen Windzug wahr, für den Bruchteil einer Sekunde. Was ging hier nur vor sich? Als sie zaghaft die Augen öffnete und sich umsah, erblickte sie Kaspar und war verwundert. Unter jenem lag der Hauptmann nun auf seinem Bauch und rührte sich nicht mehr.

»Geht man so mit einer Dame um?!«, bemerkte Kaspar, während dieser vom Rücken des Räubers stieg.

Er war froh, denn es hatte geklappt! Er hatte den Hauptmann überwältigen können, war schnell und unerwartet am Seil von oben auf ihn hinabgestürzt. Mit einer blitzschnellen Handbewegung hatte er den Yatagan gezogen und hieb sich frei.

»Geht es Euch gut?«, wollte er sich vergewissern.

Und die sichtlich verdutzt dreinschauende Frau nickte kurz, doch konnte Kaspar deutlich sehen, dass sie wohl noch reichlich durcheinander war.

»Hauptmann?!?!?!?! Was habt gemacht mit Hauptmann?!!! Bääääähhhhh!!!!!!! Nein!!!!«, hörten sie den Zwerg kreischen.

Dieser starrte nun mehrmals ungläubig auf den regungslos daliegenden Hauptmann und dann wieder zurück zu Kaspar. Sein hässliches Gesicht verzog sich schließlich zu einer wütenden Fratze, dann fing er an wie wild zu toben.

»Mätzchen! Dafür bezahlt Hund!!!«, schimpfte er, und der Sabber lief ihm dabei das Kinn hinab.

Der bucklige Kerl schäumte regelrecht vor Wut, hüpfte von einem auf das andere Bein und ballte seine Fäuste.

»Geht nicht! Nein, nein… Ganz und gar nicht!!!«, gurgelte er, dann sprang er mit einem kräftigen Satz auf Kaspar zu.

Dieser schaffte es gerade noch rechtzeitig, die Bürgermeistertochter zur Seite zu schubsen, so dass der Gnom sie nur um Haaresbreite verfehlte. Dessen spitzten Zähne rammten sich nun mit voller Wucht in Kaspars Arm. Dieser schlug um sich, wand sich und versuchte den Peiniger wieder loszuwerden. Mit ganzer Kraft hieb er mit seinem Säbelgriff gegen den Kopf des Zwergs, doch dieser schien nun in seiner Rage vollkommen schmerzunempfindlich zu sein. Unbeeindruckt biss der Kerl immer und immer wieder zu und es schien, als wolle er sich wahrlich verbeißen, am liebsten gar nicht mehr loslassen, so wie ein Bärentöterhund. Kaspar drehte sich wie wild um die eigene Achse und versuchte ihn so abzuschütteln. Mehrmals schlug er dabei auf den garstigen Angreifer ein, doch dieser wollte einfach nicht von ihm ablassen.

»Verdammt, Mini!!! Ich weiß, dass du an mir hängst, doch bitte nicht so verbissen, ja?«, fluchte Kaspar, schon nahe der Verzweiflung.

Da ließ Mus überraschend von ihm ab, ließ los, womit Kaspar gar nicht mehr gerechnet hatte, und sprang einige Schritte zurück. Der Gnom sah ihn nun mit seinen weit aufgerissenen fischigen Augen an und Kaspar atmete auf. Doch was war geschehen? Verdutzt sah er den hässlichen Kerl an. Das Blut lief jenem aus dem schiefen Maul.

»Mini?«, stotterte dieser.

Kaspar war verwundert.

»Kennt Mini?«, wollte der Gnom von ihm wissen.

»Was soll die Frage?«, antwortete Kaspar kopfschüttelnd.

»Du weißt nicht wie du heißt?«

Nun schienen beide verwirrt zu sein.

»Ich Mus!!!«, antworte der Zwerg und tippte sich dabei mehrmals auf seine Brust.

»M U S !!!«, stellte er fest.

Es schien, als frage sich der Bucklige, ob der große Kerl da vor ihm vielleicht etwas schwer von Bergriff sei. Und es dauerte tatsächlich ein bisschen, doch dann dämmerte es Kaspar und dieser verstand, doch ließ er sich noch einen Augenblick lang Zeit, dann antwortete er:

»Du bist Minis Bruder!«

Mus nickte.

»Ja! Brüderchen...«, fügte jener hinzu.

»Woher kennt er Mini?«, wollte der Gnom von ihm wissen.

Dieser sah Kaspar nun misstrauisch an, denn der kleine Räuberknecht ahnte bereits, wie Kaspars Antwort lauten würde, und seine kleinen Mörderhände ballten sich vor Zorn.

»Ich habe ihm seinen garstigen Kopf abgeschlagen!«, erklärte Kaspar ruhig.

»Unten an der Glene! Nun nagen die Fische an ihm...«

Mus antworte nicht. Er schien kurz innezuhalten, doch dann verfinsterte sich sein Gesicht und er schrie, schrie laut auf vor Zorn, sodass der Saal dabei wackelte. Er machte seiner Wut Luft und sah Kaspar dann giftig an.

»Dann Mus nehmen dafür deinen!«, antwortet er zornig und hob drohend die Faust.

»Versuchen kannst du es!«, bemerkte Kaspar und kaum hatte er dies gesagt, sprang der Bucklige auch schon wütend nach vorne und auf ihn zu.

Vorher hatte dieser schon seine Peitsche gezogen und weit ausgeholt, um nun kräftig zuschlagen zu können. Der Peitschenhieb traf Kaspars Finger und schmetterte ihm den Yatagan aus der Hand. Noch bevor er sich wehren konnte, hatte er die Schlinge um den Hals und den Gnom auf seinem Brustkorb. Das Gewicht des Zwergs ließ ihn nach hinten fallen. Er stolperte, kam aus dem Gleichgewicht und prallte hart gegen den Kamin. Aus dem vor Hass und Wut verzerrten, schiefen Mund des Gnoms spritzte der Sabber, denn dieser schimpfte wie wild, und Kaspar roch seinen stinkenden Atem. Während sich der Angreifer an der Peitsche ziehend mit seinen Füßen mit ganzer Kraft gegen Kaspars Oberkörper stemmte, und die

Schlinge ihm die Luft weiter abschnürte, versuchte er sich wieder zu befreien. Er schlug um sich, doch schien dies nicht viel zu bewirken. Erst als er dem Zwerg mit beiden Händen die Ohren gehörig langzog, schrie dieser laut auf vor Schmerz, und die Schlinge lockerte sich. Mit einem kräftigen Faustschlag mitten in die hässliche Visage hatte er den Angreifer schließlich von sich abgebracht. Dann schnappte er sich blitzschnell dessen Peitsche, wickelte die Schlinge nun mehrmals fest um den pickeligen Hals des taumelnden Buckligen und drehte sich dann mit voller Kraft um die eigene Achse. Nachdem sie sich mehrere Male gedreht hatten, ließ Kaspar die Peitsche los und der Zwerg flog ihm hohen Bogen davon und prallte mit dem Rücken harte gegen die Felswand. Es schepperte und krachte, Dinge kamen herabgestürzt und noch bevor sich der Zwerg wieder sammeln konnte, wurde er von einer der schweren Statuen zu Boden gerissen und unter ihr begraben. Kaspar atmete erleichtert auf, als sich darunter nichts mehr rührte.

»Alles in Ordnung, Junge?«, ertönte von oben die Stimme des Schmieds.

Kaspar nickte, dann antwortete er:

»Ja, alles in Ordnung! Ich wurde nur kurz aufgehalten…«

Er sah, wie Siegmund daraufhin zufrieden seine Hand hob.

»Gut, dachte ich mir schon, dass du mit dem mickrigen Kerl alleine klarkommst!«, rief dieser zurück.

Kaspar antwortete nicht. Er grübelte einen Augenblick, dann nahm er sich das Ende des herabhängenden Seiles und band daraus eine große Schlaufe. Als er damit fertig war, ging er zur Bürgermeistertochter. Diese sah ihn mit großen Augen an.

»Wer seit Ihr eigentlich?«, wollte sie von ihm wissen, doch Kaspar wiegelte ab.

»Wir haben keine Zeit! Wir müssen Euch hier herausbekommen, schnell in Sicherheit bringen… Die Räuber werden bald da sein! Tretet mit Euren Füßen hier hinein und haltet Euch gut fest! Mein Freund wird Euch vorsichtig hinaufziehen. Er schafft das, habt keine Angst!«, erklärte er und reichte ihr das Seilende.

»Aber!..«, wollte sie protestieren, doch Kaspar gab ihr keine Gelegenheit weiterzureden.

»Los jetzt!!!«, beharrte er.

»Die Räuber werden bald da sein… Die haben den Lärm hier sicher mitbekommen! Alles zu seiner Zeit, erst schaffen wir Euch hier raus!«, fügte er hinzu, während er ihr mit dem Seil half.

»Gut!«, antwortete sie schließlich und hielt sich fest.

Kaspar war zufrieden.

»So, das müsste reichen… Seid Ihr bereit, Bürgermeistertochter?«, wollte er sichergehen.

Sie nickte und machte sich bereit hinaufgezogen zu werden. Kaspar wollte Siegmund schon das Zeichen geben, da hörte er hinter sich Geräusche.

»Es ist zu spät, oder?«, befürchtete er, denn er sah das Entsetzen im Gesicht der Frau.

Diese wusste bereits, was sich hinter seinem Rücken abspielte.

»Sie sind schon da, oder?«, hakte Kaspar nach.

»Nein, seht selbst!«, antwortete sie ihm mit angsterfülltem Gesicht.

Dies beunruhigte ihn nun zutiefst.

»Ihr wollt schon gehen? Der Spaß fängt doch erst an…«, höhnte eine männliche Stimme, und Kaspar drehte sich langsam um.

Lippold stand mit gezogenem Schwert dicht hinter ihnen und wirkte nun wahrhaft furchteinflößend. Kaspar erschauderte, denn all die Erzählungen waren nichts im Vergleich zu dem, was er nun vor sich sah. Riesig und kräftig von Statur war er, der Hauptmann, und mit seinem halb verfaultem Gesicht und dem teuflischen Grinsen zudem noch schauderhaft hässlich. Aus seiner frischen Kopfwunde lief das Blut hinab und tropfte auf den Boden.

»Du bist sicher die Ratte, die uns entkommen ist, oder?«, wollte der Räuber von ihm wissen, doch Kaspar ließ sich Zeit, dann antwortete er voller Abscheu:

»In diesem Raum gibt es nur eine Ratte!«

Sein Gegenüber jedoch grinste unbeeindruckt weiter.

»Ich habe meinen Männern immer gesagt, dass es niemals Überlebende geben darf. Und warum? Genau aus diesem Grund.«, fuhr Lippold fort.

»Nun, Herr Hauptmann, tröstet Euch, denn ich glaube, Eure rechte Hand hat *diese* Lektion nun verstanden, doch nützt ihm dies nicht mehr viel...«, bemerkte Kaspar trocken.

»Er ist nämlich tot! Genauso wie Ihr es bald sein werdet, wenn Ihr uns nicht gehen lasst!«, fügte er drohend hinzu.

Lippolds Grinsen verschwand und sein Gesicht verfinsterte sich.

»Ich bin beeindruckt von Euch, junger Mann!«, sagte er anerkennend und trat näher.

»Und mich hat schon lange niemand mehr beeindruckt. Doch auch wenn ich ein wenig Sympathie für Euch empfinde, so seid Ihr dennoch ein toter Mann. Ihr wisst es nur noch nicht…«, bemerkte er finster.

Kaspar sah dem Hauptmann direkt in dessen Gesicht und wusste, dass es jenem ernst damit war.

»Ärgerlich, denn einen Mann wie Euch hätte ich gebrauchen können… Früher…«, beklagte Lippold.

»Doch ist dies nun einerlei!... Ich werde nicht mehr lange auf dieser Welt wandeln… und Ihr auch nicht!«

Er lächelte, doch Kaspar meinte Verbitterung in den Zügen des Räubers erkennen zu können.

»Also, kommen wir endlich zum Schluss!«, entschied Lippold, dann lachte dieser laut auf und schwang sein mächtiges Schwert durch die Luft.

»Ihr werdet sterben! Hier und jetzt!«, fügte er hinzu, die Spitze seiner Klinge nun drohend auf Kaspar gerichtet.

Dieser nickte.

»Gut, Ihr fordert mich also heraus! Wenn es so sein soll, dann soll es wohl so sein! Doch denkt bloß nicht, dass es leicht für Euch wird…«, antworte er ihm dann, und der Hauptmann grinste vor lauter Vorfreude.

»Wenn Ihr mich haben wollt, dann holt mich!«, forderte Kaspar ihn auf und macht dabei eine entsprechende Geste.

Lippold lachte erneut laut auf, dann sprang er urplötzlich mit einem mächtigen Satz nach vorn und ließ sein gewaltiges Schwert mit voller Wucht niedersausen. Kaspar hielt so gut es ging dagegen, wurde jedoch weit nach unten gedrückt.

»Die Hölle ist auf meiner Seite, Junge!!!«, rief Lippold, während dieser mit ganzer Kraft seinen Feind nach unten zwang.

Dabei bemerkte der kampferfahrene Hauptmann schnell Kaspars körperliche Unterlegenheit und ergriff mit seiner freien Hand dessen Kehle. Die groben Finger drückten unbarmherzig fest zu, entzogen Kaspar die Luft, während dieser verzweifelt versuchte wieder nach oben zu gelangen, sich zu befreien.

»Nun wirst du leiden, Bürschchen! Leiden!!! Denn es ist das letzte, was ich noch machen werde, bevor ich für ewig hinabfahre.«, drohte Lippold, und sein Mund verzog sich erneut zu einem diabolischen Grinsen.

Kaspar wusste, dass es für ihn alles andere als gut aussah. Er musste sich etwas einfallen lassen, und dies rasch!.. Mit einem kräftigen Knietritt in Lippolds Unterleib und einem anschließenden festen Faustschlag verschaffte er sich wieder etwas Luft. Der zuvor unnachgiebige Griff lockerte sich für einen kurzen Moment, dann schlug er mit dem Griff seines Säbels nach der Fratze des Hauptmanns und traf. So fest, dass dieser nach hinten gestoßen wurde und Blut spuckte.

»Verdammte Made!!!«, fluchte der Räuber und fuhr sich über den verletzten Mund.

Dann schwang Lippold erneut sein Schwert. Kaum war Kaspar wieder auf seinen Beinen, prasselte es mit solcher Wucht auf ihn ein, dass er nur mit viel Mühe parieren konnte, dabei nicht nur einmal gegen die Wand geschleudert wurde.

»Ich zerquetsche dich!!!«, hörte er den Räuber wüten, während es unaufhaltsam auf in niederging.

Nicht zu glauben, welche Kraft und welche Willenstärke dieser Mann besaß. Dies konnte nicht mit rechten Dingen zugehen, und Kaspar wurde mulmig. Kaum hatte er sich wieder ein wenig freigekämpft, da wurde er erneut hart attackiert, regelrecht in die Enge getrieben… So konnte er auch seine katzenhafte Wendigkeit nicht nutzen. Sie lieferten sich einen langen und mühsamen Kampf, bei dem Kaspar stets mehr Verteidiger als Angreifer war. Der Hauptmann raste förmlich vor lauter Mordlust. Jede Wunde, die er seinem Feind beibringen konnte, steigerte den grausamen Rausch. Je länger dieser ungleiche Kampf nun schon andauerte, umso verzweifelter wurde Kaspar. Schnell musste er sich eingestehen, dass er nicht mehr lange im Stande sein würde, dem rasenden Berserker weiter Gegenwehr leisten zu können. Doch was konnte er tun? So kämpfte er weiter und hoffte auf ein gutes Ende, doch schließlich gelang es Lippold Kaspar zu Fall zu bringen. Mit einem kräftigen Hieb, hatte dieser ihm seinen Yatagan aus der Hand geschlagen, und jener lag nun unerreichbar irgendwo auf dem steinernen Boden.

»Ihr habt tapfer gekämpft, doch seid Ihr mir nicht ebenbürtig… Ich hätte Euch schon längst töten können, wenn ich es nur gewollt hätte. Nun ist es an der Zeit! Es ist vorbei! Ihr werdet sterben… und ich erfülle meinen Auftrag!«, stellte Lippold zufrieden fest.

Breitbeinig stand dieser über dem auf dem Rücken liegenden Kaspar. Jener sah ihn ermattet und erschöpft an. War in den ach so grässlichen Zügen etwa Erleichterung zu erkennen? Es spielte keine Rolle mehr… Er wartete, schwer atmend. Um die Sache, ein für allemal, zu beenden, so wusste Kaspar, würde Lippold nun mit beiden Händen sein Schwert heben und weit zum letzten, vernichtenden Schlag ausholen. Er schaute dem Hauptmann in dessen abscheuliche Fratze.

»Jetzt!!!«, hörte er da unerwartet die Bürgermeistertochter rufen.

Und noch bevor er Lippolds Gesichtsausdruck richtig deuten konnten, wurde dieser in die Höhe gezogen, so ruckartig, dass ihm dabei beinahe das Genick brach. Sein schweres Schwert fiel klirrend zu Boden

»Verrecke, du Monster!«, rief die Frau ihm hinterher.

Kaspar sah sie verdutzt an, dann kam auch schon etwas den Schornstein hinabgestürzt. Begleitet von einem lauten Rums, einer großen Aschewolke und mächtigem Funkenflug, kroch schließlich Siegmund schwerfällig aus dem Kamin hervor. Um den Bauch das selbe Seil gebunden, an dessen anderem Ende der Hauptmann nun in der Höhe baumelte.

»Das nächste mal lieber die Treppe!«, hustete der Schmied.

Nun verstand Kaspar was geschehen war. Die Bürgermeistertochter hatte Lippold unbemerkt und im letzten Moment die Schlinge um den Hals gelegt, Siegmund dann mit seinem Sturz durch den benachbarten Kaminschacht den Räuber am Seil empor gezogen. Nun hielt sich der pechschwarze Schmied mit aller Kraft fest, um nicht wieder nach oben befördert zu werden, und der Hauptmann zappelte knapp unter der geheimen Falltür, wie am Galgen hängend, wild in der Luft umher. Krampfhaft versuchte sich dieser wieder zu befreien, und sein Gesicht verfärbte sich bereits dunkelrot.

»Könnte mir mal jemand helfen?«, flehte Siegmund.

»Ich komme! Halt noch etwas aus…«, antwortete Kaspar und erhob sich, dann hastete er zu seinem Freund.

»Du musst das Seil durchtrennen, Jung!«, bat Siegmund.

»Rasch! Weiß nicht, wie lange ich noch kann…«, stöhnte er.

Kaspar fand nach kurzer Suche seinen Yatagan. Mit einem Hieb hatte er Siegmund vom gespannten Seil befreit. Dieser stöhnte erleichtert auf, während am anderen Ende der Hauptmann hinab in die Tiefe stürzte. Dessen Knochen brachen, als sein Körper auf dem harten Steinboden aufschlug. Dies war sein Ende.

»Alles in Ordnung mit dir?«, wollte Kaspar sich vergewissern.

»Ja, nur warme Füße und der Wunsch bald ein Bad nehmen zu dürfen!..«, antwortete ihm Siegmund und wusch sich den Ruß aus dem verschwitzten Gesicht.

»Meine Hände brennen außerdem von diesem verdammten Seil… Und mein armer, eingeschnürter Bauch… Meine Schulter! Aber das war's dann wohl wert!«, fügte er hinzu.

Beide grinsten sich zufrieden an.

»Ein Krieger bleibt ein Krieger!«, stellte Kaspar anerkennend fest, dann half er dem Schmied auf die Beine.

»Wo ist eigentlich die Frau abgeblieben?«, wollte Siegmund wissen und sah sich neugierig um.

Trotz des dichten Rauchs hatte er sie rasch gefunden.

»Geh zu ihr, Junge!«, bat er und Kaspar folgte und nahm die weinende Frau tröstend in den Arm.

»Ihr seit eine wahrhaft tapfere Frau!«, lobte er sie.

»Euer Vater wird stolz auf Euch sein, stolzer als er eh schon ist!«
Sie sah sich um.

»Ist er wirklich tot?«, wollte sie wissen.

»Ihr meint Lippold? Ja, das ist er! Er kann Euch nichts mehr anhaben.«, versicherte ihr Kaspar und jener spürte, wie sie erleichtert aufatmete.

»Niemals mehr!«, fügte er hinzu.

»Das glaube ich nicht…!«, hörten sie Siegmund stottern.

»Leute?!...«

»Was?«, wollte Kaspar wissen.

»Dort! Schau, Junge!«, stammelte sein Freund.

Siegmund zeigte Kaspar an, sich umzudrehen, und was dieser dann sah, ließ ihn an seinem Verstand zweifeln.

Der zuvor noch auf dem Boden liegende Körper Lippolds hatte sich erhoben und schien nun wie von einer unsichtbaren Hand als Marionette gelenkt, die Glieder dabei unnatürlich verrenkt, über den Boden zu schweben, direkt auf sie zu. Aus dem zertrümmerten, schiefen Kopf glühten aus tiefen Augenhöhlen zwei rote Punkte hervor, starr auf Kaspar gerichtet. Panisch vor Angst fing die Bürgermeistertochter an zu schreien.

»Bei allen Teufeln!«, staunte Siegmund.

Die Kreatur grinste sie mit ausgerenktem Kiefer an.

»Ja, sicher einer von da unten!..«, bemerkte Kaspar, denn er ahnte, wovon der tote Leib des Räuberhauptmanns nun in Besitz genommen wurde.

»Du bist es nicht, jener hat nämlich grüne Augen!«, stellte er fest.

Der Kiefer des Hauptmanns klapperte, und ein grausiges Lachen schallte durch den Saal.

»Sag mir deinen Namen, Geschöpf der Hölle!«, befahl Kaspar.

»Möchtest du ihn wirklich wissen, Menschlein?«, gurgelte die unnatürlich tiefe Stimme, und dem Hauptmann lief dabei das Blut aus dem Mund.

»Wozu? Damit du und dein kleines Mönchlein mit einem eurer Bücher mich oder einen meiner Brüder heraufbeschwören könnt? Wollt ihr dies denn wirklich wagen? Ihr wisst nichts über die Macht der Hölle, junger Kaspar!«, höhnte der Dämon.

Kaspar stutzte. Woher konnte der Dämon überhaupt von ihm und seinem Freund, dem Abt, wissen? Doch versuchte er sich nichts anmerken zu lassen.

»Ihr, junger Mann, seid für uns lediglich Vergnügen… Eine Puppe zum Zeitvertreib! Euer Gott interessiert sich schon lange nicht mehr für euch Menschen. Er will und wird Euch, verehrter Kaspar, auch nicht schützen, darum können wir machen mit Euch, was wir wollen, wann wir wollen und wie wir wollen!«, fuhr der Rotäugige fort.

»Ist dem so? Ich glaube nicht!«, antwortete Kaspar.

Die Miene seines Gegenübers zuckte unnatürlich.

»Pahhhh! Glaube…«, schimpfte der Dämon abschätzig.

»Was weißt du schon vom Glauben? Du willst meinen Namen wissen? Ich bin versucht ihn dir zu nennen, nur so aus Spaß!…«, antwortete er dann.

»Doch müsste ich dich dann vernichten, was ich mit diesem schäbigen Rest von Körper nicht mehr kann. Ihr habt somit Glück, junger Kaspar! Lass uns ruhig noch eine Weile weiter miteinander spielen… Es amüsiert uns! Ach, bevor ich es vergesse…«, fuhr er fort.

»Mein grünäugiger Bruder sendet Euch beste Grüße! Er freut sich bereits darauf Euch wiederzusehen. Leider war er lange Zeit über arg beschäftigt, doch hat er seinen Liebling nie ganz aus den Augen verloren.«, kicherte die Kreatur böse.

»Es wäre besser gewesen, er hätte mich damals auch getötet… Denn dies verspreche ich: Die Tage deines grünäugigen Bruders sind gezählt! Wenn es sein muss, folge ich ihm hinab in die Hölle um ihn dort zu vernichten! Richte ihm dies aus! Dir rate ich, nie wieder meinen Weg zu kreuzen, denn es würde auch deinen Tod bedeuten!«, drohte Kaspar.

Er sah den Dämon dabei scharf an und machte sich bereit auf die Kreatur loszugehen, doch eine fremde Macht hielt ihn fest, und er konnte sich nicht losreißen.

»Dummkopf! Schweig!!!«, rief der Dämon hasserfüllt und seine Augen glühten vor Wut.

Kaspar versuchte sich erneut zu bewegen, doch gelang ihm dies nicht. Der Dämon erhob sich währenddessen hoch in die Luft.

»Du dummes Menschenkind! Du wagst es mir zu drohen? Ach wie gerne würde ich dich dafür zerquetschen, wie ein lästiges Insekt! Doch leider muss ich euch nun verlassen… Wie gerne würde ich mich noch um dich und deine Freunde kümmern, nachdem dieser mickrige Räuber dabei ja so kläglich gescheitert ist. Doch leider….«, bedauerte er.

Dann wollte er noch etwas sagen, doch seine Stimme wurde leiser, verstummte, und auch die roten Punkte erloschen.

Mit einem lauten Knall ging der gespenstisch in der Luft schwebende Körper in Flammen auf, und die Reste des Räubers fielen hinab auf den Boden. Dort angekommen, kokelten sie weiter vor sich hin.

»Was war denn das?«, wollte Siegmund mit sichtlich bleichem Gesicht wissen.

»Ein rotäugiger Dämon! Ein Diener Satans!«, erklärte ihm Kaspar kurz, dann verstummte dieser auch schon wieder, denn er meinte etwas gehört zu haben.

Der Schmied konnte nun ebenfalls Schritte und Stimmen hören.

»Wir sitzen hier in der Falle!«, flüsterte er beunruhigt.

Die Bürgermeistertochter sah sie ängstlich an.

»Was machen wir?«, wollte sie wissen.

Es dauerte nicht lange, da hatte die Räuberbande sie gefunden und rasch umstellt.

»Der Hauptmann!..«, stotterte Krähennase als dieser sah, was dort auf dem Boden lag, dann zeigte er vorwurfsvoll auf die drei Umzingelten.

»Die haben Lippold getötet und lassen ihn nun schmoren, wie eine gemeine Hexe! Rache!!!«, schimpfte er, dabei sein Messer wetzend.

»Mus ist auch hin!«, bemerkte einer der anderen Räuber.

»Ja, Rache!«, fluchte nun auch ein anderer von ihnen lauthals, und es begann ein wahres Wirrwarr von zornigen Stimmen.

»Ja, macht sie alle!«

»Stecht ihnen die Augen aus! Brecht ihnen die Glieder! Schlagt ihnen den Kopf ab!«

»Ich will das Weib!«

»Nein, ich will das Weib! Du kannst den Fettsack haben.«

»Nein, den will ich nicht!«

»Dann nimm den Schönling!«

»Das Goldhaar? Näh!«

»Ich will beiden die Glieder brechen…«

»Ruhe, Gesindel! Haltet euer Maul!!!«, befahl schließlich Krähennase.

»Es ist genug für alle da…«, fügte er grinsend hinzu, während er sein zweites Messer herauszog.

Kaspar sah in die hasserfüllten Gesichter der Räuber. Diese stachelten sich gegenseitig immer weiter auf, und die Menge wurde immer aufgebrachter. Es würde nun nicht mehr lange dauern und sie würden sich auf sie stürzen, dies wusste er und auch, dass es einfach zu viele waren. Sie hatten zu dritt keine Chance gegen das gesamte Pack! Es gab kein Entkommen mehr…

»Zerhackt sie!!!«, forderte einer.

»Zerstückelt sie!!!«, rief ein anderer.

Messer, Äxte, Schwerter, Dolche und noch viele andere todbringende Waffen kamen zum Vorschein.

»Es sind einfach zu viele!«, stellte nun auch Siegmund beunruhigt fest.

Kaspar musste dem zustimmen.

»Ich für meinen Teil, versuche so viele von ihnen zu erledigen, wie ich nur kann… Vielleicht könnt ihr fliehen?!«, schlug er vor, doch der Schmied schüttelte den Kopf.

»Fliehen? Niemals!«, antworte ihm dieser und hob dabei Lippolds mächtiges Schwert auf.

»Wir gehen gemeinsam, oder wir sterben hier gemeinsam!«, fügte er entschlossen hinzu.

Die Bürgermeistertochter nahm Lippolds Dolch in die Hand.

»Gemeinsam!«, pflichtete sie bei.

Kaspar lächelte und sie machten sich alle drei bereit zu kämpfen.

»Rache! Rache für den Hauptmann!!!«, schrie Krähennase, dann hastete dieser auch schon mit blitzenden Messern auf sie zu.

Kaspar wollte ihn abwehren, doch noch bevor ihn der Angreifer überhaupt erreichen konnte, wurde dieser von einem Pfeil zu Fall gebracht und blieb tot auf dem Boden liegen.

»Nieder mit der Räuberbande! Angriff!!!«, hörten sie die Stimme des Bürgermeisters aus dem Hintergrund schallen und bekamen dabei Gänsehaut vor Erleichterung.

Ein Horn ertönte und sie sahen den Mann nun an der Spitze einer großen Anzahl von bewaffneten Männern gewaltsam in den Saal eindringen, die überrumpelten Räuber rasch von hinten umstellen und diese schließlich angreifen. Schwerter klirrten, Äxte zermalmten Knochen, Pfeile durchbohrten Fleisch, und der Boden tränkte sich mit dem Blut der Gefallenen.

Es wurde eine harte Schlacht, in deren Verlauf viele ihr Leben lassen mussten… Wahrhaft eine Blutnacht und diese endete erst, als auch der letzte der kämpferischen Räuber sein elendes Leben ausgehaucht hatte. So war es schließlich vorbei mit Lippolds Schreckensherrschaft und auch mit den ihm treu ergebenen Knechten.

So glaubte man!.. Jedoch, die Wahrheit war, nicht mit allen! Denn einer von ihnen konnte im Getümmel unbemerkt entkommen und floh, verbarg sich so gut, dass ihn so schnell niemand mehr finden konnte. Voller Hass sann jener Bucklige in der Abgeschiedenheit auf Rache und hoffte inständig, diese mit etwas Geduld irgendwann zu bekommen…

Doch dies ist eine andere Geschichte!..

Kapitel 17

Die Wege trennen sich

»Ich hoffe, du kommst mich wieder einmal besuchen, Junge!«, sagte Siegmund und rammte mit seinem schweren Hammer einen großen, dicken Holzpfahl in die Erde.

Die Luft war warm und duftete angenehm nach Sommer. Die Wiesen ringsherum strahlten und strotzten nur so vor lauter Blütenpracht.

»Sobald ich wieder in der Nähe bin gerne, Siegmund!«, antwortete ihm Kaspar, während dieser die Satteltaschen seines Pferdes packte.

»Du hättest ruhig noch eine Weile hierbleiben können.«, bedauerte der Schmied und wusch sich mit der Hand den Schweiß von der Stirn.

»Aber ich kenne dich ja… Du findest hier eh keine Ruhe…«

Kaspar sah ihn ernst an.

»Du weißt doch, irgendwo ist immer Arbeit für mich.«, antwortete jener dann.

»Ja! Was wird es denn diesmal sein? Ein Werwolf, ein Giftzwerg oder gleich das ganze Dämonenpack?«, wollte der Schmied wissen und griff sich den nächsten Pfahl.

»Daran gedacht, das Ganze hinter dir zu lassen? Ein für allemal und einfach hierzubleiben?«

Kaspars Miene verfinsterte sich.

»Das kann ich nicht, das weißt du!«, antwortete er.

Siegmund überlegte, nickte kurz, dann rammte er den Holzpfahl mit voller Wucht in den Boden.

Kaspar sah förmlich, wie verärgert sein Freund wohl gerade war.

»Ich komme wieder! Ich verspreche es dir, Siegmund!«, versicherte er ihm.

»Du könntest dabei sicher meine Hilfe gebrauchen. Ich kann mitkommen… Dir nützlich sein!«, schlug sein Gegenüber vor und nahm den Hammer beiseite.

Kaspar kam herüber zu seinem Freund.

»Nein!«, antwortete er mit Nachdruck, wohl etwas zu abweisend.

»Du hast hier wahrlich andere Dinge zu tun, mein Freund!«, fügte er dann versöhnlicher hinzu und klopfte seinem Freund auf die Schulter.

»Nicht ohne Grund haben dich der Bürgermeister und der Rat der Stadt zu ihrem Berater ernannt. Sie können deine Erfahrung und dein Wissen gut gebrauchen. Und so wie ich dich kenne, wirst du mit dieser Aufgabe ausgefüllter sein, als weiter den Rest deiner Tage als Schmied in der kleinen Hütte hausen zu müssen. Zumal du dir ja auch diesen Hof hier auf dem Odenberg wieder aufbauen möchtest…«

»Ja, und er muss sich auch um seine große, neue Familie kümmern, denn eine solche werden wir sein! Oder nicht, Rauschebärtchen?«, erklang von hinten überraschend eine weibliche Stimme.

Elsa Harms kam angewackelt und sie lächelte breit.

»Jedes Jahr ein neues Enkelkind, bis wir eine ganze Schar davon haben.«, sagte sie freudestrahlend.

Siegmund grinste, schnappte sich sein Weib und drehte sich mit ihr einige Male freudig im Kreis umher, so dass sie dabei laut aufschrie.

»Mein Prachtweib!!!«, rief er stolz, dann ließ er sie behutsam wieder runter.

Seine riesigen Händen griffen nach ihrem üppigen Hintern. Freudig packte er zu.

»Du Wüstling! Was soll denn der Junge von uns denken?«, beschwerte sie sich lauthals und wurde rot.

»Zier dich nicht! Der denkt auch nichts Schlimmeres, als eh schon davor!«, feixte Siegmund und gab ihr einen fetten Schmatzer auf den Mund, rechtzeitig bevor sie etwas erwidern konnte.

Kaspar sah ihnen schmunzelnd zu.

»Dann möchte ich das junge Glück auch nicht weiter stören…«, bemerkte er.

»Unsinn!«, bekam er sofort als Antwort.

»Die Sache, die wir hier gemeinsam durchstanden haben, hat uns einiges abverlangt, aber auch eingebracht. Für all das, aber vor allem dafür, dies holde Weibsbild auf der großen Feier in Brunkensen kennengelernt zu haben, dafür bedanke ich mich bei dir, Junge! Wer konnte schon ahnen, dass das Glück so nahe wohnt? Ich hätte schon früher genauer hinsehen sollen…«, sagte Siegmund.

Das Pärchen strahlte sich überglücklich an.

»Das wäre vorher niemals denkbar gewesen. Sollen die Leute ruhig die gefundenen Schätze weiter unter sich aufteilen, ich gebe meinen hier nicht mehr her!«, fügte er zufrieden hinzu, dabei drückte er Elsa liebevoll an sich.

»Nun, dass ihr euch gefunden habt, freut mich sehr. Ich bin überaus glücklich, dich in guten Händen zu wissen und wünsche euch von Herzen für die Zukunft alles Gute! Was den Räuberschatz betrifft, mein Freund, warum soll dieser weiterhin ungenutzt in dem dunklen Loch vor sich hin schlummern? So kann am Ende noch etwas Gutes damit geschehen, auch wenn es den einstigen Besitzern nichts mehr nützt.«, bemerkte Kaspar.

»So, wie mir der Bürgermeister und der Bischof zugesichert haben, soll der Schatz all den Menschen in gleicher Weise zugute kommen, denn sie alle haben unter diesem Pack leiden müssen.«

»Und mein nicht ganz unerheblicher Beitrag zu dieser Unternehmung hat mir meinen bescheidenen Anteil eingebracht.«, bemerkte Siegmund und Kaspar wusste, dass sein Freund damit nicht nur die drei kleinen Kisten voller Gold, Münzen und Juwelen meinte, die er von den Bürgern der Stadt auf der großen Feier überreicht bekommen hatte, aus Dankbarkeit und als Belohnung für seinen Mut und seine Tapferkeit.

»He, he…Das wird wohl erstmal reichen! Hätte nicht gedacht, dass man so reich und zufrieden sein kann. Ein überaus angenehmes und überaus beruhigendes Gefühl, mein Freund!«

Siegmund grinste breit und Kaspar lächelte.

»Wir werden aber auch viele Mäuler zu stopfen haben...«, kicherte Elsa.

Siegmund nickte.

»Ja, Schatz! Das werden wir und das können wir. Darauf freue ich mich und auf alles, was nun kommt...«, antwortete er.

»Es ist für mich nun an der Zeit!«, bemerkte Kaspar, denn es war schon spät.

Sie folgten ihm zu seinem Pferd.

»Bevor du aber losreitest, Junge! Verrat mir bitte noch, wie die Männer uns überhaupt finden konnten!«, wollte Siegmund noch wissen, denn dies hatte ihn schon die ganze Zeit lang beschäftigt, doch hatte er noch keinen Gelegenheit gehabt, danach zu fragen.

»Du meinst den Bürgermeister und seine Männer?«, hakte Kaspar nach.

Sein Freund nickte.

»Nun ja! Ich habe ihnen Zeichen hinterlassen, als ich den Zwerg und die Frau verfolgt habe. Diese haben den Bürgermeister und seine Männer dann zum Versteck und somit auch zu uns geführt.«, erklärte Kaspar.

»Du meinst an den Baumstämmen, auf der Erde...?«, wollte Siegmund wissen.

»Ja, genau! Überall da, wo sie auch gefunden werden konnten. Hat ja auch soweit geklappt!«

»Gut gemacht, Junge! Das war unsere Rettung, gerade noch rechtzeitig.«, bekam er als Antwort.

»Und die Frau? Die, der du gefolgt bist...Wer war sie überhaupt?«, wollte der Schmied noch wissen.

»Die Bürgermeistertochter, Siegmund, so wie sich erst später herausgestellt hat! Sie konnte sich an alles erinnern, als sie wieder zu Sinnen kam, hat mir alles erklärt.... Schwarze Magie war es gewesen, die mich in der Stadt geblendet hat!«

Sein Freund sah ihn besorgt an, doch Kaspar wiegelte rasch ab.

»Nun denn, es ist nun wirklich für mich an der Zeit!«, bemerkte dieser dann.

»Wenn du irgendwann doch meine Hilfe benötigst, Junge, weißt du ja wo du mich findest!«, bot Siegmund ihm erneut an und sah seinen Freund dabei durchdringend an.

Kaspar nickte und beide umarmten sich herzlich.

»Das werde ich...«, ächzte Kaspar.

»Wenn du mich nicht noch erdrückst!«

»Pass auf dich auf, Junge!«, bat Siegmund, dann ließ dieser seinen Freund wieder los.

»Das werde ich!«, antwortete ihm Kaspar, drückte Elsa nun ebenfalls zum Abschied und stieg dann auf sein Pferd.

»Lebt wohl und glücklich! Möge dieser Hof niemals schlechte Tage sehen und ihr reichlich mit vielen gesunden Enkelkindern beschenkt werden! Du hast es dir wahrlich verdient, nach der langen kriegerischen Zeit, den Rest deiner Tage nun in Frieden zu leben. Und Euch, Frau Elsa, wünsche ich einiges an Geduld und Durchhaltevermögen... Doch lasst Euch sagen, es lohnt sich!«, sagte Kaspar und lächelte breit.

»Nun mach, dass du endlich wegkommst!«, brummte ihn Siegmund an und gab dem Pferd dann einen leichten Klaps auf den Hintern.

Es bäumte sich kurz auf, und Kaspar musste sich festhalten um nicht abgeworfen zu werden, doch hatte er es schnell wieder unter Kontrolle. Er schüttelt den Kopf, dann hob er zum Abschied seine Hand, wendete das Pferd und ritt ohne sich umzublicken rasch davon. Elsa winkte ihm nach und als der Reiter schon nicht mehr zu sehen war, nahm sie Siegmunds Hand und drückte jene. Dann sah sie ihm ins Gesicht. Er lächelte, doch meinte sie in seinen Augen auch Tränen erkennen zu können.

»Ihr werdet euch sicher wiedersehen.«, wollte sie ihn aufmuntern, doch Siegmund antwortete ihr nicht sofort, denn er war sich da nicht ganz so sicher.

»Ich hoffe es jedenfalls.«, antwortete er schließlich, dann gab er ihr einen zärtlichen Schmatzer auf die Stirn.

»Jetzt muss ich aber weitermachen, es wird nämlich bald schon dunkel. Unser Zaun wird ansonsten niemals fertig, Weib! Du kannst uns ja, wenn du magst, schon etwas zu essen vorbereiten. Mein Bauch grummelt bereits seit geraumer Zeit. Ich schlage noch ein paar Pfähle ein, dann machen wir erstmal Pause!«, brummte er.

»Du bist unersättlich, nicht nur beim Essen!..«, antwortete Elsa.

»Du glaubst doch wohl nicht, dass meine Manneskraft nur von Luft und Liebe kommt! Ich brauche in meinem Alter viel um...«, begann er, doch wurde er von einen Kuss unterbrochen.

»Mich glücklich zu machen, ja! *Das* wolltest du sicher sagen, oder? Jetzt schlag deine restlichen Pfosten ein, dann sehen wir weiter!«, bemerkte sie keck, dann drehte sie sich um.

»Nun spute dich, Weib!!!«, befahl er aus Spaß und gab ihr noch einen kleinen Klaps auf den Hintern mit auf den Weg.

»Autsch!!!«, beschwerte sie sich lauthals.

»Du Lümmel!!! Warte, bis ich meinen Löffel hier habe!«, drohte sie ihm, dann stapfte sie fort.

Siegmund sah ihr noch kurz hinterher. Wie er dieses Weib nur liebte! Freudestrahlend nahm er dann seinen schweren Hammer in die Hand und klopfte einen Pfosten nach dem anderen in die Erde. Er sann dabei über sein Leben nach und konnte sich nicht mehr daran erinnern, das letzte Mal so glücklich gewesen zu sein.

Da kam plötzlich ein kleines Rotkehlchen angeflogen und landete gekonnt auf einem der bereits stehenden Pfähle direkt vor ihm. Neugierig beäugte es ihn und zwitscherte munter vor sich hin.

»Na, du kleines Kerlchen! Willst du mir etwa helfen?«, wollt er von dem kleinen Vögelchen wissen.

»Wir werden es uns hier oben richtig schön machen, oder?«

Das Rotkelchen zwitscherte und machte keine Anstalten wieder wegzufliegen.

»Wenn der Goldschopf zu Besuch kommt, wird der große Augen machen, was der alte Schmied aus dieser Ruine hier alles gemacht hat, oder? Das wird ein feiner Wohnsitz.«, war sich der Schmied sicher.

Das Vögelchen hüpfte ein wenig auf und ab und Siegmund überlegte, dann kam ihm eine Idee.

»Du möchtest auch ein kleines Häuslein? Für dich und deine Familie? Habe ich dich da richtig verstanden? Na, mal gucken was wir da machen können…«, brummelte er vor sich hin, stellte den Hammer beiseite und ging rüber zum Schuppen, in dem bereits einiges an trockenem Holz lagerte.

»Wollen wir mal sehen, was wir nehmen können…«, murmelte er und suchte dann alles Benötigte, sowie sein restliches Werkzeug zusammen, um mit der Arbeit zu beginnen.

»Hab aber etwas Geduld, mein kleiner Freund! Eine gute Behausung braucht ihre Zeit…«, erklärte Siegmund, während er allmählich zu messen und zu sägen begann.

So war der Zaunbau fürs erste vergessen, und das Rotkehlchen sah ihm neugierig dabei zu, während im Hintergrund aus dem kleine, maroden Schornstein des brüchigen Hauses langsam der erste Qualm empor stieg.

Kaspar hatte währenddessen das Tal hinter sich gelassen und näherte sich dem Wirtshaus in Brunkensen.

Allmählich konnte er vor sich die Gestalt eines großen, hageren Mannes erkennen, der dort bereits auf ihn wartete. Daneben, die Umrisse eines riesigen Hundes.

»Jakob, Odin!«, rief Kaspar erfreut und brachte sein Pferd zum stehen.

»Herr!«, antwortete Jakob und jener wollte sich schon verbeugen, doch Kaspar sagte:

»Du brauchst dich nicht vor mir zu verneigen, mein Freund! Nimmermehr, denn ohne euch beide wäre es nie möglich gewesen, dem Spuk ein Ende zu machen.«

Dann stieg er von seinem Pferd.

»Junger Herr!«, rief ihm nun auch eine weibliche Stimme aus dem Hintergrund zu.

»Frau Jungwirtin!«, begrüßte er sie.

»Wir können uns alle nicht genug bei Euch bedanken!«, fügte sie freudig hinzu.

Odin hechelte.

»Ich habe zu danken!«, antwortete ihr Kaspar kurz, dann holte er zwei kleinen Säckchen aus seiner Satteltasche und übergab sie den beiden.

Das Erstaunen war groß, als das junge Paar deren Inhalt sah.

»Aber, Herr?!«, staunte die junge Frau.

»Ohne die Hilfe Eures Freundes und Eurer Mutter wäre ich nicht mehr am Leben, junge Wirtstochter! Dies wird Euch helfen, bei all dem was ihr beide vorhabt noch zu erreichen.«, erklärte ihr Kaspar und lächelte, dann sah er Odin an.

»Und natürlich bekommst du auch noch deinen Teil vom Lohn…«

Er ging zurück zu seinem Pferd und zog einen großen Knochen aus der Satteltasche. Odin fing bei diesem Anblick aufgeregt zu schlabbern an und als Kaspar ihm den Knochen endlich übergab, konnte der Hund nicht mehr länger an sich halten und begann freudig darauf rumzukauen.

»Ich weiß nicht, was ich dazu sagen soll, Herr! «, stotterte Jakob den Tränen nahe.

»Es ermöglicht dir und deiner Liebsten ein neues, hoffentlich sorgenfreies Leben. Du brauchst dich vor niemandem mehr zu verstecken, Jakob!«, sagte Kaspar, dann klopfte er ihm anerkennend auf die Schulter.

»Doch habe ich noch eine letzte Bitte!«, fügte er hinzu.

»Alles was ihr wollt, Herr.«, antwortete Jakob.

»Hab ein Auge auf meinen Freund, den Schmied, dort oben! Er kann gut auf sich selbst aufpassen, doch fiele mir der Abschied leichter, wenn du mir dies versprechen würdest.«

»Natürlich, Herr! Er gehört ja eh nun zur Familie!«, antwortete ihm Jakob.

»Gut, mein Freund!«, antwortete Kaspar.

»Und Ihr seit auch immer herzlich willkommen, Herr!«, fügte die Jungwirtin hinzu, als er sich wieder auf sein Pferd schwang.

Odin bearbeitete weiterhin seinen Knochen und bekam von alledem nichts mit, so vertieft war er in seine Knabberei.

»Gute Reise!«, wünschten sie Kaspar.

»Kommt uns wieder einmal besuchen!«

»So es das Schicksal will!«, antwortete er ihnen und hob seine Hand zum Abschied.

Dann war er auch schon rasch auf und davon.

»Möge es gnädig mit Euch sein!«, rief Jakob ihm hinterher, dann ergriff jener die Hand seines Weibs.

Sie standen noch einen Weile dort, blickten weit über die Felder, dann gingen sie hinein, um alles für die Gäste vorzubereiten. Odin jedoch blieb. Erst als kaum noch etwas von seinem Knochen übrig geblieben war, konnte Jakob ihn dazu überreden, wieder mit ins Wirtshaus zu kommen.

Bis in den Abend hinein füllte sich das wiedereröffnete Wirtshaus mit allerlei Neugierigen. Jakob war gezwungen zu erzählen und tat dies gern und überaus gründlich. Bald war das Haus so rappelvoll, dass die Wände zu bersten schienen. Als nun auch die junge Wirtin davon berichtete, wie ihr Jakob und sein Hund Odin den jungen Herrn einst aufgefunden hatten, da war die Menge gänzlich außer Rand und Band und ließ den ehemals geschmähten Außenseiter hochleben. Jeder wollte den Becher mit ihm heben und sie boten ihm reichlich Tabak an. Alsbald durchzog der Pfeifenrauch die Luft und Bier und Wein flossen in Mengen und ein jeder freute sich und sie feierten zusammen, dass es nun vorbei war mit der Schreckensherrschaft, der Frieden endlich zurückgekehrt war in das Glenetal, jenes kleine Gebiet zwischen Weser- und Leinebergland. Dessen konnten sie sich sicher sein und dies wurde nun ausgiebig gefeiert. So erhoben sie ihre Becher auf das Wohl ihrer Retter und besonders auf das der beiden Männer, den jungen Kaspar und dessen Freund, den Schmied, ohne die dies alles nicht möglich gewesen war, und es wurde eine lange Nacht.

Dabei wäre noch zu erwähnen, dass zu Ehren Kaspars die Alfelder später den blauen Stein in ihr Stadtwappen aufnahmen, um somit für alle Zeiten den Mann zu ehren, der die Bürgermeistertochter und ihren Mann zurückgebracht und den Bürgern der Stadt und all den Leuten in den Siedlungen und Dörfern im Umkreis, vor allem aber denen in Brunkensen, den Frieden zurückgebracht hatte.

Kaspar bekam jedoch davon und auch von den restlichen Feierlichkeiten nichts mehr mit, denn er wollte Hildesheim erreichen, noch bevor die Nacht anbrach. Drum lenkte er sein Pferd auf die breite Straße und gab ihm die Sporen. Die Kapuze tief im Gesicht, flatterte sein Mantel im leichten Wind. Er überquerte die Leine, ritt durch das alte Dorf, welches vor den Toren der Stadt lag, am Galgenberg vorbei und durch das langgezogene Dorf Langenholzen. Immer weiter in Richtung Hildesheim. Neben sich, in einiger Entfernung auf dem freien Feld stehend, die Schulenberger Kapelle. Der Weg würde noch weit und beschwerlich sein, dies wusste er noch von seiner Anreise, doch wollte er den Bischof persönlich aufsuchen. So konnte er jenem selbst berichten, was vorgefallen war und in dessen Schriftarchiven vielleicht noch etwas Nützliches finden. So würde er zwei Fliegen mit einer Klappe schlagen und zu seinem Freund, dem Mönch, vielleicht nicht mit leeren Händen zurückkehren müssen.

Er ritt in den immer dichter werdenden Wald, bis er schließlich ganz in der Dunkelheit der hohen und dicht stehenden Bäume verschwunden war. Hinter ihm, in weiter Ferne, zuckte auf dem offenen Feld ein Blitz durch den ansonsten klaren Himmel und schlug, begleitet von lautem Donnerschlag, in die kleine, einsam stehende Kapelle ein. Unter lautem Knall zerbarst ihr Dach und das Mauerwerk, und ein lautes Ächzen war dabei zu vernehmen. Ein unheimliches Geräusch, welches das Säuseln des Windes unterbrach, der sanft und zart über die weiten Felder strich. Was hatte dies zu bedeuten?

Wer konnte dies nach all dem Geschehenen
noch mit Gewissheit sagen…

Ende

Kaspars Abenteuer geht weiter!

Haftungsausschluss

Das Werk inklusive aller Inhalte wurde unter größter Sorgfalt erarbeitet. Fehler können jedoch nicht vollständig ausgeschlossen werden. Der Verlag und auch der Autor übernehmen keine Haftung/ Gewähr für die Aktualität, Richtigkeit, Qualität, Korrektheit und/ oder Vollständigkeit der Inhalte des Buches, ebenso nicht für Druckfehler. Es kann keine juristische Verantwortung sowie Haftung in irgendeiner Form für fehlerhafte Angaben und daraus entstandenen Folgen vom Verlag bzw. Autor übernommen werden.

Für die Inhalte von den in diesem Buch abgedruckten Internetseiten sind ausschließlich die Betreiber der jeweiligen Internetseiten verantwortlich. Der Verlag und der Autor haben keinen Einfluss auf Gestaltung und Inhalte fremder Internetseiten. Verlag und Autor distanzieren sich daher von allen fremden Inhalten. Zum Zeitpunkt der Verwendung waren keinerlei illegalen Inhalte auf den Webseiten vorhanden.

Der Verlag und auch der Autor können für etwaige Unfälle und Schäden jeder Art, die sich beim Besuch der in diesem Buch aufgeführten Orte ergeben (z.b. aufgrund fehlender Sicherheitshinweise), aus keinem Rechtsgrund eine Haftung übernehmen.

Haftungsansprüche gegen den Verlag und den Autor für Schäden materieller oder ideeller Art, die durch die Nutzung oder Nichtnutzung der Informationen bzw. durch die Nutzung fehlerhafter und/oder unvollständiger Informationen verursacht wurden, sind grundsätzlich ausgeschlossen. Rechts- und Schadenersatzansprüche sind daher ausgeschlossen.

Anmerkung:

Es wurden die heute gebräuchlichen Ortsnamen verwendet.

KASPAR's
sagenhafte
ABENTEUER

Besuchen Sie:

www.Kaspars-sagenhafte-Abenteuer.de

Dieses Buch ist auch als E-BOOK erhältlich!